Ullstein

ÜBER DAS BUCH

Nicht ohne Grund übt die Kleinstadt Tønsberg in der Nähe von Oslo eine enorme Anziehung auf gestreßte Großstädter mit dem nötigen Kleingeld aus. Das hinter der idyllischen und verträumten Fassade jedoch eine florierende Drogenszene existiert, weiß Svend Foyn durch seine Arbeit als Anwalt nur zu genau. Als innerhalb kürzester Zeit gleich zwei junge Frauen zu Tode kommen, wird Svend jedoch unruhig. Seine Nachforschungen führen ihn zu dem reichen Geschäftsmann Villebois, der mit erschreckender Gleichgültigkeit auf den Tod seiner Tochter reagiert. Durch sein Mißtrauen angespornt, entdeckt Svend, daß dieser nicht nur wirtschaftlichen und politischen Aktivitäten nachgeht: Gemeinsam mit sechs weiteren Wirtschaftsbossen hat er sich den aktiven Kampf gegen den Beitritt Norwegens zur EU auf die Fahnen geschrieben, mit dem Handel von Kokain haben sie sich ein lukratives Nebeneinkommen geschaffen. Daß der Tod von Villebois Tochter unmittelbar mit dessen kriminellen Machenschaften zusammenhängt, bestätigt sich, als Svend schließlich selbst um sein Leben fürchten muß.

ÜBER DEN AUTOR

Der Norweger Jan Mehlum, geboren 1945, ist Soziologe. Mit *Schöner Schein trügt* legt er sein Romandebüt vor. Weitere Bände mit dem erfolglosen, aber symphatischen Helden Svend Foyn sind geplant.

Jan Mehlum

Schöner Schein trügt

Aus dem Norwegischen
von Gabriele Haefs

Ullstein Krimi

Ullstein Buchverlage GmbH,
Berlin
Taschenbuchnummer: 24135
Titel der norwegischen Originalausgabe:
Gylne Tider

Deutsche Erstausgabe
April 1997

Umschlagentwurf:
Vera Bauer
Illustration:
G+J Photonica/Ann Giordano

Printed in Germany 1997
Gesamtherstellung:
Ebner Ulm
ISBN 3 548 24135 2

Gedruckt auf alterungsbeständigem
Papier mit chlorfrei gebleichtem
Zellstoff

Die Deutsche Bibliothek –
CIP-Einheitsaufnahme

Mehlum, Jan:
Schöner Schein trügt: Roman/Jan Mehlum.
Aus dem Norweg. von Gabriele Haefs. –
Dt. Erstausg. – Berlin: Ullstein, 1997
(Ullstein-Buch; Nr. 24135: Ullstein Gelbe Reihe)
Einheitssacht.: Gylne tider <dt.>
ISBN 3-548-24135-2
NE: GT

Niemand ist, wer er ist.
Alle sind anders. Glauben Sie mir!
R. W. Fassbinder

1

Dieser Novembertag war wohl auch nicht anders als andere dunkle Donnerstage im Herbst. Er kam mir nur so vor. Der strömende Regen spülte die allerletzten Reste meiner Sommerträume fort, und ich suchte vergeblich nach einem guten Grund, nicht deprimiert zu sein, als ich mich im Sessel zurücklehnte und die Aussicht betrachtete. Ich fand keinen, und deshalb konzentrierte ich mich auf die Spinne auf der Fensterbank. Voller Eifer baute dieses Tier gerade in seiner üblichen Ecke zwischen Wollmäusen, Tapetenresten und längst verstorbenen Fliegen sein Spinnwebschloß.

Vor meinem Fenster ragte am Horizont der Slottfjellturm auf, der Stolz der Stadt, und wartete darauf, daß der König seine Initialen in die neuen Steintafeln kratzte. Diese Zeremonie würde der Stadt ein Gefühl von Bedeutung vermitteln, davon, mehr zu sein als jede andere verschlafene norwegische Kleinstadt. Wie damals, als Maier beinahe eine Goldmedaille ergattert hätte, aber von Johnny Höglin geschlagen wurde, als Steffen Tangstad fast Weltmeister geworden wäre, als Jahn Teigen um ein Haar den Grand Prix d'Eurovision gewonnen hätte.

Ich blickte zum Farmandstorv hinunter. Eilige Menschen wimmelten auf dem Parkplatz und dem Busbahnhof herum, unterwegs zu anderen Menschen, von denen sie schon erwartet wurden. Rasch bezwang ich einen Stich der Mißgunst. Ehe Anne erkannt hatte, daß ich ihre Selbstverwirklichung behinderte, war ich auch so ein Mensch gewesen. Anne bestand darauf, daß wir weiterhin gute Freunde bleiben sollten. Folglich hatten wir eine glückliche Scheidung absolviert. Manchmal sehnte ich mich zurück.

Immer wieder spielte ich mit dem Zettel, den Frau Svendsen, die tüchtige Sekretärin der Anwaltskanzlei Fredriksen, Frydenberg und Foyn, mir mit einer Miene überreicht hatte, als handele es sich um die Einladung zum alljährlichen Ball des Bürgervereins Harmonie, und dabei machte ich mir so meine Gedanken über den auffälligen Höhenunterschied der Stapel in den Schreibtischkörben mit den Schildern Erledigt und Dringend. »Svend, du möchtest Line Sørensen anrufen, dringend.«

Ich mochte Telefone nicht. Und mein Stottern mochte sie auch nicht. Meine Kindheit hatte mich mit einer Plage belastet, die ich einfach nicht loswurde, obwohl ich mich bis zum Erwachsenenalter in den Klauen der Experten befunden hatte. Hartnäckig hatte ich behauptet, daß die seltsame Namensgebung der Familie Foyn die Wurzel allen Übels sei, aber der Psychologe hatte keinerlei Verständnis für die Traditionen von Vestfold und nie vom Walfänger und Industriemagnaten Svend Foyn gehört.

Nur wer seine Kindheit als Namensvetter von Tønsbergs großem Sohn zwischen Walen und Booten verbracht hat, weiß, was Schikanen sind. Meine Eltern hatten auf diese Weise effektiv dafür gesorgt, daß ich niemals im entferntesten auf die Idee kam, zur See zu fahren. Sie waren immerhin umsichtig genug gewesen, mir als Ausweg den zweiten Vornamen »Fridtjof« zu verpassen. Sie hatten einfach zu viele Geschichten über die alten Helden gelesen.

Der Bescheid von Line versetzte mich um drei Jahre in der Zeit zurück, in eine kurze, glühendheiße Beziehung, die ganz abrupt beendet war, als ihr aufging, daß ich keinerlei Ehrgeiz besaß und hoffnungslos nostalgisch war, wie sie sich ausdrückte. Sie konnte meine Welt noch schnell ins Chaos stürzen, ehe sie zu ihrem erfolgreichen Steuerberater zurückkehrte und mich mit dem Kopf voller unbeantworteter Fragen sitzen ließ. Was mochte sie jetzt von mir wollen? Ich spielte mit dem Gedanken, den Zettel wegzuwerfen und die ganze Sache zu vergessen. Bloß war das nicht möglich. Die Neugier trieb mich ans Telefon.

»Hersleb-Schule«

»Könnte ich m-mit Line S-s-sørensen sprechen?« Ich verfluchte Mobber und Psychologen gleichermaßen. Meine Anwaltsstimme schien aber doch einen gewissen Eindruck gemacht zu haben, denn ich wurde ins Lehrerzimmer durchgestellt.

»Svend, schön, daß du anrufst. Geht's dir gut?« Sie hatte eine sinnliche Stimme und wußte das auch.

»D-d-du hast als erste an-n-gerufen.« Aus alter Gewohnheit ging ich in die Offensive. »Du hast s-s-sicher einen G-g-grund, wie ich dich kenne.« Gut so, Angriff ist die beste Verteidigung.

»Ich brauche Hilfe von jemandem in Tønsberg, Svend, und du bist der einzige, den ich fragen kann.« Sieh an, ganz neue Töne. »Eine von meinen alten Schülerinnen aus meiner Zeit in Ris hat mich gestern angerufen, ich habe sie damals gut gekannt.« Line unterbrach sich, und ich merkte wieder einmal, daß die Zeit doch nicht alle Wunden heilt.

»Cecilie ist vor zwei Jahren total ausgeflippt«, fuhr Line ungerührt fort. »Niemand konnte das begreifen. Sie hat oft bei mir vorbeigeschaut. Aber letztes Jahr ist ihre Familie nach Tønsberg umgezogen, ihre Mutter stammt von dort, und ich habe nichts mehr von ihr gehört. Bis gestern. Weißt du, wer Håkon Villebois ist?«

Wer wüßte das nicht! Einen Fuß in der Wirtschaft, den anderen in der Politik! Böse Zungen behaupteten, daß sichere Listenplätze für ein Parlamentsmandat in Vestfold nicht allzu teuer kämen. Villebois wurde als Spitzenkandidat gehandelt. »D-d-du kannst dir vielleicht d-d-denken, daß er nicht zu m-meinem Freundeskreis gehört«, versuchte ich es auf die ironische Tour. »Aber natürlich h-h-habe ich von ihm g-gehört.«

»Svend, Cecilie wußte nicht, zu wem sie gehen sollte, und schließlich ist sie bei mir gelandet. Sie hat offenbar keine Freunde in Tønsberg. Sie hat wirklich Angst um ihr Leben, wollte mir aber nicht sagen, warum. Sie hat nur gesagt, sie müsse mit irgendwem sprechen. Ich glaube, sie ist in eine gefährliche Drogenszene hineingerutscht. Könntest du versuchen, ihr zu helfen? Ich kann erst zum Wochenende hier weg. Ich habe in letzter Zeit übrigens oft an dich gedacht.«

Sie erwähnte das wie eine rein sachliche Information, und ich fragte mich, was das zu bedeuten hatte. Zwischen uns beiden würde nie irgend etwas rein sachlicher Natur sein.

Ich wußte, daß es schwer sein würde, nein zu sagen, und mir war schon klar, wovon Line hier sprach. Ich hatte schon häufiger die kleinen Dealer verteidigt, die in regelmäßigen Abständen in staatlichen Gewahrsam genommen wurden. Sie stopften sich mit allen Arten von Chemikalien voll und klauten wie die Besessenen, um ungeduldige Lieferanten zu bezahlen, die trotz allem niemals mit der Bezahlung zufrieden waren. Diese Bande ist auf den Notarzt fast schon abonniert. Hier wird wenig und leise geredet. Gerüchte über phantasievolle Inkassomethoden florieren. Die Junkies sind scheu wie die Schmetterlinge. Die Kleine sah wirklich alt aus, wenn sie sich mit dieser Szene angelegt hatte.

Ich schwieg und versuchte, mir eine Entschuldigung aus den Fingern zu saugen. Wie stellte sie sich denn vor, wie ich einem dieser halbverrückten Fixer ein Wort entlocken sollte? Alle behaupteten, sie wollten aus der Szene aussteigen, aber ich hatte die Erfahrung gemacht, daß Junkies ihre Umgebung manipulieren und ebenso unzuverlässig sind wie Politiker im Wahlkampf. Sie werfen mit großartigen Versprechungen und Versicherungen nur so um sich, aber kaum kehrst du ihnen den Rücken zu, rauben sie dir Geld und Gut und Illusionen. Und daran war ich ohnehin nicht weiter reich. Die pure Bauernfängerei!

Ich gab mich geschlagen und seufzte. »Ich kann ja immerhin einen Versuch machen. Aber versprich dir nicht zuviel davon. Ruf mich an, ehe du herkommst, und ich werde sehen, was ich tun kann.« Für dich habe ich schon genug getan, dachte ich, hielt aber klugerweise die Klappe. Alles zu seiner Zeit.

Am selben Nachmittag suchte ich die Familie Villebois auf. Sie bewohnte eine große, ehrwürdige Villa im richtigen Viertel, zurückgezogen, aber noch in Gehweite der Stadt, in dem Stadtteil, den die lokale Kaufmannselite in den zwanziger Jahren hatte bauen lassen, damals, als die Reichen wirklich Geld hatten und die Klassengrenzen in der Kleinstadt klar und unkompliziert waren. Arbeiter und Seeleute in Nordbyen und Fjerdingen, das Bürgertum im gepflegten Einzugsbereich des Markvei.

Die weiße Villa mit den glänzend blau glasierten Dachziegeln war umkränzt von majestätischen Birken, die die Bedeutung des Anwesens noch betonten, eines Anwesens, das von generationenalter Macht zeugte. Das Haus war verfallen, nachdem vor einigen Jahren der letzte Häuptling der Großhändlersippe verstorben war; nun war es renoviert worden und hatte seinen alten Standard wieder erreicht. Villebois' Frau hatte das Grundstück von ihrem Onkel geerbt. Das alles wußte ich jetzt, weil ich mich bei Frau Svendsen erkundigt hatte, die über alle wichtigen gesellschaftlichen Entwicklungen in der Stadt bestens Bescheid wußte.

Eine reservierte Dame teilte mir mit, daß Cecilie nicht zu Hause war. In ihrer Stimme lag ein Unterton von Angst, der mir verriet, daß Frau Villebois nicht wußte, wo Cecilie sich aufhielt. »Sie ist bei einer Freundin«, sagte sie und glaubte es doch selber nicht. Ich konnte ihr die Furcht von den Augen ablesen. Ihr war offenbar bewußt, daß Cecilie in Schwierigkeiten steckte, aber wußte sie, wie groß die waren?

Frau Helle Villebois, ich hatte den Namen am kupfernen

Briefkasten gelesen, befand sich irgendwo am Ende der exotischen vierziger Jahre, und sie trug einen eleganten, aber ein wenig zu engen schwarzen Hosenanzug, einen dazu passenden Seidenschal und diskreten, aber sicher teuren Schmuck. Im Moment hatte sie sich nicht unter Kontrolle. Das Make-up auf dem hübschen, aber scharf gezeichneten Gesicht war alles andere als perfekt. Hinter dem exotischen Parfüm glaubte ich auch Portwein riechen zu können. Irgendwann einmal mußte sie eine aufsehenerregende Schönheit gewesen sein.

»Mein Mann ist mit einer Delegation vom Exportrat unterwegs«, sagte sie düster. »Cecilie war schon immer eigensinnig und stur«, fügte sie dann in einem unerwarteten Anfall von Vertraulichkeit hinzu. »Wir dachten, alles würde leichter sein, wenn wir erst aus Oslo weggezogen wären . . .« Sie ließ den Satz in der Luft hängen, ich konnte hören, daß diese Hoffnung sich nicht erfüllt hatte. »In letzter Zeit machen wir uns wirklich Sorgen um sie, und Håkon hat ja nie Zeit . . .« Es war wohl ihre Angewohnheit, in halben Sätzen zu sprechen.

Mehr brachte ich nicht aus ihr heraus, sie blieb bei der Freundinnengeschichte. Aber ich mußte versprechen, sofort anzurufen, falls ich Cecilie ausfindig machen könnte. Der Ischiasnerv machte sich in meinem Oberschenkel bemerkbar, ich hatte das unangenehme Gefühl, daß sich hier Ärger zusammenbraute, und Ärger brauchte ich jetzt wirklich nicht. Im Büro erwarteten mich nervige Erbstreitigkeiten und unangenehme Konkurse, aber immerhin sorgten die dafür, daß ich nicht trocken Brot essen mußte.

Langsam ging ich wieder in Richtung Innenstadt. Der Abend senkte sich über den Fjord und verbarg die Spuren des Kampfes der Sozialdemokraten gegen die Geschichte. Was von den großen Bränden verschont geblieben war, hatten fortschrittsgläubige Politiker abreißen lassen. Im Kampf gegen offene Brunnen und Außenklos hatten sie alles ausgemerzt, was an die Armut vergangener Zeiten erinnern konnte.

Der lokale Kaufmannsstand mit seinen Wurzeln bis zurück in die Zeit der Segelschiffe war abgedrängt worden, verdrängt von gefräßigen Warenhäusern, die gierig den Stadtkern eroberten, einen Block nach dem anderen. Vermutlich wollten sie die ganze Innenstadt in ein riesiges Einkaufszentrum verwandeln.

Der Lebensstandard hier an der Goldküste ist angeblich hoch, aber hoch sind auch der Stimmenanteil der Rechtsliberalen, die Scheidungsziffern, der Drogenkonsum und die Anzahl von Sonnentagen pro Jahr, ohne daß ich da irgendeinen Zusammenhang entdecken konnte.

Tønsberg an einem ganz normalen Abend. Friedliche Straßen, die ersten Weihnachtsdekorationen, brave Bürger auf dem Weg nach Hause. Auf dem Farmandstorv übernahmen jetzt hektische Dealer die Kontrolle, deren Köpfe rotierten wie Radarantennen, mit erschöpften Gesichtern hinter Ray-Ban-Brillen, geklaut beim Optiker an der Ecke. Die Jagd auf die Kleinstadtidylle war ganz schön anstrengend geworden. Sollte das etwa an mir liegen?

Ich nutzte die Gelegenheit, um bei einer meiner alten Mandantinnen nach Gerüchten zu fischen. Stina mit den Zähnen hatte sich schon als Kind dem Zugriff der Schulzahnärzte entzogen. Sie war ein kleiner Fisch unter den Dealern, verkaufte, um ihren Lebensunterhalt zu sichern. Die Drogenfahndung hatte sie in der Hoffnung in die Mangel genommen, vielleicht an einen der großen Hintermänner heranzukommen. Die Strafe fiel hart aus, Stinas Zahnvorrat lichtete sich noch weiter. Vermutlich glaubte irgendwer, sie habe gesungen. Sie kannte die Spielregeln und hatte sämtliche Bestrafungen mit stoischer Resignation auf sich genommen.

»Cecilie Villebois, keine Ahnung, haste vielleicht 'n Bild?«

Hatte ich nicht, aber ich versuchte es mit einer Beschreibung. »So eine K-k-kleine, die s-s-sich alle Mühe gibt, d-dich einzuholen.« Stina macht sich nie über mein Stottern lustig.

»Ach die, diese Bonzengöre«, Stina grinste. »Haste 'n Hunderter, ich weiß, wo die steckt, und ich krieg erst nächste Woche wieder Ecken.«

Ich seufzte und zog einen Hunderter, den seine neue Besitzerin schon eingesackt hatte, als ich noch überlegte, wie ich den als Spesen verbuchen sollte.

»Versuch's mit der Schule, ich glaub, die steckt bei Jens Yankee, der wohnt da im Ersten. Und mir kannste keine Vorwürfe machen, ich hab echt versucht, sie zur Vernunft zu bringen. Aber glaubste, die wollt auf mich hören?«

Einige Minuten später stand ich im dunklen Treppenhaus vor Yankees Wohnung und horchte, dann faßte ich Mut und stieß die angelehnte Tür auf. In der Wohnung herrschte eine unangenehme Stille. Die Luft, die mir beim Eintreten entgegenschlug, war zum Schneiden dick vom Gestank alter Pisse und dem Duft von frischen Joints. Die Kleine auf dem Sofa konnte nicht einen Tag älter sein als siebzehn, und sie war tot. Und es war kein *Tod in Venedig*, es war nur eine triste, graue Alltagsausgabe.

Sie war auf klassische Weise hübsch. Ihre schwarzen Haare rahmten ein schönes Gesicht ein, weiß wie die norwegischen Winter vergangener Zeiten. Ich hatte sie noch nie gesehen, und nun würde es wohl bei diesem einen Mal bleiben. Ihre Jeans, die oben aufgeknöpft waren, saßen wie angegossen an dem schmächtigen Mädchenleib. Der Rand einer schwarzen Unterhose zog sich stramm über den flachen Bauch. Die aufgekrempelten Ärmel des Jeanshemdes konnten die Einstichspuren an den Armen, die schlaff über die verdreckte Sofalehne hingen, nicht verbergen. Ich konnte am dünnen Handgelenk den weißen Streifen einer Armbanduhr erkennen. Ich bückte mich und berührte einen nikotingelben Finger. Der war kalt. Mich schauderte.

Das Zimmer war vollgestopft mit Sperrmüll aus den Beständen des Sozialamts. Der Teppich war früher einmal exotisch gewesen, nun aber war er von einer Soße aus undefinierbaren Essensresten, Dreck und Kotze überzogen. Die schmiedeeiserne Stehlampe, in ruhigen Zeiten von emsigen Fabrikarbeitern produziert, ragte vor einem Fenster mit formlosen Vorhangresten auf. Resopaltisch mit dazugehörigen Stühlen. Ein baufälliges Bücherregal mit einem vagen Verhältnis zur Literatur. Eine Kochnische, in der im letzten Jahrzehnt wohl kaum jemals saubergemacht worden war. Unter der verdreckten Decke baumelte eine einsame Glühbirne, die die Wohnung in ihr erbarmungsloses Licht tunkte. Das Haus war uralt, ein ehrbares Holzgebäude mit einer fernen Vergangenheit als Schule und Mietshaus, jetzt aber die Endstation für abgehakte Sozialamtskundschaft. Fünfundzwanzig zerfledderte Hunderter pro Monat und den Segen von desillusionierten Sozialarbeitern, die selber Probleme genug hatten.

Ein weiches Wesen bewegte sich zwischen meinen Beinen, und irgendwer schaltete die Zeit ab. Eine getigerte Katze mit zerzaustem Schwanz und betrübter Miene miaute klagend die Welt an, während mein Puls versuchte, seinen normalen Rhythmus wiederzufinden. Meine hundertneunzig Zentimeter entfernten sich von der Kleinen auf dem Sofa. Ich hatte genug. Übelkeit überkam mich und lenkte mich zu einer versauten Toilette. Vom Boden her zeigten zwei blutige Spritzen auf mich. Teelöffel, Silberpapier, Kerzen und anderes notwendiges Zubehör lagen herum. Ein gesprungener Spiegel sah mich traurig von einer kotzgrünen Wand her an. Zwischen Pickelresten und Zahnpastaflecken erkannte ich mein bleiches Gesicht hinter meinem Bart. Hübsch häßlich hatte mich eine Dame in einem Moment der Vertraulichkeit genannt. Wenn ich mir die Sache richtig überlegte, war die Dame in dem Moment nicht ganz nüchtern gewesen.

Vorsichtig ließ ich mich in einen der Sessel sinken, zog einen Zigarillo aus der Tasche und meldete mich aus der Wirklichkeit ab, während ich versuchte, das alles zu begreifen.

Früher einmal war es unvorstellbar gewesen, daß Kinder sich mit Rauschgift vollknallten und auf den Rest schissen. Damals bekamen wir nur bei den Polio-Impfungen in der Schule Spritzen zu sehen.

Ich hatte gerade beschlossen, die Polizei zu informieren, als eine schrille Sirene die Stille brutal zerriß. Im Blaulicht des Streifenwagens tanzten unheimliche Schatten durch das Zimmer, schwere Schritte trampelten die Treppe hoch und hielten vor der noch immer angelehnten Wohnungstür inne. Eine unheilverkündende Stille folgte.

»K-k-komm rein«, sagte ich liebenswürdig. Ich ahnte schon, daß es Schwierigkeiten geben würde.

Der junge Beamte hatte sicher gerade die Polizeischule geschwänzt, als dort Ruhe und Ordnung durchgenommen wurden. Er kam in die Wohnung gestürzt, fuhr beim Anblick der Toten auf dem Sofa zurück und schien nicht zu wissen, ob er sich auf sie oder auf mich konzentrieren sollte, während er versuchte, sein Kinderarschgesicht in ernsthafte Falten zu legen. Als ihm das gelungen war, machte er sich über seinen Walkie-talkie her und jagte seinen Partner unten im Wagen hoch. Sie hatten wohl abgemacht, sich immer nur abwechselnd zu bewegen, um sich nicht anzustrengen. Ich konnte sehen, daß er seine Berufswahl bedauerte.

Nummer 2 kam hereingetrampelt, mit noch schwereren Schritten. »Ruf bei der Wache an, wir haben einen neuen Drogentod.« Nummer 2 hatte das Kommando ergriffen. Er zog das obligatorische schwarze Notizbuch mit Eselsohren aus der Tasche und konzentrierte sich gewaltig. »Name?« Der Typ mußte sich an ein Schema halten, und deshalb gingen wir den ganzen Kram vorschriftsmäßig durch. Mir fiel auf, daß er Vorurteile gegen Stotterer hegte. Sein Kollege dagegen ließ seinen Blick überallhin wandern, nur nicht zu der Kleinen auf dem Sofa. Die Stimmung war gedrückt.

»Hiergeblieben!« Ich hatte zum Fenster gehen wollen, in

der Hoffnung auf einen erbaulicheren Anblick. Ich wäre nur zu gern verschwunden. Das hier war zu stark für einen Kleinstadtanwalt, dessen Alltag geprägt ist von lokalen Geschäftsangelegenheiten und vom Dasein als Pflichtverteidiger in belanglosen Fällen. Ich war allerdings nicht so sicher, ob die Angeklagten die Fälle ebenfalls für belanglos hielten.

Meine beiden Kollegen in der Kanzlei hatten aufgrund ihres höheren Dienstalters die Verteilung der Fälle übernommen. Ich bekam die, die übrig waren, wenn sie sich ihre ausgesucht hatten. Mir schwante, daß ihre Kriterien mit dem erwarteten Verdienst zusammenhingen, brachte aber keinen Protest zustande. Ich hatte schon längst eine Gesetzmäßigkeit im Zusammenhang zwischen gesellschaftlichem Nutzen und persönlicher Einträglichkeit der Arbeit als Anwalt gefunden. Diese Gesetzmäßigkeit ließ sich mathematisch ausdrücken, als umgekehrt proportionale Funktion. Das Svend Foynsche Gesetz. Das Problem war nur, daß ein bärtiger Moselländer jüdischer Abstammung bereits 1867 an seinem Arbeitsplatz im Britischen Museum in London diese Entdeckung gemacht hatte, als er sich mit dem ersten Band des *Kapital* abmühte.

Die Dramatik meines Daseins drehte sich um die eigene Zahlungsfähigkeit, unzufriedene Mandanten, die wirklich nichts verbrochen hatten und es für meine Pflicht hielten, das auch dem Gericht klarzumachen, und eine Exfrau, die es noch immer für ihre Aufgabe hielt, mich für die Freuden und Pflichten des bürgerlichen Lebens zu erziehen. Vor allem für die Pflichten.

Es gab angenehmere Aufenthaltsorte für einen vierzigjährigen Anwaltsleib mit vollem Kurs aufs mittlere Alter. Zu Hause in meiner Hinterhofwohnung in einem alten Mietshaus, zusammen mit einer netten, aber etwas dummen Bernhardinerhündin, die auf den Namen Hulda hörte, wenn ihr das gerade paßte. Zusammen mit meiner altklugen neunjährigen Tochter Mari, die jeden Mittwoch und jedes zweite Wochenende aufpaßte, ob Papa auch seinen Lebertran und seine Vitamintabletten nahm, regelmäßig aß und nicht zuviel von der Flüssigkeit trank, die in einer kleinen Stadt an der Charente in Westfrankreich hergestellt wurde und auch unter der Bezeichnung *Cognac* bekannt war.

Der Kriminalbeamte Wilhelm Mørk holte mich in die Wirklichkeit zurück, als er zusammen mit zwei verhuschten Typen vom ärztlichen Notdienst seinen Einzug nahm. Die anderen Polizisten schlüpften schnell in den Schatten von Mørks Autorität. Einer der Neuankömmlinge behauptete, er sei Arzt und könne beweisen, daß die Kleine seit mindestens zwölf Stunden tot war.

Verhuscht war wirklich das letzte, als was ich Wilhelm Mørk bezeichnen würde. Er war das, was Frauen ein »Bild von einem Mann« nennen, groß und kräftig, mit klaren Zügen und braunen, ausdrucksvollen Augen. Mørk war in seiner Jugend bestimmt ein Charmeur gewesen. Er hatte immer etwas Trauriges, als habe er irgendwann eine Grenze überschritten und zuviel von dem gesehen, was sich auf der anderen Seite befand. Ich wußte, daß seine Karriere als Drogenfahnder in Oslo irgendwann zu Beginn der achtziger Jahre entgleist war, ich glaube, weil er mit einzelnen Kunden ein wenig zu hart umgesprungen war. Danach wurde die Kleinstadt zu einem Zwischenstop, der schließlich permanent wurde. Ein tüchtiger Polizist war Mørk auf jeden Fall.

Wir spielten ab und zu im *Håndverker* eine Runde Schach zusammen, ein wortloses Spiel, das zu unserer Beziehung paßte. Er war wie alle von seiner Sorte in irgendeiner undefinierbaren Phase der vierziger Jahre alt genug, um ein Leben hinter sich, und jung genug, um noch eins vor sich zu haben. Mørk war ein Eigenbrötler, ließ niemanden an sich heran und war rund um die Uhr im Dienst. Die kleinen Gauner in der Stadt hatten eine Sterbensangst vor Wilhelm Mørk.

Die scharfen Augen des Kriminalbeamten musterten mich

überrascht. Ein grauer Mantel hing lose um einen erstaunlich durchtrainierten Körper. Er fischte eine zerdrückte Zigarettenpackung hervor und steckte sich eine an. »Was in aller Welt machst du denn hier?« Ohne meine Antwort abzuwarten, schüttelte er traurig den Kopf und blickte zu der Kleinen auf dem Sofa hinüber. »Das ist die dritte in diesem Monat. Das sollte sich dieser aufgeblasene Chef vom Sozialamt mal ansehen. Politiker, allesamt Verbrecher!«

Wütend starrte er mich an. »Diese Kinder gehen eins nach dem anderen über den Jordan, und wir müssen die Reste aufsammeln. Weißt du, wer diese arme Kleine ist?« Er nickte zum Sofa hinüber. Ich erzählte ihm nicht, daß die Untersuchung einer Handtasche, die halboffen in einer Ecke lag, meine pessimistischen Erwartungen schon bestätigt hatte.

»Ich glaube, sie heißt Cecilie Villebois, die Tochter von diesem Politiker, falls du von dem schon gehört hast«, sagte ich ironisch. Ein Tonfall, der nicht besonders gut ankam.

Mørk reagierte überraschend heftig. Er stand wie angenagelt da und starrte seltsam hilflos vor sich hin. Dann ging er zum Sofa und sah sich die Tote genauer an. »Ich weiß, wer ihre Eltern sind, ja«, sagte er leise.

Zufälligerweise hatte ich schon einmal Einblick in Wilhelm Mørks Arbeitsmethoden nehmen können, einen Einblick, auf den ich gern verzichtet hätte. Vor einigen Monaten hatte mich eines Abends ein verzweifelter Mandant aufgesucht, ein Taxifahrer mit reichlich Dreck am Stecken, und einiges von dem Dreck war mir bekannt. Es gab keine Behörde, die nicht hinter ihm her gewesen war. Jugendamt, Finanzamt, Sozialamt, sie alle standen Schlange, während er schwarzfuhr, Schnaps schmuggelte und Diebesgut verschob. Und das war wirklich nur der Dreck, über den ich informiert war.

Von seinem Aussichtsposten am Taxistand vor dem Bahnhof war er zum Zeugen eines nächtlichen Dramas geworden. Zwei bekannte Dealer aus der Stadt kamen angerannt, dicht gefolgt von einem Streifenwagen. Als die beiden Polizisten aus dem Wagen sprangen, versuchten die Dealer in entgegengesetzte Richtungen davonzustürzen. Der eine, ein gerissener Arsch, dem die Polizei immer nur Kleinkram nachweisen konnte, rutschte direkt vor dem Taxi auf dem glatten Bürgersteig aus. Ich wußte, daß dieser Dealer sich auf Grundschulkinder spezialisiert hatte. Je jünger, desto besser.

Er wurde übel rangenommen. Und während der Typ keuchend den Asphalt knutschte, einen schweren Polizistenfuß im Nacken, wurde ihm eine kleine Plastiktüte voll Pulver in die Tasche gesteckt. Der andere Polizist trainierte zusammen mit Dealer Nummer 2 für den Oslo-Marathon und konnte nichts bemerkt haben. Mein Taxifahrer hatte dagegen alles aus einer Entfernung von wenigen Metern im Licht der Straßenlaternen gesehen.

»Ich habe alles genau mitgekriegt, Foyn, ich sag dir, in der Tüte war alles andere als Brausepulver!« Er war empört. »Hundert Gramm, der kriegt mindestens drei Jahre, das hab ich in der Zeitung gelesen. Es ist wirklich auf keinen mehr Verlaß, verdammt! Ich kenn diesen Bullen genau, Mørk heißt er, ein Riesenarsch von der Kripo.«

Er starrte mich düster an und wartete auf ein salomonisches Urteil. »Was soll ich denn jetzt machen, Foyn? Er hat mich entdeckt, hat mich auch erkannt, da bin ich mir verdammt sicher. Und sein Blick hat mir nicht gefallen. Er weiß, daß ich zuviel gesehen habe, das macht mich total fertig. Ich kann ja auch nicht einfach zu ihm hingehen, obwohl ich ihn gern ein bißchen in die Mangel nehmen würde. Was meinst du?«

Ich überlegte. Was ich nicht weiß, macht mich nicht heiß. Jetzt wußte ich. Andererseits war der Dealer kein Mandant von mir, und ich war davon überzeugt, daß er ein paar Jahre im Loch durchaus verdient hatte. Für seine Gesundheit wäre es sicher auch gut, ein geregeltes Leben, vitaminreiche Nahrung, regelmäßig an die frische Luft. Eine nette Abwechslung von den eher turbulenten Verhältnissen in Tønsbergs Unterwelt.

Er hatte recht. Das hier war gefährliches Wissen. Vor Gericht würde er keine Chance haben, sollte er so blöd sein, sich zu melden. Und noch gefährlicher würde der Versuch ausfallen, sich Vorteile zu erpressen. Ich entschied mich sehr schnell.

»Von der Sache hältst d-d-du schön die K-k-klappe! Wenn du je erwähnst, daß du etwas gesehen hast, dann hast du bald die ganze Truppe am Hals. Du weißt doch, daß die sich gegenseitig beschützen. Und bei denen liegt schon genug gegen dich vor. Ich kann Mørk gegenüber andeuten, daß du blind und taub bist. Und versuch's bloß nicht m-m-mit Erpressung!« Er reagierte mit spürbarer Erleichterung auf diese Lösung, und ich wußte, daß er niemals singen würde.

Zwei Tage später schaute ich zufällig auf der Wache vorbei und krallte mir Wilhelm Mørk, der gerade aus seinem Büro kam. »Es geht um einen Mandanten von mir, einen Taxifahrer«, begann ich vorsichtig. »Ich soll dir sagen, daß er nichts gehört oder gesehen hat, was dich betrifft.« Mørks Reaktion war fast nicht zu erkennen, ein leichtes Nicken, dann ging er weiter. Er hatte verstanden. Mir mißfiel meine Rolle bei dieser Operation.

Die Ambulanz tat ihre Pflicht, und für Cecilie Villebois begann die letzte Reise. Sechzig Jahre zu früh. Eine Bohrinsel voller Jugendlicher, die davontreibt, während die zurückbleibenden Eltern versuchen, die Reste einzusammeln. Das Problem ist, daß sie nicht alle zugleich draufgehen, für die öffentliche Meinung müßte alles gleichzeitig und in nächster Nähe passieren. Ich hätte nicht die Verantwortung dafür übernommen, den Familien zu erzählen, es sei keine Katastrophe.

Mørk wandte sich an die beiden Kollegen. »Seht euch die Bude genau an, redet mit den Nachbarn, holt jemanden aus dem Labor. Wir lassen Jens Yankee suchen und machen in der

Szene Streß, dann sehen wir ja, was passiert. Hier ist nichts mehr zu holen. Und du kommst mit mir auf die Wache.«

Letzteres bezog sich auf mich. Es würde ein langer Abend werden, und diesen Verlauf hatte ich nun wirklich nicht geplant. Was ich an Informationen liefern konnte, war kaum der Rede wert. Ich lieferte das wenige, was ich anzubieten hatte. Etwas, das wie Mitleid aussah, zeigte sich in den Rissen seiner harten Fassade, oder war es vielleicht etwas anderes? Aus Wilhelm Mørk wurde ich einfach nicht schlau.

»Ich hatte gehört, daß sie Probleme hatte, aber daß sie schon so weit war . . . Wir können die Drogenszene hier einfach nicht im Griff behalten, jede Woche tauchen ja neue Idioten auf. Gott weiß, was sie umtreibt. Die Eltern erleiden einen Schock. Gewöhnlich haben sie nichts geahnt, erst wir hier draußen im Dreck lernen ihre Kinder wirklich kennen. Aber dann ist es zu spät!«

Es überraschte mich, daß ihm diese Überdosisgeschichte so zusetzte, normalerweise hätte es ihn nicht weiter berührt. »Was hat sie wohl gespritzt, was meinst du?« fragte ich.

»Das übliche, Morphium, wahrscheinlich kombiniert mit anderem Zeug. Im Moment wird die Stadt überschwemmt von reinen harten Sachen. Sie war sicher nicht erfahren genug. Ich wüßte so gern, was diese Kinder umtreibt«, murmelte er. »Aber die Motive der Hintermänner kenne ich«, er blickte durch mich hindurch, »und ein paar von denen werden wir jetzt Feuer unterm Arsch machen.« Er hatte meine Gedanken gelesen. »Und du überläßt uns diese Sache. Dilettanten sind das letzte, was wir hier brauchen.«

»A-a-alles klar. Aber vorher noch z-z-zwei Fragen. Du hast die Spuren an ihrem Handgelenk gesehen, hast du dafür eine Erklärung? Die Wohnung sah aus, als hätte 'ne Bombe eingeschlagen, vielleicht hat da eine Auseinandersetzung stattgefunden. Und warum war sie halb ausgezogen? Wir wissen doch, daß die Kleine Angst um ihr Leben hatte.«

»Wenn du nur die Hälfte der Drogennester gesehen hättest, die ich schon aufsuchen mußte, dann würdest du mir diese blöden Kommentare ersparen!« Mørk musterte mich düster. »Wir werden alles genauestens überprüfen, was sie intus hatte, die Nachbarn, Besucher, alles. Aber es ist sowieso aussichtslos, niemand hat etwas gehört und niemand hat etwas gesehen. Letztes Jahr hatten wir sechs von der Sorte, und dieses Jahr werden es noch mehr sein.«

»Ihr w-w-werdet mit anderen Worten keinen F-f-finger krümmen, um herauszufinden, was mit der armen Kleinen passiert ist.«

Mein Sarkasmus schien Mørk nicht weiter zu beeindrukken. »Laß dir einen guten Rat geben und vergiß diese Überdosisgeschichte. Wir machen schon, was nötig ist.«

»Habt ihr die Kleine als Spitzel benutzt?«

»Du weißt genau, daß wir das niemals zugeben würden, auch wenn es der Fall wäre. Und außerdem fällt das nicht in mein Ressort.«

»Warum seid ihr überhaupt in der Wohnung aufgetaucht?«

»Ein Nachbar aus dem Seniorenwohnhaus gegenüber hat uns angerufen. Er fand, du hättest verdächtig ausgesehen. Nimm es als gutes Zeichen, daß der Alte dich von den Pennern unterscheiden konnte, die da sonst herumlungern.«

2

Line war verzweifelt, sie machte sich Vorwürfe, weil sie sich nicht mehr um Cecilie gekümmert hatte. Ich hörte sie nur ungern am Telefon weinen, als ich mich am nächsten Morgen zum Lehrerzimmer durchschimpfen konnte.

»Du hättest n-n-nichts ändern können. Als du mich gestern angerufen hast, war sie schon tot«, versuchte ich sie zu trösten. »Die Polizei meint, daß sie sich die Überdosis irgendwann nachts gedrückt hat.« Mehr hatte ich nicht zu sagen. Wenn du siebzehnjährigen Teenies mit Armen wie Streichhölzern, ausgebranntem Blick und sicherem Kurs auf die Ewigkeit begegnet bist, dann weißt du, daß es keine vernünftige Erklärung gibt. Ich hatte die ganze Skala von Antworten gehört: Verfall der Moral, die Grausamkeit des Kapitalismus, Disziplinlosigkeit, Auflösung der Familie. Und ich war genauso klug wie vorher.

»Svend, es ist so sinnlos, sie war doch noch ein Kind!«

»Die jüngste, die letzten Monat im Osloer Hauptbahnhof gefunden wurde, war auch nicht viel älter«, sagte ich unnötig brutal. »Ein T-t-tropfen zuviel, und du bist fertig. Das ist doch russisches Roulette.« Rücksichtsvoll wechselte ich das Thema. »Cecilie muß hier in der Stadt Leute gekannt haben, bei denen ich mal nachfragen könnte.«

»Sie hat eine Freundin erwähnt, die sie schon in Oslo gekannt hat, die scheint auch in Tønsberg zu wohnen.« Line schniefte und nannte mir eine Telefonnummer. »Das ist alles, was ich habe«, sagte sie mutlos.

»Ist schon gut, ich werde mich mal umhören. Du kommst doch sicher zur Beerdigung. Ruf vorher an, dann treffen wir uns.« Sie hatte ganz recht, was sie anzubieten hatte, war wirklich nicht viel. Ich beschloß, einen Versuch zu machen und die Sache dann auf Eis zu legen.

Freitagabend in Tønsberg, der größten Kleinstadt des Landes. Ein Lokal neben dem anderen führt schwache Gemüter in Versuchung, meine Mandanten zum Beispiel. Wenn ich sie am allerwenigsten brauchen konnte, überschütteten sie mich mit tödlicher Sicherheit mit ihren Klagen über ungerechte Richter und die kleinkarierte Gesellschaft, die ein paar winzige Tricksereien mit Gesetzen und Regeln nicht ein bißchen gelassener hinnehmen konnte. Wir sahen uns einfach alle zu oft.

Meine Beine kribbelten vor Unruhe, ich mußte raus. Ich mußte einfach noch einmal bei der alten Schule vorbeischauen. Der Wohnblock auf der anderen Straßenseite sah an diesem düsteren Herbstabend einladend aus. Die Aussicht war perfekt. Jemand mußte etwas gesehen haben. Aber es war schon öfter vorgekommen, daß irgendein Rentner aus dieser Gegend einen Gesetzesbruch melden wollte. Es blieb dann bei diesem einen Versuch, der ihnen ungebetene Gäste bescherte. Die Polizei würde hier nur mit Mühe Zeugen finden, wenn sie sich überhaupt die Arbeit machte, danach zu suchen. Für sie war Cecilie nur eine Nummer in einer langen Reihe von Überdosen.

Ich dachte nach. Ich kannte einen alten Seemann, der ganz oben im Block wohnte, er saß im Rollstuhl und kam nie aus dem Haus. Er war mein erster Mandant in Tønsberg gewesen, und es war mir tatsächlich gelungen, den Idioten, der seine Katzen abgemurkst hatte, in andere Jagdgründe zu vertreiben. Mit scharfem Blick und klarem Verstand verbrachte er seine Tage mit der Beobachtung der Ereignisse auf der Straße.

Steuermann Pedersen war ein guter Beobachter, und er hatte auch keine Angst, darüber zu reden. Er hatte Cecilie in den letzten Tagen mehrmals in der Wohnung des Kleindealers Jens Yankee gesehen. »Die wollte Stoff, das konnte ich doch sogar von hier aus sehen. Und ich behalte den Yankee im Auge, weißt du, der ist das reinste Barometer. Wenn der in die

Hufe kommt, dann läuft was ab. Weißt du übrigens, woher er seinen Spitznamen hat?« Der Steuermann sah mich triumphierend an. Ich brachte es nicht über mich, ihn zu enttäuschen.

»Also das kam so, er hat mal ein Paket aus Amerika gekriegt, von einer Tante in New York. Damals ging er noch auf die Grundschule, und du kannst dir ja vorstellen, wie er vor seinen Kumpels mit dem Paket geprotzt hat. Die ganze Bande latschte ins Postamt, um die Herrlichkeiten an Ort und Stelle zu inspizieren, angeblich sollte es sich um eine echte Cowboyausrüstung handeln. Und dann entpuppte sich das ganze als ein Haufen von handgestrickten Wollsocken! Den Rest kannst du dir denken. Diese Tante muß wirklich die reinste Sadistin gewesen sein!« Er grinste schief.

Jens Yankee verdankte seinen Spitznamen jedenfalls nicht irgendwelchen Reisen nach Amerika oder anderen interessanten Orten. Zusammen mit seiner versoffenen Mutter hatte er möglicherweise Holmestrand besucht, aber aller Wahrscheinlichkeit nach wären sie auf dem Weg zu ferneren Zielen wie Drammen oder Oslo bereits in Skoppum aus dem Zug geworfen worden. Und deshalb blieb Jens in Tønsberg und drehte die ganze Runde vom Snifflumpen bis zu Brennspiritus, Speed und Heroin. Eine Gefahr stellte er nur für seine eigenen Eingeweide dar. Die Polizei hatte ihn heute eingesackt, aber das würde überhaupt nichts klären, und das wußten sie genau. Die Festnahme von Jens Yankee war vor allem ein ritueller Akt.

In der Nacht zum Donnerstag war in seiner Wohnung allerlei los gewesen. Früh am Abend war Cecilie mit einer anderen Frau dort aufgetaucht. Pedersen glaubte nicht, daß die beiden angedröhnt waren. Cecilie hatte einen großen Schäferhund bei sich. Jens Yankee verschwand als erster, dann folgte die Unbekannte, danach war Ruhe in der Wohnung. Um drei Uhr nachts hatte irgendein Lärm Pedersen geweckt, er glaubte, eine wütende Mädchen- und schimpfende Männerstimmen gehört zu haben. Aber in diesem Haus kam es häufiger zu nächtlichen Auseinandersetzungen, und niemand hatte darauf reagiert. Eine Weile später kamen zwei Männer aus dem Haus und bretterten in einem schwarzen Mercedes 280 SE davon, einem gediegenen Klassiker aus den siebziger Jahren. Sie hatten den Hund bei sich.

Das Bücherregal des Seemanns verriet mir, warum er sich so sicher war, was den Autotyp anging. Meterhohe Stapel von Fachliteratur und Autozeitschriften verdeckten die Wände seiner Wohnung. »Billiger als ein eigener Wagen«, sagte er und zwinkerte mir ironisch zu. »Und auch praktischer, wenn man nur ein Bein und eine kleine Seemannsrente hat. Aber es wäre trotzdem nicht schlecht, ab und zu mal aus dieser Wohnung rauszukommen.«

Der Steuermann blickte durch mich hindurch, er schaute aus seinem Fenster, hinaus auf Fjord und Meer. Ich ahnte in seinem Augenwinkel eine Träne. Aber natürlich konnte ihm auch ein Staubkorn ins Auge geraten sein. Die Aussicht in der anderen Richtung war aktueller, dort ging der Blick auf Krankenhaus und Friedhof.

»Kannst du diese Typen beschreiben?«

»Zwei junge Männer, vielleicht um die dreißig, gut angezogen waren die. Sahen nicht aus wie der Abschaum, der sonst in diesem Rattennest verkehrt. Kamen mir eher vor wie Geschäftsleute, nur ohne Diplomatenkoffer. Da bin ich natürlich mißtrauisch geworden. Was können die denn da mitten in der Nacht für Geschäfte gemacht haben?«

Er hatte diese Männer vorher noch nie gesehen, aber er versprach, Augen und Ohren offenzuhalten und mir Bescheid zu sagen, falls sie noch einmal auftauchten. Danach war alles still geworden. Am Donnerstag hatte nur die übliche Lauferei ein und aus von Käufern und Verkäufern stattgefunden. Da hätte wirklich alle Welt die Wohnung des Yankee besuchen können.

Ich hatte jetzt Stoff zum Nachdenken und wanderte wieder in den Abend hinaus, der inzwischen spät und dunkel geworden war. Die Lokale füllten sich jetzt, modebewußte Teenies mischten sich unter optimistische Vierzigjährige mit reichlich Erfahrung auf dem Markt der *second-hand emotions*. Es war zehn Uhr abends, die Hoffnung war hellgrün. Bald würden dunklere Farben ins Bild kommen.

Auf dem Heimweg stieß ich auf eine Bande, die unruhig auf dem Farmandstorv herumlief. Ich entdeckte Stina mit den Zähnen und drängte mich durch das Gewühl. »Weißt du schon, was mit Cecilie passiert ist?«

»Hälste mich für total bescheuert, oder was! Ich weiß verdammt noch mal mehr als du, du Hobbybulle!« Stina war mächtig in Form und erntete Applaus von einem zerlumpten Publikum. Einige darunter waren noch jünger als Cecilie. »Die ganze Stadt weiß doch, daß sie sich den Goldenen gesetzt hat, aber herrgottnochmal, das Mädel hatte ja auch keine Erfahrung!« Sie blickte mich herausfordernd an und hatte Mühe, ihr Gleichgewicht zu halten.

»Ich hab gehört, sie hätte sich mit g-ge-f-fährlichen Leuten angelegt. Weißt du was davon?«

Sie überhörte meine Frage und hielt nervös nach Unterstützung Ausschau. Schweigen senkte sich über die Clique, das Thema kam nicht gut an.

»Hat einer von euch hier einen schwarzen M-m-mercedes gesehen?« Ich blickte mich drohend in der Menge um und rechnete mit einem Stotterer-Witz.

Niemand antwortete, die Stimmung hatte sich spürbar verschlechtert. Stina sah mich vielsagend an und nebelte uns mit einer undefinierbaren Mischung aus Drehtabak und altem Marokkaner ein. »Mischich da nich ein, Foyn«, nuschelte sie, »wennu nich scharf auf Ärger bis'. Die Kleine is' tot, und du bis' nich' der einzige, der das beschissen finnet. Aber wir kümmern uns um unsern eigenen Kram, unnas solltest du auch tun.«

Damit hatte sie wohl nicht unrecht.

Die Clique zerstreute sich, und ich schlenderte nachdenklich heimwärts. Ein friedliches Wochenende allein mit mir und meinen Schachfiguren lag vor mir. Ich bekam es niemals über, mich mit Bobby Fishers genialen Zügen im Manhattan Chess Club zu befassen, als er 1957 mit siebzehn Jahren erstmals US-Meister geworden war und ein anderes früheres Wunderkind geschlagen hatte, Reshevsky. Ich hatte die Figuren zu Fishers französischer Verteidigung aufgebaut, und ich freute mich auf einige Stunden mit Konflikten, wie sie nur das Schachspiel liefern kann.

Ich fand aber meine normale Gemütsruhe nicht, und am Samstagmorgen beschloß ich, daß der Yankee Besuch brauchte. Ich ging davon aus, daß die Polizei ihn schon wieder auf freien Fuß gesetzt hatte.

Jens Yankee versuchte es mit abweisendem Schweigen, als ich anklopfte. Ich pfiff auf die guten Manieren und ging hinein. Er saß auf dem Sofa, das ich vor zwei Tagen schon ausgiebig betrachtet hatte.

»Verpiß dich, Foyn, du kannst hier nich einfach einbrechen!« Glasige Augen in einem roten, müden Gesicht versuchten mühsam, mich zu fixieren. Er war knapp dreißig und kurz vor dem Rentenalter.

»Wie gut hast du Cecilie gekannt?« Hier war ich sicher. Jens Yankee hätte nicht einmal gemerkt, wenn ich auf Swahili gestottert hätte.

»Sie war oft hier, hab sie nicht besonders gut gekannt, war ja noch nich lang in der Stadt.« Sätze mit mehr als drei Wörtern machten ihm Schwierigkeiten. »War viel zusammen mit der Schwarzseidenen, die hat sich ein bißchen um sie gekümmert.«

Die Schwarzseidene war nur einige Jahre älter als Cecilie, hatte aber ihr zehntes Dienstjahr als Kleindstadtnutte schon hinter sich. Die ganze Stadt kannte sie. Sie sah noch immer gut genug aus, um sich für ihre kleinen Dienste gut bezahlen zu lassen, und an Kunden fehlte es ihr auch nicht. Ob der Steuermann sie gesehen hatte? Zu seiner Beschreibung könnte sie passen.

»Wo treibt die Schwarzseidene sich denn im Moment herum?« Ich zog eine Corona hervor und bot sie ihm an, was er aber schroff ablehnte. Wollte aufhören, kriegte Halsschmerzen vom vielen Rauchen. Ich mußte mir das Lachen verkneifen. Jens Yankee würde nicht mehr genug Zeit haben, um sich weitere Raucherkrankheiten zuzulegen. Er konnte ruhig weiter seine sechzig Kippen am Tag rauchen.

»Vielleicht bei ihren alten Pflegeeltern, die wohnen irgendwo auf dem Land, in Ramnes, glaub ich. Da verkriecht sie sich, wenn die Stadt zu übel wird. Und laß mich verdammt nochmal aus der Sache raus, Alter, ich weiß sowieso nix.« Himmel, was für ein langer Monolog! »Halt deinen Arsch aus der Schußlinie, Foyn, sonst kriegste noch 'ne Ladung rein!«

»Wie meinst du das?« fragte ich ein wenig zu eifrig. Er hatte es plötzlich sehr eilig, unternahm den vergeblichen Versuch, sein aufgedunsenes Gesicht zu einer abweisenden Miene zu verziehen, drängte sich an mir vorbei zur Tür hinaus und verschwand in Richtung des Parks, der der Erinnerung an das Ehepaar Foyn gewidmet war.

Auffällig viele Menschen verspürten derzeit das Bedürfnis, mich vor irgend etwas zu warnen. Sicher hatten sie ihre Gründe. Ein unangenehmes Gefühl kroch mir im Rücken hoch und tat sich mit dem Ischias zusammen. Der Yankee hatte vielleicht recht. Diese Entwicklung gefiel mir nicht.

Zu Hause wartete Hulda und wollte unbedingt einen Spaziergang, und ich gab mich geschlagen. »Du wirst schon sehen, was du davon hast. Zehn Kilometer schneller Trab und nicht zu viele Pinkelpausen.« Mit Hulda kann ich lange Gespräche führen, ohne auch nur einmal zu stottern. Ein Hundezwinger wäre bestimmt der ideale Arbeitsplatz für mich.

Der Lauf tat mir gut, mein Körper war doch noch nicht reif für den Schrotthaufen, obwohl dieser Zeitpunkt sich in gefährlichem Tempo näherte. Die ersten grauen Haare hatten sich mir schon aufgedrängt, und ich registrierte, daß sie sich explosionsartig vermehrten. Ich hatte die blödsinnige Illusion, das Leben beginne mit vierzig, über Bord geworfen. Mit vierzig rückt nämlich das Ende bedrohlich nahe.

Ich erwischte gerade noch die Neunuhrvorstellung im Kino. Auf dem Heimweg war ich in beinahe guter Stimmung. Meine unangenehmen Erlebnisse wirkten nicht mehr so stark nach, und ich freute mich auf ein Glas von meinem Lieblingscognac, Bache Gabrielsen 3 Sterne, zu Hause im Lehnstuhl, den ich allergnädigst bei der Aufteilung unseres gemeinsamen Haushaltes hatte behalten dürfen. Meine Exfrau hatte behauptet, daß ich bei meinem Talent, stillzusitzen und den Ereignissen ihren Lauf zu lassen, einfach einen bequemen Sessel brauchte.

Ich wurde jählings aus meinen Träumereien gerissen, als ich in die stille Nebenstraße einbog, in der meine Wohnung lag. Drei wenig vertrauenerweckende Typen hatten den Bürgersteig besetzt. Sie standen vor dem Hauseingang und lehnten am Bretterzaun.

Ich kannte keinen von ihnen und verspürte auch kein Bedürfnis nach neuen Bekanntschaften. Die drei trugen grüne Armeejacken, tief ins Gesicht gezogene schwarze Mützen und kräftige Stiefel, die sich zum Beispiel zum Treten hervorragend eigneten. Eine innere Stimme sagte mir, des es schwierig werden könnte, mich aus dem herauszureden, was sich hier offenbar zusammenbraute.

Die drei umringten mich. Diese Typen waren gefährlich. Einer von ihnen näherte sich in provozierender Haltung, die beiden anderen hielten sich zu seiner Unterstützung im Hintergrund bereit. Alle drei waren Ende zwanzig, und keiner schien in die versoffene Ecke der Drogenszene zu gehören.

»Du stehst im Weg!« Der Größte aus dem Kleeblatt verpaßte mir plötzlich einen brutalen Stoß, der mich zuerst krachend gegen den Bretterzaun und dann mit der Schnauze auf den Asphalt warf. Die beiden anderen sahen erwartungsvoll zu und warteten auf weitere gute Unterhaltung. Ich rappelte mich eilig wieder auf und versuchte, die Lage zu überdenken. Gegen diese drei hatte ich keine Chance. Die Vorstellung von einem gebrochenen Kiefer, ausgeschlagenen Zähnen und anderem, was die Zeitungen als »leichtere Verletzungen nach einer Straßenprügelei« bezeichnen würden, gefiel mir überhaupt nicht.

Ich sah keine Möglichkeit, ungehindert ins Haus zu gelangen. Aber ich ging davon aus, daß Hulda hinter der Tür wartete. Ich brauchte nicht abzuschließen, wenn sie zu Hause war. Ich versuchte schon lange, diesem widerspenstigen Vieh das Türenöffnen auf Kommando beizubringen, und deshalb riß ich die Tür zum Hinterhof auf, hoffte auf die Wirkungen der Dressur und brüllte:

»Hulda!« Ich konnte nur hoffen, daß sie nicht schnarchend auf dem Sofa lag.

Während die drei Schläger einen Moment lang verwirrt dreinstarrten, wurde die Haustür krachend aufgestoßen, und sechzig Kilo Fell und Muskeln schossen mit gebleckten Zähnen knurrend über den Hinterhof und auf die Straße. Die drei hatten noch keine Reaktion zeigen können, als der Knöchel ihres Anführers schon im Fußeisen steckte. Er heulte vor Schmerz auf, und während Hulda die Bißposition änderte, um sich an dem frischen Eisbein wirklich gütlich zu tun, konnte er sich losreißen und hinter seinen längst geflohenen Kumpels her die Straße hinunterhinken. Ich registrierte zu meiner Freude frische Blutspuren im Rinnstein.

Die Polizeiwache lag einen Block weiter, und in meinem Übermut kam mir die kluge Idee, mit Hulda im Schlepptau hinzujoggen. Diese Bande müßte die Polizei doch interessieren.

Aber dort hatten sie schon Feierabend gemacht. »Bei dringendem Bedarf dreimal schellen.« Mir war nicht nach Lachen, und schnell und etwas weniger mutig machte ich mich wieder auf den Weg zu meiner Wohnung. Und diesmal schloß ich die Tür ganz sorgfältig ab.

Hinter den schützenden Türen legte ich Eis auf die an meiner Stirn wachsende Beule. Mit meiner neuen Kordhose würde ich höchstens noch das Boot polieren können, ansonsten war ich billig davongekommen. Ich hatte Schwein gehabt. Ein heißes Bad und ein kräftiger Schluck Cognac brachten mich wieder in Form. Ich überlegte, ob ich den Überfall anzeigen sollte, aber ich kam zu dem Ergebnis, daß es nicht der Mühe wert war. Ich konnte die Gorillas nicht identifizieren, und mit meinen Schrammen würde ich leben können.

3

Am Sonntagmorgen erwachte ich mit einem Kater und einem diskreten Veilchen. Der Badezimmerspiegel versuchte, mich zu einem ruhigen Leben zu ermahnen. Ich nahm das zur Kenntnis. Aber die Telefonnummer, die Line mir genannt hatte, war vielleicht eine Spur, und ich konnte der Versuchung nicht widerstehen.

»Ja, hier ist Gro.« Ihre belegte Stimme signalisierte, daß es Sonntag war, mithin zu früh, und daß ich auf jeden Fall einen verdammt guten Grund haben sollte, um sie zu dieser Tageszeit zu wecken. Ich stellte mich vor und saugte mir eine Erklärung aus den Fingern. Meine Finger gaben nicht besonders viel her. »Es geht um Cecilie, Cecilie Villebois. Du h-h-hast sie doch gekannt, oder?« Das hier konnte schwierig werden.

Am anderen Ende der Leitung war erst einmal Stille angesagt, sie versuchte mich unterzubringen, und ich konnte ihr Mißtrauen spüren. »Was geht dich das an, sie ist nicht mehr da. Du kannst herumwühlen und graben, soviel du willst, sie ist trotzdem tot. Tot, kapierst du!« Darauf hatte ich keine Antwort, und deshalb hielt ich die Klappe. »Kannst du nicht lieber ihre Scheißfamilie fragen, warum Cecilie vor die Hunde gegangen ist?« fragte sie dann bissig. »Die haben dich doch bestimmt geschickt.«

Sie hatte keine besondere Lust, mich zu treffen, aber dann ließ sie sich doch widerstrebend auf eine Spazierfahrt ein.

Ein oft erwähnter Herr aus Wien würde interessantes Material für seine Theorien über die Irrungen der Seele finden, wenn er sich meine bevorzugten Fahrzeugtypen genauer ansähe. Ich habe noch nie denen geglaubt, die das Auto einfach nur als Verkehrsmittel bezeichnen. Die gottesfürchtigsten unter meinen Freunden vom linken Spektrum hatten mich schon seit langem in der Gefahrenzone ideologischer Abweichungen geortet, und als sich die Nachricht über meinen Jaguar verbreitete, fiel das endgültige Urteil.

Direkt praktisch ist sie ja auch nicht, diese alte Dame, in schwachen Momenten muß ich das zugeben. In einer vom Nachbarn geliehenen Garage steht die Schönheit aus dem Jahre 1962, ein Jaguar MK II, knallrot, 3,8 Liter flüsternder Motor, Leder, Teak und Chrom.

Die Dame hatte nur einen kleinen Nachteil. Sie war eindeutig nicht umweltfreundlich mit ihren satten zwei Liter Super auf 10 Kilometer. Mir grauste schon vor dem Tag, an dem das meiner altklugen Tochter aufgehen würde. Kleine Mädels sind unangenehm umweltbewußt.

Ich war mit Gro am Pier verabredet. In schwarzem Leder, mit aufsehenerregenden roten Haaren und einem Mund, der wie ein knallroter Leuchtturm strahlte, hob sie sich sofort von der verschlafenen Sonntagsstille im Hafen ab. Ich konnte ihr Alter nicht erraten, vielleicht war sie erst zwanzig. Mit mehr Lebenserfahrung, als bei diesem Alter zu erwarten gewesen wäre, tippte ich. Bleiche Haut und nikotingelbe Finger, grüne Augen, die mich kritisch musterten.

»Eins in die Fresse gekriegt?« Sie bedachte mein Veilchen mit einem ironischen Blick. »Und der Logopäde hatte gerade Urlaub?« fügte sie gnadenlos hinzu. Sie behandelte mich wie ein Haar in der Suppe, und ich mochte sie sofort. Ich ahnte andere Signale hinter ihren markigen Sprüchen.

»Wie g-g-gut hast du Cecilie gekannt?« fragte ich vorsichtig und betrachtete sie neugierig aus dem Augenwinkel heraus, während wir still in Richtung Tjøme und Meer dahinglitten.

»In Oslo waren wir Nachbarinnen. Und dann war ich mit meinem Alten in Afrika, der arbeitet in der Entwicklungshilfe, ich habe drei Jahre da gewohnt. Als ich zurückkam, gefiel Oslo mir nicht mehr, und dann konnte ich eine Wohnung hier in Tønsberg kriegen, neben dem Haus von Cecilies Eltern. Die kennen meinen Alten. Der ist noch immer in Dar es Saalam, und bei der Vorstellung, daß ich ganz allein über seine Butze in Oslo bestimme, hat er echt Zustände gekriegt. Er bildet sich ein, das Leben hier in der Kleinstadt wäre ungefährlich, der Arme.«

Ich betrachtete sie schweigend, und was ich sah, gefiel mir.

»Warum wühlst du in Cecilies Leben herum?« fragte sie plötzlich. »Worauf willst du hinaus? Vorher hätte sie Hilfe gebraucht, jetzt ist es zu spät. Du tauchst plötzlich auf, mit deinen Anwaltsmanieren und deinem scheiß Straßenkreuzer. Kapierst du nicht, daß du hier falsch liegst, Mann!«

»Vergiß nicht, daß ich sie gefunden habe«, sagte ich unmotiviert, denn mir war klar, daß ich auf dünnem Eis stand. Ein Mädchen, das das Leben nicht in den Griff kriegte, eine Überdosis, ein weggeworfenes Leben, alles schon mal dagewesen.

»Cecilie war nur zwei Jahre jünger als ich«, sagte Gro. »Wir sind in Oslo auf dieselbe Schule gegangen und haben uns über unsere Familien gut gekannt. Aber wir haben den Kontakt zueinander verloren, als ich nach Afrika gezogen bin. Als ich im Frühjahr hierher kam, hat es mich geschockt, wie sehr Cecilie sich verändert hatte.«

Nach einer kurzen Pause fügte sie ganz freiwillig hinzu: »Etwas war bei Cecilie total schiefgegangen, ihr Selbstvertrauen war auf Null, sie konnte sich nicht mehr konzentrieren, hat abgeblockt, wenn ich mit ihr reden wollte. Ich hatte das Gefühl, daß sie aufgegeben hatte.« Gro seufzte. »Cecilie war gut in der Schule, vor allem in Norwegisch. Sie hat sehr gern geschrieben, und sie hat Bücher verschlungen, hat alles mögliche gelesen.«

»Und was war mit Drogen?«

»Ich bin nicht sicher, ob sie abhängig war, aber ich weiß, daß sie mit Drogen geflirtet hat. Mir haben die Typen nicht gefallen, mit denen sie sich herumgetrieben hat. Ich glaube, sie hatte Eßprobleme, sie magerte ab, es war einfach schrecklich.« Plötzlich wurde sie zu einem verletzlichen Kind. »Wie hat sie ausgesehen, als du sie gefunden hast?«

Diese Frau konnte ihren Stil sehr schnell wechseln, und auch das gefiel mir. »Sie war schön«, sagte ich leise, »aber sie sah nicht gut aus.«

Sie steckte sich an ihrer Kippe eine neue Zigarette an. »Cecilie hatte sich einfach ausgeklinkt, und ich konnte ihr nicht helfen, so gern ich das auch getan hätte. Am Ende habe ich aufgegeben.«

»Was war mit ihren Eltern«, warf ich dazwischen, »konnten die ihr nicht helfen?«

Gro schnaubte verächtlich. »Die waren doch total daneben, die haben nichts kapiert, haben Vorträge über gute Manieren und gebildete Menschen gehalten. Cecilie hatte eigentlich niemanden, obwohl sie so viel Kohle hatte.« Gro starrte düster auf das elegante nußbaumhölzerne Armaturenbrett des Jaguar.

»Hatte sie keinen Freund?«

Gro schüttelte so heftig den Kopf, daß ihre roten Locken durch das ganze Auto wirbelten. »Sie hatte Angst vor Männern, wohl schlechte Erfahrungen gemacht, nehme ich an. Aber ich glaube, sie hat sich für kleine Nummern verkauft, um an Kohle zu kommen. Mit solchen Anwaltstypen wie dir, zum Beispiel.«

Ich stieg in die Bremsen, und der Jaguar kam abrupt zum Stehen. »Hör m-m-mal zu, Rotschopf«, sagte ich wütend, ohne Rücksicht auf die gute Stimmung. »Du hältst d-d-dich vielleicht für cool und erwachsen, aber komm mir nicht m-m-mit solchem Scheiß! Wenn du so w-w-wenig Augenmaß hast, d-d-d-dann solltest du dir eine Brille anschaffen. Ich hab' keinen Bock auf deine verdammten Vorurteile!« Ich fischte einen Zigarillo aus der Tasche und stellte fest, daß meine Nerven ziemlich abgenutzt sein mußten, wenn mich schon kleine Mädchen so leicht provozieren konnten.

Sie betrachtete mich mit neu erwachtem Interesse und klopfte mir behutsam auf den Oberschenkel. »Jetzt reg dich doch ab. Wenn du wirklich herausfinden willst, warum Cecilie vor die Hunde gegangen ist, dann mußt du zwei Jahre zurückgehen. Ich glaube, damals haben ihre Probleme angefangen.«

Sie ließ sich auf dem roten Ledersitz zurücksinken und steckte sich eine neue Zigarette an. »Noch etwas, Cecilie hat Tagebuch geführt. Schon seit vielen Jahren, sie hat so gern geschrieben. Sie wollte Schriftstellerin werden. Vielleicht kannst du ihre Tagebücher ausfindig machen.«

»Gute Idee«, sagte ich. »Wenn du mir beim Suchen hilfst. Weißt du, ob sie Kontakt mit der Polizei hatte?«

Gro wurde wieder aggressiv. »Sie war keine, die andere verpfeift, falls du das gemeint hast. Aber ich weiß davon nichts.«

»Glaubst du, sie hat Selbstmord begangen?«

»Das kann ich mir irgendwie nicht vorstellen, aber sie war ja ganz seltsam geworden, also genau weiß ich es nicht. Cecilie wäre von dem ganzen Dreck gern weggerannt, faselte von Wohngemeinschaften und so, wollte an eine experimentelle Schule, es war einfach nur ein einziges Chaos. Aber obwohl sie total fertig war, war sie eigentlich nicht von der depressiven Sorte, wenn du verstehst, was ich meine. Aber es kann doch ein Unfall gewesen sein, meinst du nicht?« Eine unerwartete Träne lief über die blasse Wange und hinterließ eine schwarze Spur. »O verdammt, das ist einfach zu übel!« Sie lehnte sich zu mir herüber.

Ich streichelte ihren Rücken. Jetzt war sie überhaupt nicht mehr stark. Der Jaguar brummte leise, wir waren zu den Felsen vor Tjøme unterwegs. Die Novembersonne hing tief über dem Horizont und tauchte die Küstenlandschaft in ein schönes Rot. Ich hielt bei Verdens Ende an. Schweigend gingen wir über die Mole, während im Hintergrund friedlich das Meer rauschte. Aber diesmal kam mir das nicht beruhigend vor.

Wie auf eine stumme Übereinkunft hin machten wir in einer Gaststätte Pause. Nicht einmal die geschmacklose Einrichtung, der listig-argwöhnische Wirt oder die Sprüche der lokalen Cowboys konnten die Stimmung zwischen uns ruinieren. Ich mußte an Cecilies Schäferhund denken. Das Tier war verschwunden, und etwas daran stimmte nicht.

»Den *Chef*? Den hat Cecilie von einem Typen übernommen, der einfach verschwunden ist. Sie hat diesen Hund geliebt. Was aus dem wohl geworden ist?«

Ich erzählte ihr, was ich wußte.

»Vielleicht finden wir die Typen, wenn wir nach dem Hund Ausschau halten«, sagte Gro und wurde jetzt eifrig. »Der ist leicht zu erkennen, er hat einen abgeknickten Schwanz. Einer von den Irren vom Farmandstorv hat ihn mit einer Tür einmal fast abgeklemmt, der Typ war total zugedröhnt, er hinkt noch immer. In der Drogenszene gibt es viele, die Hunde lieben. Und nicht nur gefährliche Wachhunde, wie die Spießer sich das einbilden. Hunde sind die einzigen, die nicht auf ihnen herumtrampeln.«

Ich fuhr sie nach Hause und hielt vor der Villa, wo sie im Keller eine kleine Wohnung hatte. Ihre Angst davor, zusammen mit mir gesehen zu werden, hatte sich gelegt, und darüber war ich froh.

Ein Stück weiter die Straße hinunter erkannte ich das Haus der Familie Villebois, beide Villen waren nahezu identisch. »Hat Cecilie auch so eine Kellerwohnung wie du gehabt?«

»Ja, sie hatte eine eigene Wohnung, konnte kommen und gehen, wie sie wollte. Das ganze Kellergeschoß ist der pure Luxus. Ihr Vater hat da ein Büro, auf der anderen Hausseite. Sag Bescheid, wenn du noch mehr Hilfe brauchst!« Sie sprang aus dem Wagen und war verschwunden.

Ich fuhr langsam zur Stadt zurück und wollte die ganze Geschichte vergessen. Aber in meinen Mußestunden, und von denen gab es in der Kanzlei nicht wenige, fühlte ich mich in den nächsten Tagen doch versucht, die letzten Pflegeeltern der Schwarzseidenen ausfindig zu machen. Zwei Anrufe bei alten Bekannten im Jugendamt halfen mir weiter. Die Frau war mit einer ganzen Generation von Sozialarbeitern Slalom gefahren. Mit bürgerlichem Namen hieß sie Karin Larssen. Fünfundzwanzig, seit zehn Jahren Kleinstadtnutte. Und immer noch mit gutem Marktwert. Im Ausland hätte sie es bestimmt weit bringen können! Aber der Schwarzseidenen wurde nie ein gutes Angebot gemacht, ihre erste Haltestelle wurde gleich zur Endstation.

Am Mittwochabend machte ich mich auf in das friedliche Dorf Ramnes, das einige Kilometer oberhalb der Goldküste liegt. Wie der Vestfolder Dichter Harald Sverdrup das ausgedrückt hat: *Oberhalb der Hauptstraße. Dort, wo die Rasen weniger grün sind, die Häuser etwas enger stehen und die Straßen eher Wege sind . . .*

Nach einer halben Stunde erreichte ich den idyllischen Hof des Ehepaars Isaksen. Ein grobknochiger Mann von vielleicht sechzig richtete sich am Holzklotz auf, setzte die Axt ab, zog seine Mütze gerade und kam zusammen mit zwei freundlichen Samojedenhunden auf mich zu. Ihr Besitzer wirkte nicht so freundlich. Er starrte abwechselnd mich und den Jaguar voller Mißtrauen an. Ich stellte mich vor und sagte, ich müsse unbedingt mit der Schwarzsei . . . mit Karin reden, aber diese Korrektur kam zu spät.

Er starrte mich an. »Sprich es nur ruhig aus. Die Schwarzseidene. So nennt ihr sie doch.« Er sagte das mit leidenschaftsloser Stimme. Sein Gesicht war wie in Granit gemeißelt, die Furchen tief und gerade. »Weißt du, bei wie vielen Pflegeeltern Karin war, ehe wir sie bekommen haben?« Er spuckte diese Frage aus. Ich hatte so meine Ahnung. »Bei sechs, in zwölf Jahren. Sie ist wie ein verdammtes Paket weitergereicht worden. Wir haben versucht, die Reste von dem zu retten, was einmal ein gesundes, munteres Kind gewesen ist.« Der

Schmerz in seiner Stimme traf mich bis ins Mark. »Was willst du von ihr?« fragte er dann langsam.

»Sie weiß vielleicht etwas über einen Drogentod, und d-d-d-das kann wichtig sein.« Mir fehlte es an guten Argumenten.

Er starrte mich lange forschend an. »Ich frage sie mal«, sagte er dann leise. »Warte hier.«

Ich blickte mich in der Natur um, während ich auf meine Audienz wartete. Die Stadt war weit weg. Hier war alles sauber und still. Feld, Wald und frische Luft. Aber war das genug? Ich wußte, daß dieses friedliche Dorf im Binnenland dieselben Probleme hatte, die ich täglich in der Stadt aus nächster Nähe beobachten konnte. Solche Dörfer exportieren ihre Verlierer einfach in die nächste Stadt.

Die Terrassentür öffnete sich, und ein skeptischer Isaksen winkte mich ins Haus. »Sie ist in ihrem Zimmer, geh einfach rein.« Er zeigte auf eine steile Treppe. Eine freundliche weißhaarige Frau schaute aus der Küchentür. »Trink doch danach einen Kaffee mit uns.«

Ich hatte die Frau, die da im Bett lag, schon sehr oft gesehen, wenn auch in ganz anderer Umgebung. Wenn sie in guter Gesellschaft aus dem Nachtclub *Bonanza* getorkelt kam, total zugedröhnt im Mindepark, klein und betont unschuldig vor Gericht. Jetzt sah sie aus wie eine grippekranke Hausfrau mittleren Alters, wie sie da unter ihren dicken Decken lag. Der Schweiß strömte ihr nur so über das blasse, ungeschminkte Gesicht. Ihre Augen glänzten fiebrig und weiteten sich, als ich an ihr Bett trat.

»Ach, der Herr Anwalt hat mich ausfindig gemacht. Was zum Henker willst du, Foyn?« Ihre Stimme klang noch immer scharf. Diese tiefe und brüchige Stimme paßte nicht zu ihrem schmächtigen Körper.

»Cecilie Villebois«, sagte ich. »Die hast du doch gekannt.«

Karin wurde noch bleicher. »Ja, ich weiß, was passiert ist«, murmelte sie. »Sie hat sich eine Überdosis gesetzt. Das ist schrecklich, aber sowas passiert, und das hier war bestimmt nicht das letzte Mal. Ich hab versucht, sie aus dem Dreck zu holen, ehe es zu spät war. Aber du hast ja gesehen, was dabei rausgekommen ist.«

Ich versuchte, die Ruhe zu bewahren. »Warum bist du jetzt hier oben, willst du dich vor irgendwem verstecken? Erzähl mir, was mit Cecilie passiert ist.« Ich setzte mich auf die Bettkante und gab Karin Feuer. »Ich weiß, daß du am Mittwoch abend dort warst, ehe sie gestorben ist. Was hat sich in Jens Yankees Wohnung abgespielt?« Ich umklammerte ihr dünnes Handgelenk und versuchte, ihren düsteren Blick einzufangen, der soviel gesehen hatte, mußte aber aufgeben. Sie war schon zu oft ausgewichen. Die Schwarzseidene bekam niemand zu fassen.

»Nichts Besonderes, wir haben ein bißchen gegessen, uns vor die Glotze gesetzt, gequatscht, das übliche eben. Was man abends eben so macht. Oder was machst du denn selber so?« Sie musterte mich mit ironischem Blick.

»Habt ihr irgendwas eingeworfen?«

Sie schüttelte energisch den Kopf. »Ich bin gegen elf nach Hause gegangen, wir haben zwei Bier getrunken, keine von uns war voll. Cecilie hatte die Wohnung vom Yankee geliehen, sie wollte nicht nach Hause.«

»Und gab es dort Heroin?«

»Keine Ahnung, aber natürlich kann es in der Bude Heroin gegeben haben, herrgottnochmal, Mann, da ging doch alle Welt ein und aus, es war die reine Handelszentrale, das weißt du ja. Vielleicht hat jemand reingeschaut.«

»Wenn du wüßtest, wie recht du hast«, sagte ich ruhig. »Kennst du zwei fesche Knaben mit einem schwarzen Mercedes?«

Sie blickte mich erschrocken an. »Kann ja wohl nicht alle Karren in der Stadt im Kopf haben, oder was?«

»Hat Cecilie irgendwann mal bei der Polizei gesungen?«

»Sie wollte aussteigen, hab ich gesagt. Mehr weiß ich nicht.«

Aber da war ich mir nicht so sicher. »Was ist aus ihrem Köter geworden, war der da, als du gegangen bist?«

»Aber klar, Cecilie hat sich nie von diesem Vieh getrennt.«

»Jemand hat Chef mitgenommen«, sagte ich leise. »Leute in einem schwarzen Mercedes, sie haben einen Höllenlärm gemacht, haben ihr verdammt viel gutes Zeug verpaßt und sind dann ganz schnell wieder abgehauen. Wer waren diese Leute, Karin? Und warum sind sie mitten in der Nacht gekommen?«

Karin schüttelte trotzig den Kopf. »Mehr kann ich dir nicht sagen. Du bildest dir vielleicht ein, du hättest Durchblick, du als Anwalt, spielst ein bißchen den Radikalen. Aber du hast sowas von null Scheißahnung davon, wie die Sache wirklich aussieht, Mann!«

Da hatte sie recht. Ich kapierte nicht viel von dem, was ich beobachten konnte. Wir lebten in getrennten Welten und begegneten uns sporadisch an irgendwelchen Grenzübergängen, die wir nie überschritten. Und das, was wir auf der anderen Seite sahen, begriffen wir nicht, und es gefiel uns auch nicht. *East is East and West is West, and never the twain shall meet . . .* Ich war ein erfolgreicher braver Bürger aus dem Establishment, so ungern ich auch daran erinnert wurde. Und die Schwarzseidene gehörte zum Bodensatz. Meine Kollegen, oder solche, die meine Kollegen sein könnten, kauften ihre Dienste, wenn es sich gerade so ergab. Ansonsten gingen wir ihr aus dem Weg. So war das, und so würde es bleiben. Alles andere war nur Gefasel und Heuchelei. Diese Lehre war Karin Larssen von Jugendamt, Freiern und Dealern in einem inhaltsreichen Leben gründlich eingebleut worden.

Frau Isaksen servierte in einer großen altmodischen und gemütlichen Küche Waffeln und Kaffee. »Sie bleibt immer ein oder zwei Wochen, bis sie wieder auf die Beine gekommen ist, und an den ersten Tagen geht es ihr immer schlecht. Und jetzt, wo sie dieses Virus hat, ist es besonders schlimm. Wir hatten das schon erwartet.« Das sagte sie in einem ganz alltäglichen Tonfall. Sie hatten viele Jahre gebraucht, um sich an alle Arten von Enttäuschungen und Mißerfolgen zu gewöhnen, und nun konnte sie nichts mehr schockieren.

»Es ist gar nicht so leicht, mit fünfundzwanzig diese Mitteilung zu bekommen. Wir hoffen, daß sie diesmal lange bei uns bleibt.« Frau Isaksen starrte in ihre Kaffeetasse.

Ich konnte nicht viel dazu sagen. Mir blieben die Waffeln im Halse stecken. Ich hinterließ meine Karte und bat um Anruf, falls ihnen etwas Wichtiges auffallen sollte.

4

Am selben Abend rief Line an. Der letzte Anruf war schon einige Tage her, mir kam es vor wie Jahre. Sie wollte zusammen mit zwei alten Schulfreundinnen von Cecilie aus Oslo nach Tønsberg kommen. Die Beisetzung sollte in aller Stille stattfinden, die Familie wollte möglichst unter sich bleiben. Eine, die mit siebzehn an einer Überdosis stirbt, die das Leben noch vor sich hatte und es wegwarf, gilt nicht als salonfähig.

Ich holte die Mädels von der Bahn ab. Line hätte selber eine der Freundinnen sein können. Sie sah genauso aus wie in meiner Erinnerung, klein und lebhaft, ihre blonden Haare waren zu zwei Zöpfen geflochten, was sie aussehen ließ wie die Schwester von Pippi Langstrumpf. Unter ihrem Lammfellmantel konnte ich die Konturen eines Frauenkörpers ahnen, den ich nur zu gut kannte. Ich zog instinktiv den Bauch ein und betrachtete die Sommersprossen, die großzügig in ihrem lustigen Gesicht verteilt waren. Ich hatte sie drei Jahre nicht mehr gesehen und konnte mich noch immer an jede Einzelheit erinnern. Und das war nicht gut für mich. Sie war nicht einen Tag älter geworden, während ich mir uralt vorkam. Ob sie überhaupt schon dreißig war? Ich jedenfalls war zu keinem Fest eingeladen worden.

Cecilies Freundinnen wollten die Stadt sehen. Line und ich fanden eine depressive Ausgabe eines norwegischen Bahnhofscafés. Die Wände rochen nach ranzigem Kaffee und alten Abschieden.

»Hast du etwas herausgefunden, Svend?«

Ich erzählte ihr, was ich wußte. Cecilies Umgang mit der Fixe war ein Spiel am Abgrund gewesen, ein kleiner Fehltritt, ein bißchen Pech und schon liegst du unten. »Ich kann nichts herausfinden, solange ich nicht weiß, wonach ich suche.« Ich zuckte resigniert mit den Schultern. »Wenn wir etwas erreichen wollen, dann müssen wir wissen, warum sie gefixt hat und wovor sie solche Angst hatte. Wir müssen in der Drogenszene herumschnüffeln, alles, was wir finden, ausschütteln und sehen, was dabei herausfällt. Und das ist nicht ganz ungefährlich.« Das war noch harmlos ausgedrückt. »Über ihre Herkunft mußt du doch mehr herausfinden können, über ihre Eltern, ihren Umgangskreis, alles, was eine Erklärung bringen kann. Willst du wirklich weitermachen?«

Noch immer hoffte ich auf ein Nein. Ich glaubte nicht, daß mich die Hinterhofgorillas wegen meiner schönen blauen Augen ausgesucht hatten, und deshalb mußte es eine andere Erklärung geben.

Line blickte mich lange an, und ich wußte, daß ich wehrlos war. »Wir können doch nicht so schnell aufgeben. Ich habe einen Freund bei *Dagbladet,* der politische Reportagen schreibt. Bestimmt kann der uns Informationen über die Familie liefern, die sind ja schließlich prominent.«

Ich hatte einen tiefverwurzelten Widerwillen gegen ihre Freunde – bei Freundinnen wäre das nicht der Fall gewesen.

»Ich werde ihn bitten, dich anzurufen.« Sie ließ ihre weichen Finger über mein diskretes Veilchen wandern. Und das gefiel mir beunruhigend gut. Ich hatte mein blaues Auge elegant mit dem Hinweis auf glatte Treppen und harten Asphalt verharmlosen können. Und diese Erklärung stimmte ja auch fast. Es war mir zu peinlich, zugeben zu müssen, daß ich in Wirklichkeit von Hulda gerettet worden war.

»Ich erkundige mich mal bei der Polizei, vielleicht kann ich herauskriegen, wie weit die mit dem Fall sind. Aber ich fürchte, daß es für die Polizei gar kein Fall mehr ist.«

Wir verließen die Innenstadt und gingen in Richtung Krematorium. Das Wetter war mies, die Straßen grau, die Stimmung unten. In der Kapelle setzte Line sich zu den anderen aus Oslo, während ich draußen wartete, bis die Zeremonie angefangen hatte. Ich wollte mir die Trauergäste ansehen. Frau Villebois ging stocksteif die Treppe zur Kapelle hoch, ein schwarzer Schleier verbarg ihr Gesicht. Ihr Mann stützte sie, ich erkannte ihn von Illustriertenbildern her. Dunkler, gutaussehender Typ, elegant und exklusiv gekleidet, ein wenig dicklich. Er gab sich große Mühe, seine Maske nicht fallen zu lassen. Ich stellte mir vor, daß er normalerweise wohl Autorität und Kraft ausstrahlte, er verfügte über diese undefinierbare Aura von Macht und Position. Aber kein Wunder, daß er jetzt ziemlich down war.

Das Ehepaar Villebois stand zusammen mit anderen, vermutlich Tanten, Onkel und eine Großmutter. Alles schwieg, niemand weinte, überhaupt war in der Versammlung ein auffälliger Mangel an Gefühlsausbrüchen bemerkbar.

Einige wenige aus Cecilies Klasse waren gekommen, sie schienen sich aber nicht wohlzufühlen. Das galt offenbar auch für den Rektor und ein paar Lehrer. War denn niemand bereit, ein wenig altmodische Trauer für dieses Kind zu zeigen, das viel zu früh in dem weißen Sarg gelandet war?

Am Tor zum Krematoriumsgelände hatten sich einige Frauen aus der Drogenszene versammelt. Sie hatten offenbar versucht, sich angemessen zurechtzumachen. Ohne großen Erfolg, wie ich sehen konnte. Sie wichen aus, als ich mich ihnen näherte. Ich sollte mich wirklich mit ihnen unterhalten. Aber ich mußte eine Gelegenheit finden, mich mit jeder allein zu treffen, gemeinsam waren sie so stumm wie der Metallbehälter, der bald Cecilie Villebois' sterbliche Überreste beherbergen würde.

In einer Nebenstraße stand ein Zivilwagen der Polizei. Wilhelm Mørk saß diskret hinter dem Lenkrad. Er schien dasselbe Ziel zu verfolgen wie ich und nicht beobachtet werden zu wollen. Ich ersparte ihm dieses Gefühl. Meine angeborene Neugier wuchs. Ich begriff nicht, was er hier zu suchen hatte. Mørk war eigentlich nicht für Drogenfälle zuständig.

Die Feier war so traurig wie sinnlos. Ich saß auf der hintersten Bank und betrachtete einen unsicheren Pastor von dreißig Jahren, dessen Lebenserfahrung aus dem theologischen Seminar stammte. Er machte einen mißlungenen Versuch, den Sinn von Cecilies plötzlichem Tod zu erklären, einem Schicksal, von dem er wohl kaum Ahnung hatte. Ob er wohl selber an sein Gerede von Sinn und Gerechtigkeit glaubte? Ich hatte da so meine Zweifel. Aber was sollte der gute Mann schon sagen, er wurde schließlich dafür bezahlt, daß er solche Gedanken von sich gab. Er konnte doch nicht auf die Kräfte losgehen, die Kinder wie Cecilie direkt in die Hölle trieben, während wir anderen uns im Lehnstuhl zurücksinken ließen und die Wirklichkeit per Fernbedienung ausschalteten. Sein Vorbild, ein Zimmermann aus Nazareth, hatte sich die Freiheit genommen zu protestieren, und wir wissen, wie ihm das bekommen ist. Ich war froh, daß ich nicht dort vorn stand. Und schlecht bezahlt war der Job außerdem.

Danach hatten wir noch ein wenig Zeit, ehe Lines Zug ging. »Svend, du mußt zur Polizei gehen, wenn die Sache gefährlich für dich wird. Geh ja kein Risiko ein, das lohnt sich nicht. Wir können Cecilie nicht mehr helfen.« Line musterte mich besorgt.

Ich wies ihre Mahnung heroisch zurück. »Versuch mal, in Oslo etwas herauszufinden, nutz deine Beziehungen aus, und dann stelle ich in der Drogenszene hier in der Stadt ein paar vorsichtige Untersuchungen an. Ganz diskret«, fügte ich hinzu. »Und gefahrlos.«

»Ruf mich an, wenn etwas passiert, Svend. Kannst du nicht mal in Oslo bei mir vorbeischauen?« Das klang verlockend. Das war oft so bei schlechten Ideen. »Harald ist in London.« Ahnte ich da einen Unterton? Die Signale von Frauen hatte ich noch nie gut verstanden, und weitere Fehldeutungen konnte ich mir nicht leisten.

Wir verabschiedeten uns auf dem Bahnsteig nur kurz,

Pflichten und Kanzlei warteten. Ich sehnte mich nach einer kleinen Stärkung, widerstand aber dem Sog von Tønsbergs Gaststätten.

Was sich als kluger Zug erweisen sollte. Im Büro erwartete mich eine eifrige Frau Svendsen. »Eine Dame wartet auf dich, Svend.« Das Wort *Dame* wurde ganz besonders betont. »Sie sagt, es sei wichtig, und sie wollte unbedingt auf dich warten, sie muß ganz dringend mit dir reden.«

Frau Svendsen hatte recht. Es war eine Dame. Sie strahlte eine Autorität aus, die sich nur durch Generationen von Geld und Stellung erreichen läßt. Sie war elegant in Schwarz gekleidet, und ich hatte sie eben erst bei der Beisetzung gesehen.

Sie reichte mir eine gepflegte Hand. »Else Krogh«, sagte sie mit einer Stimme, die es geschafft hätte, einem wesentlich profaneren Namen, und sei es »Lieschen Müller«, eine ebensolche Würde zu verleihen. »Ich bin Cecilies Tante. Ja, Cecilie ist . . . war, meine ich«, jetzt fiel sie ein wenig aus der Rolle, »die Tochter meiner Schwester.«

Jetzt sah ich die Ähnlichkeit. Else Krogh war vermutlich älter als ihre Schwester, wirkte aber jünger. Und weniger erschöpft. Sie musterte mich und mein Büro mit kritischem Blick. Beides wirkte nicht gerade vertraueneinflößend. Ich wartete auf das Urteil.

Aus unerfindlichen Gründen fanden wir jedoch Gnade vor ihren Augen. »Was mich herbringt, ist Cecilies tragischer Tod.« Das hatte ich mir schon gedacht. »Ich glaube, hinter diesem Todesfall steckt mehr als nur eine zufällige . . .«, sie kaute an dem Wort, das zweifellos nicht zu ihrem täglichen Sprachgebrauch gehörte, ». . . Überdosis.«

Ich wartete ab und überließ ihr die Initiative. Was mochte sie wohl von mir wollen?

»Ich würde Sie gern engagieren«, sagte sie energisch. »Ich hoffe, Sie können in dieser Sache gewisse Untersuchungen anstellen.«

Ich bin doch kein Privatdetektiv, dachte ich, hielt aber wohlweislich die Klappe. Es war vielleicht gar keine so dumme Idee, eine Mäzenin konnte ich schon brauchen.

»Ich weiß, daß Sie sie gefunden haben«, sagte sie zur Erklärung. »Und unsere Familie benutzt diese Anwaltsfirma schon lange, ja, schon lange vor Ihrer Zeit, als meine Großeltern noch lebten.« Ich folgte ihrem Blick zur Ahnengalerie meiner Vorgänger an der Mahagoniwand.

»Haben Sie irgendeinen besonderen G-g-grund für den Verdacht, daß es sich nicht um ein Ung-g-glück handelt«, konnte ich schließlich hervorpressen, »S-s-sie wissen doch wohl, daß das nicht Cecilies erste Drogenerfahrung w-w-w-war?«

Else Krogh blickte mich verblüfft an. »Ich bin n-n-nicht betrunken«, sagte ich ärgerlich, »und ich habe auch keinen Gehirnschaden. Jedenfalls nicht mehr als die meisten anderen.«

Ehe ich weitere tödliche Sprüche liefern konnte, brachte sie mich zum Schweigen und ging zum Du über. »Ich bin wirklich nicht hergekommen, um über deine Sprachfehler zu diskutieren.«

Sie war eben eine energische und tatkräftige Dame. Der Mühlstein wurde leichter.

»Cecilie paßt nicht in diese schreckliche Geschichte«, sagte Else Krogh. »Es muß eine Erklärung für diese Tragödie geben. Ich habe leider den Kontakt zu ihr verloren, als sie aus Oslo weggezogen sind. Sie war ja in jeder Hinsicht eine aktive, erfolgreiche junge Frau, warum sollte sie also . . .« Sie brach ab. »Ich weiß ja, daß das vorkommen kann, aber es wirkt so unwahrscheinlich. Ich glaube, etwas ist passiert, sonst hätte Cecilie sich nicht so total verändern können, und ich will wissen, was das war.« Sie bedachte mich mit einem scharfen Blick, und ich zweifelte nicht daran, daß es ihr voller Ernst war.

Wir vereinbarten, daß ich auf ihre Kosten die nötigen Untersuchungen anstellen würde. Ich bat sie, mir Cecilies Eltern zu beschreiben.

»Helle hat Håkon mit dreiundzwanzig geheiratet. Ja, damals hieß er nicht Villebois, sondern Karlsen. Ein Emporkömmling.« Sie spuckte dieses Wort aus. »Damals studierten sie beide in Oslo, sie haben sich kennengelernt, als Helle zum Studium nach Oslo gegangen war. Ja, Håkon war etwas älter. Er kommt aus Nordnorwegen, war damals sehr radikal und bei der Sozialistischen Volkspartei engagiert.« Ihre Aussprache des Parteinamens verriet ihre Meinung über diese Organisation. »Leider hat er Helle in diese Szene mit hineingezogen. Unsere Familie war darüber durchaus nicht begeistert. Helle hat ihr Studium niemals beendet. Håkon hat studiert und Politik betrieben, sie hat ihn einfach nur unterstützt und nie machen können, was sie selber wollte.«

Mit dieser Erkenntnis überraschte sie mich.

»Im Laufe der Zeit paßte Håkon sich an, er wurde realistischer, könnte man sagen.« Sie musterte mich streng. »Sie haben lange gebraucht, um ein Kind zu bekommen«, sagte sie dann. »Ich dachte schon, sie brächten das gar nicht zuwege. Cecilie wurde 1973 geboren, und sie hat keine Geschwister. Und ehrlich gesagt, sie hatte keine große Ähnlichkeit mit ihrem Vater.« Sie legte eine vielsagende Pause ein. »Anfangs waren die beiden hin und weg von ihrem Kind, aber dann ging es los mit Håkons Karriere. Politik und Geld. Und meine Schwester fing an zu trinken. Sie hat das immer gut verbergen können. Aber ich habe es die ganze Zeit bemerkt.« Sie musterte mich wieder scharf, und ich rechnete schon mit einer Entlarvung meiner Trinkgewohnheiten.

»Geld«, warf ich ein, um sie auf ein anderes Thema zu bringen, »was war das für Geld?«

»Politiker wie Håkon Villebois sind keine Idealisten, das reden sie den Leuten nur ein. Sie lieben die Macht, und sie wissen, wie sie sich Privilegien beschaffen können. Und von beidem hat er mehr, als ihm guttut.«

Sie ließ sich allergnädigst von mir in einen schwarzen Pelz

helfen, bat um meinen Anruf, falls ich etwas in Erfahrung bringen sollte, und rauschte in einem Stil aus der Kanzlei, der sogar meine Kollegen weiter vorn beeindruckte. Ich sah mir ihre Visitenkarte an. Bestes Osloer Westend.

Mir gefiel ihre Analyse, und ich ahnte die Verstimmung des älteren Teils der Ahnengalerie. Ehrwürdige Mitglieder der Salvesen-Sippe, die generationenlang die Stadt dominiert hatte, aber deren Glorie nun etwas verblaßt war, nachdem mein Vorgänger in der Kanzlei, Christian Salvesen, Verteidiger beim Obersten Gericht, seinen ziemlich speziellen Abgang gemacht hatte.

Er war als Sprecher des lokalen Kaufmannsstandes aufgetreten, einer gefährdeten Gruppe, die in der Klemme steckte zwischen der Gier der Banken, der Konkurrenz der großen Ketten und den unverbindlichen Wünschen der Kundschaft, die die Kleinstadtidylle behalten wollte. Das war, ehe sich ein unterdrücktes Umweltengagement auf der denkwürdigen Stadtratssitzung manifestiert hatte.

Im nachhinein wurden viele Erklärungen in Umlauf gebracht. Aber keine hatte wirkliche Klarheit in den Ablauf der Ereignisse bringen können. Jedenfalls wurde davon ausgegangen, daß Salvesen noch mehr getrunken hatte als sonst, ehe er an diesem Abend im Rathaus erschienen war, was sein ungebärdiges Temperament wirklich nicht besänftigt hatte.

Der Alkoholkonsum konnte indessen nicht die einzige Erklärung dafür sein, daß er es für angebracht gehalten hatte, dem Komiteevorsitzenden seinen abgenutzten Regenschirm mit solcher Kraft auf den Schädel zu hauen, daß nur eine blitzschnelle Rettungsaktion dem Mann das Leben bewahren konnte, nachdem er vor das traditionsreiche Rednerpult des Rathaussaals gestürzt war.

Es gibt einigen Grund zu der Annahme, daß der Schlag gefallen ist, weil die Mehrzahl in diesem Moment gerade beschließen wollte, ein gigantisches Einkaufszentrum zu bauen, das ein für allemal den Einzelhandel der Stadt ruinieren würde. Dieses Projekt hatte lange im Mittelpunkt eines heftigen Streits gestanden, bei dem mein Vorgänger sich immer deutlicher als norwegische Inkarnation des Michael Kohlhaas entpuppt hatte.

Obwohl es dem Bürgermeister gelungen war, sowohl die verständnisvolle Lokalzeitung als auch die Polizei aus der Sache herauszuhalten, hatte er unmöglich verhindern können, daß die Hauptstadtpresse von dem Auftritt Wind bekam. Und in der politischen Szene der Hauptstadt entstand eine eher gedrückte Stimmung, als die Geschichte dann offengelegt wurde. Viele fanden es nur natürlich, daß der treue Diener der Kaufmannschaft nach diesem handfesten Auftritt seine Anwaltspraxis niederlegte. Statt dessen übernahm er die Rolle eines exzentrischen Stadtoriginals.

Er hatte ganz hinten in der Kanzlei noch ein Kabuff von Arbeitszimmer behalten, wo er große Mengen von alten Unterlagen und Ordnern lagerte. Niemand wußte so recht, was er da zwischen seinen Papierstapeln anstellte. Wir plauderten gern eine Runde, wenn wir uns über den Weg liefen. Er äußerte sich nie zu seiner Vergangenheit, und ich war so taktvoll, nicht anzudeuten, daß der Rückgang an Mandanten etwas mit der speziellen Karriere meines Vorgängers zu tun haben könnte. Ich freute mich über diese Erklärung für die schlechte Auftragslage, während ich mich auf den Besuch bei einem gewissen Kriminalbeamten vorbereitete. Ich ahnte, daß er mehr wußte, als er mir bei unserer letzten Begegnung hatte anvertrauen wollen, und nun wollte ich diese Theorie überprüfen.

5

Wilhelm Mørk bot mir keinen Stuhl an, als ich am nächsten Vormittag unaufgefordert in seinem Büro erschien. »Ich höre, du versuchst dich derzeit als Fahnder. Hör lieber sofort wieder damit auf. Hast du denn keine dringenden Fälle?«

Er wußte genau, daß ich nicht in dringenden Fällen schwamm. »Reg dich ab, es ist ja wohl nur natürlich, daß ich neugierig geworden bin. Was hat eigentlich der Obduktionsrapport ergeben?«

»Keine Überraschungen. Genug Heroin, um drei von ihrer Sorte zu erledigen, etwas Alkohol. Sie ist am Donnerstagmorgen in der Frühe gestorben. Wir werden die Ermittlungen einstellen. Das solltest du auch tun.«

Seine Haltung provozierte mich. »Hast du verg-g-gessen, daß sie vor Angst außer s-s-s-sich war? Vielleicht hätte sie etwas Wichtiges erzählen können, etwas, das für die Polizei interessant gewesen wäre. Habt ihr in der Hinsicht überhaupt irgend etwas unternommen?«

Mørks schwerer Körper erhob sich überraschend schnell, der Mann schlug mit der Hand auf den Tisch und rief mit ungewöhnlich scharfer Stimme: »Ja, sie hat sich an einen von unseren Spitzeln gewandt, aber sie hat niemals irgendwelche Informationen liefern können. Wir glauben, sie wollte Hilfe, um aus der Szene auszusteigen. Leider war es schon zu spät. Kümmer du dich lieber um diejenigen von deinen Mandanten, die noch am Leben sind.« Er beugte sich zu mir herüber und sagte mit eindringlicher Stimme: »Überlaß diese Sache den Fachleuten!« Wilhelm Mørk war aus dem Gleichgewicht geraten. Und das geschah nicht ohne Grund, so gut kannte ich ihn. Unsere Gespräche neigten derzeit dazu, immer kürzer zu werden.

Als der Abend kam, ließ ich mich ruhelos in der Novemberdunkelheit durch die Stadt treiben. Zwei verhuschte Fußgänger eilten durch den Stoltenbergpark und machten ängstlich einen Umweg um den harten Kern der Drogenclique, der den Musikpavillon besetzt hatte. Einer ihrer Hunde, ein räudiger Schäferhund mit abgeknicktem Schwanz, weckte mein Interesse. Der Professor, einer der Veteranen, führte das Tier an einem langen, groben Seil. In dieser Szene war man aus irgendeinem Grund knauserig, wenn es um die Anschaffung von Hundeleinen ging. Dabei waren sie sonst so spendierfreudig. Der Professor hatte gripsmäßig so viel drauf, daß seine feine Familie ihn irgendwann in grauer Vorzeit auf die Technische Hochschule bugsiert hatte. Aber dieser Typ hatte sich im Chemielabor aufgeführt wie ein Fünfjähriger, der in einem Süßigkeitenladen alleingelassen wird.

Ich zog mich in eine Gasse zurück, um der Entwicklung der Dinge zu folgen. Sie warteten auf Lieferungen, flackernde Blicke huschten über die Umgebung, die Nerven lagen blank. Nach einer Viertelstunde kam ein Dealer des Wegs, Geld und Ware wechselten blitzschnell den Besitzer. Die Bande bewegte sich zielbewußt zur Gråbrødregate hinüber. Bei der Seemannsschule trennten sich ihre Wege, ich hängte mich an den Professor, der es jetzt ziemlich eilig hatte, ins Haus zu kommen. Ich wartete, bis in einer Wohnung im ersten Stock die Lichter angingen, dann schlich ich mich vorsichtig hinein. Farbe und Tapete glänzten durch Abwesenheit, es stank nach Katzenpisse, unter meinen Füßen knirschte Sand. Plötzlich zwang mich ein wütendes Kläffen rückwärts die Treppe hinunter, die ich mich gerade hochgeschlichen hatte, und fluchend stürzte ich rücklings über einen Kinderwagen. Ein klapperdürrer Köter starrte mich bösartig an. Ich packte einen Besen, den ich bei meinem Sturz mit umgerissen hatte, und schlug nach dem Viech, das winselnd im Hausflur verschwand.

Der Überraschungseffekt war verdorben. Ich nahm zwei Treppenstufen auf einmal und klopfte dann an. Die Tür paßte zum restlichen Professor, abgeschabt, schief und mit kleinen Wunden übersät. Ich klopfte noch einmal, härter diesmal, in dem Versuch, das Blueskonzert hinter der Tür zu übertönen. »Ich weiß, daß du zu Hause bist, jetzt mach schon auf!« Meine Geduld war wirklich am Ende.

Jemand drehte die Musik aus, ich hörte schleppende Schritte. Die Sicherheitskette wurde geöffnet. »Ja scheiße, was willst du denn hier? Verpiß dich, du Drecksanwalt!« Ich nahm zur Kenntnis, daß er mich erkannt hatte, vermutlich vom Untersuchungsgericht her, und daß er nicht gerade Lustigmacher eingeworfen hatte.

Seine Botschaft war deutlich genug formuliert, aber ich hatte es satt, mich herumkommandieren zu lassen, und deshalb quetschte ich mich in die Wohnung. Ich konnte hier nur etwas erreichen, wenn ich den harten Mann markierte. Ich fischte ein Zigarillo aus der Tasche und fragte mit so kalter Stimme wie möglich: »W-w-wo hast d-d-du den Chef gelassen?«

Die Antwort kam sofort. Er riß die Küchentür auf, und die Töle kam mit gelben, stechenden Augen und offener Schnauze angewetzt. Ich packte einen Stuhl und versuchte, mir das Vieh vom Leibe zu halten. Sein tiefes Knurren verriet mir, daß ich der nächste Kandidat für die Verwundungsstatistik der Drogenszene sein sollte. Ich mußte etwas unternehmen.

»Reg dich ab und schaff den Hund weg, ich will doch nur mit dir reden!« schlug ich vor, aber ich traf auf keinerlei Verständnis. Es war mehr als deutlich, daß er mich dem Hund liebend gern zum Fraß vorgeworfen hätte. Ich mußte dem armen Tier mit dem Stuhl einen harten Schlag über die Schnauze versetzen, und danach ließ es sofort von mir ab. Dieses Vieh hatte in seinem kurzen Leben schon genug Prügel bezogen.

Der Professor kam mit wilden Augen auf mich zu. Seine Pupillen waren weit offen, seine Augen rund. Er schnappte sich einen Aschenbecher und warf damit nach mir, aber das Teil verfehlte mich um einiges und knallte gegen die Wand. Der Professor war dermaßen zugedröhnt, daß er gar nicht in der Lage war, irgend etwas zu treffen. Aber gleich darauf zog er ein Springmesser aus der Tasche, das sich mit einem ekelhaften Klicken öffnete. Mir gefiel weder das Messer noch das riesige Hakenkreuz, das vom Ohr meines Gegenübers herunterbaumelte.

Die ganze Sache sah wirklich zusehends schlechter aus. Der Professor versperrte mir den Weg zur Tür, und ich mußte hinter dem Stuhl Deckung suchen, während ich zu argumentieren versuchte: »Laß uns doch ein Geschäft machen. Du hast vielleicht Informationen, die für mich wichtig sind. Von wem hast du den Hund, von Cecilie?« Ich zog meine Brieftasche hervor.

Bei diesem Anblick wurde der Professor gleich zugänglicher. Morgens Tiger und abends Bettvorleger. Wer zehn Jahre lang das ganze Drogenangebot durchgetestet hat, neigt zu leicht wechselnden Stimmungen. Der Professor beruhigte sich und ließ sich aufs Sofa fallen, immer noch mit dem Messer in der Hand. Ich senkte den Stuhl und zündete meinen Zigarillo an, blieb aber in sicherer Entfernung.

»Du weißt doch schon alles. Ich hab ihn einfach übernommen. Hab denen einen Gefallen getan. Was geht dich das an?«

»Wer ist *denen*? Das waren nicht zufällig zwei Geschäftsleute in einem schwarzen Mercedes, oder was?«

Er blickte mich erschrocken an.

»Weiß ich nix von.«

»Was hast du in der Wohnung vom Yankee gemacht?«

»Laß den Scheiß, die bringen mich um, wenn ich was verrate, ich weiß nicht, wie die heißen.« Ich wußte, daß das gelogen war, aber ich würde dem Professor niemals einen Namen entlocken können. Er kannte die Spielregeln und war alles andere als dumm. »Die organisieren Stoff für Tønsberg, nehmen Bestellungen an und so«, sagte er, »liefern aber nie selber. Aber vielleicht haben sie Cecilie doch was gegeben. Vielleicht sollte die das verkaufen. Das weiß ich doch nicht! Laß mich aus der Sache raus!«

»Du kannst dich auf mich verlassen«, beruhigte ich. »Und dann?«

»Ich hab' ein paar Jobs für sie übernommen. In Schulen und so. Die haben in Ware bezahlt. Und mir den Chef gegeben. Cecilie könnte den nicht behalten, haben sie gesagt.« So kann man das natürlich auch ausdrücken.

»Angeblich soll Cecilie gesungen haben. Was sagst du dazu?«

Der Professor musterte mich mit listiger Miene. »Sie hat was gewußt, kapierst du, und das war ungesund.«

»Und was hat sie gewußt?« Ich klopfte auf meine Brieftasche. »Spuck schon aus, ich halt' die Klappe.«

Er schnaufte in seinen tristen Hängeschnurrbart hinein. »Echt, ich weiß nicht, was die Kleine hatte. Aber es war verdammt heiß. Vergiß es, du hast nicht genug Kohle, um irgendwen über sowas zum Zwitschern zu bringen. Niemand weiß etwas Genaues, auf jeden Fall hatte es mit den dicken Heinis zu tun. Denk doch selber nach, du bist doch ein cleverer Jurist, oder was?«

Ich sah ein, daß ich hier nichts mehr holen konnte, und blätterte einige Hunderter hin. »Du weißt, wo du mich finden kannst, wenn sich dein Gedächtnis bessert. Paß auf den Hund auf, und laß ihn nicht wieder auf die Leute los.« Ich wich vorsichtig zur Tür zurück, während der Professor einige hellrote Pillen einwarf.

Ich stolperte durch das Treppenhaus und hinaus in die frische Luft, vorbei an genervten Kötern, jammernden Katzen und alten Fahrrädern. Diese Entwicklung machte mir angst.

Das Vernünftigste wäre, abzuspringen und mein bißchen Wissen der Polizei vor die Füße zu legen. Aber ich ahnte schon, daß deren Interesse minimal sein würde. Und mir gefiel auch der Gedanke nicht so ganz, mich von der Vernunft leiten zu lassen.

Ich ging nach Hause, um bei meinen Schachfiguren Rat zu suchen.

Einige Stunden darauf riß mich das Telefon brutal aus meinen Träumen. Eine aufgeregte Greisenstimme hatte Probleme mit dem richtigen Satzbau. »Foyn, jetzt sind sie wieder hier! Der Mercedes, meine ich!« Ich tastete nach meiner Uhr. Halb drei. Langsam ging mir auf, daß die Stimme dem Oberspion des Wohnblocks gehörte, Steuermann Pedersen. Meine Gehirnwindungen wurden plötzlich munter und jagten meinen Körper aus dem Bett. »Versuch, d-d-die Autonummer aufzuschreiben. Ich bin in ein p-p-paar Minuten da!« Ich warf ein paar Klamotten über, riß meine Autoschlüssel an mich und war geistesgegenwärtig genug, auch meine Kamera mitzunehmen.

Der Jaguar glitt lautlos in eine Seitenstraße, die weit genug vom Schulhaus entfernt war. Ich stieg vorsichtig aus und näherte mich dem Mercedes, um mir die Autonummer anzusehen, die aber passenderweise total verdreckt war. Ehe ich sie freigelegt hatte, hörte ich die Schultür krachend ins Schloß fallen. Ich floh zurück in den Jaguar. Zwei gutangezogene Typen von Ende zwanzig liefen aus der Bruchbude und gingen dann zielstrebig zum Mercedes, der danach rasch auf die Hauptausfahrtsstraße aus der Stadt zuhielt. Ich fuhr in sicherer Entfernung hinterher. Es war kaum Verkehr, aber dunkel und regnerisch, genau richtig für eine vorsichtige Verfolgungsjagd. Die Fahrt führte über eine nachtstille E 18 gen Norden. Es würde eine lange Nacht werden. Auf dem Weg nach Oslo passierten wir Drammen und Holmestrand. Ich hoffte, daß sie nicht noch weiter wollten.

Nach einer guten Stunde näherten wir uns der Osloer Innenstadt, ich hatte Angst entdeckt zu werden, und fiel zurück. Beim Frognerpark hätte ich den Mercedes fast aus den Augen verloren, aber ich sah ihn dann wieder, als ich in Majorstua in den Bogstadvei einbog. Die beiden hielten vor einem guterhaltenen Steinhaus in der Sorgenfrigate, während ich vorbeifuhr und mir weiter unten in der Straße einen Parkplatz suchte. Ich zog meine Pentax mit ihrem lichtempfindlichen 300-mm-Objektiv hervor und machte im Laternenlicht eine Bilderserie, während die Männer ihren Wagen abschlossen und ins Haus gingen.

Bald darauf wurde in einer Wohnung im Erdgeschoß das Licht eingeschaltet, und ich konnte sehen, daß die zwei dort erregt hin und her liefen und mit den Armen fuchtelten. Es sah aus wie ein heftiger Streit. Diese Typen waren Nachtmenschen. Sie hatten offenbar nicht vor, demnächst ins Bett zu gehen, so wie sie da standen und auf die nachtstille Straße hinausblickten, übrigens ein wenig zu oft in meine Richtung für meinen Geschmack. Es war inzwischen halb fünf, die Straßen waren menschenleer, noch hatte der Berufsverkehr nicht eingesetzt, und ich wurde langsam müde. Es war keine gastliche Stätte, und da mich offenbar niemand ins Haus bitten wollte, mußte ich mir eine andere Lösung überlegen.

Das Nummernschild des Mercedes war noch immer verdreckt, der Rest des Autos war frischpoliert und gewienert. Ich wartete, bis sich hinter dem Vorhang nichts mehr bewegte, dann stieg ich vorsichtig aus meinem Auto, legte das Nummernschild frei und musterte die Briefkästen des Hauses. Keiner der Namen sagte mir irgend etwas. Ich zog mich mit dem unbehaglichen Gefühl, beobachtet zu werden, in den Jaguar zurück.

Der schwarze Mercedes stand verlockend und verlassen da, und nirgendwo war ein Mensch zu sehen. Ich zog einen Zigarillo hervor und ließ meine Vernunft einen ungleichen Kampf gegen meine Neugier ausfechten. Aus dem Handschuhfach des Jaguar holte ich ein praktisches kleines Teil, das ein befreundeter Autoknacker mir geschenkt hatte, zusammen mit einer reichhaltigen Auswahl an Schlüsseln und Dietrichen. Zum Dank dafür, daß ich ihn einmal vor dem Knast gerettet hatte. Wenn es auf dieser Welt irgendeine Gerechtigkeit gäbe, dann hätte er schon lange sitzen müssen. »Mit diesem Ding kannst sogar du innerhalb von zwei Minuten ein normales Schloß knacken«, hatte er grinsend gesagt.

Er hatte recht. Es ging verblüffend leicht, den Verschlußknopf neben dem Beifahrersitz hochzuziehen. Ich hatte den Wagen vorher untersucht und mich davon überzeugt, daß er nicht mit einem modernen Alarmsystem ausgerüstet war. Von innen zeugte die Karre vom fehlenden Ordnungssinn ihrer Besitzer. Alte Parkscheine, Rechnungen, Zigarettenpäckchen, Colaflaschen, alles lag wild durcheinander auf den roten Ledersitzen. Ich sah rasch das ganze Gewühl durch, während ich immer wieder ängstlich zu den dunklen Fenstern von Haus Nr. 5 hochschaute. Der Wagen war vor kurzem in der Wartung gewesen, und irgendwer hatte gewaltig dafür blechen müssen, nicht weniger als zweiundneunzigtausend blanke Kronen, bezahlt von einer Firma, die sich »Finansimport« nannte, das verriet mir die Quittung. Diese Jungs hatten ihre Beziehungen, und das brauchte man, um dermaßen standesgemäß kutschieren zu können. Ich hätte auch gern solche Beziehungen gehabt.

Etwas Interessantes fand ich nicht. Aber als ich mich aus dem Auto stahl und gerade vorsichtig wieder die Tür zuschließen wollte, fiel mein Blick auf eine Uhr, die unten auf der Gummimatte gleich vor der Tür lag, an einer Stelle, wo Dinge, die ihrem Besitzer aus der Tasche rutschen, leider so schrecklich gern in Deckung gehen. Ich hob die Uhr auf und sah sie mir im Licht der Lampe am Armaturenbrett genauer an. Eine ganz unauffällige Uhr, konnte aller Welt gehören, vermutlich aber einer Frau. Der Riemen war quer durchgerissen. Ich stopfte die Uhr in die Tasche und machte, daß ich wegkam, und noch immer glaubte ich, im Rücken stechende Blicke zu spüren.

Da ich nun schon in Oslo gelandet war, konnte ich bei dieser Gelegenheit auch gleich alte Bekanntschaften auffrischen. Ich wußte, wer mich in bezug auf den Drogenmarkt auf den neuesten Stand bringen konnte. Außerdem wollte ich mir gern einen Überblick über Villebois' politische und finanzielle Unternehmungen in der Hauptstadt verschaffen.

Es ging langsam schon auf sechs Uhr zu, und ich hatte noch eine Einladung bei einer gewissen Grundschullehrerin offen, um die ich in alle Ewigkeit einen weiten Bogen machen wollte, das hatte ich mir einmal fest geschworen.

Der Jaguar brachte mich treu und brav in Oslos internationales Viertel, Grünerløkka, wo die zweite Generation fleißiger Einwanderer wohnt. Kleine Läden, die niemals schließen. Penner und Alkis. Arbeiter auf dem Weg zur Straßenbahn, Überbleibsel aus der Zeit, als Oslo noch eine Industriestadt war. Alte Damen, die mit fetten, überfressenen Hunden ihren Morgenspaziergang machten. Späte Nachtschwärmer, die von Festen nach Hause kamen.

Ich ließ es darauf ankommen, vergaß alle guten Vorsätze und klingelte. Der aufgeblasene Mitbewohner war schließlich in London.

Line war überrascht über meinen Anblick. Vielleicht freute sie sich auch. Aber ihre Enttäuschung war um so größer, als ich ihr vom fehlenden Interesse der Polizei erzählte.

»Für die ist das einfach kein Fall mehr, Line.« Und, schlimmer noch, wir können nicht viel daran ändern, dachte ich, hielt aber die Klappe.

»Was meinst du, Svend, wollen wir einen Versuch machen? Oder ist es eine schlechte Idee, wenn wir Detektiv spielen?« Sie blickte mich fragend an, und diesen Blick kannte ich nur zu gut. »Entscheide du, ich mache mit, wenn du willst.«

Ich hätte ihr gern erzählt, wie die Wirklichkeit aussah. Cecilie hatte an der Fixe gehangen, eine Grenze überschritten und den Preis bezahlt, vielleicht hatte sie gesungen, vielleicht hatte jemand sie erledigt, sie wäre wirklich nicht die erste. Die Zeit der Kreuzzüge war vorbei. Und es ist gefährlich, sich in Dinge einzumischen, die uns nichts angehen.

Andererseits hatte ich jetzt eine Mandantin, die bereit war, eine Zeitlang für meinen Lebensunterhalt aufzukommen. Und die Neugier quälte mich. Ich seufzte und hoffte, daß mir noch während meines Erdenlebens meine Belohnung zuteil werden würde. »Ich kann nichts versprechen, aber ich will mich gern weiter umhören. Ich ruf' dich dann an.«

Ein Anruf bei den Nachbarn in Tønsberg sorgte dafür, daß Hulda Gassi geführt werden würde. Ich teilte den Kollegen in der Kanzlei mit, daß mich ein wichtiger Auftrag in die Hauptstadt gerufen habe. Widerwillig notierte ich mir den Namen des Journalisten, mit dem Line befreundet war, während sie zur ersten Unterrichtsstunde davonstürzte.

Ich fuhr mit der Straßenbahn ins Zentrum. Der Abteilungsleiter Willy Andersen bei der Kripo sah heruntergekommen und müde aus, als er für mich in seinem eingestaubten und scheinbar chaotischen Büro einen Stuhl freischaufelte. Aber ich wußte es besser. Es gab nicht viele, die soviel über die Jugend dieser Stadt wußten, auch wenn die Jahre, die verstrichen waren, seit ich diesen Ort verlassen hatte, nicht spurlos an ihm vorübergegangen waren. Ich hatte ab und zu hereingeschaut und die Probleme registriert. Es ist hart, gegen einen anwachsenden Strom von Menschen am Rande des Abgrundes zu kämpfen und hilflos zusehen zu müssen, wie das, was an Geländern und Sicherheitsnetzen noch übrig ist, langsam, aber sicher von übergroßen Bubis mit Gesichtern wie Kinderärschen niedergerissen wird, von Bubis, die von einer politischen Wurstmaschine ausgespuckt worden sind und zuviel über Milton Friedmans Liberalismus gelesen haben.

»Hältst du durch, Willy?« Er sah müde aus.

Er musterte mich lange, dann steckte er sich eine Pfeife an und warf den letzten Jahresbericht auf den Tisch. »Wirf da mal einen Blick drauf, Mann. Wir werden noch immer gebraucht, weißt du. Die Probleme wachsen uns über den Kopf. Mit Vorbeugungsmaßnahmen sind wir total im Rückstand, und unsere Mittel werden immer mehr gekürzt. Wir sollen einsparen, wir geben zuviel Geld aus. Dieser Job macht sich offenbar nicht bezahlt.« Er schnaubte verächtlich. »Wir arbeiten jetzt mit der zweiten Generation von Junkies, den Kindern derjenigen, von denen wir dachten, wir hätten ihnen wieder auf die Beine geholfen. Zusammen mit verwirrten Einwandererkindern gibt das eine herrliche Soße. Aber einige von uns können wohl nichts anderes, als in diesem Chaos herumzuwuseln und uns das Dasein von unten anzusehen.« Er grinste voller Selbstironie. »Du sitzt gut und sicher da unten im friedlichen Tønsberg, habe ich gehört. Vielleicht kannst du mir einen Job bei der Stadtreinigung besorgen?«

Ich wußte, worauf er anspielte. Ich glaubte, daß mir die Flucht gelungen war. Zuerst als Gerichtsreferendar in die friedliche Stadt an der Südküste, wo die Dächer der idyllischen Kapitänshäuser am Fjord vorne mit glasierten Dachpfannen und hinten mit Schiefer verkleidet sind, danach an Vestfolds selbstzufriedene Südküste, ins Land der grünen Rasenflächen.

»Was weißt du über den derzeitigen Drogentransport nach Vestfold, Willy?«

Er zögerte. »Nicht sehr viel, aber die Gegend gilt als interessanter Wachstumsbereich. Die Zeit, als die Ware auf Amateurbasis mit den Fähren ins Land gebracht wurde, ist vorbei. Jetzt werden große Mengen durch professionelle internationale Organisationen importiert, die auf verschiedenen Routen operieren. Das meiste landet in Oslo und wird von dort verteilt. Die Städte in Vestfold sind als Zwischenstationen wichtig, angeblich nimmt ein Großteil des Heroinimportes diesen

Weg. Aber niemand weiß das so genau, die Routen ändern sich dauernd.« Er wirkte nicht besonders froh.

»Ich habe auch Gerüchte über Konkurrenzkämpfe gehört. Irgendwer will die Kontrolle über den Vestfoldmarkt an sich reißen, weil der verdammt einträglich ist. Dichtbevölkerte Gegend, keine großen Entfernungen, brauchbarer Zulauf.« Er legte eine Pause ein und stopfte sich seine Pfeife. »Kokain ist im Kommen, und der Konsum läßt sich noch steigern, wie du weißt. Offenbar sind jetzt professionellere Organisationen am Werk. Vermutlich haben sie Marketingkurse besucht.« Er lächelte, aber in diesem Lächeln lag keine Freude. »Irgendwer verkauft im Moment Heroin zum Schleuderpreis. Die Preise sind auf die Hälfte des letztjährigen Niveaus gefallen. Billiger Stoff aus Pakistan und Afghanistan ruiniert den Verdienst der alten Lieferanten. Noch ein Grund, um sich nach neuen Einkommensquellen umzusehen.«

Der Fatalismus lag auf der Lauer, das spürte ich. Willy brauchte eine Pause. Ich zog die in einer Stunde hergestellten Abzüge meiner Fotos von den beiden Herren auf Tønsbergtour hervor. »Kennst du diese Prachtexemplare?«

Willy sah sich die Bilder an und nickte bestätigend. »Der Dunkle ist eine bekannte Größe, er heißt Stensen, Kenneth Stensen.«

Ich verglich diesen Namen mit der Liste der Namen an den Briefkästen in der Sorgenfrigate. Es stimmte.

»Er ist Rausschmeißer in einer Diskothek von zweifelhaftem Ruf, und angeblich arbeitet er auch als Leibwächter und als Killer«, sagte Willy. »Soviel ich weiß, ist er nie wegen Drogenhandels festgenommen worden. Aber es liegen ein paar Vorstrafen wegen Kleinigkeiten vor, ein bißchen Körperverletzung und Erpressung. Sicher aus der Zeit, ehe er in richtig schlechte Gesellschaft geraten ist. Jetzt wird er nicht mehr verhaftet, und das ist ein schlechtes Zeichen. Ich weiß nicht, für wen er im Moment arbeitet. Der Blonde ist ein Kumpel von ihm. Kjell Opstad heißt er, glaube ich, über den weiß ich sonst nichts. Junge Löwen auf dem Weg nach oben. Angeblich war er in ein Restaurantprojekt in Tønsberg verwickelt, bei dem die Gläubiger Millionensummen in unbekannter Höhe eingebüßt haben. Du kennst die Geschichte vielleicht?«

Allerdings. Einer der großen Restaurantbarone war mit einem Projekt in Tønsberg aufgetaucht, das aus unerfindlichen Gründen den lokalen Bankdirektor veranlaßt hatte, unbegrenzten Kredit zu gewähren. Die einzige Form von Konzept und Kalkulation bestand aus einer Ansammlung von zerknüllten Servietten, auf denen mit schwindelnden Summen jongliert worden war. Ein diskretes Wendemanöver hatte die Bank, oder besser deren Kundschaft, mindestens fünfzig Millionen gekosten, um die Ruhe wiederherzustellen.

Ich verließ Willy mit dem Versprechen, bald wieder vorbeizuschauen, und ließ mich in einer friedlichen Ecke von *Stortorvets Gjestgiveri* nieder. Ich wollte mich über die Firmen informieren, die in der Sorgenfrigate 5 ihre Büros hatten. Das gelang mir durch die hervorragende telefonische Auskunft des staatlichen Firmenregisters. Aber diese Informationen sagten mir nichts. Das Mietshaus war als eigene Aktiengesellschaft registriert, den Aufsichtsratsvorsitzenden kannte ich dem Namen nach. Fredrik Thorsen, ehemaliger Journalist, jetzt ganz oben in der Kommunalverwaltung von Oslo. Das zweite Aufsichtsratsmitglied war mir unbekannt; Petter Svendsen, Direktor, beste Bærumer Adresse. Das Einwohnermeldeamt teilte mit, daß Stensen und Opstad in der Sorgenfrigate wohnten. Und als Besitzer des bewußten Mercedes erwies sich, was mich nicht überraschte, der Türsteher Stensen.

Ich ging weiter in die Akersgate, um mich mit Lines Journalisten zu treffen. Der war beunruhigend sympathisch. Ich ließ mir den Politiker Håkon Villebois kurz beschreiben. Der hatte sich um 1970 sehr aktiv gegen Norwegens Beitritt zur EWG engagiert und zu verschiedenen linken Gruppierungen gehört, ehe er sich auf die Mitte hin eingepeilt hatte. Er hatte sich etliche attraktive leitende Posten an Land gezogen, in der Wirtschaft und in der Verwaltung, Posten, die die Türen zu den innersten Zirkeln der Macht öffnen. Und doch war ihm der Durchbruch als Politiker nicht richtig gelungen. Er hatte zwar zu Beginn der achtziger Jahre kurzfristig Karriere im Umfeld des Machtzentrums gemacht, aber da diese Regierung nicht lange überlebt hatte, war er nicht weitergekommen. Angeblich wollte er um jeden Preis seinen Platz an der Sonne zurückgewinnen. Aber es gab Gerüchte über gewisse geschäftliche Transaktionen, die einer, der nach einem Ministerposten schielt, sich einfach nicht leisten kann.

Das alles machte mich nicht klüger. »Kannst du mir noch weitere Informationen beschaffen, gerne auch über sein Privatleben?«

Der Journalist zögerte. »Unter einer Bedingung. Wenn du eine heiße Spur findest, dann kommst du damit zuerst zu mir.«

Weiter kam ich nicht. Das Wochenende rückte näher, und ich machte mich auf die Rückreise in die Provinz. Ich wußte, daß am Sonntagabend in Tønsberg eine große Kulturveranstaltung stattfinden sollte. Alles an lokalen Größen, was überhaupt nur aufrecht stehen konnte, wollte sich dort einfinden. Villebois' politische Gesinnungsgenossen würden Schlange stehen. Und daraus konnte ich vielleicht etwas machen. Außerdem wußte ich, daß mein Vorgänger in der Kanzlei immer solche Veranstaltungen besuchte. Er nahm jede Gelegenheit wahr, um die Kleinstadtelite in Verlegenheit zu bringen. Und was den lokalen Klatsch anging, so war er die reinste CIA. Vielleicht würde ich also meine Kenntnisse über die Familie Villebois und ihren Umgangskreis erweitern können.

Das Lokal war brechend voll. Ich quetschte mich zu einer

schmalen Bank ganz hinten durch, ohne jedoch den ausrangierten Verteidiger beim Obersten Gericht erspähen zu können. Also beschloß ich, meine Aufmerksamkeit der Veranstaltung zu widmen. Das sollte sich als kluge Entscheidung erweisen.

Der Vorsitzende des Veranstaltungskomitees stellte seinen grundlegenden Mangel an Verständnis für den Geschmack des Publikums unter Beweis, als er enthusiastisch eine Novelle des Vestfolder Dichters Gunnar Bull Gundersen ankündigte, eine Geschichte, die sich durchaus nicht für den Vortrag bei festlichen Veranstaltungen unter Gemeinderegie eignete. Diese Erzählung handelte von der Kunst, in nobler Gesellschaft ins Förmchen zu scheißen.

Die Lesung ging mit Einfühlungsvermögen und Pathos los, aber das Tempo verringerte sich dann merklich, da der Schauspieler nach jedem Satz eine längere Pause einlegte.

»*Niemand sagte etwas, das stimmt schon, aber ich spürte doch bereits eine stumme Mißbilligung, die meiner Person galt. Ich bin in dieser Hinsicht sensibel ...*« Totenstille senkte sich über den Saal, als dem Publikum die unbarmherzige Wahrheit aufging: Der Schauspieler war mindestens so blau wie der heimgekehrte Seemann, den er darstellen sollte. »*... aber ist nichts passiert, jedenfalls nichts, was der Bemerkung wert gewesen wäre. Daß ich mir im unerträglich sauberen Schal von Frau Wesentlich, oder wie sie nun hieß, die Nase putzte, ist ja nun wirklich nichts, das die Aufregung gelohnt hätte ...*« Die Pausen, die sich ergaben, wenn er das Buch zuschlug und die richtige Stelle nicht mehr finden konnte, wurden immer peinlicher. Schauspieler sind sensible Menschen, durch seinen Alkoholnebel hindurch mußte er die Reaktion des Publikums bemerkt haben, die Anspannung, die sich im Saal verbreitete. Das Publikum war eindeutig nicht auf seiner Seite. Er hob dramatisch die Faust und fuhr fort: »*Aber* wenn irgendwer in der Stadt behauptet, ich hätte mit dem Messer zugestochen, so ist das eine blanke Lüge, denn ich habe nur gekratzt. Ja, ich habe sogar den Daumen gegen die Spitze gehalten und auf diese Weise gezielt geritzt. Und das können wirklich nicht alle von sich behaupten . . .«

Gespannt wartete ich auf den nächsten Zug. Der Schauspieler richtete sich auf, schlug wieder sein Buch zu und schwankte über der Kulturelite in der ersten Reihe, während er versuchte, die Gesetze der Erdanziehung und der Zentrifugalkraft aufzuheben. Es blieb bei diesem Versuch. Das Publikum beobachtete diese Szene in ohrenbetäubendem Schweigen. Mit einem Aufschrei stürzte der Knabe vom Bühnenrand und landete zwischen den Brüsten einer üppigen Dame.

Eine schockierte Stille senkte sich über das Lokal. Nur zwei lachten, außer mir noch Christian Salvesen. Sein blanker Schädel leuchtete auf, während er sich durch die Menge drängte. Als er den Saal verließ, schloß ich mich an. Der Rest der Veranstaltung wurde aufgeschoben, weil die Arrangeure zuerst Ruhe und Ordnung wiederherstellen mußten.

Wir fanden einen Tisch in der *Havarie,* und ich gab ein Bier aus. »Eine denkwürdige Vorstellung«, er lächelte zufrieden. »Ich habe dich sonst auf diesen kleinen Kulturabenden noch nie gesehen?«

»Eigentlich war ich auf Suche nach dir«, antwortete ich, kippte mein Bier hinunter und betrachtete die adrett gebundene Fliege meines Gegenübers, die einzige sichtbare Spur eines langen Lebens auf der Sonnenseite. Das Familienvermögen hatte er längst verpraßt. »Du kennst doch alle Größen hier in der Stadt. Was weißt du über die Familie Villebois?«

Er legte sein Gesicht in betrübte Falten. »Sie sind erst nach meiner Zeit nach Tønsberg gekommen.« Er räusperte sich. »Håkon Villebois kenne ich nicht persönlich. Aber ich höre ja so einiges. Seine Frau ist in Tønsberg aufgewachsen, ich kann mich gut an sie erinnern. Mein Vater war ihr Familienanwalt.

Das mit ihrer Tochter ist traurig, aber ich muß zugeben, daß ich nichts anderes erwartet hatte. Dieses arme Kind war total verwirrt, du hättest mal die Bande sehen sollen, mit der sie herumgelungert ist.« Er beugte sich zu mir vor. »Und das eine sage ich dir: Die Erklärung liegt immer ganz nah.«

»Wie meinst du das?«

»Nimm dir die Familie vor.« Wieder räusperte er sich. »Ich habe sichere Hinweise darauf, daß dort einiges abgelaufen ist.« Er hörte sich an wie ein Fachmann. Ich hatte keine Ahnung, was er eigentlich meinte.

»Und seine Geschäfte, der soll doch nur so im Geld schwimmen?«

»Immobilienspekulation wird nicht dadurch schwieriger, daß man Zugang zu den inneren Kammern der Politik bekommt. Und außerdem sind Gerüchte im Umlauf, daß einige von seinen Firmen gewisse dubiose Klubs in Oslo laufen haben, Etablissements, die keine Mehrwertsteuer abführen, Massagesalons, Lokale für Leute mit ausgefallenen Interessen.« Er bedachte mich mit einem listigen Blick. »Die Frage, die du dir stellen solltest, ist, woher er damals das Geld zum Einstieg hatte. Wenn du darauf die Antwort findest, dann findest du auch die Lösung. Glaub mir, ich weiß, wovon ich rede.« Er ließ seine Behauptung in der Luft hängen und betrachtete sein leeres Bierglas.

Auf dieses Signal hin ließ ich nachschenken. »Woher weißt du das alles?«

»Ich halte die Augen offen und sammle Informationen. Früher oder später macht sich das bezahlt.« Mehr wollte er nicht verraten. Ich begriff, warum er den Spitznamen »Hans im Glück« hatte.

6

Am Montagmorgen saß ich im Büro und versuchte vergeblich, nicht an Cecilie Villebois zu denken. Schließlich machte ich mich auf, um dem Ehepaar Villebois einen Besuch abzustatten. Ich konnte auch nichts daran ändern, daß der Zeitpunkt nicht günstig lag.

»Im Zusammenhang mit Cecilies Tod besteht noch immer sehr viel Unsicherheit.« Ich hatte mich an der Sicherheitskette der Mahagonitür vorbei argumentiert. Håkon Villebois empfing mich zögernd in der Diele, hatte aber offenbar keine Lust, mir einen Stuhl anzubieten. Er schien etwas von seiner üblichen Autorität zurückgewonnen zu haben. »Was wollen Sie damit sagen?«

»Vielleicht war es doch kein normaler Unfall mit einer Überdosis. Hat irgend jemand Ihre Tochter bedroht?«

Villebois wurde blasser und kleiner und zuckte resigniert mit den Schultern. »Nicht, daß ich wüßte. Aber ich habe doch ihren Umgangskreis nicht gekannt.« Dieses Eingeständnis machte ihm arg zu schaffen. »Cecilie hat es immer gut gehabt, sie hatte alles, was sie brauchte, wir begreifen einfach nicht . . .«

Er unterbrach sich. Die Gnädigste betrat die Bühne, und es ging ihr durchaus nicht gut. Mit etwas Training, und das hatte ich, war leicht zu erkennen, daß sie schon zu viele Gläser intus hatte, obwohl sie sich ganz sicher bewegte. Alkoholiker treten auf mechanische Weise auf, ihre Bewegungen sind einstudiert und geplant, sie dürfen um keinen Preis aus der Rolle fallen. Ihr Blick richtete sich mit jeweils gleich großem Unwillen abwechselnd auf ihren Ehemann und auf mich.

»Wenn du dir nur Zeit genommen hättest, Håkon! Aber du hattest ja immer soviel zu tun. Wir hätten . . .« Sie verstummte, dann ging sie eine Spur unsicherer weiter und verließ das Zimmer.

»Sie ist noch immer außer sich, das können Sie vielleicht verstehen.« Villebois versuchte vergeblich, seine Würde wiederzufinden. Ich konnte es verstehen.

»Cecilies Probleme haben anscheinend vor zwei Jahren begonnen«, sagte ich. »Was ist damals passiert?«

Villebois fühlte sich nicht wohl in seiner Haut, er rutschte im Sessel hin und her, wischte sich den Schweiß ab und wünschte mich weit weg. Aber das reichte nicht, um mich zu vertreiben. »Die üblichen Pubertätsprobleme, Opposition gegen die Eltern, das, was die meisten erleben. Und in Oslo gerät man so leicht in schlechte Gesellschaft«, murmelte er und musterte mich düster. »Wollen Sie wirklich sagen, daß . . .«, er schluckte und wußte nicht, wie er sich ausdrücken sollte, ». . . daß Cecilie vielleicht ermordet worden ist?«

»Sie hatte am Abend vor ihrem Tod Besuch von einigen gefährlichen Größen«, sagte ich ruhig. »Hat Cecilie Ihnen gegenüber jemals die Namen Stensen oder Opstad erwähnt? Leute aus Oslo, aber sie scheinen sich oft in Tønsberg aufzuhalten. Sie fahren einen klassischen schwarzen Mercedes.«

»Ich kenne mich mit den lokalen Verhältnissen nicht sehr gut aus.« Liebend gern wäre er mich losgewesen.

Ich zog die Uhr, die ich im Mercedes gefunden hatte, aus der Tasche. »Kennen Sie diese Uhr, kann die Cecilie gehört haben?«

Er blickte mich verständnislos an. »Ich habe nichts mehr zu sagen, kommen Sie lieber ein andermal wieder, jetzt ist wirklich nicht der richtige Moment.« Er sprang auf und schob mich fast zur Tür. Håkon Villebois war nicht nur ein trauernder Vater. Jetzt wußte ich, daß er sich außerdem vor Angst fast in die Hose machte.

Das Faxgerät hatte das umfangreiche Vorstrafenregister der beiden Mercedestouristen ausgespuckt, als ich am nächsten Morgen die Kanzlei mit meinem Besuch beehrte. Körperverletzung, Betrug, aber kein Rauschgifthandel. Für die letzten Jahre lag nichts vor. Entweder hatten sie sich eines Besseren besonnen, oder jemand hatte sie unter seine beschützenden Fittiche genommen. Ich neigte eher zur letzteren Theorie.

Ich freute mich auf einen friedlichen Abend zu Hause mit meinen Schachfiguren, aber dann riß mich das Telefon brutal aus dem Lehnstuhl. »Svend! Ich bin's, Gro. Ich habe eine geniale Idee. Heb den Arsch hoch und komm her. Wenn du noch lebst, meine ich.«

Eine halbe Stunde später empfing sie mich in ihrer Kellerwohnung, die vom Rest des Hauses her nicht einzusehen war. »Gibt's was Neues?« fragte sie eifrig, und dabei musterte sie mich neugierig aus lebhaften grünen Augen.

»Nicht viel.« Ich lieferte eine kurze Zusammenfassung.

»Ich habe mir das alles überlegt, genau wie du, gib's nur zu. Wir müssen Cecilies Tagebücher an uns bringen, falls sie noch im Haus sind. Ihren Eltern hat sie sicher nichts davon erzählt.«

»Und wie stellst du dir das vor?« fragte ich unschuldig und wußte, was sie meinte. Ich entdeckte, daß ich mein Stottern unter Kontrolle hatte.

Gro blickte mich erwartungsvoll an. »Ich habe einen Plan. Du kannst bestimmt raten, wie der aussieht.«

Damit hatte sie allerdings recht. Ich hatte auch schon auf dem Gedanken an einen Einbruch in Cecilies Kellerwohnung herumgelutscht, hatte den Geschmack aber nicht gemocht. Und gefährlich für einen Anwalt wäre es auch. Es war noch nicht zu spät zum Ausstieg.

»Ich weiß nämlich, wo der Reserveschlüssel liegt«, lockte Gro. »Und dann ist es doch kein Einbruch.«

Ihr Lachen gefiel mir. Und es tilgte meine letzten Skrupel, was meine Beschäftigung mit dieser Sache anging. Wir beschlossen, noch in dieser Nacht zuzuschlagen. Gro wollte den

Schlüssel holen, der an einem Apfelbaum im Garten hing. Ich bat sie auch, nach Alarmanlagen Ausschau zu halten.

Um zwei Uhr fuhr ich leise den Hang hoch und stellte den Jaguar in sicherer Entfernung ab. Es war eine dunkle, verregnete Nacht, wie geschaffen für unsere lichtscheuen Aktivitäten. Im Haus schien alles still zu sein, es brannte kein Licht, und die Alarmanlage war von der Sorte, die nicht reagiert, wenn man die Tür mit dem richtigen Schlüssel öffnet. Wir benutzten eine Taschenlampe und fingen mit Cecilies Schlafzimmer an. Alles war offenbar unverändert. Es war ein typisches Teenie-Zimmer, in dem noch niemand aufgeräumt hatte. Ich untersuchte die Fenster, und meine Vermutungen bestätigten sich: Kratzer an alten, ausgeleierten Fensterhaken, Spuren auf der Fensterbank. Ich hatte das scheußliche Gefühl, daß schon vor uns jemand hiergewesen war. Cecilies Sachen lagen überall herum. Kleider, Papier, alte Schmusetiere. Von meiner eigenen Erfahrung mit Mädchenzimmern her konnte ich nicht ausschließen, daß dieses Chaos natürlich war. Aber mein Argwohn war nun einmal geweckt.

Überall fand ich Zettel und Notizen mit Cecilies Kritzeleien. Eine Frau, die sich ausdrücken konnte. Und vor allem, sie hatte einen PC verwendet, viele ihrer Notizen waren mit dem Computer geschrieben. Den Computer konnte ich jedoch nicht entdecken. »Himmel, hatte Cecilie Ahnung von Computern?«

»Aber sicher, Cecilie war nicht dumm, das habe ich dir ja gesagt. Natürlich haben ihre liebenden Eltern ihr einen geschenkt. Sie haben die ganze Zeit versucht, sie zu kaufen. Außerdem war sie die totale Leseratte, jedenfalls, als wir uns kennengelernt haben.«

Im Zimmer gab es überraschend viele Bücher. Ich zog einige aus dem Regal, Kinderbücher, Jugendbücher, Klassiker, Lyrikbände. Eine überraschend breit gefächerte Auswahl. Ich hatte Mühe zu begreifen, daß das Mädchen, das in Jens Yankees Wohnung seine Endstation gefunden hatte, aus dieser Umgebung stammte.

In der Wohnung fanden wir Bilder von Cecilie. Als Säugling, als kleines Mädchen, am ersten Schultag und als frischer Backfisch. Ein sehr hübsches, aber ernstes Kind. Ich erkannte die schönen Züge ihrer Mutter. Ich nahm vorsichtig Gros Arm und spürte, daß mir das gefiel. »Wenn sie hier sind, dann sind sie gut versteckt. Wo würdest du deine Tagebücher verstauen?«

Gro machte noch einmal eine Runde und richtete zum Schluß ihre Aufmerksamkeit auf eine Kommode mit einer breiten Schreibplatte und zahllosen kleinen Schubladen. Ein prachtvolles Möbelstück. Wir durchsuchten es sorgfältig, fanden aber nichts von Interesse. Gro versuchte ihr Glück oben auf der Kommode, und nach einigem Hin und Her konnten wir einen oberen Deckel abheben. Ein Geheimfach! Ich stieß einen lautlosen Pfiff aus, diese Frau verfügte wirklich über allerlei Talente!

»Mein Alter liebt Antiquitäten, ich weiß, daß die Leute früher so ihre Wertsachen versteckt haben.«

Und dort lagen die Tagebücher. Eine rasche Durchsicht ergab, daß sie vor drei Jahren angefangen worden waren. Das müßte für unsere Zwecke ausreichen. Ich fühlte mich in diesem Haus nicht wohl und wollte so schnell wie möglich weg. Wir schlichen uns in die Dunkelheit hinaus, und bald darauf saßen wir in Gros Kellerwohnung und vertieften uns in die Bücher.

Das erste Jahr enthielt ziemlich inhaltslose, aber reife Teenagerbetrachtungen über Alltagserlebnisse. Reiten, Tennis, Ballett. Das Leben im Osloer Westend. Sie hatte ihren Stil wirklich radikal geändert. Die meisten Tage wurden in Stichpunkten abgehandelt, aber ab und zu brachte sie auch ausführlichere Beschreibungen. Ich konnte das Bild eines reflektierten jungen Mädchens mit eigenen Meinungen ahnen. Sie lehnte sich gegen ihre Eltern auf, der Alkoholkonsum ihrer Mutter war für Cecilie kein Geheimnis. Ihre Eltern hatten dieses Problem, wie alle anderen persönlichen Probleme, vor sich hergeschoben. Aus Rücksicht auf den guten Ruf der Familie wurde alles unter den Teppich gekehrt. »Die Fassadenkletterer«, so nannte sie ihre Eltern.

Trotz dieser Konflikte war sie bei Festen im Haus Villebois als zweite Gastgeberin eingesprungen. Wie viele andere in ihrem Alter hatte sie erwachsene Männer vorgezogen, gleichaltrige Jungen wurden als kindisch und unreif abgetan. Prominenz aus der Kulturszene tauchte in der Personengalerie auf. Der Umgangskreis der Eltern umfaßte das gesamte Spektrum an Titelbildobjekten der Illustrierten. Kein Wunder, daß die altkluge und frühreife Cecilie von dieser Szene fasziniert gewesen war.

Wir blätterten weiter. Vor ungefähr zwei Jahren, kurz nach Cecilies fünfzehntem Geburtstag, blieben die Tagebuchseiten plötzlich leer. Keine Geständnisse, keine scharfsinnigen Beobachtungen. Dieses Schweigen dauerte zwei Monate an. Gleich nach Weihnachten kam dann das erste Lebenszeichen. Kurz und düster, keine Erklärung, kein Kommentar.

Wie viele Steine unter der Ebene liegen, weiß niemand. Auch nicht, wie viele Feuer brennen mußten oder wieviel Wärme nötig war, um eine Schicht nach der anderen zu entfernen. Es hat viele Jahre gedauert, bis der ganze Stein verschwunden war. Noch immer ist eine fast kahle Stelle zu sehen. Aber langsam stellen sich die Grashalme wieder ein.

Danach verloren die Tagebuchnotizen dramatisch an Qualität und wurden während des nächsten Jahres zu sporadischen und kurzen Kommentaren. Zwischen den Zeilen konnten wir lesen, daß alles immer schlimmer wurde. Konflikte in der Schule, neue Freunde mit gefährlichen Interessen, alles in Stichworten, keine Einzelheiten oder Namen.

Die Tagebücher konnten nicht erklären, was geschehen

war, sie zeichneten nur ein düsteres Bild von Schmerz und Verfall, mit einer frühreifen jungen Frau in der Hauptrolle, die versucht hatte, wieder in ihre Rolle als braves, tüchtiges Mädchen zurückzufinden. Das war ihr nicht gelungen. Sie hatte die schlimmsten Szenen ausgesucht, die sie überhaupt nur finden konnte. Nichts hatte sie ausgelassen. Alkohol, Drogen, Diebstahl. Sie hatte ihnen die ganze Hand gegeben.

Aus dem letzten Jahr, in dem die Familie Villebois nach Tønsberg umgezogen war, gab es kein Tagebuch. Es war verschwunden, wenn es jemals existiert hatte. Vielleicht hatten wir in der Wohnung etwas übersehen. Ich war wie gelähmt. Was sollten wir jetzt tun? Ich steckte mir einen Zigarillo an.

»Hast du übrigens einen Kaffee?« Die Uhr ging auf vier zu, und ich war fix und fertig.

»Du kannst gern hier schlafen, Sherlock.« Ihre grünen Augen musterten mich. Ich brauchte sehr viel Willenskraft, um aufzustehen, aber es gelang mir. »Ich nehme die Tagebücher mit und sehe sie mir zu Hause noch einmal genauer an, vielleicht sehe ich ein bißchen klarer, wenn ich geschlafen habe. Das hier war wirklich eine nützliche Nacht. Bis dann.« Ich setzte mich in meinen Jaguar und hoffte, daß mein Heiligenschein nicht allzu sehr strahlte. Es war noch immer dunkel, und das Haus der Familie Villebois sah mich mit seinen dunklen Fenstern düster an.

Zu Hause ging mir die ganze Geschichte dann immer wieder durch den Kopf, und ich schlief in dieser Nacht nicht sehr lange. Am nächsten Tag traf ich ungewöhnlich spät im Büro ein. Ich mußte einem bohrenden Verdacht nachgehen, etwas, das Else Krogh angedeutet hatte.

Ich besiegte meine Telefonangst. »Du hast erw-w-wähnt, daß sie lange Zeit P-p-probleme mit dem Kinderkriegen hatten, ehe Cecilie kam. Weißt du, ob sie d-d-deshalb in Behandlung waren?«

Else Krogh antwortete wie aus der Pistole geschossen. »Ja, waren sie. Helle hat mich damals um Rat gebeten. Håkon glaubte natürlich, der Fehler liege bei ihr.« Else Krogh versuchte nicht zu verhehlen, was sie von dieser Ansicht hielt. »Ich habe Helle geraten, sich an einen bekannten Arzt im Rikshospital zu wenden, und ich weiß, daß sie beide dort untersucht worden sind. Damals war unsere Beziehung schon ziemlich angespannt, und deshalb habe ich das Ergebnis nie erfahren. Aber Cecilie wurde jedenfalls erst einige Jahre später geboren. Und der Spezialist ist längst tot.«

»Du hast gesagt, daß Cecilie keine Ähnlichkeit mit ihrem Vater hatte. Was wolltest du damit eigentlich sagen?«

»Ich weiß nichts Genaues, aber der Mangel an Ähnlichkeit war wirklich auffallend«, sagte sie giftig. Das Thema war erledigt. Else Krogh war es gewohnt, den Gesprächsverlauf selber zu lenken.

Ich versprach, mich wieder zu melden, wenn ich mehr zu berichten hätte. Ich überlegte. Eine Verflossene von mir war Krankenschwester im Rikshospital, sie arbeitete dort schon seit vielen Jahren, und ich wußte, daß sie jetzt eine leitende Stellung bekleidete. Wir hatten uns schon lange nicht mehr gesehen. Ich hoffte, daß sie nicht von der nachtragenden Sorte war.

Mit Hilfe des Telefons konnte ich sie aufspüren, erweckte aber keine besonders herzliche Reaktion. Als ich jedoch die Karten auf den Tisch gelegt hatte, sprang sie darauf an und war bereit, einen Versuch zu unternehmen. War es denn überhaupt möglich, Zugriff auf zwanzig Jahre alte Krankenberichte zu nehmen? Obwohl das verboten war? So vieles war doch verboten, und einen Versuch konnte sie immerhin machen.

Mit den friedlichen Abenden zu Hause war jetzt Schluß. Ich hörte das wütende Fiepen des Telefons schon unten im Hinterhof, als ich gegen neun endlich nach Hause kam. Und das bedeutete neuen Ärger. Rotschopf hing an der Strippe, und sie hatte es eilig. »Mach schnell, Svend, die Familie Villebois hat unerwünschten Besuch bekommen. Ich warte vor dem Haus auf dich.«

Ich stürzte zum Jaguar und raste den Hang hoch. Unter einer Eiche im Villeboisschen Garten fand ich eine aufgeregte Gro, deren Blick sich auf das Drama richtete, das sich hinter den Fenstertüren der Veranda abspielte.

»Ich habe das Haus im Auge behalten und alle Besucher registriert«, flüsterte sie. »Vor einer Weile kam dieser Heini hier angeschlichen. Er ging mehrmals um das Haus herum und schaute durch die Fenster, ehe er geschellt hat. Cecilies Mutter hat aufgemacht, und als sie sein Gesicht sah, wollte sie die Tür gleich wieder zumachen. Aber der Typ hat sich ins Haus gedrängt. Danach hörte ich drinnen einen wilden Streit, und dann bin ich losgerannt, um dir Bescheid zu sagen.«

Ich konnte nur schwer hören, worüber sie sprachen, aber um das Wetter ging es jedenfalls nicht. Sie waren reichlich erregt. Der Fremde kehrte mir seinen breiten Rücken zu, aber ich hatte das Gefühl, diesen Rücken nicht zum ersten Mal zu sehen. Einen Moment lang konnte ich sein Profil sehen und hatte keine Zweifel mehr. Kriminalkommissar Wilhelm Mørk war zu Besuch gekommen. Was hatte er in Jens Yankees Wohnung noch zu mir gesagt? *Ich weiß, wer die Eltern sind, ja.* Aber ich hielt das hier nicht für einen Freundschaftsbesuch.

Der Besuch nahm ein jähes Ende, als Wilhelm Mørk sich auf dem Absatz umdrehte und aus dem Haus marschierte. Dabei stieß er einen hilflosen Villebois beiseite, während die Frau sich in einen Sessel fallen ließ. Die Haustür wurde krachend zugeschlagen, und Mørk ging unmittelbar an uns vorbei, ehe er den auffälligsten Dienstwagen der Kripo bestieg und verschwand. Er marschierte an uns vorbei, ohne seinen Falkenblick zu benutzen. Normalerweise hätte er uns entdeckt, wie wir da versuchten, uns unter dem Baum unsichtbar zu machen.

»Hast du gehört, worüber sie gesprochen haben?« Ich blickte Gro gespannt an.

»Nur bruchstückhaft. Er hat Villebois als verdammten Feigling bezeichnet, und er hätte ihn offenbar gern zu Boden geschlagen. Sie ist dazwischengegangen und hat versucht, Frieden zu stiften. Wer ist er denn eigentlich?« »Der Hüter des Gesetzes. Du kannst dich ganz sicher fühlen«, grinste ich, »aber offenbar hat Villebois Grund, sich Sorgen zu machen.«

Diesmal bekam ich Kaffee. Gro versprach, die Observierung fortzusetzen und nach besten Kräften zu schnüffeln. Sie kannte viele Leute und wollte Augen und Ohren offenhalten.

Langsam fuhr ich wieder nach Hause. Dort konnte ich den ohnehin schon unbeantwortet herumliegenden Fragen noch eine weitere hinzufügen: Welche Verbindung bestand zwischen Mørk und Villebois? Sie waren ungefähr im gleichen Alter, ansonsten konnte ich mir nur schwer eine Gemeinsamkeit der beiden vorstellen. Ich verspürte das dringende Bedürfnis, mehr über Kommissar Mørk in Erfahrung zu bringen. Das Problem war nur, daß niemand diesen Mann näher zu kennen schien. Ich hätte ihn kennen müssen, aber als ich mir das richtig überlegte, mußte ich passen. Er wohnte allein in einer kleinen Wohnung, schien früher einmal verheiratet gewesen zu sein, jetzt war er offenbar mit seiner Arbeit verheiratet, hatte kaum soziale Kontakte und war ein guter Schachspieler. Mehr wußte ich nicht.

Else Kroghs solide Finanzlage war hier für mich von Vorteil. Ein gescheiterter Exkollege arbeitete in Oslo als Privatdetektiv, die steigenden Scheidungszahlen hielten ihn am Leben. Sich persönliche Informationen über einen Polizisten zu beschaffen, erfordert ungewöhnliche Methoden. Mein Gewissen zwickte mich ganz leicht, als ich anrief und mir eine genaue Personenbeschreibung von Mørk bestellte, aber damit konnte ich leben. Die Informationen, die ich jetzt brauchte, würde Wilhelm Mørk mir nie im Leben freiwillig liefern.

Es wurde eine lange Nacht mit ergebnislosen Grübeleien und wenig Schlaf. Und ich wurde nicht viel klüger, als das Faxgerät im Büro am nächsten Tag eine lange Aufstellung von Villebois' Ehrenämtern und Immobilienanteilen ausspuckte. Diese Liste sah beunruhigend respektabel aus. Ich sah, daß er im Vorstand mehrerer Wohnungsbaugesellschaften in Oslo saß. Eine davon hatte ihr Büro in der Sorgenfrigate 7, gleich neben meinen reisenden Mercedesfreunden also. Villebois war ebenfalls in der Nummer 7 gemeldet. Die Nachbarschaftsverhältnisse in Majorstua interessierten mich nun wirklich. Villebois und seinen Gesellschaften konnte schließlich die ganze Gegend gehören, für Außenstehende war es so gut wie unmöglich, sich einen Überblick über solche Eigentumsverhältnisse zu beschaffen. Und das war vermutlich auch der Sinn der Sache.

Ich überlegte weiter. Cecilies letztes Tagebuch würde mir sicher weiterhelfen können, falls das überhaupt existierte. Ich mußte noch einmal Karin Larssens friedliches Versteck auf dem Lande aufsuchen. Ich hatte das Gefühl, daß sie etwas wußte, und ich beschloß, bei passender Gelegenheit einen neuen Vorstoß zu unternehmen. Diese Gelegenheit bot sich erst einige Tage später. Am Samstagvormittag zogen Hulda und ich im Jaguar auf Landpartie aus. Wir sind ein klassisches Paar, kabbeln uns die ganze Zeit und sehen uns immer ähnlicher.

Die Landstraßen in Ramnes sind schmal, und in einer scharfen Kurve kam mir ein schwarzes Auto in hohem Tempo entgegen. Nur mit Mühe und Not konnte ich die alte Dame auf der Fahrbahn halten. Während ich noch über diese bescheuerte Raserei fluchte, wurde ich innerlich eiskalt. Ein schwarzer Mercedes! Ich war ganz sicher, daß ich diesen Wagen nicht zum erstenmal gesehen hatte. Die Pferde unter der Motorhaube legten los, und wir steigerten unser Tempo.

Zehn Minuten später jagten wir auf Isaksens Hof. Dort war

alles beunruhigend still. Keine Hunde, kein Holzhacken. Ich warf einen Blick in die Garage, der Wagen war verschwunden. Sie waren vielleicht in die Stadt gefahren, das machten die Leute hier oben samstags gern. Ich schellte. Keine Reaktion. Ich drückte gegen die Tür, und die öffnete sich. Das brauchte nichts zu bedeuten, hier oben wurden die Türen nie abgeschlossen.

»Karin!« rief ich angespannt.

Keine Reaktion. Vorsichtig ging ich ins Haus, und mir gefielen die fetten Schmutzspuren in dem ansonsten sauberen Flur überhaupt nicht. Irgendwer hatte sich nicht die Mühe gemacht, die Schuhe abzutreten. Ich stürzte die Treppe hinauf und riß die Tür von Karins Zimmer auf. Dort war es halbdunkel, die stickige Luft war bleischwer, und ihr Geruch gefiel mir nicht. Sie erinnerte mich an ein anderes Zimmer in einer weniger idyllischen Umgebung.

Karin, alias die Schwarzseidene, lag bewegungslos im Bett, zusammengerollt wie ein kleines Kind, mit kreideweißem Gesicht. Ich konnte keinen Puls fühlen. Ich versuchte sie wachzurütteln, mußte dieses Vorhaben aber aufgeben. Ich war zu spät gekommen. Auf dem Nachttisch waren ordentlich eine Spritze und das restliche Zubehör arrangiert, ein Stilleben ohne rote Äpfel. Ich sah einen frischen Stich im vernarbten Unterarm und einen blutigen Wattebausch, der mitten auf dem bäuerlichen, selbstgewebten Fußbodenläufer fehl am Platze wirkte. Ich lief zum Telefon und rief einen Krankenwagen.

Erst nach einer Ewigkeit hörte ich in der Ferne das Martinshorn. Die Leute machten ihre Arbeit, und ich nutzte die Gelegenheit, um mir kurz Überblick über das Zimmer zu verschaffen. Ich war davon überzeugt, daß es bereits durchsucht worden war, konnte das aber nicht konkret belegen. Ich konnte keinerlei Geheimnisse entdecken. Hatten meine Vorgänger das gefunden, was ich suchte?

Der Ortspolizist erkannte rasch, daß er Hilfe brauchte, und nach einer weiteren Stunde tauchte eine ganze Bande von der Kripo auf, an der Spitze kein Geringerer als Wilhelm Mørk. Inzwischen war das Ehepaar Isaksen nichtsahnend aus der Stadt zurückgekehrt und mußte sich jetzt gleich auf den Weg zum Krankenhaus machen. Es wurde ein langer Nachmittag, wie ich ihn mir wirklich nicht vorgestellt hatte.

»Wenn du das auch als schlichte Überdosis abhakst, dann mußt du doch total bescheuert sein!« Ich war wütend und frustriert. Ich hatte Mørk Namen und Autonummer genannt. Aber einen Teil der Geschichte wollte ich eben für mich behalten.

Endlich konnte ich wieder in die Stadt fahren. Unterwegs machte ich beim Krankenhaus halt. Das Ehepaar Isaksen war völlig fertig. Soweit sie wußten, war seit ewigen Zeiten niemand mehr zu Besuch gekommen, aber beide waren tagsüber auf Arbeit. Karin war optimistisch gewesen, sie hatten sie für clean gehalten. Ich wollte ihnen noch nichts von meinem Verdacht verraten, es stand noch nicht fest, ob sie überleben würde. Sie lag im Koma, sie hatte eine Riesendosis intus, die selbst einer abgehärteten Veteranin wie der Schwarzseidenen den großen Kick verpassen konnte. Und viel mehr hatte sie von der Zukunft wohl auch nicht erwarten können.

»Habt ihr ein Tagebuch gesehen, das Karin für eine Freundin in Verwahrung genommen hat, oder hat sie das vielleicht selber erwähnt?« Das war nicht der Fall.

Ich verließ sie in einem unendlich bedrückenden Wartezimmer. Warum hatte ich nicht damit gerechnet, daß so etwas passieren könnte? Das hier war kein Spiel, da mußte ich Wilhelm Mørk recht geben.

Karin Larssen starb in der folgenden Nacht. Isaksen rief mich an, und ich hatte nichts, was ich dazu sagen konnte. Sie hätte sich bestimmt ohnehin bald auf diesen Weg gemacht. Aber die Isaksens sahen das nicht so. Sie hatten schon vor langer Zeit gelernt, einen Tag nach dem anderen anzugehen. Auf jeden Fall war es für irgend jemanden unendlich wichtig, daß das, was Cecilie gewußt hatte, nicht weitergegeben werden konnte.

7

»Wir wissen, daß HIV-Positive aus der Drogenszene sich oft mit einer Überdosis vom Acker machen, wenn diese Teufelskrankheit richtig loslegt. Lieber ein letzter Himmelsschuß, als aufs Verrotten warten. Du weißt doch wohl, daß die Schwarzseidene infiziert war?« Wilhelm Mørk musterte mich mit nachdenklichem Polizistenblick. Er hatte mich am Tag darauf zu sich bestellt, um meine Aussage aufzunehmen.

»Wir haben deine Tips untersucht, aber dabei ist nichts herausgekommen. Niemand hat etwas gesehen. Du hast zuviel miese Krimis gelesen, das Mercedesphantom existiert nur in deiner Phantasie.« Er freute sich über diesen Spruch. Vielleicht hatte er recht.

»Ich kann ja verstehen, daß du skeptisch bist«, sagte er dann, »aber deine Verdächtigen haben uns ein brauchbares Alibi aufgetischt. Und andere Anhaltspunkte haben wir nicht. In der letzten Woche haben allein in Oslo fünf Junkies den Löffel abgegeben. Sag mir einen Grund, warum diese Schweinerei uns hier in Vestfold erspart bleiben sollte!«

Ich konnte ihm keinen nennen.

Im Büro befand meine Arbeitslust sich auf normalem Niveau, das heißt auf Null. Wenn ich mir die Rechnungen ansah, die ordentlich in der rechten Ecke meines Schreibtisches aufgehäuft waren, so weit wie möglich von mir entfernt, dann sah ich ja ein, daß ich etwas unternehmen mußte, etwas Einträgliches, zum Beispiel eine Verteidigung zu achthundert Kronen die Stunde. Meine Kollegen erklärten unermüdlich, wir seien zu billig.

Ich brauchte eine Entschuldigung. Und da kam der Anruf vom Rikshospital mir wie gerufen. »Ich habe die Krankenberichte gefunden, Svend, du hattest recht. Aber das muß unter uns bleiben, sonst sehe ich alt aus. Der Typ war steril wie ein kastrierter Kater. Samenzellen von elender Qualität. Mit der Frau war dagegen alles in Ordnung.«

»Wäre es m-m-möglich, daß irgendeine Behandlung geholfen hat?«

»Aber das war doch vor zwanzig Jahren. Soviel ich weiß, gab es damals keine medizinische Möglichkeit, um sein Problem zu lösen. Heute wäre das alles anders. Und sie haben sich danach hier im Krankenhaus nicht mehr blicken lassen.«

Ich hatte neuen Stoff zum Nachdenken. Håkon Villebois war also nicht Cecilies biologischer Vater. Else Kroghs Verdacht hatte sich bestätigt.

Ob Cecilie das gewußt hatte? Es mußte ja nicht unbedingt eine Rolle spielen, die soziale Vaterrolle ist oft ebenso wichtig wie die biologische. Aber vielleicht wurde das in der Villeboisschen Szene anders gesehen. Entweder hatte Helle Villebois sich einen kleinen Seitensprung gegönnt, oder sie hatten einen Samenspender angeheuert. Auf jeden Fall mußte Håkon Villebois gewußt haben, daß er nicht der Vater war. Wenn er nicht das Wissen um seine Sterilität verdrängt hatte. Es gibt genug Männer, die Potenz und Zeugungsfähigkeit verwechseln.

Mein nächster Anruf galt Lines Journalisten. »Hast d-d-du mehr über Håkon Villebois herausgefunden?« Ich war ungeduldig.

»Wenig, der Typ scheint eine schneeweiße Vergangenheit zu haben. Aber in der Partei wird von einigen die Meinung vertreten, er mache zu viele Geschäfte und zu wenig Politik. Er und seine Frau waren bekannt für ihr lebhaftes gesellschaftliches Leben in ihrer Villa in Ris, aber dann sind sie ja in die Provinz gezogen. Ihr Freundeskreis war exklusiv, Geschäftsleute, Politiker, Künstler. Alles, was Rang und Namen hat. Ziemlich avancierte Feste, habe ich mir sagen lassen. Er hat immer noch einen Wohnsitz in Majorstua, und er hat Anteile an den meisten Mietshäusern in der Gegend.« Er legte eine Pause ein.

»Die meisten von Villebois' Immobilien hat er damals gekauft, als die Preise gerade nach oben schossen, alles ist bis über den Schornstein mit Hypotheken belastet. Die uns bekannten Firmen, an denen er beteiligt ist, haben große finanzielle Probleme. Und da, wo er nur als Hintermann fungiert, sieht die Lage wohl auch nicht viel besser aus.«

Ich war nicht zufrieden. »Ruf mich an, wenn du noch mehr feststellen kannst.«

Die Karin Larssen-Episode, wie die Zeitungen das nannten, galt als neuer Fall von Überdosis und erweckte Besorgnis. Das Ergebnis würde ein kurzfristiger Einsatz der Polizei sein, um die sichtbare Drogenszene aus dem Blickfeld der braven Bürger zu entfernen. Das eine oder andere umhertreibende Wrack würde eingebuchtet, einige kleine Strafen für Dealerei verhängt werden, und Lokalpolitiker würden mit besorgter Miene und billigen Pauschallösungen in den Zeitungen auftreten. Und das war es dann auch schon. Aus den Augen, aus dem Sinn. Alles würde so sein wie zuvor. Es würde zuviel Mühe machen, den Ursachen zu Leibe zu rücken, überlegte ich. Aber niemand fragte mich nach meiner Meinung. Ich hatte auch keine Lösung anzubieten, und deshalb hielt ich einfach die Klappe und konzentrierte mich, solange ich das schaffte, auf meine vernachlässigte Kanzlei.

Der Mittwoch ist der Tag der geschiedenen Väter und ihrer Kinder. Wir beide teilten uns gerade eine Pizza, als uns das Telefon störte. Mari ging mehr als gerne hin. Selbst die streitsüchtigsten Mandanten lassen sich von einer zuvorkommenden Neunjährigen ein wenig besänftigen. Ich hörte, wie sie am Telefon verstummte. Nach einer Weile kam sie weinend ins Wohnzimmer zurück. »Papa, da will einer dich und Hulda umbringen!«

Ein böser Onkel hatte Mari gesagt, daß sie vaterlos und

hundelos sein würde, wenn ich nicht mit dem Detektivspielen aufhörte. Ich kochte vor unterdrückter Wut und verdrängter Angst. Mari mußte beschützt werden. Ich mußte mit Anne sprechen, sie konnten Hulda bis auf weiteres als Wachhund ausleihen. Der Tag war ruiniert.

Widerwillig ließ Hulda sich als Wachhund zum neuen Haus und zum neuen Mitbewohner meiner Exfrau transportieren. Normalerweise wußten die beiden meine Vorschläge nie zu schätzen, und das hier war keine Ausnahme.

Zwei Tage später nahm ich mir die Zeit, um mit einem der lokalen Drogenfahnder zu reden, der mir aufgrund eines alten Falles einen Gefallen schuldig war. Er konnte mir etwas erzählen. Im Moment wurde ein immer härterer Kampf um den Drogenumsatz in Vestfold beobachtet. Irgendwer versuchte, sich die Kontrolle über den Markt zu verschaffen, und es wurde jede Menge Ware angeboten.

Am Freitagnachmittag hatte ich unerwarteterweise Rotschopf an der Strippe, sie wollte mich auf ein Riesenfest im Villenviertel mitschleifen. Sie nannte ein paar Namen, die alle nicht zu meinem Freundeskreis gehörten. Lokale Oberklasse, Krämer, Geschäftsleute, Juristen, der eine oder andere Arzt oder Zahnarzt. Die übliche Versammlung von erfolgreichen Strebern. Ein Kollege ihres Vaters hatte in Tønsberg ein Ferienhaus, kannte alles, was Rang und Namen besaß, und hatte sie eingeladen.

»Kommst du mit?« Ihre eifrige Stimme klang einladend und brachte sofort meine Phantasie auf Trab. Ich beschloß zu widerstehen, und ich versuchte, meinem Gehirn eine passende Entschuldigung zu entlocken. Ich quoll von Vorurteilen nur so über und nahm an, daß das auf Gegenseitigkeit beruhte.

»Positiv denken, Svend, du mußt dich mit den Festgewohnheiten der Oberklasse vertraut machen. Die Feten hier sollen ziemlich heftig sein. Vielleicht kannst du ein paar interessante Typen aufstöbern.«

Ich gab auf. Versuchungen sind dazu da, daß wir ihnen nachgeben. »Alles klar, ich hole dich um acht ab. Aber erwarte von mir nicht zuviel im Gesellschaftsleben.« Ich hatte ja keine Ahnung, wie recht ich mit dieser Warnung hatte.

Ich mußte tief in meinem Kleiderschrank herumgraben, bis ich einen Anzug gefunden hatte, der zur Not durchgehen konnte. Der Anzug mußte aber eigentlich in die Reinigung. Na ja, dann würden wir eben etwas später eintreffen und auf die blickverschleiernde Wirkung des Alkohols hoffen.

Der Wagenpark sagte einiges über die Gäste. Schnelle BMW, Börsentraktoren, zwei Porsche und ein wunderschöner Jaguar, der meine alte Dame total ausstach. Gro folgte meinen Blicken und lachte ironisch. »Der Wagen des Entwicklungshilfeexperten, der gerafft hat, was etwas einbringt. Werd jetzt nur nicht neidisch.« Ich hatte meine alte Dame in passender Entfernung in einer Seitenstraße abgestellt. Eine innere Stimme sagte mir, daß ich sie lieber bis zum nächsten Tag dort stehenlassen sollte.

Das Fest war zuerst öde. Cocktails und Schnittchen sowie leichtes Zirkulieren durch eine von teurem Geschmack geprägte Riesenvilla. Ungefähr hundert gutangezogene Menschen. Fesche Damen, konventionelle Mannsbilder, einige mehr oder weniger ausgeflippte Jugendliche. Ich wußte, daß der Gastgeber Zahnarzt war, Besitzer eines medizinischen Labors, er stank vor Geld und gesellschaftlichem Ehrgeiz. Garage, Terrassen und Schwimmbecken hatten sich im Takt seines Geldstroms vermehrt.

Ich betrachtete dieses Publikum voller Interesse. Geschäftsleute, zwei Juristen, einige lokale Künstler, der eine oder andere Schiffsmakler, Arzt oder andere Angehörige des Kleinstadtadels. Einwandfrei Tønsbergs Crème de la Crème.

Gro sorgte mit ihren feuerroten Haaren, ihrer neuen Frisur und ihrem pechschwarzen Outfit für Aufsehen. Die Kater standen Schlange. Im Laufe des Abends legte die Gesellschaft dann einen höheren Gang ein und wurde weniger förmlich. Das gute Getränkeangebot brachte die Stimmung in Schwung, und die Musik der gemieteten Jazzband hatte wirklich Swing. Ich roch, daß in den Ecken der eine oder andere Joint reingezogen wurde, verspürte aber kein Bedürfnis, mich einzuklinken.

Der Entwicklungshilfeexperte, Terje Uthus, war unverschämt braun und durchtrainiert; er war vielleicht Mitte vierzig, und so, wie er sich mit tanzgeilen Frauen umgab, sah er nicht so aus, als habe er in der Dritten Welt Not leiden müssen. Er hatte Ähnlichkeit mit Robert Redford, und ich konnte ihn nicht leiden. Mancher würde vielleicht sagen, daß ich bloß neidisch war. Mir fiel auf, daß er viel mit einem der Spitzenbürokraten vom Jugendamt zusammen war, mit Steinar Teisen. Den kannte ich von einem Fall her, und es überraschte mich, ihn in dieser Gesellschaft wiederzusehen. Aber schließlich war nichts mehr so wie früher.

Ich tanzte mit Gro, was mir schon viel besser gefiel, und ich vergaß, daß ich zu alt war, daß es überhaupt nichts brachte, und alle anderen guten Argumente, warum ich um grünäugige Gören mit Haaren auf den Zähnen und Unruhe im Leib besser einen weiten Bogen machen sollte.

Der Cognac war hervorragend, Renault Carte Noire Extra, die Havanna-Zigarren erstklassig. Ich hatte nur selten die Gelegenheit, eine gutgerollte Cabanas zu genießen. Ich beschloß, den diskreten Charme der Bourgeoisie besser schätzen zu lernen. Die Damen wurden immer bezaubernder, ein sicheres Anzeichen dafür, daß ich genug hatte.

Im Laufe der Nacht betäubte der gute Cognac meine Beobachtungsfähigkeiten dermaßen, daß ich vergaß, warum ich hier war. Aber ich konnte doch eine auffällige Wanderbewegung von Festgästen hinunter in einen Kellerraum am Rand des Festes registrieren. Als ich vorsichtig versuchte, mich an zwei elegante Damen anzuhängen, wurde die Tür abgeschlossen. Da unten fanden also lichtscheue Aktionen statt.

Ich schlich in den Garten und fand einen Kellereingang. Dieser Eingang war verlockend unverschlossen und führte mich durch einen dunklen Keller zu einem zweiten Eingang des besagten Kellerraumes. Ich hielt mein Ohr an die Tür und versuchte zu hören, was hinter der Tür ablief, aber es war zuviel in gutes Isoliermaterial investiert worden. Ich konnte einfach nicht hören, was los war, ich hörte nur Gelächter und Lärm.

Ich rauchte in der Finsternis eine Zigarre und wartete. Nach einer Weile hörte ich, daß die Wanderer wieder nach oben wanderten. Ich nutzte die Gelegenheit, durch die unverschlossene Tür zu schlüpfen.

Der Kellerraum war mindestens ebenso prunkvoll wie das restliche Haus, und meine gesamte Wohnung hätte in ihm Platz gefunden. In einer Ecke waren Bücherregale und eine Leseecke arrangiert. Ich stellte fest, daß der Gastgeber die Bücher meterweise kaufte.

Ich dämpfte die Beleuchtung und ließ mich in einem riesigen Sessel nieder, außer Sichtweite der Festgäste, die hoffentlich den Raum zu etwas benutzen würden, das mich interessierte.

Und diese Hoffnung trog nicht. Schon nach wenigen Minuten tauchten neue Gäste auf. Die Tür wurde abgeschlossen. Ein junger Typ, irgendein Student, den ich nicht unterbringen konnte, griff zu Spiegel und Rasierklinge. Weiße Kokainstreifen bringen uns schnell und steil nach oben, führen aber zu einem ebenso schnellen und gefährlichen Absturz. Der Spiegel wurde herumgereicht, die Schnupferei begann, die Stimmung war elektrisch geladen.

Ich beobachtete das alles von meinem Platz in der Ecke her, und die Erlebnisse der letzten Zeit machten sich in meiner Erinnerung breit. Ich sah rot, verlor die Kontrolle und beging eine außerordentlich große Dummheit, sogar für meine Verhältnisse. Ich ließ alle guten Manieren fahren, stürmte durch das Zimmer und fegte den Spiegel mit einem brutalen Schlag vom Tisch. Die Frau, die ihn in der Hand gehalten hatte, fiel krachend gegen ein Bücherregal und wickelte sich um eine wunderbar gepflegte Palme. Ich konnte eine bohrende Linke in den Wanst ihres Nebenmannes pflanzen, als der versuchte, mich zurückzuhalten. Etwas Hartes traf meine Schläfe, und ich fiel der Länge nach auf den Perserteppich. Nur meine guten Manieren hielten mich davon ab, den vollzukotzen. Die Festgäste schienen diese Zurückhaltung nicht zu schätzen zu wissen, während ich meine Nase in die Patina von Jahrhunderten bohrte. Gut roch die nicht.

Nein, sie hatten eine eher schlechte Meinung von meinen Manieren. Über mir wurde eine wütende Diskussion darüber geführt, wie sie meine fünfundachtzig Kilo wegschaffen sollten, ohne Aufsehen zu erregen. Mit Hilfe der Schwerkraft, unterstützt von zwei Schlägern im Smoking, wurde ich Hals über Kopf über den Rasen und in einen Busch expediert, dessen Name mir nicht bekannt war, und dort ließ ich mich zur Ruhe nieder.

Und da hätte ich durchaus länger bleiben können, wenn nicht Rotschopf aufgetaucht wäre, um mich aus dem Dornbusch zu ziehen und mich über den Rasen, durch die Allee und weg vom Fest zu führen. Unser Weg führte uns nach Hause in ihre Wohnung. Kein Wort der Kritik. Hulda hatte in ihr eine starke Konkurrentin. Ich wurde mit kaltem Wasser und Pyrisept traktiert. Mein Gesicht im Spiegel sah nicht gut aus: Wunde an der Schläfe, Blut an Hemd und Jackett, miese Form.

»Ich brauche keinen Arzt«, lehnte ich energisch ab. »Ich lege mich ein paar Stunden hin, ich brauche nur ein bißchen Schlaf und zwei Aspirin. Aber nicht noch mehr Schnee.« Der Rest verschwamm im Nebel.

Das Tageslicht bohrte sich unbarmherzig in meinen Schädel und zwang mich langsam, aber sicher zurück in die Wirklichkeit. Vorsichtige Kopfbewegungen erwiesen, daß mein Kopf noch an Ort und Stelle saß. Weiteres Rekognoszieren erbrachte ein großes, unbekanntes Bett, ein warmes, gemütliches Zimmer und angenehmen Kaffeeduft.

Langsam kehrte meine Erinnerung zurück. Gestern hatte ich wirklich Mist gebaut. Und dabei hatte ich doch still und unbemerkt beobachten wollen, um mögliche Verbindungslinien in der Drogenszene zu entlarven. Selbst mit größtem Wohlwollen ließ sich nicht behaupten, daß ich diesen Plan ausgeführt hätte. Aber etwas hatte ich immerhin herausgefunden. Daß in den obersten sozialen Schichten der Stadt Kokain im Umlauf war. Nicht, daß mich das direkt überraschte. Auf jeden Fall brauchten sie ihr eigenes Verteilungssystem. Diese Leute vergeudeten ihre kostbare Zeit nicht in den Hauseingängen um den Farmandstorg.

Vorsichtig stand ich auf, für meinen Kopf aber immer noch zu schnell. Und dabei ging mir auf, daß meine Kleider sich durchaus nicht an meinem Körper befanden. Nach einiger Detektivarbeit konnte ich fast alle auf Stühlen und Fußboden wiederfinden. Während dieser anstrengenden Arbeit tauchte Rotschopf aus der Küche auf.

»Kannst du heute feste Nahrung runterkriegen, Svend, oder hättest du lieber flüssige, so wie gestern?« Ihre Stimme war aufreizend morgenmunter.

»Ich weiß nicht, ob mir dein Sinn für Humor gefällt. Gib mir lieber Kaffee.«

Wir nahmen ein schweigendes Frühstück zu uns. Gro musterte mich mit ironischem Blick. »Hast du gestern etwas herausfinden können, Svend?«

»Mehr als genug.« Vorsichtig betastete ich eine Beule an meinem Hinterkopf. »Im Keller rieselte der Schnee. Und Robert Redford hatte nichts dagegen einzuwenden.« Ich hatte ihn als einen der Gäste des inneren Kreises registriert.

»Das wundert mich nicht, er ist ein richtiger Lebemann.

Ansonsten hast du offenbar heute nacht gut geschlafen, Svend, schläfst du immer so tief und schnell?« Ihre Stimme klang neckend.

Gleich würde ich leicht rötlich anlaufen. Vierzigjährige Juristen mit solider Lebenserfahrung sollten nicht vor kleinen Rotschöpfen erröten, die noch nicht einmal ihr Abi gebaut haben, auch wenn sie sich noch so altklug geben.

Schließlich fand ich den Weg nach Hause. Samstagvormittag in der Kleinstadt. Gedränge, Markt, Straßenmusik und fliegende Händler, alles war vertreten. Ich hoffte, daß niemand mich bemerken würde, als ich mich vorsichtig durch die Straßen bewegte, mit kleinen Schritten, blutigem Hemd und Jackett, einer pochenden Beule am Kopf. Keine gute Reklame für den Anwaltsstand.

Auf dem Farmandstorg geriet ich unvorbereitet in ein Kreuzfeuer von Gesinnungsverkäufern. Die Rote Wahlallianz stürzte sich auf mich wie Habichte auf eine Beute. Die Jungen Konservativen wollten an Ort und Stelle die ökonomische Krise bewältigen, und zwar durch irgendwelche Steueränderungen. Ich versuchte vergeblich, den sarkastischen Kommentaren einiger alter Mandanten auszuweichen, die in den Kulissen herumlungerten. Der Handelsstand hielt ein offenes Treffen ab und posaunte die Lösungen für die Probleme der Stadt heraus: bessere Zufahrt zur Innenstadt, noch mehr Schanklizenzen, mehr Polizei auf den Straßen. Ich wollte nur Ruhe und Frieden. Ehe ich mich retten konnte, umkränzte mich jedoch der Chor der Heilsarmee. Der Vorsänger musterte meine mitgenommene Gestalt sehr streng und sang ganz besonders laut und eindringlich. Ich wühlte instinktiv in meiner Tasche herum und stellte fest, daß ich pleite war. Es war ein echter »Tag danach«.

Schließlich konnte ich mich auf meinen eigenen friedlichen Hinterhof schleichen. Mir schwante Übles, als der Schlüssel sich nur mit Mühe umdrehen ließ, aber auf den Anblick, der mir nun zuteil wurde, war ich doch nicht vorbereitet. Jemand hatte meine Wohnung auf den Kopf gestellt. Schränke und Schubladen standen offen, ihr Inhalt war auf dem Fußboden zerstreut, die Bücherregale verwüstet, die Möbel aufgeschlitzt. Auch in Maris Zimmer war das Unterste nach oben gekehrt worden. Eine kurze Durchsicht des Schreibtisches ergab, daß Cecilies Tagebücher verschwunden waren. Die Wut stieg mir in den Kopf, der doch ohnehin schon arg mitgenommen war.

Ich ließ mich in einen ramponierten Sessel fallen und beruhigte meine Nerven mit einem Zigarillo. Hier hatte irgendwer sich wirklich Zeit gelassen. Und dieser Irgendwer hatte etwas gesucht, und das gründlich und professionell. Hatten sie gewußt, daß ich gestern abend nicht zu Hause sein würde? Irgendwer konnte mich schließlich auf dem Fest gesehen haben. Das hier war kein normaler Vandalismus.

Als ich durch das Schlafzimmer in Richtung Bad ging, watete ich plötzlich durch einen See. Das Wasserbett war aufgeschlitzt worden, und sein Inhalt hatte sich über den Boden ergossen. Das Laken war rot gefärbt, vom Blut eines abgeschnittenen Ohrs, das mit einem kräftigen Dolch an der Wand befestigt worden war. Widerliche lange, blutverkrustete Haare und Hautfetzen klebten daran. Ich erkannte das Hakenkreuz. Es baumelte nicht mehr provozierend vor der bleichen Wange eines kaputten Hundebesitzers.

Meine Beine zitterten, und deshalb setzte ich mich und sah mir das ganze Elend noch einmal an. Die Botschaft hätte nicht deutlicher sein können. Ich hatte den großen Burschen auf die Zehen getreten, und sie hatten deutlich aufgestöhnt. Keine weiteren Fragen und absolut keine Antworten. Der Professor hörte jetzt nicht mehr so gut. Ich fragte mich, wie er in der Notaufnahme das Fehlen des Ohres erklärt haben mochte.

Irgendwer war ungewöhnlich genau über meine Aktivitäten informiert. Wenn diese Geschichte die Runde machte, dann würden die Junkies schon Sprachprobleme kriegen, wenn sie sich nur der Statue meines Namensvetters vor dem Dom näherten. Weitere Aushorchaktionen in der Drogenszene konnte ich mir abschminken.

Wegen der Versicherung mußte ich die Polizei verständigen. So, wie ich sie kannte, würden sie den Fall als normalen Einbruch einstufen, das heißt, sie würden überhaupt keine Ermittlungen anstellen.

Dieser Verdacht bestätigte sich dann. Eine schläfrige Stimme auf der Wache teilte mir mit, daß der Tatort erst nach dem Wochenende untersucht werden könnte. Ich sollte vorsichtig sein und Spuren sichern, was immer das bedeuten mochte. Ehe ich mich ans Aufräumen machte, schoß ich für die Versicherung eine Fotoserie von dem ganzen Dreck. Den Dolch legte ich beiseite, nahm aber nicht an, daß er uns weiterhelfen würde. Profis hinterlassen keine Visitenkarten. Ohne weitere Zeremonien begrub ich das Ohr in der Mülltonne. Armes Schwein. Ich betastete meine eigenen Ohren. Ich sollte lieber aussteigen, ehe irgendwer denen eine ähnliche Behandlung verpaßte.

Abends war ich erschöpft und bereit für die Schlafmittel, die das staatliche Norwegische Fernsehen auszustrahlen pflegt. Vorher hatte ich zusätzliche Schlösser angebracht, die Fenster gesichert und mir eine provisorische Alarmanlage gebastelt. Wenn irgendwer noch einen Versuch machen wollte, sollte der nicht mehr so leicht Erfolg haben. Ich hatte auch noch eine andere Idee in die Tat umsetzen können. Der Hundezüchter, der mir seinerzeit Hulda verkauft hatte, hatte noch einen von der Sorte, einen dicken Brocken von aggressivem Rüden, der keinerlei Erbarmen mit Leuten kannte, die sich unvorsichtigerweise in seinen Aktionsradius hineinwagten. Sein Besitzer lieh mir das Viech gern für unbestimmte Zeit aus. Der Köter hörte auf den freundlichen Namen *Baltus,* aber ich hatte schon gelernt, daß der Schein mitunter trügt.

8

Früh am Montagmorgen schlich ich mich unbemerkt in die Kanzlei und bereitete mich auf die Herausforderungen dieses Tages vor, während sich meine Adrenalinproduktion wieder auf das Niveau meines Bankkontos senkte. Mein ansonsten so trivialer Alltag war in letzter Zeit ungewöhnlich anstrengend geworden. Der Postbote überreichte mir einen Briefumschlag vom Scheidungskönig. Ich schloß sorgfältig die Tür, machte es mir gemütlich und fing an zu lesen.

Wilhelm Mørk konnte im nächsten Jahr seinen fünfzigsten Geburtstag feiern. Kindheit und Jugend in einer kleinen Inselgemeinde in der Nähe von Bodø. Den dortigen Akzent hatte er jedenfalls loswerden können. Mit sechzehn nach Oslo umgezogen, als Erwachsener Abendgymnasium, diverse Nebenjobs. Polizeischule 1966, zwei Jahre später nebenher mit dem Jurastudium angefangen. Aktiv in radikalen Studentenszenen, Mitglied der Bürgerinitiative gegen die EWG. 1974 sein Studium abgebrochen, danach wieder Vollzeitpolizist, heiratete, bekam im selben Jahr eine Tochter. 1978 geschieden. Mutter und Tochter nach Nordnorwegen gezogen. Auseinandersetzungen um das Sorgerecht für das Kind, er verlor, wenig Kontakt zwischen Vater und Tochter, '82 heiratete die Frau noch einmal. Bis 1984 Polizist in Oslo, nach mehreren Disziplinarverfahren nach Tønsberg versetzt. Keine großen Karrieremöglichkeiten bei der Polizei. Guter Schachspieler. Das konnte ich bestätigen. Gerüchten zufolge Spieler; Pferde, Karten, alles Aktivitäten, die einen Polizisten in schlechte Gesellschaft bringen konnten. Galt als Eigenbrötler, aber als tüchtiger Ermittler, der die Festgenommenen ein wenig zu hart anfaßte, wenn er schlecht gelaunt war.

Einiges davon hatte ich schon gewußt, daß er eine Tochter

hatte allerdings nicht, er erzählte mir nie etwas über sein Privatleben. Daß er eine Art Achtundsechziger gewesen war, war mir ebenfalls neu, nichts an diesem Mann wies auf diese Art von Vergangenheit hin. Eine seltsame Kombination. Seine Brutalität überraschte mich eigentlich nicht, ich hatte von dem einen oder anderen Autoknacker, der unseligerweise Mørk und dessen Leuten in die Hände gefallen war, schon so einiges gehört. Aber in dieser Hinsicht war Wilhelm Mørk nichts Besonderes. Man stumpft gefühlsmäßig leicht ab, wenn man jeden Tag in den Problemen herumwatet, die die Gesellschaft ansonsten unter den Teppich kehrt.

Reichte die Bekanntschaft zwischen Wilhelm Mørk und Håkon Villebois zurück in die Studentenszene in Oslo oder sogar bis in die Kindheit in Nordnorwegen? Ich hatte große Lust auf einen Besuch bei der Familie Villebois und bei meinem Freund Wilhelm Mørk, aber ich mußte zuerst mehr wissen. Es hatte keinen Sinn, sie mit puren Spekulationen zu konfrontieren.

Die Spuren wiesen nach Oslo. Und Tønsberg war für mich im Moment ein verdammt heißes Pflaster. Es wäre nicht dumm, für ein paar Tage zu verschwinden. Ich saugte mir eine Geschichte über Recherchen in Westnorwegen aus den Fingern, die für einen meiner Fälle nötig seien, besorgte für den Wachhund einen Hundesitter, teilte einer irritierten Exfrau und einer enttäuschten Tochter mit, daß ich für unbestimmte Zeit verreisen müßte, sattelte den Jaguar und verschwand in Richtung Hauptstadt. Dort hatte ich einen geheimen Schlupfwinkel; ich hatte den Wohnungsschlüssel eines alten Kumpels in Verwahrung, der derzeit gerade um die Welt segelte.

Keine Menschenseele wußte, wo ich mich befand, als ich mich in der alten Bude in Vålerenga niederließ. Ein Anruf bei Line sorgte für ein Treffen noch am selben Abend.

Wir saßen bei einem Glas Wein in *Schous Corner*. Ich faßte ihr kurz die neuesten Ereignisse zusammen.

»Meinst du, diese Warnungen sind ernst gemeint? Dann brauchst du Polizeischutz!« Sie machte sich wirklich Sorgen. Das war eine neue Erfahrung. Ich wußte das zu schätzen, auch wenn es drei Jahre zu spät kam. Aber da ich weder zum Königshaus noch zur Prominenz gehöre, würde die Polizei mir lediglich den vernünftigen Rat geben, die Finger von der Sache zu lassen und alles zu vergessen. Nachdem ich das blutige Ohr nicht mehr in ganz so frischer Erinnerung hatte, fühlte ich mich mutig genug, meiner angeborenen Neugier ihren Lauf zu lassen.

»Niemand hat eine Ahnung, wo ich bin, hier bin ich sicher«, sagte ich munter. Eine kühne Behauptung. »Du unterrichtest doch Norwegisch, Line, was sagst du zu diesem Text?« Ich versuchte, die Stelle aus Cecilies Tagebuch wiederzugeben: *Ein Stein unter einer flachen Ebene, Wunden, die heilen müssen, neue Grashalme wachsen an der kahlen Stelle ...* Leicht würde das nicht werden.

Ich sah sie an und spürte die alte Magie. Und die hatte lange Winterschlaf gehalten. Jetzt ging sie in Konkurrenz zu einem grünäugigen, verrückten Rotschopf, der noch dazu zu jung war. Diese Ausgabe war zu gefährlich. Ich konnte einfach nicht entscheiden, was schlimmer war.

»Ich glaube nicht, daß sie das selber geschrieben hat«, meinte Line energisch. »Cecilie hat doch alles mögliche gelesen, sicher hat sie das aus einem Buch.« Sie blickte mich bekümmert an. »Ich weiß, was wir machen. Schreib mir das ganze Zitat so genau auf, wie du dich erinnern kannst, und dann frage ich meine Kolleginnen, einige wissen so gut wie alles über Jugendliteratur. Und du kannst doch in der Stadtbücherei vorbeischauen und um Hilfe bitten. Was übrigens auch ungefährlich ist, im Gegensatz zu allem anderen, was du so treibst.«

»Ja, vielleicht«, sagte ich und starrte düster in mein Glas. Genausogut könnte ich die berühmte Nadel im Heuhaufen suchen, und Geduld hatte ich nun einmal nicht. »Vielleicht sollte ich lieber ein bißchen bei den Kumpels in Majorstua schnüffeln, bei Stensen und Opstad«, schlug ich vor. Aber auch das würde nicht leicht sein, wo ich doch nicht einmal wußte, wonach ich suchte.

»Das kannst du nicht allein machen, diese Typen sind doch lebensgefährlich. Ich komme mit!« Sie war energisch, und mir war das recht. »Alles klar. Wir machen gleich heute abend einen Versuch.«

Wir holten den Jaguar und meine Fotosachen und fuhren zur Sorgenfrigate, wo wir in der Dunkelheit mit gutem Blick auf die Haustür von Nummer 5 und die Wohnung von Stensen und Opstad warteten. Die beiden schienen nicht zu Hause zu sein. Es war auch erst zehn Uhr. Das hier konnte ein langer Abend mit unsicherem Resultat werden. Im Auto wurde es kalt, ich wollte nicht das Risiko eingehen, den Motor anzulassen. Nach einer langweiligen Wartestunde hatte ich fast aufgegeben. Plötzlich fuhr ich hoch. Ein klassischer schwarzer Mercedes bog direkt vor uns elegant in eine Parknische ein. Ich drückte Line an mich und flüsterte: »Mitspielen, wir haben Besuch.«

Die beiden Kompagnons im Spiegel blieben stehen und warfen einen Blick auf den Jaguar, etwas zu interessiert, oder wurde ich langsam überempfindlich? Sie sahen nur zwei Turteltauben in leidenschaftlicher Umarmung. Ich hoffte, daß sie weder mich noch den Wagen erkannt hatten. Im Kielwasser der Yuppiezeit waren in dieser Gegend eine Menge Jaguars unterwegs. Aber eine feine alte Dame wie meine für Überwachungsaktionen zu benutzen, war keine gute Idee. Beim nächsten Mal würde ich mir einen anderen Wagen besorgen müssen.

Kenneth Stensen und Kjell Opstad verschwanden in Nummer 5. Bald darauf wurde in der Wohnung Licht eingeschaltet. Ich konnte sehen, wie die beiden in einem Zimmer umherliefen, offenbar stritten sie sich schon wieder. Einwandfrei streitlustige Typen. Ein Fenster war angekippt, und mir kam eine kluge Idee. Line protestierte zwar, aber ich ließ sie als Aufpasserin im Auto, damit wir sofort losfahren konnten, falls jemand mich entdeckte. Ich schlich auf den Rasen vor dem Haus und weiter zum halboffenen Fenster. Regen und Wind übertönten die Geräusche. Ich zog mich vorsichtig am Fensterrahmen hoch, kam gerade noch in Hörweite und konnte Bruchstücke des Gesprächs aufschnappen:

... fehlt uns noch ...

... vorsichtig sein ...

... die werden fluchen .

Ich spitzte die Ohren:

... morgen abend Besprechung in der Firma ...

Mehr konnte ich nicht hören. Die beiden schienen ziemlich gestreßt zu sein. Sie sollten doch zufrieden sein, daß sie bei mir zu Hause Cecilies Tagebücher gefunden hatten, ich war ziemlich sicher, daß sie etwas mit dem Einbruch zu tun hatten. Aber ihnen fehlte das letzte und interessanteste Tagebuch. Ich hoffte, daß das unsere einzige Gemeinsamkeit war. Mein Arm, der sich am Fensterrahmen festhielt, tat weh, ich zog mich ganz schnell zurück, als ich sah, daß die beiden das Haus schon wieder verlassen wollten. Atemlos ließ ich mich neben Line auf den Autositz fallen.

»Fahr los, die dürfen uns nicht entdecken.« Wir konnten gerade noch um die Ecke biegen, als der Mercedes auch schon in einem Affentempo in Richtung Innenstadt losdüste. Eine Verfolgung wäre zwecklos gewesen. Ich bat Line, nach Grünerløkka zu fahren, und unterwegs erzählte ich ihr, was ich gehört hatte.

»Ich würde gern bei der Besprechung zuhören, die morgen stattfindet. Was zum Kranich ist diese *Firma*? Würde es dir übrigens etwas ausmachen, für zwei Tage auf den Jaguar umzusteigen, ich brauche einen neutraleren Wagen.« Wir tauschten die Schlüssel. Zögernd stieg Line aus. »Ich muß jetzt schlafen. Morgen früh erwartet mich meine Klasse.« Sie lächelte mir kurz zu. »Ich komme morgen gerne mit, wenn du Hilfe brauchst. Sag nur Bescheid, und mach nicht auf eigene Faust Dummheiten, wenn du das lassen kannst.« Sie lächelte sogar. Ich schaukelte in Lines Ente zurück zu meinem Schlupfloch. Natürlich stand dort ein Eisenbett, rot und wakkelig wie mein eigenes, damals in den Siebzigern.

Ich beruhigte mich bei einem Glas Cognac, ausnahmsweise mußte ich mich mit den Resten einer Flasche Larsen Special begnügen, und bei einer fetten Havanna, die ich im Barschrank der Wohnung entdeckt hatte. Ich wußte, daß ihr Besitzer mir dieses Erlebnis gönnen würde.

Ich wäre gern bei dieser Besprechung am nächsten Abend als Fliege an der Wand dabei gewesen. Das Problem war nur, daß ich nicht wußte, wo sie stattfinden sollte. Ich mußte mich an die Mercedesritter anhängen und auf mein Anglerglück hoffen. Und ich mußte ganz schnell mehr über Beschattungstechnik lernen.

Die Antwort kam mir so langsam im Laufe der Nacht. Mein alter Kommilitone, der Privatdetektiv, der in Wilhelm Mørks buntscheckiger Vergangenheit herumgewühlt hatte. Ich wußte noch, daß er zu Studienzeiten ein echter Technofreak gewesen war. Stereoanlagen, die so ungefähr das Dach vom Studentenheim fegten, Amateurfunker, Hobbymechaniker, alles, was mit Elektronik zu tun hatte.

Ich konnte den Morgen fast nicht erwarten und stand schon in aller Herrgottsfrühe vor der Tür meines alten Kumpels. Nach dem Maßstab des Privatschnüfflers war das sicher mitten in der Nacht. Aus Erfahrung wußte ich, daß er normalerweise dann arbeitete, wenn andere schlafen.

Schließlich brachte ich Bjørn Bergstad dazu, sich aus dem Bett zu wälzen, die Tür zu öffnen und mich durch den Türspalt schlaftrunken zu mustern. »Svend, alter Quälgeist, was ist denn jetzt schon wieder los?«

»Komm in die Klamotten. Ich habe eine Herausforderung für dich. Und die wird gut bezahlt.«

Starker Kaffee und frische Heißwecken, die ich voller Umsicht beim Bäcker an der Ecke gekauft hatte, verhalfen diesem Tag zu einem guten Start. »Kannst du außerhalb des Hauses eine Besprechung abhorchen? Ich nehme an, daß du dir für dein dreckiges Gewerbe avancierte Spionageausrüstung zugelegt hast.«

Er grinste. »Darauf kannst du Gift nehmen. Vor mir hat niemand Geheimnisse. Und versuch ja nicht, mich zu beleidigen. Es gibt nichts, wovon ich nicht noch eine üblere Ausgabe gehört hätte. In meiner Branche wirst du nicht gerade zum Optimisten, was die Menschheit anbelangt. Worum geht es überhaupt? Ich würde gern noch ein Weilchen überleben, ich muß an meine Gläubiger denken, weißt du.«

Ich erzählte, was ich wußte. Bjørn wurde nachdenklich. »Drogen also. Das bringt uns zwei Probleme. Erstens ist es lebensgefährlich, solchen Leuten auf die Zehen zu treten. Zweitens freut sich unser Freund und Helfer überhaupt nicht, wenn wir ihm ins Handwerk pfuschen. Aber ich bin gerade nicht besonders solvent.« Er kratzte sich im Fünftagebart. »Ich nehme den doppelten Satz, Svend«, sagte er und zog mich in seinen Hobbyraum. »Schau mal.« Er hob eine kleine runde Dose von der Größe einer Streichholzschachtel hoch. »Dieses Mikrofon läßt sich überall in einem Zimmer anbringen und registriert noch den leisesten kleinen Furz. Darin steckt ein Sender, wir können zweihundert Meter weiter im Auto sitzen und uns alles anhören.« Er grinste.

»Aber das muß im Zimmer angebracht werden. Und ich fürchte, das schaffen wir nicht, ich weiß nicht, wo diese Besprechung stattfinden wird«, sagte ich.

»Wir haben noch andere Möglichkeiten.« Er holte etwas, das wie ein Weitwinkelobjektiv aussah und mit zwei Kopfhörern verbunden war. »Schau mal, dieses Richtmikrofon verstärkt jedes Geräusch, solange das, was du hören willst, in Sichtweite ist. Wenn wir nicht ins Haus können, müssen wir Mikrofone anbringen. Alle Zimmer haben Fenster oder Lüftungsventile. Und das sind schwache Punkte.« Er zeigte mir ein weiteres kleines Mikrofon. »Das hier läßt sich mit einem Saugnapf am Fenster anbringen und dient demselben Zweck. Die Qualität ist nicht immer gleich gut, das hängt vom Fenstertyp ab. Wir müssen es einfach versuchen.«

Um vier Uhr nachmittags suchten wir uns einen diskreten Parkplatz in der Sorgenfrigate. Wir benutzten Bjørns Auto, einen klappernden Kastenwagen mit dunklen Fensterscheiben. Wir trugen passende Overalls mit dem kleidsamen Emblem der Osloer Elektrizitätswerke. Mit einer Frechheit, wie sie nur jahrelange Schnüffelei in andrerleuts Angelegenheiten mit sich bringt, drehte Bjørn eine Inspektionsrunde durch die Nachbarschaft. Zur Tarnung untersuchte er auch die Installationen in den Nachbarhäusern. Alles war unter Kontrolle. Bjørn legte sich auf der Pritsche hinten im Wagen aufs Ohr und überließ mir das Wachehalten. Es passierte kaum etwas. Die eine oder andere anonyme Person verließ oder betrat das Haus, aber es war niemand dabei, den ich kannte. Die Zeit wurde mir lang. Aus der Wohnung von Stensen und Opstad war kein Lebenszeichen zu hören, aber der Mercedes stand vor dem Haus. Wir konnten nur abwarten. Hoffentlich konnten sie mich zur *Firma* führen.

Die Stunden zogen ereignislos vorüber. Endlich, gegen sieben, passierte etwas. Zu meiner Überraschung nicht in Nummer 5, sondern im Nachbarhaus, Nummer 7. Ein BMW der teuersten Modellklasse glitt lautlos durch die Straße und kam unmittelbar vor uns unter der Straßenlaterne zum Stehen. Den Fahrer kannte ich. Wenn ich mich nicht sehr irrte, dann handelte es sich um den ehemaligen Journalisten und jetzigen Kommunaldirektor Fredrik Thorsen. Bekanntes Medienfaktotum, Ende vierzig, ein Lebemann mit teuren Angewohnheiten und dem richtigen Parteibuch. Für ihn war die Direktorenklasse Oslos der richtige Aufenthaltsort. Er betrat Nummer 7, und ich brachte meine kleinen Grauen auf Trab. Hier tat sich etwas. Einige Minuten später fuhr ein weiteres Luxusauto vor. Ein Unbekannter, der sich hier ebenfalls auszukennen schien, begab sich eilends in Nummer 7. Ein kleiner, untersetzter und zielbewußter Typ in exklusiven Kleidern. Noch ein Mercedes, die Nummer wurde notiert und der Heini fotografiert.

Ich fuhr zusammen und versteckte mich hinter einer glücklich zur Hand liegenden Zeitung, als ein schöner Jaguar hinter uns anhielt. Der Entwicklungshilfefachmann Uthus sprang heraus, zusammen mit dem Jugendamtsleiter Steinar Teisen, und beide steuerten auf denselben Eingang zu wie ihre Vorgänger. Ei der Daus, hier trafen sich offenbar nur alte Bekannte. Es konnte natürlich der pure Zufall sein, daß diese Knaben sich gerade hier über den Weg liefen, aber an solche Zufälle glaubte ich nicht mehr.

Mein Verdacht verstärkte sich noch, als wenige Minuten später mit einem Taxi kein geringerer als Håkon Villebois auftauchte und ebenfalls die Tür zu Nummer 7 aufschloß. Nun gut, er hatte schließlich dort eine Wohnung. In den Büroräumen im Erdgeschoß brannte Licht, und nun war ich ganz sicher, daß die Besprechung dort stattfand. Ich rüttelte Bjørn, der vor sich hindöste. »Du mußt die Mikros anbringen, ich glaube, wir haben den Treffpunkt gefunden!«

Er überquerte unbekümmert mit dem Werkzeugkasten der Elektrizitätswerke unter dem Arm den Rasen, und zwei Minuten später hafteten an allen Fenstern im Erdgeschoß Mikrofone. Im Auto drehte er am Empfänger herum und stellte die Frequenz ein. Er fluchte vor sich hin und war nicht zufrieden. Schließlich aber konnten wir doch fast alles von den Gesprächen aufschnappen, die im Haus geführt wurden. Dort fand eine geschäftliche Besprechung statt, wir hörten Papiere rascheln und allerlei floskelhaftes Gerede. Jemand murmelte Villebois eine Beileidsbeteuerung zu. Eine unbekannte Stimme dirigierte das Ballett, ihr Besitzer wurde mit »Petter« angesprochen. Das war sicher der Typ im Mercedes, der, den ich nicht gekannt hatte. Mir fiel auf, daß sich alle mit Vornamen anredeten.

Zuerst ging es um den Betrieb einer Reihe von Wohnungsbaugesellschaften, und ich konnte außer dem üblichen Wunsch, alle Einnahmen am Finanzamt vorbeizulotsen, nichts Verdächtiges erkennen. Bei Finansimport waren schlechte Zeiten, die Investitionen waren bedroht, die Banken machten Druck. Die Teilnehmer der Besprechung schienen diese Information nicht gerne zu hören. Ich spitzte die Ohren. Ein neues großes Projekt wurde geplant, alles war jetzt unter Kontrolle, es hatte einzelne Probleme gegeben. Gute alte Beziehungen hatten jedoch alles geklärt. Die Teilnehmer wurden ermahnt, vorsichtig zu sein und keine übereilten Entscheidungen zu treffen. Allen Anzeichen nach handelte es sich nur um eine vorübergehende Krise.

Sie wechselten in ein Zimmer mit schwacher Verbindung über, und wir konnten nichts mehr verstehen. Nach einer Weile kamen die Teilnehmer aus dem Haus und verschwanden in verschiedene Richtungen, Villebois wieder mit einem Taxi.

Wir blieben im Auto sitzen und rauchten eine. War das denn keine ganz normale geschäftliche Besprechung gewesen? Ich war unsicher, alles, was wir gehört hatten, hätte auch aus dem Besprechungszimmer der Sparkasse kommen können.

Die Fragen vermehrten sich schneller, als mir lieb war. Ich wußte durch die im Mercedes gefundene Quittung, daß die Firma Finansimport die Reparatur des Wagens bezahlt hatte. Welche Verbindung bestand zwischen den unzertrennlichen Freunden Stensen und Opstad und den Finanzmoguln von vorhin?

Bjørn sammelte zufrieden seine Mikros wieder ein. Seine

Rechnung würde mein Konto leeren und dem Technofreak die Möglichkeit bieten, sich weitere avancierte Ausrüstung anzuschaffen.

Ich holte den Jaguar ab und wollte mit Line essen gehen.

»Tut mir leid, Svend, das geht nicht. Harald kommt heute abend für einen kurzen Besuch aus London. Wir könnten es doch vielleicht morgen versuchen?« Hörte ich da einen bedauernden Unterton heraus?

»Ich habe ein Geschenk für dich, du Verrückter«, sagte Line jetzt, »Tränengas, gedacht für Frauen in Bedrängnis.« Sie zog eine Spraydose aus ihrer Handtasche. »Versprich mir, daß du die immer bei dir hast, Svend!« Ihre Fürsorge gefiel mir.

»Na gut«, nickte ich brav. »Du kannst mir vielleicht einen Gefallen tun. Ruf deinen Journalisten an und bitte ihn, Material über zwei weitere verdächtige Gestalten zusammenzusuchen. Ich brauche alles über sie; über irgendeinen Petter, vermutlich Direktor einer Firma, die unter dem Namen Finansimport läuft, und über Terje Uthus, der ist bei der Entwicklungshilfe. Ich muß wissen, wer sie sind, etwas über ihre Herkunft, alles, was sich feststellen läßt. Sag ihm, daß ich mich morgen bei ihm melde.«

Das gute alte Oslo war nicht mehr so wie früher. Ich ließ mich planlos durch die Stadt treiben, und später am Abend kam mir die kluge Idee, die Kneipenszene meiner Freunde in der Sorgenfrigate näher unter die Lupe zu nehmen. Ich versuchte es im *Greven,* dem Nachtclub für junge Löwen. Dort war es brechendvoll, sehr viel erfolgreiche Jugend, die jetzt schon lebenssatt war. Ich hing dort eine Weile herum und nahm die Szene in mich auf. Disco oben, eng, dunkel, gute Akustik. Der Cognac, den ich im Laufe des Abends in mich hineingeschüttet hatte, tat langsam seine Wirkung.

Kenneth Stensen machte seine Runde durch das Lokal, er gehörte hier einfach dazu. Goldkette mit Anhänger in der Halsgrube, starke Muskeln, glatt und braun. Ich hielt im

Halbdunkel auf Distanz, obwohl ich annahm, daß er keine Ahnung hatte, wer ich war. Die Auftraggeber hatten sich sicher nicht die Mühe gemacht, ihm ein Bild des Eigentümers der verwüsteten Wohnung zu zeigen. Leuten mit dem Tod zu drohen, gehörte wohl zum normalen Geschäftsgebaren. Stensen war zusammen mit zwei weiteren Typen von derselben Kategorie, durchtrainierte Dreißiger mit harten Gesichtern und kalten Blicken. Ich sah das Ohr im Wasserbett vor mir und wich zurück. Ich wollte nach Hause.

Oslo, zwei Uhr nachts im Advent. Gefährliche Warteschlangen an den Taxihalteplätzen, einsame Wanderer, Jugendcliquen, die Ärger suchten. Nachdenklich machte ich einen Bogen um die, die am deutlichsten Händel suchten, und dabei philosophierte ich über einen Artikel des Dichters Jan Erik Vold, den ich kürzlich gelesen hatte. Darin wurde weder der Straßenbahn noch dem Weißbrot gehuldigt. Sondern der Dichter stellte die Frage, ob das friedliche Norwegen sich in eine Gangstergesellschaft verwandelt hatte. Hatten wir das?

Bei Nybrua, kurz vor Schous plass, glitt eine dunkle Limousine lautlos neben mich, und zwei kräftige Typen sprangen federnd heraus. Sie gingen direkt auf mich los, und sie hatten es ganz schön eilig. Ich konnte nur schwarze Mützen, Handschuhe und Schals registrieren, dann waren sie über mir. Ich wachte auf, aber zu spät, um noch irgendeine Gegenwehr zu mobilisieren. Einer verpaßte mit einen Schlag ins Zwerchfell, und ich sank in die Knie, der andere ließ einen Nierenschlag folgen. Der Größere der beiden packte mich brutal am Arm und zog mich von der Straße weg die grasbewachsene Böschung hinunter und zu einem wenig einladenden Akerselv, dessen Wasser nur zwei Grad hatte. Tief und kalt genug, um mir dauerhafte Atemprobleme zu bescheren. Sie hatten keine Lust, mir äußerliche Verletzungen zuzufügen. Und das nahm ich als böses Omen.

Ich machte mich ganz schlapp und wartete auf eine Chance,

während Nummer zwei sich bückte, um mich an den Beinen zu fassen. Ich mobilisierte alle Kräfte, die die anstrengenden Joggingtouren mit Hulda mir eingebracht hatten, und ich konnte den Fuß hinter sein Bein haken und ziehen. Der Typ kippte rückwärts um und fluchte, und ich riß mich von Nummer eins los und kam unsicher auf die Beine. Die Straßen waren wie ausgestorben. Das hier würde nicht leicht sein.

Ich trickste mich an ihnen vorbei und lief den Flußwanderweg hinauf, einen Weg, den ich von den Joggingtouren alter Tage her noch kannte. Meine schmerzende Niere behinderte mich, und meine Verfolger waren beängstigend schnell. Ich hatte sie im Rücken, als ich die Treppe zur Øvre gate erreichte. Die Angst verlieh mir frische Kräfte, und ich gewann einen kleinen Vorsprung. Wenn ich nur die Straße erreichte, konnte ich mich vielleicht in einem Torweg verstecken oder mich in die belebtere Thorvald Meyers gate flüchten.

Oben an der Treppe versperrte ein hohes Tor den Weg. Ich warf mich gegen das Tor, sonst war es immer offen. Verdammt, es war mit einer Kette und einem Hängeschloß versperrt. Der Zaun war hoch und von Stacheldraht gekrönt. Jetzt saß ich in der Klemme. Fünfzig Meter unter mir warteten keuchend die Schläger, dann steuerten sie ein wenig vorsichtiger auf mich zu. Sie wollten nicht plaudern, sondern mir ein kaltes Bad im verdreckten Eiswasser des Akerselv bescheren. Jemand mußte mich an diesem Abend erkannt haben.

Die Chance, über den Zaun zu klettern, ehe die Gangster mich erreicht hatten, kam mir eher gering vor. In der Tasche hatte ich die kleine Plastikdose, die Line mir gegeben hatte, und ich zog sie vorsichtig heraus, während ich den Sicherheitshebel abbrach. Die Schläger kamen vorsichtig auf mich zu, und ich wußte, daß ich ohne Hilfe verloren sein würde. In dem Moment, als der erste mit einer Hand vom Format eines Schmiedehammers zuschlug, feuerte ich eine Ladung Spray ab und verpaßte dem anderen einen Tritt. Beide taumelten fluchend rückwärts einige Stufen die Treppe hinunter und rieben sich dabei die Augen. Ich machte mich für die nächste Runde bereit.

Und da entdeckte ich die Rettung in Gestalt eines Taxis, das langsam auf uns zukam. Ein weißes Taxischild leuchtete einladend auf dem Dach. Ein Taxi, wenn ich am dringendsten eins brauchte! Durch das Tor winkte ich dem Fahrer wild zu, er glotzte mißtrauisch, hielt aber an. Die beiden unten an der Treppe hatten ihre Angriffslust eingebüßt und waren nun unentschlossene Zuschauer. Ich kletterte über den Zaun, pfiff auf Risse und verrosteten Stacheldraht, schlug auf der sicheren Zaunseite erstmal mit der Schnauze auf dem Asphalt auf und rettete mich dann in die warme Geborgenheit des Volvo. Mein Atem keuchte wie ein Blasebalg, die Schläge in die Seite würde ich noch lange spüren.

»Fahr doch, zum Teufel, fahr schon los!« keuchte ich. Der Einwanderer hinter dem Lenkrad blickte mich neugierig an, drehte scharf, öffnete das Handschuhfach, nahm eine zerknüllte Zigarettenpackung heraus und steckte eine Zigarette für mich an, während wir den Markvei hochjagten. »Jetzt ist Rauchen nicht verboten«, sagte er und lächelte das Verbotsschild an. »Du kannst den Rest behalten.« Er warf mir die Pakkung zu. »Ärger mit diesen Typen?« Er zeigte zum Fluß hinunter, wo die beiden in Richtung Innenstadt davonwanderten. »Ich habe sie schon öfter gesehen, gefährliche Burschen, ja, mögen keine Ausländer. Zu ihren Lokalen haben wir keinen Zutritt. Sie haben einen Freund von mir niedergeschlagen, niemand hat sich getraut einzugreifen.«

Er war klug genug, keine weiteren Fragen zu stellen. Ich spürte die Schmerzen, als ich einen Lungenzug versuchte. Hoffentlich hatte ich keine Rippe gebrochen. Meine Hände zitterten. Das war wirklich um ein Haar gewesen, ich durfte meine Gegner nicht mehr länger unterschätzen. Ich würde Zeit brauchen, um zu lernen, daß Norwegen eine Gangstergesellschaft war.

Ich fuhr mit einem Ruck hoch, als das Taxi vor meinem Schlupfloch hielt, ich war für ein paar Minuten weggesackt gewesen. »Quittung?« Er schrieb eine aus, ohne meine Antwort abzuwarten. »Wenn du mal wieder Hilfe brauchst, dann ruf mich an.« Er kritzelte Namen und Telefonnummer auf die Quittung. »Ich heiße Ali, das kannst du dir ja wohl merken!«

Die Wohnung war eine Festung, und das Bett war ein Schloß. Ich versank im Schlaf und erwachte am späten Vormittag zerschlagen und wie gerädert. Ein langes, gutes Frühstück brachte mich wieder in die Gänge. Der erste Anruf des Tages galt dem Journalisten. »H-h-hast du etwas über Direktor Petter X und den Experten Uthus herausfinden können?«

»Er heißt Petter Svendsen, und er fungiert wirklich als Direktor von Finansimport, das ein Briefkastenunternehmen zu sein scheint. Und noch etwas, angeblich hängt auch Håkon Villebois mit in der Sache, ganz inoffiziell. Formell gesehen hat er keine Aktien, aber er hat Anteile an einer Gesellschaft, die offenbar Finansimport kontrolliert.« Er seufzte. »Alle diese Gesellschaftskonstruktionen tragen zu der großen Verwirrung bei, wer eigentlich was besitzt und kontrolliert. Und das ist vermutlich der Sinn der Sache. Svendsen ist eine Größe in Oslos Finanzwelt, eine echte graue Eminenz, ganz anonym. Er hat in den siebziger Jahren mit dem Aufkauf von sanierungsreifen Mietskasernen angefangen. Gilt als tüchtig, aber knallhart. Vielleicht liegt das an seiner Herkunft, er ist ein alter Marxist-Leninist. Der Übergang zum Dschungel der Geschäftswelt scheint nicht lange gedauert zu haben.«

Ein alter Radikaler, der im Eilschritt auf die fünfzig zuging. Langsam gab es von der Sorte ganz schön viele in meiner Umgebung. Waren alle diese alten Radikalen auf neue Jagdgründe übergewechselt, die ihren alten Idealen fern lagen?

»Was ist mit Uthus, erzähl mir jetzt bloß nicht, daß der auch ein alter Linker ist.«

»Ist er bestimmt. Hat '75 seinen Magister gemacht und arbeitet seit '76 für die Entwicklungshilfe, hier und in Afrika. Sie sind im selben Alter, um die achtundvierzig. Svendsen hat Jura studiert, hat sein Studium aber nie abgeschlossen. Er brauchte wohl keine weiteren Tricks mehr zu lernen. Aber du mußt mir bald einen Gegendienst erweisen. Worum geht's bei dieser ganzen Sache eigentlich?«

»Vorläufig habe ich noch nichts, worüber du schreiben kannst. Mir fehlen Beweise, ich habe nur meinen Verdacht. Ich lasse von mir hören. Und du bist der erste, dem ich alles erzähle.«

Damit war er alles andere als zufrieden, drängte mich aber nicht weiter. Noch zwei Personen aus der linken Szene der siebziger Jahre waren in meinem verwirrenden Puzzlespiel aufgetaucht. Ich setzte mich an den Schreibtisch und spielte mit einem Bleistift. Vor mir lag eine Liste der beteiligten Personen:

Ehepaar Villebois, haben Anfang der siebziger Jahre studiert, beide aktiv in der BI gegen die EWG. Sie bricht ihr Studium ab, er macht sein Jura-Examen. Starkes politisches und geschäftliches Engagement. Beide Ende 40.
Direktor Svendsen, aktiver ML-Sympathisant, abgebrochenes Jurastudium, 48.
Entwicklungshilfe-Experte Uthus, aktiver Linker während seines Studiums in den Siebzigern, 48.
Oslo-Politiker Thorsen, um die 45, Herkunft unbekannt, Kulturradikaler, Journalist. Mit ziemlicher Sicherheit in den Siebzigern ML-Sympathisant.
Jugendamtssachbearbeiter Teisen, Ende 40, zu Beginn der '70er Jahre radikaler Anführer im sozialwissenschaftlichen Institut.
Polizeikommissar Wilhelm Mørk, abgebrochenes Jurastudium, 49, bekannt mit der Familie Villebois, politisch ebenfalls links.

Es wies allerlei darauf hin, daß sie allesamt 1972 im Kampf gegen den EWG-Beitritt Norwegens aktiv gewesen waren. Echte ML-Aktivisten hatten sich ans Arbeiterkomitee gegen EWG und Inflation gehalten, das wußte ich noch, aber diese Leute hatten vielleicht in der Grauzone operiert. Sie hatten geschäftliche und gesellschaftliche Beziehungen zueinander und einen gemeinsamen Hintergrund aus den siebziger Jahren. Und sie hatten etwas mit den beiden Gangstern Stensen und Opstad zu tun.

Ich konnte Cecilies Tod in diesem Bild nicht unterbringen. War sie ein zufälliges Opfer des Billigangebotes an Heroin geworden, oder steckte noch mehr dahinter? Ich steckte fest und konnte nur schwer Wirklichkeit und Phantasie voneinander unterscheiden. Meine Nierenschmerzen waren immerhin wirklich genug. Jemand hatte versucht, mich aus dem Umlauf zu ziehen, und dieser Jemand mußte einen guten Grund haben. Ich hatte nur ein dunkles Auto sehen können, und ich konnte nicht beschwören, daß es sich um Stensens Mercedes gehandelt hatte. Aber möglich war das immerhin. Es wirkte verlockend, die Polizei zu informieren, aber ich hatte nicht genug Konkretes. Keine Beschreibung meiner Angreifer, kein Motiv, nur einen überspannten Verdacht. Ich hörte schon ihre Gegenargumente und schminkte mir diese Idee ab.

9

Das Telefon riß mich aus meiner Gehirngymnastik. »Svend, sind wir heute abend nicht verabredet?« Es war Line. Bei Rendezvous mit alten Flammen konnte man sich leicht die Finger verbrennen, aber ich bin schließlich ein mutiger Mann. Wir aßen griechisch. Der Retsina schmeckte nach Hellas.

Der Jaguar leuchtete richtig, wie er so auf der Straße stand, wer wußte, wonach er suchte, mußte ihn sofort entdecken.

»Wir fahren!« kläffte ich unkontrolliert. Ich fuhr scheinbar ziellos in der Stadt umher, ließ mir Zeit und nahm umständliche Umwege, bis ich sicher war, daß wir nicht verfolgt wurden. Erst dann wagte ich, mein Versteck in Vålerenga anzusteuern. Ich war aus dem Gleichgewicht geraten und durchaus keine angenehme Gesellschaft. Diesmal stellte ich den Jaguar gut verborgen im Hinterhof ab. Ich sah mir die Umgebung genau an und fuhr zusammen, als ich weiter unten in der Straße einen Mercedes sah.

»Komm mit rauf, Line, ich muß mit dir reden.« Ich war ernst.

Sie musterte mich erschrocken, und ihre Angst wurde nicht kleiner, als ich ihr in der sicheren Wohnung von meinen Erlebnissen am Ufer des Akerselv berichtete.

»Du mußt endlich zur Polizei gehen, Svend! Diese Leute sind doch lebensgefährlich, ich begreife nicht, wie so etwas in Norwegen passieren kann. Hältst du diese Typen für angeheuerte Killer?«

»Vielleicht, warum sollte es die in Oslo nicht geben? Aber das sind nur Spekulationen. Es bringt nichts, zur Polizei zu gehen, solange ich nicht mehr weiß. Du weißt doch, wie die reagieren würde.«

Mir machte noch eine andere Sache Kopfzerbrechen, aber

darüber wollte ich im Moment noch nicht sprechen. Je weniger etwas wußten, um so besser. Mein Verdacht war zu unglaublich, um ihn mit anderen zu teilen. Ich glaubte nicht, daß Kommissar Wilhelm Mørk nur die Interessen der Polizei im Auge hatte, wenn er in dieser Landschaft herumschnüffelte. Er kannte Villebois von früher her, und daß sie jetzt nicht gern miteinander redeten, konnte auf privaten Meinungsverschiedenheiten beruhen.

Ich holte eine Flasche guten Rotwein und ließ Pink Floyd die Konversation übernehmen.

We're just two lost souls
swimming in a fishbowl
year after year
running over the same old ground
what have we found
the same old fears
wish you were here ...

Die Stimmung wurde langsam gefährlich nostalgisch. »Glaubst du, die haben sich alle schon Anfang der Siebziger gekannt? Sie haben gleichzeitig in Oslo studiert. Ich kann mir nur so verdammt schlecht vorstellen, daß eine Bande von Radikalen dermaßen kompromißlos zum Feind überläuft«, dachte ich laut. »Sich im Geschäftsleben engagieren ist noch das eine, das ist ja nicht notwendigerweise kriminell. Es gibt genug Leute, die am Immobilienhandel gern ein paar Kronen verdienen würden, wenn sie nur wüßten, wie. Aber Drogen?«

Ich betrachtete Line durch die Rauchwolken meiner Zigarre. Sie hatte jetzt einen Blick, den ich kannte. Ich war nicht sicher, ob ich mit dieser Entwicklung würde umgehen können. »Habt ihr nicht auch Anfang der siebziger Jahre in Oslo gewohnt?« fragte ich zur Ablenkung.

»In Majorstua, ja, bis '75. Mein Vater war auch in der BI.

Du kennst ihn doch, er saß in der Leitung und war superaktiv.«

»Ruf ihn morgen an und frag, ob er irgendwen von dieser Liste kennt.« Ich holte den Zettel mit den Namen vom Schreibtisch.

Line schaute erst auf die Uhr, dann sah sie mich an. Ich wanderte drei Jahre in der Zeit zurück, konnte mich aber mit einigem Kraftaufwand zusammenreißen.

»Ich bestell' dir ein Taxi.«

Ich hatte zu oft *Casablanca* gesehen.

Sicherheitshalber untersuchte ich den Jaguar und schloß die Tür gründlich ab, als Line mich verlassen hatte, ehe ich in den Schlaf der Unschuldigen glitt.

Am nächsten Morgen besuchte ich das Einwohnermeldeamt in Tøyen. Eine sehr nützliche Einrichtung für Leute, die sich ihrer zu bedienen wissen. Manche Informationen sind für die Allgemeinheit nicht zugänglich, aber überarbeitete Sachbearbeiter, die normalerweise von unzufriedenen Bürgern nur angepöbelt werden, schmelzen wie Butter in der Sonne, wenn jemand sie lobt und sich die Zeit nimmt, ihren Problemen zu lauschen. Ich legte meine Liste einem schläfrigen Angestellten vor. Insgesamt sieben Namen von Leuten, die vor langer Zeit im linken Spektrum politisch aktiv gewesen waren. Vielleicht hätte ich lieber zum Verfassungsschutz gehen sollen.

Die Frage war, wo diese sieben 1972 gewohnt hatten. Das war vor der Zeit der EDV-Register gewesen, und ich mußte allerlei Überredungskünste aufbieten, ehe ich mich vor einen riesigen Haufen von Ordnern in ein staubiges Archiv setzen konnte. Ich hätte niemals gedacht, daß es in Oslo so viele Durchschnittsnamen geben könnte. Ich fing mit dem ungewöhnlichsten an, mit Uthus, danach suchte ich das Ehepaar Mørk, das gemeinsam in der Nähe von Uthus gewohnt hatte, und nach und nach konnte ich mögliche Adressen der anderen ausfindig machen, indem ich von der vagen Hypothese ausging, daß sie möglicherweise in derselben Gegend gewohnt hatten. Ich riet das einfach, aber es war die beste Hypothese, die ich hatte.

Später am Nachmittag hatte ich eine Liste erstellt. Soviel ich sehen konnte, hatten sie damals allesamt zwischen dem Ullevål-Krankenhaus und Sankt Hanshaugen gewohnt. Es war also möglich, daß sie alle derselben lokalen Abteilung der BI gegen die EWG angehört hatten.

Im Laufe des Tages hatte ich auch den Text aus Cecilies Tagebuch rekonstruieren können, und deshalb machte ich einen Abstecher in eine öffentliche Bücherei. Wenn diese Kritzeleien wirklich eine Botschaft enthalten hatten, dann mußte die sich um etwas drehen, das Cecilie passiert war und das mir vielleicht eine Erklärung liefern konnte.

Ich fing mit dem Thema »Frauenpolitik« an. Nie hätte ich mir vorstellen können, wieviel Literatur zu diesem Thema produziert worden ist, ein Regalmeter nach dem anderen. Vielleicht lag das daran, daß ich ein Mann bin. Ich suchte ziellos in den Regalen herum, bis ich einsehen mußte, daß das alles nichts brachte. Ich konnte doch nicht alle diese Bücher lesen. Außerdem war das Fachliteratur, während ich meinen Text eher für Belletristik hielt.

Und auch die entgegenkommenden Bibliothekarinnen konnten mir nicht helfen. Sie hatten alle unterschiedliche Theorien über die Herkunft des Zitates, und keine davon traf zu.

Cecilie war damals fünfzehn gewesen. Obwohl sie viel Erwachsenenliteratur gelesen hatte, hatte sie sicher auch Bücher gelesen, die für ihre eigene Altersgruppe bestimmt waren, Bücher, die um 1987 oder '88 erschienen waren. Ich wanderte zur Kinder- und Jugendbuchabteilung weiter. Die war riesiggroß, und wieder verließ mich der Mut.

Eine Gruppe von Mädchen von vierzehn oder fünfzehn saß

in der Leseecke, wo ich mich mit einem Bücherstapel niederlassen wollte, Bücher, die ich so ziemlich aufs Geratewohl an mich gerissen hatte. Mir kam eine Idee. »Hallo«, sagte ich vorsichtig. »Was haltet ihr von einem kleinen Quiz?« Langsam las ich meine Notizen vor. »Kennt irgendeine von euch diese Textstelle?«

Alles schwieg, bis die Kleinste, ein kohlrabenschwarzes Kind, das seine Wurzeln offensichtlich in einer ganz anderen Gegend der Welt hatte als im tiefsten Oslo, schüchtern die Hand hob. »Ich glaub, ich weiß das, ich hab das Buch gelesen!« Eifrig sprang sie auf, zog mich an den Regalen vorbei und nahm ein Buch heraus. Aase Foss Abrahamsen: *Wie ein endloser Schrei.* Das Titelbild ließ meinen Puls höher schlagen; ein Mädchen wanderte mit gesenktem Kopf in die Dunkelheit hinein.

Ich setzte mich mit dem Buch und blätterte darin herum, um mir einen Eindruck von seinem Inhalt zu machen. Ich habe die Unsitte, bei spannenden Büchern gern hinten anzufangen. *Niemand weiß, wie viele Steine unter der Ebene liegen . . .* Das Zitat stammte aus dem letzten Abschnitt des Buches.

Ich hatte lange keinen Jugendroman mehr gelesen, und jetzt las ich wie besessen. Die Hauptperson, Inger, wird zu Beginn der Geschichte vergewaltigt. Das Buch handelt davon, wie sich dieses Ereignis auf ihr Leben auswirkt. Schuldgefühle und Verzweiflung, Scham und Selbstvorwürfe. Die Angst vor dem Täter, die Unmöglichkeit, danach ein normales Leben zu führen, selbstzerstörerisches Verhalten. Alles paßte. Ich hatte keine Zweifel mehr daran, was Cecilie vor zwei Jahren passiert war.

Der Abend wurde lang in der Wohnung in Vålerenga. Ich war nervös, und ich hatte handfeste Gründe, um mich zu fürchten. Diese Geschichte war wie eine chinesische Schachtel. Und je mehr Wissen ich gewann, um so sicherer wurde ich gefangen. Ich sehnte mich nach Mari, Hulda und meiner eigenen Wohnung. Von Oslo hatte ich fürs erste die Nase voll. Die Hauptstadt war für mich kein sicherer Aufenthaltsort mehr. Außerdem konnte ich am besten denken, wenn ich friedlich in meiner alten Dame dahinglitt, diesmal eben nach Tønsberg.

Zum Glück war meine Wohnung unberührt. Die Menge an Rechnungen, die sich in meinem Briefkasten angesammelt hatten, konnte den Eindruck erwecken, ich sei wochenlang unterwegs gewesen. Alles sah normal aus. Ich mußte mir meinen nächsten Zug überlegen. Ein Bericht für meine Mäzenin, Else Krogh, wurde verfaßt und aufgegeben, zusammen mit einer neuen Rechnung und dem Versprechen weiterer Informationen.

Ich mußte noch einmal mit der Familie Villebois sprechen, und diesmal wollte ich sie nicht so billig davonkommen lassen. Helle Villebois war das schwache Glied. Ich mußte einfach nur sichergehen können, daß ihr Ehemann weit genug weg war, ehe ich sie mit meinem neuen Wissen konfrontierte. Ich wollte niemanden von meinen Interessen informieren, und deshalb bat ich Frau Svendsen, für mich bei den Villebois anzurufen.

Helle Villebois konnte mitteilen, daß ihr Mann geschäftlich in Oslo war und erst am nächsten Abend wieder zurück sein würde. In der Partei ging es gerade hektisch zu, weil der Parteitag vorbereitet wurde, und deshalb war er zur Zeit nur zwei Tage pro Woche zu Hause. Das fand ich ausgezeichnet. Die Gnädige war reif für einen Besuch.

Der Regen peitschte, als ich vorsichtig gegen neun Uhr abends in sicherer Entfernung von der Villeboisschen Villa anhielt. Es war ungemütlich draußen. Ein passender Abend für eine Unterhaltung im Haus. Eine ungemähte Rasenfläche, Laubhaufen, verwelkte Blumen, ein Garten im Verfall. Der Politiker und Geschäftsmann Håkon Villebois hatte nicht die Zeit, sich um solche Bagatellen zu kümmern.

Ich trat in den Schatten der Eingangstür, um von innen nicht gesehen werden zu können, dann drückte ich auf die elegant geformte Klingel. Nach einer Weile wurde im Flur Licht eingeschaltet, und die Tür öffnete sich vorsichtig.

»Wer ist da?« Die Stimme klang etwas energischer als vor zwei Wochen, als ich sie zum ersten Mal gehört hatte. Helle Villebois war zu Hause.

»F-f-foyn, der Anwalt. Ich muß mit Ihnen sprechen. Es ist wichtig und kann n-n-nicht aufgeschoben werden.« Ich versuchte, ebenfalls energisch zu klingen, aber das machte keinen Eindruck.

»Rufen Sie meinen Mann im Büro an, wir wollen unsere Ruhe haben!« Ich schob den Fuß in den Türspalt, ehe die Tür vor meiner Nase zugeknallt werden konnte. »Ich hole die Polizei!« rief Frau Villebois.

»Ja, tun Sie das. Warum sollten Sie Kommissar Mørk auch nicht einladen? Sie sind ja alte Bekannte und haben sich sicher viel zu sagen.« Ich regte mich auf. Und hatte einen Volltreffer gelandet. Resigniert ließ sie mich ins Haus.

Frau Helle Villebois schien seit unserer letzten Begegnung um Jahre gealtert zu sein. Sie versuchte noch immer, die Contenance zu bewahren, als sie mir im Wohnzimmer einen Platz anbot. Ich sah mich um. Das Haus war kalt und still und eindeutig nicht gemütlich.

Sie folgte meinem Blick. »Das ist eine schwere Zeit für uns, wir möchten nicht mehr hier wohnen. In diesem Haus gibt es zu viele Erinnerungen.« Sie unterbrach sich und wurde geschäftsmäßiger. »Was führt Sie her?«

Ich kam sofort zur Sache. »Ich glaube nicht, daß Cecilie durch eine zufällige Überdosis gestorben ist. Und ich weiß, was sie aus der Bahn geworfen hat. Wer ist übrigens ihr Vater?«

Diese Frage erschütterte sie. Ich brauchte keine weitere Bestätigung, daß meine Information korrekt war. Sie suchte in ihrer Handtasche nach einer Zigarette, und ich gab ihr bereitwillig Feuer. »Woher wissen ...« Die Frage blieb in der Luft hängen. Sie gab den Versuch auf.

»Vergessen Sie das«, antwortete ich kalt.

»Also, wer?«

»Das kann ich Ihnen nicht verraten. Es spielt auch keine Rolle. Wir haben beide Cecilie als unsere Tochter aufgezogen, und das hat sie auch gewußt. Wir wollten nur das Beste für sie.« Was für ein pathetischer Spruch.

»Hören Sie«, ich versuchte es mit einem freundlicheren Tonfall, »bei diesen Überdosen stinkt einfach zuviel. Cecilie war nicht die einzige. In der Nacht ihres Todes hat jemand sie aufgesucht. Leute, denen alles zuzutrauen ist. Kann Cecilie auf irgendeine Weise an gefährliche Informationen herangekommen sein, die für irgendwen bedrohlich waren?«

Helle Villebois war hinter ihrer überlegenen gesellschaftlichen Maske verängstigt und verzweifelt. »Was sollte das sein? Ich weiß nichts, sie hat mir nie etwas erzählt.«

Bitterkeit und Trauer waren dieselben, wie ich sie bei anderen Eltern von Junkies erlebt hatte. Sie trauern und sind wütend. Welches Recht haben diese Kinder, das Leben ihrer Eltern zu zerstören?

Ich entschied mich, die Sache von einer anderen Seite anzugehen. »Ich habe gehört, daß Sie noch immer Kontakt zu alten Freunden vom Sankt Hanshaugen haben, vielleicht kann einer von denen mir erzählen, wer Cecilies biologischer Vater ist?«

Ihre Maske wurde noch starrer. »Was wollen Sie damit sagen?«

»Ich spreche von d-d-den Geschäftspartnern Ihres M-m-mannes, den alten Radikalen aus der BI. Den Direktoren Svendsen und Thorsen, der ganzen Clique, Sie wissen besser als ich, wer alles dazugehört. Mørk, Uthus und Teisen.« Ich war hart. »Wer hat diese Bude finanziert, Ihren Schmuck, die teuren Auslandsreisen, das Ferienhaus in Brekkestø? Es war wohl nur ein dummer Zufall, daß Ihre Tochter mit in den Sog geraten ist.«

Ich zog die Uhr mit dem abgerissenen Armband aus der Tasche und hielt sie vor Frau Villebois' entsetztes Gesicht. »Diese Uhr habe ich bei einem von denen gefunden, die Ihre Tochter in der Nacht ihres Todes besucht haben, einem Gangster, mit dem eine der Firmen Ihres lieben Mannes geschäftliche Verbindungen hat. Was haben Sie dazu zu sagen?«

Ich konnte ihrem Gesicht die Antwort ablesen. Die Uhr hatte Cecilie gehört. »Gehen wir zwei Jahre in der Zeit zurück. Damals haben Cecilies Probleme angefangen. Ich weiß, was mit ihr passiert ist. Wer hat sie vergewaltigt? Und warum haben Sie keine Anzeige erstattet?« Ich hatte feststellen können, daß bei der Polizei nichts über eine Vergewaltigung vorlag.

Frau Villebois sank in ihrem Sessel in sich zusammen und weinte lautlos. »Wir haben das getan, was wir für richtig hielten. Ein Prozeß wäre nicht einfach gewesen. Und ich habe erst viel später erfahren, was passiert ist. Håkon hat mich angelogen. Ich habe das erst erfahren, als Cecilie mir Vorwürfe gemacht hat, wo ich ihr doch nur helfen wollte!«

»Erzählen Sie mir doch lieber gleich die ganze Geschichte!«

»Es war ein Bekannter von uns, ein Künstler, es war schrecklich, ich hätte mir niemals träumen lassen, daß so etwas möglich sein könnte. Cecilie war erst fünfzehn!«

Langsam konnte ich die Geschichte aus ihr herausholen, Stück für Stück. Großes Fest in der Villa. Cecilie war mit diesem Mistkerl nach Hause gegangen, er wohnte in der Nähe und war so charmant gewesen. Cecilie hatte erst nach einigen Tagen etwas gesagt, zuerst ihrem Vater, der immer wieder versprochen hatte, mit dem Typen abzurechnen, dem aber der Mut dazu gefehlt hatte. Später hatte sie sich auch ihrer Mutter anvertraut, aber inzwischen war schon alles zu spät. Cecilie hatte sich dermaßen im Stich gelassen gefühlt, daß sie sich abgemeldet hatte, sie wollte sowenig wie möglich mit ihren Eltern zu tun haben.

Helle Villebois sah mich durch ihre Tränen hindurch an. »Cecilie wollte über nichts mit mir reden. Ich konnte ihr niemals erklären . . .« Sie verstummte. »Alles ist schiefgegangen, und ich war nur eine Zuschauerin. Wir haben fachliche Hilfe hinzugezogen, aber Cecilie hat alle zurückgewiesen. Ich hatte gehofft, sie würde darüber hinwegkommen . . .« Sie schniefte. »Håkons Geschäfte haben damit nichts zu tun. Unsere alten Bekannten, die Sie erwähnt haben, haben mit Håkon gemeinsame geschäftliche Interessen.«

»Erzählen Sie mir, wer ihr Vater ist. Das hilft mir vielleicht dabei, ihren Tod aufzuklären.« Ich wußte selber nicht, wie.

Aber da verlief die Grenze. »Das kann ich nicht, das ist unmöglich. Cecilie hat nichts gewußt, ich wollte das so. Aber all das hat . . .« Sie brach entschieden ab und war stumm.

Ich musterte sie und steckte mir ein Zigarillo an. Was hatte sie sagen wollen? In dieser Familie wurde offenbar gern in Rätseln geredet. Ich sah ein, daß ich zunächst nicht weiterkommen würde, und wechselte das Thema. »Was wissen Sie über die Geschäfte Ihres Mannes?«

»Er arbeitet mit Immobilien und Finanzierung, ich kenne mich nicht so gut damit aus, ich habe mich noch nie für Geschäfte interessiert.«

Ich neigte dazu, ihr zu glauben, ich bin schließlich ein gutgläubiger Mensch. Aber ich hatte das unangenehme Gefühl, daß sie mir nicht alles erzählt hatte, was sie wußte. Ich gab fürs erste auf. »Ich gehe jetzt. Es wäre besser, wenn Sie meinen Besuch nicht erwähnten, auch nicht Ihrem Mann gegenüber. Und wenn sich Ihr Gedächtnis bessern sollte, dann rufen Sie mich an.« Ich gab ihr meine Karte.

Meine Neugier ließ mir keine Ruhe, als ich wieder zu Hause war. Nicht einmal die Schachfiguren, die zu Boris Spasskis Nimzo-indischer Verteidigung aus dem Turnier in Bukarest

1953 aufgestellt waren, konnten mich auf andere Gedanken bringen. Widerwillig hatte ich einen Hauch von Sympathie für Helle Villebois entwickelt. Was sie auch gewußt oder getan haben mochte, sie hatte einen hohen Preis bezahlt. Und ich fürchtete, daß noch immer nicht die ganze Rechnung präsentiert worden war.

Am nächsten Tag erwachte ich friedlich und konnte feststellen, daß mich weder der Kater plagte noch daß ich mir neue Verletzungen zugezogen hatte. Die Dekorationen auf meinem Bauch waren weniger deutlich, die Niere war wieder festgewachsen. Ich fühlte mich imstande, mich näher mit einem gewissen Kriminalbeamten namens Wilhelm Mørk zu unterhalten, einer Person mit vielen überraschenden Seiten.

Wie immer saß er im Chaos vergraben in dem langen Schlauch von Büro, als ich nachmittags ungebeten eintrat. Es war Freitag, für die Wache der friedlichste Zeitpunkt der ganzen Woche. Die Stille vor dem Sturm. In zwei Stunden würde der Ärger losgehen, wenn das Nachtleben in der Stadt seinen Anfang nahm. Mit den Wochenendsaufereien ging es wie mit dem Weihnachtsgeschäft der Kaufleute, beides fing immer früher an. Vielleicht, weil beides von denselben Kräften gelenkt wird, überlegte ich in einem hellsichtigen Augenblick.

Mørk ließ sich nicht einmal zu vorgetäuschter Höflichkeit herab. »Ich habe zu tun, was willst du?«

Ich warf ihm einen PC-Ausdruck mit Namen und Adresse von sieben Nachbarn aus den guten alten Zeiten hin. »Fällt dir dazu was ein?«

Er riß die Liste an sich. Ich sah, wie er die Information verarbeitete, scheinbar unangefochten, aber unter Hochdruck. Sein Gesicht nahm eine leicht rötliche Färbung an. Er brauchte auffällig lange, um mich ausdruckslos anzusehen und zu sagen: »Sollte es das?«

»Laß das, du stehst doch selber auf der Liste. Und das sind nicht die Ergebnisse der Kreismeisterschaft im Hallenweitsprung. Diese Typen waren doch deine Kumpels, damals, als du noch auf den Barrikaden gestanden hast. Erzähl mir jetzt bloß nicht, das sei dir entfallen.« Ich versuchte nicht, meine Ironie zu verbergen. »Ihr h-h-habt auch noch eine weitere Gemeinsamkeit. Alle haben einen politischen Saltomortale gedreht. Was ist das für ein Gefühl?«

Sein schwerer Körper erhob sich überraschend schnell, und Mørk trat dicht an mich heran und preßte mich an die Wand. Ich hatte einen wunden Punkt getroffen. »Ich möchte dir eins ganz klar sagen. Es stimmt, daß wir uns damals gekannt haben. Aber das gehört in mein Privatleben und ist zwanzig Jahre her. Und versuch ja nicht, in meinen Angelegenheiten herumzuschnüffeln.«

Das schien ihm von Herzen zu kommen. Wenn er wirklich in die Sache verwickelt war, dann war er gefährlich. War Wilhelm Mørk der »alte, lokale Kontakt«, von dem bei dem Treffen in der Sorgenfrigate die Rede gewesen war, der, der für die Wiederherstellung von Ruhe und Ordnung sorgen sollte?

Ich versuchte mein Glück mit einem weiteren Schreckschuß. »Weißt d-d-du, wer Cecilies Vater war, du weißt sicher, daß es nicht H-h-håkon Villebois sein kann?«

Er blickte mich an, als überlege er sich eine genügend schmerzhafte Tötungsmethode. »Verpiß dich. Und laß die Finger von der Familie Villebois!« Meine Fragen hatten ihn aus dem Gleichgewicht geworfen, und ich nahm an, daß ich ihn von der Liste meiner Freunde streichen konnte. Und diese Liste mußte dringend von jemandem mit Einfluß verstärkt werden. Die waren in meinem Umgangskreis in der klaren Minderheit.

Inzwischen war Freitagabend. Ich zählte an den Knöpfen ab. Sollte ich zu Hause bleiben, Sicherheit und Brieftasche sowie meine Paranoia pflegen, oder sollte ich mich unters Volk wagen? Ich fühlte mich fremd hier in Kardemomme, verstand immer weniger von dem, was vor sich ging. Irgendwer hatte es auf mich abgesehen. Mir ging es genau wie den Junkies. Und dieses Gefühl sollte kein Dauerzustand werden. Außerdem hatte ich Durst.

Ich machte mich mit elegantem Seidenschlips und italienischem Hemd schön und beschloß, das feinste Hotel der Stadt zu besuchen. Dort versuchten sie, einen gewissen Stil aufrechtzuerhalten. Die Bar im Erdgeschoß verhalf mir zu einem Überblick über das Innenleben des Etablissements. Ich ließ mich mit einem Dreifachen von etwas, das sie *Cognac* nannten, das aber nur ein schnöder Weinbrand war, in eine Ecke fallen und gönnte mit eine von meinen fetten Henry Clays.

Die Bar füllte sich jetzt langsam mit Löwen. Viele junge Löwen waren wir nicht, und wir wenigen gaben uns alle Mühe, die Spuren unseres Alters zu verbergen. Aufgetakelte Damen in den unbestimmbaren Vierzigern, eingehüllt in zollfreies Parfüm von der Dänemarkfähre, mit lauten Stimmen und umherirrendem Blick. Gutgebaute Mannsbilder mit Goldschmuck, Rasierwasser von Cupido und sorgfältig drapierten Haarsträhnen. Die Entwicklung, die der Abend nehmen würde, war ungewiß, die Karten waren noch nicht verteilt, die Unsicherheit verlieh Hoffnung.

Später an diesem Abend, ehe der große Ansturm einsetzte, tauchte mein Freund vom Jugendamt auf. Er glitt in die Bar und störte damit meine geplanten Ausschweifungen. Eleganter Anzug, der sich weit über den Durchschnitt erhob, italienische Schuhe, sicherer Stil. Im Vergleich zu ihm sah ich aus, als ob ich mich im Schlußverkauf eingekleidet hätte. Wie schaffte er das mit seinem miesen Bürokratengehalt sowie Exfrau und Kind? Er erkannte mich nicht. Steinar Teisen kam mir nicht besonders hart vor. Aber ich hatte mich schon häufiger geirrt.

Die bulgarische Kapelle dieses Abends spielte zum Tanz auf, und die Bewegungen in der Bar beschleunigten sich. Alte Schnulzen, dargeboten mit Heimweh, billigem Synthesizer und traurigen Augen. Ich hatte in der Lokalzeitung gelesen, daß die Bandmitglieder zu Hause eine klassische Ausbildung genossen hatten. Sicher waren große Willenskraft und bittere Armut vonnöten, um diese Versammlung mit entstellten Beatles-Stücken zu unterhalten. Teisen war auf der Tanzfläche aktiv, ich registrierte, daß er einen besseren Geschmack hatte als die meisten anderen.

Während der Herr vom Jugendamt das Tanzbein schwang, kam mir eine Idee. Auf einer Serviette legte ich eine Liste von Namen und Adressen an, die als schlagkräftige Überschrift die Jahreszahl 1972 erhielt. Ich mußte mich schließlich auch ein bißchen amüsieren dürfen. Ich suchte mir einen neuen Platz, damit Teisen mich von seinem Tisch aus nicht sehen konnte, während ich ihn durch die geschickt aufgestellten Topfblumen der Bar gut im Blick hatte. Ich legte die Serviette neben sein Glas, denn ich nahm an, daß er vor dem Aufbruch mit seiner Beute jedenfalls noch den Rest seines teuren Weines genießen würde.

Die Wirkung war interessant. Nachdem er mit äußerst verwirrtem Gesicht die Liste gelesen hatte, runzelte er sehr langsam die Stirn. Die Frau wurde ignoriert und wandte sich anderen Jägern zu. Teisen setzte sich, rauchte mit düsterem Gesicht und hielt nach einer Erklärung Ausschau. Ich wollte ihm nicht helfen. Die Rache war süß und der Abend gerettet. Ich hatte allerlei unterdrückte Aggression auf Lager, und das war wirklich nicht gesund. Ich hätte gern gewußt, wen der Typ von zu Hause aus nun anrufen würde, ich ging davon aus, daß dabei auch mein Name fallen würde. Ganz ungefährlich war diese Provokation nicht. Aber ich war jetzt sicher, daß auch Teisen in die Sache verwickelt war.

Wie ich erwartet hatte, dauerte es nicht lange, bis er mit einem Taxi verschwand. Inzwischen waren alle Damen belegt, und ich mußte mich mit dem Suffgefasel der anderen Verlierer in der Bar ganz oben im Hotel begnügen.

Ich war zufrieden mit dem Abend, als ich mich in guter

Stimmung von meinen Ausschweifungen zurückzog, während die Kapelle gerade Procol Harums Superstück »A Whiter Shade of Pale« schändete.

An der Ecke vor dem Hotel fand ich eine im Rinnstein halb liegende und halb sitzende Gestalt. Ich blieb stehen und legte unter den Zotteln ein bleiches Gesicht frei. Ich erkannte dieses Gesicht, ich hatte die Kleine früher an diesem Abend in der Bar gesehen. Sie gehörte zur leichteren Garde der Stadt und war noch immer so präsentabel, daß sie zur Not im Hotel zum Gebrauch bei Weihnachtsfeiern durchgehen konnte. Jetzt war nicht mehr viel Glamour übrig. Die Schminke lief von ihren Augen herunter, knallroter Lippenstift war im ganzen Gesicht verschmiert, die Frau stank nach Kotze.

Ich blickte mich um, konnte aber keinen Menschen entdekken. Es war arschkalt, sie trug nur einen dünnen und sehr kurzen Rock, der ein Paar lange Beine, die noch dazu hübsch waren, nur äußerst notdürftig bedeckte. Sie konnte nicht einfach hier liegenbleiben. Der Drecksack von Türsteher hatte sie wohl einfach auf die Straße geworfen, als sie blau war. Ich versuchte, Leben in sie hineinzuschütteln.

»Du mußt aufstehen, sonst erfrierst du! Wohnst du irgendwo?« Sie würgte eine Adresse hervor, dann war sie wieder weg. Ich mußte in dieselbe Richtung und beschloß, sie ein Stück mitzuschleifen. Ich hoffte, sie würde unterwegs so weit zu sich kommen, daß ich sie in ein Taxi setzen könnte.

»Meie Tasche!« murmelte sie, als ich versuchte, sie auf die Beine zu bringen. »Liegt aufm Tisch, mit meim Geld.« Sie lieferte eine etwas vernebelte Beschreibung von der Lage des Tisches, und ich setzte die Dame auf die nächste Treppe und ging zurück ins Hotel und ins Tanzrestaurant, um die Tasche zu suchen. Seltsamerweise verging sich die Combo noch immer an Procol Harum. Alles mit Marktwert war auf der Tanzfläche, ich hatte guten Überblick über die Tische. Ich griff nach einer Tasche, auf die die Beschreibung paßte.

Das hätte ich lieber lassen sollen. Sofort stürzten sich mindestens drei Mann auf mich. Einer riß mir die Tasche aus der Hand, der Inhalt ergoß sich über mich und bestätigte alle meine Vorurteile über weibliche Aufbewahrungsroutinen. Die Musik verstummte jählings, was immerhin eine Erleichterung war, und alle Lampen leuchteten auf. Mir wurde klar, daß ich in Schwierigkeiten war, als mein Rücken auf den Boden gepreßt wurde und ich in einen Kreis von feindseligen Gesichtern hochstarrte, die sich über mich beugten wie erwartungsvolle Geier. Hier hatte ich wohl nur wenige Freunde.

»Hol die Polizei!« fauchte ein Gesicht. »Wir haben den Taschendieb erwischt!« Einer der Junghähne versetzte mir verächtlich ein paar Tritte und sah sich beifallheischend zu den Hühnern um. Sie hatten den Schurken dingfest gemacht, der den Hotelgästen zu schaffen machte, und erwarteten nun ihre Belohnung. Ich unterdrückte mein Bedürfnis, die drohenden Gesichter über mir ein wenig zu verzieren, und versuchte mich herauszureden. Bloß war ich einfach als Redner nicht begabt genug.

Zwei Superbrocken von Schlägern drängten sich durch die Menge, ein bedrohliches Gesicht musterte mich genauer. Dieses Gesicht erkannte ich. Es gehörte einem meiner ersten Mandanten, der trotz oder vielleicht auch wegen meines Einsatzes für einen Einbruch gewaltig verknackt worden war. Ich hoffte, daß er nicht von der nachtragenden Sorte war.

Ich schlüpfte durch das Nadelöhr. »Laßt ihn los, das ist ein Kumpel, der hat nix geklaut.« Mein neuer Freund blickte die feindselige Versammlung drohend an. Ich wischte mir Lidschatten, Kondome und anderen Handtaschenmüll vom Bauch, während die wirkliche Besitzerin der Tasche fieberhaft den übrigen Inhalt aufsammelte. Ich kannte sie, eine reizende Schnepfe, die vor zwei Stunden versucht hatte, unter den eleganten Anzug von Herrn Teisen, dem Beschützer der Kinder, zu kriechen. Ehe er unangenehme Grüße aus der Vergangenheit erhalten hatte. Ich steckte diskret eine kleine Plastiktüte ein, die ich auf dem Boden aufgelesen hatte, das weiße Pulver war wohl kaum Talkum. Kein Wunder, daß die Taschenbesitzerin so hektisch war.

Der Chefschläger bahnte für uns einen Weg über die Tanzfläche, durch das Restaurant und hinaus ins Foyer. Ich trottete hinterher. In der nächsten Zukunft brauchte ich mich hier nicht mehr im gesellschaftlichen Leben zu versuchen. Auf der Treppe zwinkerte mein Freund mir kollegial zu. »Hau ab, ehe du noch mehr Ärger kriegst. Und such dir nächstes Mal eine andere Methode aus.«

Ich nahm mir diesen Rat zu Herzen und eilte an die frische Luft. Der Stoff in der Plastiktüte hatte den charakteristischen bitteren Geschmack, als ich vorsichtig an einigen Körnern leckte. Einige kleine Gramm, die ihre Tausender wert waren. Kokain war also inzwischen auch in diesen Kreisen angelangt.

Erwachsene Jugend, lokale Oberklasse. Teisen war in schlechte Gesellschaft geraten, vielleicht war es auch umgekehrt. Die Kleine aus der Gosse war längst verduftet, Gott weiß wohin, mir war es jetzt egal. Undank ist der Welten Lohn. Jetzt wollte ich nur noch nach Hause. Den Schnee warf ich in den nächsten Papierkorb.

Der Wachhund in meiner Wohnung nahm seine Aufgabe so ernst, daß er mich fast nicht hereingelassen hätte. »Auch du, mein Sohn Baltus, das ist eine Verschwörung«, stöhnte ich verzweifelt. Voller Sehnsucht dachte ich an friedliche Abende mit Fernsehen und Schach zurück.

10

Am nächsten Morgen in aller Frühe weckte mich unbarmherzig das Telefon. Ich kläffte ein abweisendes »ja« und hoffte, es möge sich wie »nein« anhören.

»Hier ist Studienrat Berg«, sagte eine brüchige Greisenstimme, die mich endgültig aus dem Schlaf holte. »Ich sollte Rechtsanwalt Foyn anrufen.« Er unterbrach sich und atmete schwer. Ich konnte ihn einfach nicht unterbringen. »Line Sørensens Vater hat mich gestern angerufen und von Ihrem Interesse an gewissen Personen erzählt, die vor Jahren Mitglied der Bürgerinitiative gegen die EWG waren.«

Jetzt war ich wirklich hellwach.

»Er hat mir auch erzählt, warum Sie das interessiert.« Er sprach langsam und ungeheuer präzise. »Vielleicht kann ich Ihnen etwas erzählen.«

Ich fing sofort Feuer. »Kann ich h-h-heute nachmittag bei Ihnen v-v-v-vorbeischauen? Es ist dringend.«

»Ich habe jede Menge Zeit und keinerlei Verabredungen.« Peinlich genau beschrieb er mir seine Adresse, und wir verabredeten uns für fünf Uhr.

Also fuhr ich abermals nach Oslo. Diesmal drehte ich in der Umgebung von Tønsberg mehrere Runden, bis ich einigermaßen sicher war, daß mir niemand folgte, als ich über die E 18 bretterte. Meine ausgezeichnete Stereo-Anlage füllte jeden Winkel des Wagens mit Albionis Adagio, und ich versuchte zu denken. Die Idee einer Verbindung zwischen Wilhelm Mørk und Drogen gefiel mir nicht. Es war schlimm genug, dem legalen Machtapparat der Polizei ausgesetzt zu sein.

Studienrat Berg wohnte in Lindern, wo sich die zukunftsträchtigen Arbeiterwohnungen der Gemeinde Oslo befinden, große Innenhöfe, Bad und WC im Standard von 1917. In den achtziger Jahren wurde der letzte Rest der ursprünglichen Einwohner der Gegend von investierungswilligen Yuppies verdrängt, die die Preise in die Höhe trieben. Der eine oder andere Starrkopf hatte sich dem Fortschritt hartnäckig widersetzt. Sverre Berg war einer davon. Ich parkte den Jaguar im Parkhaus in Vika und fuhr mit dem Bus nach Lindern.

Der Mann war klein und verhuscht, korrekt angezogen und von gutem Benehmen. Sein Blick hinter den dicken Brillengläsern war kristallklar, seine Stimme war von erlesener Intensität und ließ ein inhaltsreiches Leben ahnen.

»Bitte, nehmen Sie Platz.« Er servierte Kaffee in vornehmen Mokkatassen. Seine Erscheinung war ganz anders, als ich es bei einem alten EWG-Gegner erwartet hätte. Er sah aus wie ein Couponschneider aus dem allerbesten Westend.

»Ich weiß, daß Sie mit einem Drogenfall beschäftigt sind, mit dem einige unserer alten Genossen zu tun haben. Welche Garantie können Sie mir dafür geben, daß Sie meine Auskünfte nicht mißbrauchen werden? Es gibt noch genug, denen das zuzutrauen wäre. Wenn man so viele politische Konflikte miterlebt hat wie ich, wird man mißtrauisch.«

Er seufzte, und ich benutzte die Gelegenheit, um mich einzuschalten. »Sie können sich auf mich verlassen, anders kann ich das nicht sagen. Ich werde niemals Ihre Auskünfte an jemanden weiterreichen, der sie politisch mißbrauchen könnte.« Ich zeigte ihm die Namensliste.

»Diese Namen kenne ich schon, und ich habe sie mit unseren Mitgliederlisten verglichen, alle waren Mitglieder hier in unserer Lokalabteilung der BI. Ich kann mich an jeden einzelnen erinnern. Tüchtige Leute, die viel geleistet haben.« Er unterbrach sich, um Atem zu holen. »Aber ich weiß nicht, ob ihre politischen Überzeugungen wirklich tief reichten. Es war wohl mehr das Gemeinschaftsgefühl, weil wir zusammen etwas machten. Bei uns in der BI gab es einen enormen Zusammenhalt. Und alle diese Leute hier, abgesehen von Helle Villebois, kamen aus bescheidenen Verhältnissen, wie man damals sagte. Wir hatten ein gemeinsames Ziel, das verband uns und ließ alle anderen Gegensätze als nebensächlich erscheinen. Es war eine schöne Zeit, die beste hier im Land nach dem Krieg.«

»Was waren das für Leute, kannten Sie die persönlich?«

»Das waren alles Studenten, die meisten ein wenig älter, so um Ende zwanzig. Sie hatten ihr Studium erst spät aufgenommen, alle hatten vorher einige Jahre lang gearbeitet. Es wundert mich nicht, daß ihnen materielle Vorteile jetzt wichtiger sind. Als der Kampf gegen die EWG vorüber war und die achtziger Jahre begannen, war von den Idealen nicht mehr viel übrig. Schließlich drehte sich alles nur noch um Geld und Positionen.« Er musterte mich kritisch, und das, was er sah, schien ihn zu beruhigen. »Håkon und Helle Villebois waren schon verheiratet, als ich sie kennengelernt habe, ein Jahr vor der Abstimmung. Sie waren sehr verliebt und außerordentlich enthusiastisch. Sein Vater war Fischer, er kam von einer kleinen Insel vor Bodø. Sie kam aus einer feinen Familie aus Westoslo, der es schwer fiel, Håkon Villebois zu akzeptieren. Soviel ich weiß, haben sie mit ihrer Familie gebrochen.«

»Die Verhältnisse haben sich geändert«, warf ich trocken dazwischen. »Sie verkehren jetzt in einem ganz anderen Milieu.«

Er nickte. »Das ist mir auch aufgefallen, ja. Ich habe über ihn gelesen, im Zusammenhang mit Finanzen und natürlich auch mit der Politik. Alte Überzeugungen sind an den Nagel gehängt worden. Das wird wohl Realismus genannt. Leute wie mich wird man bald unter Denkmalschutz stellen.« Er lächelte voller Selbstironie. »Auf eine Sache habe ich bei Villebois reagiert, das fällt mir jetzt wieder ein. Er hatte erst vor kurzem seinen Namen geändert, ich glaube, er hatte ursprünglich einen ganz normalen. Ich weiß noch, daß ich das seltsam fand.«

»Håkon Karlsen«, sagte ich. »So hat er geheißen. Was ist mit den anderen?«

»Petter Svendsen war ein smarter junger Mann, ein seltenes

Organisationstalent, er hätte es in der Politik weit bringen können, wenn er sich mehr angestrengt hätte. Svendsen und Thorsen hatten bei den Marxisten-Leninisten vorbeigeschaut, hielten sich aber loyal an die Richtlinien der BI.

Mørk war bei der Polizei und studierte nebenbei. Er mußte die Mitgliedschaft bei uns geheimhalten, um bei der Arbeit keinen Ärger zu bekommen. Die anderen haben keinen besonderen Eindruck auf mich gemacht, abgesehen von einer Sache. Alle haben viel getrunken und gefeiert. Wir anderen waren an disziplinierte politische Arbeit gewöhnt und wußten genau, was der Alkohol für Schaden anrichten kann, und deshalb gefiel uns dieser leichtfertige Umgang damit überhaupt nicht.« Jetzt lebte er wieder in den alten Zeiten. »Die BI war eine komplexe Gruppe von Menschen, sie war keine einheitliche politische Bewegung. Was uns verband, war vor allem der Glaube, daß wir die Zukunft gewinnen würden.« Er legte eine Pause ein. »Die, von denen wir hier reden, waren politisch nicht besonders gut geschult, abgesehen von Thorsen.«

Ich war enttäuscht, das alles war keine Erklärung. Alte Kumpels, neue Interessen. Ganz normal.

Berg hatte noch mehr auf dem Herzen. »Es gibt eine Episode, an die ich viel gedacht habe, ich habe meine Notizen von damals zu Rate gezogen. Ja, ich gehöre zu denen, die Tagebuch führen, damals war das nötig für das politische Überleben, und ich habe diese Gewohnheit beibehalten.« Er schien sich dafür entschuldigen zu wollen. »Es geht um etwas, das in der Nacht zum 26. September passiert ist, also in der Nacht nach der Volksabstimmung. Wir hatten einen phantastischen Abend hinter uns, wir waren vielleicht dreißig oder vierzig, die der Auszählung der Stimmen folgten. Das Fest fand in der Wohnung von Petter Svendsen statt. Die meisten von uns, ich auch übrigens, gingen so gegen zwei nach Hause. Selbst das war ausgesprochen spät für mich«, er lächelte ironisch. »Es wurde sehr viel getrunken, und alle waren reichlich beschwipst, als ich aufbrach. Alle, die Sie erwähnt haben, waren mit auf diesem Fest, und ich meine, sie waren immer noch da, als ich ging.«

Er legte wieder eine Pause ein.

»Die Tochter eines Freundes war auch dort. Er war einer der Veteranen der BI, ein alter Gewerkschafter aus Aker. Er muß damals so um die sechzig gewesen sein. Seine Tochter war erst fünfzehn, sie hätte niemals solche Feste besuchen dürfen. Tone hieß sie, auch sie war bei der BI, ein lebhaftes, nettes Mädchen. Ein bißchen frühreif und erwachsen für meinen Geschmack, aber die Jugend ist nun einmal so. Sie traf sich gern mit diesen engagierten Studenten.«

Er schenkte Kaffee nach, während ich ungeduldig auf die Fortsetzung wartete.

»Also, ihr Vater war schon früher nach Hause gegangen, er war zufrieden, als der Sieg feststand. Ich hätte sie mitnehmen sollen, ich habe nie herausfinden können, was passiert ist, aber etwas muß damals geschehen sein, denn danach wollten weder Tone noch ihr Vater mit mir etwas zu tun haben.« Er starrte traurig vor sich hin. »Ihr Vater war wütend. Er hat mir nie eine Erklärung geliefert, er hat einfach nur angerufen und mich zusammengestaucht.«

»Wissen Sie, wo ich diesen Vater jetzt finden kann?«

»Er ist viel zu früh gestorben, schon 1978. Ich konnte diese Sache nie aufklären und mich mit ihm aussprechen, er ist mir danach aus dem Weg gegangen.«

»Und Tones Mutter, hat die etwas gewußt?«

»Ihre Eltern waren geschieden. Tone wohnte bei ihrem Vater. Ich weiß nicht, was die Mutter heute macht. Sie sollten vielleicht gleich mit Tone sprechen. Die ist ja inzwischen wirklich erwachsen.«

Ich dachte nach. »Um die dreiunddreißig muß sie sein. Wissen Sie, wo ich sie finden kann?«

»Ich habe keine Ahnung«, sagte Studienrat Berg traurig.

»Sie müssen sie schon selber ausfindig machen. Ich habe zwei Namen von Freundinnen und deren Eltern herausgesucht, Leute, die ich damals gekannt habe, vielleicht weiß jemand von denen ja etwas.« Er reichte mir einen Zettel mit Namen und Adressen, aufgeschrieben in einer eleganten, leicht zittrigen Greisenschrift.

11

Es war acht Uhr geworden, als ich meinen Jaguar wieder aus dem Parkhaus holte. Es war Samstagabend, und ich sehnte mich nach Gesellschaft. Aber Bergs Zettel brannte mir in der Tasche. Ich würde keine Ruhe finden, solange ich dieser Spur nicht nachgegangen war.

Die Telefonrunde ließ sich kompliziert an. Die Leute waren umgezogen, hatten ihre Namen geändert und was weiß ich nicht alles. Endlich fand ich dann doch eine Spur. Die Mutter einer der Freundinnen hatte Kontakt mit Tones Mutter und konnte berichten, daß Tone sich nach einem unsteten Leben wieder in Oslo niedergelassen und »ihr Leben in Ordnung gebracht« hatte. Ich deutete diese Auskunft so, daß ihr ihr Leben früher außer Kontrolle geraten war.

Optimistisch setzte ich mich wieder vor das Telefonbuch, und ich fand fünf Frauen namens Tone Johannessen. Ich dachte mir eine Geschichte über ein Klassentreffen aus, das ich arrangieren sollte, und fing mit der ersten an. Alle waren nett und zuvorkommend, einmal wurde mir sogar eine kaum getarnte Einladung zuteil, ich sollte vorbeikommen, »am Telefon reden is' so schwer«. An so einem Samstagabend kurz vor Weihnachten hatte The Lonely Hearts Club Band in Oslo viele Mitglieder. Nur meine Tone glänzte durch Nichtvorhandensein, und langsam verlor ich den Mut.

Die Letzte auf der Liste hatte einen Anrufbeantworter, der glückselige schwedische Gospelmusik spielte. »Hallo, hier ist Tone, ich bin zur Andacht im Evangeliensaal«, lockte eine honigsüße und einladende Frauenstimme. »Du bist willkommen, um dort heute abend dem Herrn zu begegnen. Bis nachher!«

Ich wählte noch einmal diese Nummer. Die Stimme konnte

passen, die Frau schien im richtigen Alter zu sein, und ich hatte in den nächsten Stunden noch nichts vor. Es eilte mir nicht so sehr damit, den Herrn zu treffen. Bei Tone war die Sache dringlicher.

Ich setzte mich in den Jaguar und schaute in der Zeitung unter der Rubrik »Religiöse Veranstaltungen« nach. Der Evangeliensaal lag in der Nordregate in Grünerløkka. Der Prediger dieses Abends, ein Import aus den USA, hatte ein Angebot, das ich nicht ablehnen konnte, wenn ich das richtig verstanden hatte. Es war halb neun, die Andacht hatte längst angefangen, aber nach allem, was ich gehört hatte, war im Hause Gottes immer Platz.

Ich faßte einen raschen Entschluß und fuhr nach Grünerløkka, wo ich in einer Seitenstraße parkte. Ich hatte noch immer das widerliche Gefühl, daß ein Schatten an mir klebte, obwohl ich die Umgebung hundertmal untersucht hatte, ohne etwas Verdächtiges entdecken zu können. Mich hatte einfach die Paranoia überwältigt.

Der Evangeliensaal lag hinter einer gediegenen Mahagonitür, die Gesang und Hallelujarufe einsperrte. Der Kontrast zur heruntergekommenen Nachbarschaft war umwerfend. Im Saal hatten sich zweihundert Menschen aller Altersstufen zusammengedrängt, um konzentriert der Hauptattraktion des Abends zu lauschen, dem Prediger, den ein weißgekleideter Damenchor mit Hüftschwung und Sternenaugen unterstützte. Niemand nahm Notiz von mir. Ich ließ mich diskret in einer Ecke nieder.

Der Prediger sah aus wie ein amerikanischer Präsidentschaftskandidat, attraktiv, lächelnd und mit leerer Botschaft. Er wurde von einer gutgekleideten und urnorwegischen Ausgabe seines Typs simultan übersetzt. Ein glücklicher Hauch von Frömmigkeit prägte die Versammlung, die sich im Takt des Tonfalls der Künstlerinnen bewegte, die in regelmäßigen Abständen ein »Halleluja« einflochten. Die Botschaft war klar: Zum Herrn reiste man erster Klasse, konsumorientiert, gutgekleidet und erfolgreich.

Es gab eine Pause in der Vorstellung, und ich nutzte die Gelegenheit, um mich an meine Nachbarin zu wenden, eine üppige Dame mit riesiger Brustpartie, die das weiße Kleid zu sprengen drohte. Sie wiegte verträumt ihren Oberkörper hin und her, und ich lief Gefahr zu ersticken, als sie sich über mich beugte. »Kennst du zufällig Tone Johannessen?« fragte ich vorsichtig und rutschte so weit ich nur konnte in die entgegengesetzte Richtung.

»Das ist die Vorsängerin im Chor«, flüsterte meine Nachbarin glücklich. »Und der Übersetzer ist ihr Verlobter. Sind sie nicht toll?« Dolly Parton war die reinste Twiggy dagegen.

»Beeindruckend«.

Ich mußte noch eine Abteilung durchleiden, ehe sich endlich die Möglichkeit bot, näheren Kontakt aufzunehmen. Die Stimmung war großartig, die Hallelujarufe hallten von den Wänden nur so wider, der Schweiß der beiden Hauptpersonen auf dem Podium strömte. Sie hatten die Versammlung in ihrer hohlen Hand, und beide Teile schienen das zu genießen.

Schließlich kamen wir zu den Bekenntnissen, und ich hörte interessiert zu. Alt und Jung erhob sich freudestrahlend und erzählte vom neuen Leben, dem Leben, das endlich einen Sinn hatte, von den Freuden des Herrn und noch mehr von Satans Verlockungen. Hier fühlte ich mich schon mehr zu Hause.

Schließlich beruhigte sich die Gemeinde, und der Chor schloß mit dröhnendem Gospelgesang ab. Dann kam die Kollekte. Die Klingelbeutel wurden routiniert herumgereicht, während die Regisseure das Publikum mit großzügigen Segenswünschen überhäuften. Ich mußte einen Hunderter aus der Tasche graben, um von meiner Nachbarin in Ruhe gelassen zu werden.

Der Applaus wollte kein Ende nehmen. Ich drängte mich zur Bühne durch und versuchte, mich im Gewühl Tone zu nähern. Sie war groß und trug ein strahlendweißes Kleid, das keinerlei Versuch machte, ihren üppigen Körper zu verbergen. Hier war es erlaubt, Sex-Appeal spielen zu lassen, das hatte ich schon begriffen. Aus der Nähe war zu sehen, daß das Leben in ihrem Gesicht seine Spuren hinterlassen hatte. Unter ihrer Schminke sah sie älter aus als Anfang dreißig. Aber es fiel mir immer schwer, bei Frauen auf das richtige Alter zu tippen.

Ihr Verlobter hatte dem Ami den Arm um die Schulter gelegt und ließ sich huldigen. Eleganter weißer Anzug, der nur teilweise den Bauchansatz versteckte, weiße Schuhe, Seidenhemd und Schmalztolle. Er hatte Ähnlichkeit mit Elvis bei seinem letzten Auftritt in Las Vegas. Ich berührte vorsichtig ihren Arm und stellte mich vor. »Tone Johannessen?«

Sie bestätigte, daß ich die richtige Tone gefunden hatte. Ihr Lächeln erstarrte jählings, als ich die Namensliste hervorzog und ihr hinhielt. Alle Teilnehmer des Festes an jenem Herbstabend, als Norwegen nicht in die EWG eintrat und die Welt stillstand. Sie wurde blaß und sah mich verwirrt an. Ich hatte auf einen wehen Zeh getreten. Ich konnte sehen, wie sie einen Vorwand suchte, um mich loszuwerden, und ich schwor mir, daß ihr das nicht leichtfallen sollte.

»Ich muß mit dir darüber sprechen, was damals, 1972, passiert ist«, sagte ich eindringlich. »In der Nacht nach der Abstimmung, beim Siegesfest, an dem du teilgenommen hast. Wenn du nur ein paar Minuten für mich erübrigst, dann brauchst du mich nie mehr wiederzusehen.«

»Ich will diese alte Geschichte nicht wieder aufwühlen«, rief sie so heftig, daß der Prediger sich neugierig auf uns zubewegte. »Was damals passiert ist, ist Geschichte und geht niemanden an, kapierst du?« Sie stampfte mit ihren Silberschuhen auf. »Ich bin mit dieser Zeit endgültig fertig, ich habe viele Jahre gebraucht, um darüber hinwegzukommen.« Sie blickte mich eindringlich an und zeigte auf die Menschenmenge.

»Seit ich Gott gefunden habe, habe ich auch neue Freunde gefunden, Freunde, die sich um mich kümmern.« Sie unterbrach sich und blickte liebevoll zu Elvis hinüber, der offenbar begriffen hatte, daß sich hier Unannehmlichkeiten zusammenbrauten. »Ich will nicht mehr darüber reden.«

Elvis näherte sich, und seine Visage zeigte nicht mehr den seligen Ausdruck von vorhin. Ich blickte Tone in die Augen und versuchte, ihren Panzer zu durchdringen. »Ich behaupte ja nicht, daß du bei irgendeiner Sache mitschuldig bist, du warst doch damals viel zu jung. Erzähl mir nur, welches Geheimnis dir so zu schaffen macht.«

In ihrem Blick konnte ich etwas lesen, ich wußte nur nicht, was, Furcht vielleicht. Sie riß sich zusammen und blickte mich trotzig an. »Das geht dich nichts an!« Sie schüttelte abweisend den Kopf, und ihre blonden Haare standen wie eine Wolke um ihr rundes Gesicht.

Ein zerknülltes Foto von Cecilie war meine letzte Karte, und ich zog es aus meiner Jackentasche. »Du h-h-hast vielleicht selber Kinder. Diese Kleine ist nicht älter geworden als auf dem B-b-bild, und ich glaube, es gibt eine Verbindung zwischen ihrem Tod und dem, was dir damals passiert ist. Und komm mir jetzt hier nicht mit deiner frommen Idylle«, kläffte ich wütend. »Auf der Straße d-d-draußen gibt es mehr Junkies, als hier in diesen Saal passen würden.« Nun hatte ich mich doch wieder aufgeregt.

Tone Johannessen blickte mich ängstlich an. »Es ist doch nicht meine Schuld, daß sie ster ...« Sie verstummte plötzlich. Elvis näherte sich durch das Gewühl, und er schien durchaus Lust zu haben, mir zu zeigen, wie man sich in Damengesellschaft zu benehmen hat. Was mich aber ehrlich gesagt nicht weiter interessierte. Ich war müde und konnte einfach keinen Widerstand mehr ertragen. Zu seiner deutlichen Verärgerung warf ich Tone meine Karte hin. »Du kannst mich jederzeit anrufen, wenn du dir die Sache anders überlegst.

Und vergiß nicht, ich gebe verdammt noch mal nicht so leicht auf!« knurrte ich undiplomatisch.

Ich mochte an diesem Abend nicht mehr zurück nach Tønsberg fahren. Ich stellte den Jaguar ab und versuchte, meinen Frust in der nächsten Kneipe zu ertränken. Mein Mobiltelefon hatte ich optimistisch in die Jackentasche gesteckt, aber von Tone kam kein reuiges Lebenszeichen.

Gegen zwei Uhr nachts kam ich in Vålerenga an, streifte die Schuhe ab, steckte mir das letzte Zigarillo des Abends an und betrachtete alten Fliegendreck an der Decke. Der schien systematisch verteilt zu sein. Und das war mehr, als sich über meinen Durchblick in diesem Fall sagen ließ.

Einige Stunden später klingelte wütend das Mobiltelefon, und ich tastete im Halbschlaf fieberhaft im Zimmer herum, um die Lärmquelle unschädlich zu machen. Es war zu früh, es war kalt, und ich war noch immer in mieser Laune. Aber ich war sofort hellwach, als mir aufging, daß Tone Johannessen mit mir sprach. »Ich habe mir schrecklich den Kopf zerbrochen, ich konnte die ganze Nacht nicht schlafen. Es ist so lange her, und ich habe alles verdrängt. Muß es denn wirklich sein?« Ihre Stimme war dünn.

»Du mußt mir vertrauen«, sagte ich eindringlich. »Ich werde nichts von dem, was du mir erzählst, gegen dich verwenden. Wir können uns an einem neutralen Ort treffen, wenn dir das lieber ist.« Von meiner Telefonrunde her wußte ich ihre Adresse noch. »Weißt du, wo das Bürgerhaus von Kampen ist? Da treffen wir uns in zwei Stunden im Café.« Ich schaute auf die Uhr, es war erst halb neun. Aber nun war ich hellwach.

Die Uhrzeiger schlichen in Richtung halb elf. Ich saß schon seit einer guten halben Stunde im Café und blätterte nervös in den Tageszeitungen herum, während ich gespannt wartete. Plötzlich wurde die Eingangstür aufgerissen. Ich erkannte den

Prediger, die norwegische Ausgabe, wenn auch unauffälliger gekleidet als am Vorabend.

Elvis hatte seine gute Stimmung eingebüßt, er sah aggressiv aus, als er zu meinem Tisch kam, sich über mich beugte und mit zitternder Stimme sagte: »Laß Tone in Ruhe, sie will nicht mit dir reden!«

Ich kapierte gar nichts mehr, und ich fand, ich hätte in letzter Zeit genug Frust erlebt. Vielleicht war ich am Vorabend ein bißchen zu schroff vorgegangen. »Hör mal, jetzt reg dich nicht auf . . .«

Ich hatte meinen Satz noch nicht beendet, als er mich auch schon anfuhr: »Ich habe keine Ahnung, was du mit diesen Terroristen zu tun hast, aber ich weiß, daß es einen Zusammenhang gibt. Tone war total außer sich, nachdem du gestern aufgetaucht bist.« Er starrte mich anklagend an.

»Terroristen? Jetzt r-r-r-eg dich doch ab, Mann!«

Elvis blickte sich im Lokal um, und der Anblick der äußerst friedlichen Cafégäste schien ihn zu beruhigen. Er schien sich wirklich zu fürchten, und er wußte nicht, wie er mit seiner Angst umgehen sollte.

Schließlich konnte ich ihn zum Hinsetzen bewegen. Was er zu erzählen hatte, gefiel mir nicht. Nach dem Telefonat mit mir hatte Tone ihm erklärt, sie müsse mit mir reden. Sie hatte nichts über ihre Gründe sagen wollen, nur, daß sie sich alten Gespenstern stellen müsse, er wußte nicht, was das bedeuten sollte.

Elvis hatte sie nach Kampen gefahren. Sie waren vor der Tür stehengeblieben und hatten diskutiert, er wollte sie nicht allein zu mir gehen lassen. Plötzlich waren einige gutangezogene junge Männer aus einem hinter ihnen parkenden Wagen gesprungen. In drohendem Ton hatten sie verlangt, allein mit Tone zu sprechen. Als Elvis sich einmischen wollte, hatte ihn ein Typ daran gehindert und eindeutig klargestellt, daß Elvis ganz ruhig bleiben müsse, wenn er seine Verlobte in unversehrtem Zustand behalten wollte. Ein spitzes Messer in seiner Seite hatte ihm jegliche Lust zum Widerspruch verdorben. Es war eine stille, ruhige Gegend, und niemand hatte diese Szene bemerkt. Tone war brutal in den Wagen gestoßen worden, und Elvis konnte nur hinterherstarren. Einige Minuten später war sie wieder ausgestiegen, totenblaß, aber unverletzt. Die Typen waren ebenso rasch verschwunden, wie sie gekommen waren. Er konnte sie nicht näher beschreiben.

»Was wollten sie, jetzt spuck schon aus!« Ich mußte fast brüllen. Elvis war total handlungsunfähig. Gestern war er mir ganz anders vorgekommen.

»Sie haben gedroht, ihrem Sohn etwas zu tun!« Er schlug die Augen nieder. »Tone hat einen Sohn von fünf Jahren, aus der Zeit, ehe sie zur Gemeinde gekommen ist und zu Gott gefunden hat . . .«

»Vergiß deine Moralpredigt. Bin ich das Problem?« Ich kannte die Antwort schon. Und es machte mir wirklich Sorgen, daß jemand so gut über meine Bewegungen informiert war. Es war nicht gesund, mit mir zu sprechen. Tone war nicht die erste, die das erfahren hatte. »Jetzt hat sie beschlossen, die Klappe zu halten, nicht wahr? Das versuchst du doch, mir zu sagen.«

Er nickte verlegen. »Du mußt ihre Lage verstehen, sie war sehr tief unten und würde einen Rückfall nicht überleben. Und sie kann ihren Sohn nicht in Gefahr bringen.«

Er räusperte sich. »Tone hat viele Jahre lang ein hartes Leben gehabt, ehe sie zur Gemeinde gefunden hat. Mit der Hilfe des Herrn ist sie wieder auf die Beine gekommen. Aber sie kann solche Belastungen nicht ertragen. Du mußt sie in Ruhe lassen! Ich hoffe, das verstehst du?« Er rutschte auf seinem Stuhl herum und wollte gehen.

Ich konnte das sehr gut verstehen. Elvis verschwand erleichtert aus dem Café. Ich glaubte nicht, daß wir uns jemals wiedersehen würden.

Ich starrte durch das Lokal, das jetzt leer und bedrohlich war. Jemand überwachte mich. Leute, die es sich leisten konnten, so große Operationen durchzuziehen. Die Paranoia kroch meinen Rücken hoch und packte mich energisch im Nacken.

Auf dem Parkplatz blieb ich grübelnd vor dem Jaguar stehen. Ich ging hinter dem Wagen auf die Knie und schaute unter das Fahrgestell. Die kleine Dose, die an der hinteren Achse klebte, gefiel mir überhaupt nicht. Als ich das Auto zuletzt untersucht hatte, war sie noch nicht dagewesen. Ein Sender! Ich riskierte es, die Dose abzureißen. Ich war mit einem kleinen Sender durch die Gegend gefahren, und der hatte irgend jemandem mitgeteilt, wo ich mich jeweils aufhielt. Solche Geräte können ungeheuer genau sein. Die Verfolger können in sicherer Entfernung bleiben und trotzdem alles im Griff haben.

Der Sender war mit einem kräftigen Magneten befestigt gewesen. Ich brachte ihn unter einem parkenden Taxi an. Es konnte meinen unbekannten Verfolgern nichts schaden, wenn sie sich über den anstrengenden Alltag eines Taxifahrers informierten. Ich blickte mich um, konnte aber nichts Außergewöhnliches entdecken. Hier war meines Bleibens nicht mehr, und ich beschloß, nach Tønsberg zurückzufahren.

Vor Holmestrand fiel mir etwas ein. Das Mobiltelefon verband mich mit Else Krogh. »Weißt du noch, ob im Jahre 1972 mit Helle und Håkon etwas D-d-dramatisches passiert ist, ist vielleicht jemand, den sie kannten, p-p-plötzlich gestorben oder hat einen U-u-unfall erlitten oder so?« Allein schon der Gedanke an die kühle Frau Krogh ließ mich heftiger stottern.

»Nein«, antwortete sie mit leichtem Zögern. »Ich kann mich an nichts Besonderes erinnern, aber damals hatte ich ja auch nicht viel mit ihnen zu tun. Das dramatischste Ereignis war wohl, daß sie plötzlich Geld hatten. Ich weiß noch, wie wir uns darüber gewundert haben, daß sie sich plötzlich eine Wohnung und ein Auto kaufen konnten. Sie hätten im Toto gewonnen, haben sie behauptet. Aber ich bin nicht darauf hereingefallen. Weißt du, woher das Geld stammte?«

»Ich habe eine Theorie, aber die m-m-m-muß ich erst noch überprüfen«, entschuldigte ich mich. Jetzt hatte ich noch mehr Stoff zum Nachdenken.

»Mach nur weiter, Foyn, und halte mich auf dem Laufenden. Aber du setzt dich einem beträchtlichen Risiko aus. Du mußt auch an deine eigene Sicherheit denken!« Nicht schlecht, Elschen war bald die einzige, die sich um mein Wohlergehen sorgte. Ich wußte, daß wir uns gut verstehen würden.

Meine alte Dame schluckte die letzten Meilen und brachte mich ein weiteres Mal sicher heim in die Stadt unter dem Berg, und das so früh, daß ich noch einen Nachmittagsbesuch in der Kanzlei geschafft hätte. Ich ging dieser Konfrontation aus dem Weg und fuhr lieber gleich nach Hause. Ich brauchte einige ruhige Stunden für mich selber. Über den Schachfiguren machte ich im Laufe dieses Abends einen Versuch, den Fall zusammenzufassen. Ich hatte eine Theorie, und diese Theorie machte mir angst. Die Spuren, die ins Jahr '72 zurückführten, wurden immer heißer. Meine Verfolger kannten keine Skrupel, und meine Schnüffelei mißfiel ihnen so sehr, daß sie beim Quellenschutz sehr weit gehen würden. Bisher hatte ich Schwein gehabt.

In der Kanzlei holte mich am nächsten Tag der Alltag ein. Mein Schreibtisch floß über von unangenehmen Mitteilungen und ungelösten Problemen. Ich archivierte alles nach dem Prinzip »Was ich nicht weiß, macht mich nicht heiß« und zog zwei Rechnungen zum Bezahlen heraus. Beim Aufräumen unterhielt ich mich mit besorgten Kollegen. Beim Anblick von Frau Kroghs Überweisung hellten sich ihre Mienen um einiges auf.

Håkon Villebois war mein Mann, ich mußte ihn von Angesicht zu Angesicht auf neutralem Boden treffen. In seiner Villenbastion war er zu gut beschützt, abgeschirmt durch seinen eigenen Erfolg, durch feine Manieren und soziale Sicherheit. In dieser Umgebung würde er seine Maske nicht fallen lassen. Was den großen Jungs ihre psychische Übermacht verleiht, ist die Gewißheit, daß sie die Lage unter Kontrolle haben. Wenn man ihnen diese Gewißheit nimmt, fallen sie in sich zusammen, ein alter Kniff aus der Kriegsstrategie. Villebois mußte mich zu meinen Bedingungen treffen, wenn ich weiterkommen wollte. Ich wußte, daß er unter Druck stand.

Ein unter einem Vorwand geführter Anruf im Parteibüro in Oslo ergab, daß er sich in der Hauptstadt aufhielt, daß er am nächsten Abend jedoch wieder in Tønsberg anzutreffen sein würde. Das paßte mir gut. Frau Svendsen mußte mir voller Neugier alte Zeitungen, Klebstoff und eine Schere leihen, dann schritt ich zur Tat und verfaßte einen Brief:

Sankt Hanshaugen, 25. September 1972:
Helle Villebois
Håkon Villebois
Wilhelm Mørk
Petter Svendsen
Terje Uthus
Fredrik Thorsen
Steinar Teisen
Tone Johannessen
Welche Gemeinsamkeiten gibt es?
Kommen Sie am Dienstag abend um 23 Uhr zum Aufsichtsschuppen im Yachthafen Ollebukta – allein. Wenn nicht, wird diese Namensliste mit erläuternden Kommentaren am Mittwochmorgen an Dagbladet weitergereicht.

Ich ging davon aus, daß ihn die Angst zu unserem Treffen jagen würde, auch wenn er gar nicht wollte. Der Typ konnte unmöglich das Risiko eingehen, daß jemand weiterermittelte, ohne daß er herauszufinden versuchte, wieviel dieser Jemand schon wußte. Wenn meine Vermutungen zutrafen, dann würde er viele Jahre in der Zeit zurückversetzt werden. Und es würde keine angenehme Reise sein. Ich steckte den Brief sorgfältig in einen neutralen Geschäftsumschlag und beschloß, ihn selber in Villebois' Briefkasten zu stecken. Im Moment verließ ich mich auf niemanden.

Abends machte ich mit Baltus einen Spaziergang zum Hang, an dem der Villeboissche Palast lag, vornehm und zurückgezogen, mit zunehmend düsterem Aussehen. Auf dem Rückweg fuhr ein eingestaubter unbekannter Volvo an mir vorbei. Konnte das Wilhelm Mørks Dienstwagen gewesen sein? Kafka hätte das alles nicht besser arrangieren können.

12

Am Mittwochabend fand ich mich rechtzeitig im Yachthafen ein, versteckte meinen Jaguar gut hinter ein paar festgemachten Cabincruisern, von wo aus ich aber den Aufsichtsschuppen im Blick hatte, und rauchte ein Zigarillo, während ich zuhörte, wie der Novemberwind zwischen den Anlegern heulte. Es war jetzt kalt, Rauhreif hing über den Kaianlagen. Im Hintergrund hörte ich den Kompressor der Blasenanlage dröhnen, der die erste Eisbildung der Saison hinauszögern sollte. Kein Mensch war zu sehen, der richtige Abend für Leute mit ausgefransten Nerven. Wie Håkon Villebois. Oder mich selber.

Widerwillig verließ ich den warmen, sicheren Wagen und ging langsam auf den Aufsichtsschuppen zu, wo ich mich in den Schatten stellte, auf der zum Wasser hin gelegenen Rückseite. Es war nichts Ungewöhnliches zu sehen, keine geheimnisvollen Autos, keine einsamen abendlichen Wanderer. Es war schon nach elf, und ich wurde ungeduldig. Hatte ich mich doch verrechnet, war Villebois wirklich so eiskalt? Ich wurde unsicher. Die Kälte kroch an meinen Beinen hoch. Mir gefiel der Stand der Dinge überhaupt nicht.

Ein Mensch bog bei der Servicestelle um die Ecke und trat zögernd aus dem Schatten heraus. Trenchcoat, Hut, die Hände tief in den Taschen vergraben. Er kam an der Laterne vorbei, und für einen Moment konnte ich sein Gesicht sehen, als er unsicher auf den Aufsichtsschuppen zuhielt. Es war Håkon Villebois.

Ich blickte mich um, noch immer war sonst kein Mensch zu sehen. Es war so menschenleer, wie es das nur an einem späten Werktagabend in einer Kleinstadt zur dunklen Jahreszeit sein kann. Ab und zu glitt hundert Meter von uns entfernt auf der

Hauptstraße ein Auto still vorbei, aber ich konnte nichts Außergewöhnliches feststellen. Ich beschloß, ihn einige Minuten warten zu lassen, eine kleine Abkühlung würde ihm nur guttun. Er blieb weniger als fünfzig Meter von mir entfernt stehen, ich konnte seiner Gestalt ansehen, wie elend ihm zumute war. Mir wäre es an seiner Stelle auch nicht anders gegangen. Nachdem ich noch einmal die Umgebung überprüft hatte, ging ich von hinten auf ihn zu und rief leise:

»Villebois!«

Er zuckte zusammen, fuhr herum und schien erleichtert zu sein, als er mich erkannte. Er schien schlimmere Herausforderungen erwartet zu haben. »Foyn, ich hatte wirklich nicht erwartet, daß Sie zu solchen Mitteln greifen würden.« Villebois hörte sich aggressiv an.

»Wie meinen Sie das?«

»Anonyme Drohbriefe, versuchte Erpressung, jetzt sind Sie wirklich zu weit gegangen«, predigte er in strengem Ton. »Drohungen bringen Sie nicht weiter. Ich kann Sie vor Gericht stellen lassen, Ihre Antwaltslizenz sitzt sehr locker.« Womit er nicht ganz unrecht hatte.

»Ihre Besprechung in der Sorgenfrigate ist überwacht worden, Villebois, ich weiß genug über die Aktivitäten von Finansimport. Und da bin ich nicht der einzige.« Ich griff zu einem weiteren Bluff. »Tone Johannessen hat erzählt, was an dem Abend vor achtzehn Jahren passiert ist, als ihr im Keller Ihres alten Kumpels Petter Svendsen den großen Sieg gefeiert habt. Vielleicht sollte ich Ihrem Gedächtnis ein bißchen auf die Sprünge helfen.«

Villebois ließ sich noch immer nicht umwerfen, ich konnte aber sehen, daß er erschüttert war. »Einige von uns haben ihre alten Freundschaften eben aufrechterhalten, das ist alles. Das bringt Ihnen doch alles nichts, Foyn.« Er regte sich auf, aber Angriff ist nicht immer die beste Verteidigung. Er versuchte, sich nichts anmerken zu lassen, aber seine Körpersprache verriet ihn. »Was wollen Sie eigentlich, Foyn?« Vielleicht hoffte er, mich kaufen zu können.

»Die Wahrheit«, antwortete ich kalt. »Mehr nicht. Aber vielleicht möchten Sie die lieber der Polizei erzählen?« Ich sah mich in der herbstlichen Dunkelheit um, die womöglich noch kompakter geworden war. Dieses Spiel war gefährlich. Villebois machte mir keine angst, aber was war mit seinen Partnern, was versteckte sich in seinen tiefen Manteltaschen? Ein kleiner Sender, der unser Gespräch an die Grobarbeiter übertrug, eine Waffe?

»Ich weiß auch, was vor zwei Jahren mit Cecilie passiert ist«, sagte ich jetzt. »Vielleicht hätten Sie mehr an sie und weniger an sich selber denken sollen, Villebois. Haben Sie für Cecilie den Goldenen Schuß arrangiert, wußte sie zuviel? Sie waren ja nicht ihr Vater!«

»Nein!« rief er. »Ich hatte keine Ahnung, das müssen Sie mir glauben.« Er war kurz vor dem Zusammenbruch. Cecilies Tod hatte die Lawine ausgelöst. »Wollen Sie sagen, Cecilie sei ermordet worden? Sie glauben doch wohl nicht, ich ...«

»Kenneth Stensen und Kjell Opstad – das sind für Sie sicher keine ganz unbekannten Namen, Villebois? Wissen Sie nicht, daß die in einem Ihrer Mietshäuser wohnen und daß eine Ihrer Gesellschaften ihre Rechnungen bezahlt? In der Nacht, in der Cecile gestorben ist, haben die beiden sie besucht. Und sagen Sie mir nicht, das sei ein Zufall gewesen.«

Er sah entsetzt aus. »Sie müssen mir glauben, Foyn, davon habe ich nichts gewußt!« Wenn das stimmte, dann hatte er jetzt wirklich Stoff zum Nachdenken. Ich konnte nicht glauben, daß er hinter dem Mord an seiner eigenen Tochter steckte, auch wenn sie in gewisser Weise nicht seine Tochter gewesen war. War Villebois eine Figur in einem noch größeren Spiel? »Was ist mit Karin Larssen, haben dieselben Typen auch sie umgebracht?« fragte ich. »Sie sind wirklich in schlechte Gesellschaft geraten.«

Er wand sich und gab es auf, sich zu verteidigen. Fast tat er mir leid.

»Erzählen Sie mir, wie das alles angefangen hat, das war doch 1972 auf dem Siegesfest?«

Er schien mich nicht gehört zu haben und redete monoton an mir vorbei. »Wir waren alte Bekannte. Wir machen seit vielen Jahren zusammen Geschäfte. Aber Cecilie . . .« Er unterbrach sich.

»Ja, was ist mit Cecilie?« drängte ich, »wart ihr vielleicht in derselben Branche?«

»Nein, nein, das haben Sie falsch verstanden, so ist das nicht . . .« Wieder verstummte er. Ich konnte nicht mehr aus ihm herausholen. Der Zeitpunkt war gekommen, um die Polizei einzuschalten, die würden ihn sicher zum Reden bringen. Håkon Villebois schien kurz vor der großen Depression zu stehen. Die Kälte war nun schon in meine Achselhöhlen gekrochen, ich kam nicht weiter. Den letzten Teil dieses Jobs sollten andere übernehmen.

»Ich weiß genug über Ihre Unternehmungen, Villebois«, bluffte ich. »Und den Rest wird die Polizei herausfinden. Sie sind fertig. Sie haben es nicht verdient, aber Sie bekommen noch eine Chance, um Ordnung zu schaffen. Sie haben nichts zu verlieren. Versuchen Sie nicht, abzuhauen, Sie h-h-haben keine Chance. Und machen Sie einen B-b-bogen um diese netten Gangster. Morgen früh um neun melden Sie sich bei Carl Stene auf der Wache in Tønsberg. Wenn nicht, dann wird Alarm ausgelöst. Und d-d-das würde noch unangenehmer für Sie.«

In Wirklichkeit wußte ich ja gar nicht so viel, aber das konnte er nicht wissen. Håkon Villebois hatte die Sache aus dem Griff verloren. Auf mich wirkte er überreif. Und Stene war ein tüchtiger Polizist, der die Sache sicher energisch verfolgen würde, wenn ich ihm die nötigen Informationen lieferte. Ich mußte noch heute abend mit Stene sprechen. Wenn

Villebois plapperte und seine Kontaktleute opferte, könnte die Polizei den Fall vielleicht aufrollen. Für einen Amateur wie mich war der Becher jetzt voll.

Ich behielt Håkon Villebois im Auge, als er langsam an den Anlegern vorbei zu seinem Auto zurückging. Seine Kompagnons machten mir Sorgen. Was würden sie wohl mit einem reuigen Villebois anstellen? Ich hoffte um seinetwillen, daß er eine gute Lebensversicherung abgeschlossen hatte.

Erst als ich gesehen hatte, daß er in sein Auto einstieg, drehte ich mich um, rief Baltus, der sicherheitshalber im Schutz des nächsten Bootes gelegen hatte, und ging zu meinem Jaguar. Ich ließ den Motor an, und sein Summen beruhigte meine Nerven. Dann drehte ich die Heizung voll auf und ließ mich auf dem Ledersitz zurücksinken. Ich steckte mir eine Zigarette an. Villebois war fertig. Die Zeit würde zeigen, wie tief er wirklich in alles verwickelt war. Er würde sicher die Gelegenheit nutzen, sich durch Singen aus der Sache zu retten, wenn es noch Reste gab, die sich zu retten lohnten.

Ein scharfer Knall zerriß die Nacht. Es konnte ein Schuß sein. Ich sprang aus dem Wagen und rannte zu Villebois hinüber. Als ich näherkam, sah ich aus dem Augenwinkel heraus, daß ein Auto in hohem Tempo um die nächste Ecke verschwand.

Håkon Villebois würde ein Prozeß erspart bleiben. Die linke Vordertür des Mercedes stand weit offen, Villebois' Oberkörper hing halb aus der Tür, die weiße Decke der Luxuslimousine war mit Blut und Gehirnmasse besudelt. Eine schwarze Pistole lag unter Villebois' rechter Hand auf dem Boden. Blut lief über seinen Mantel, tropfte rhythmisch auf den Asphalt und lief als roter Bach zum Gully am Straßenrand. Die Pistole war im Mund abgefeuert worden, das Austrittsloch im Hinterkopf war ein gurgelnder isländischer Schwefelkrater. Ich spürte, wie die Übelkeit an meiner Kehle kratzte.

Nun war es wieder unwirklich still, es war fast zwölf Uhr,

der Wind heulte ärger denn je. Hatte nur ich allein einen einsamen Pistolenschuß in der Herbstnacht gehört? Ich musterte die Umgebung und fragte mich, was ich nun machen sollte. Das Auto, das so schnell verschwunden war, hatte mir nicht gefallen, es hatte etwas zu große Ähnlichkeit mit Mørks Dienstwagen. War er Villebois vielleicht gefolgt, wußte er von unserer Verabredung? Verdammt ... der Brief. Mørk konnte den gestern aus dem Briefkasten genommen haben, wenn er mich gesehen hatte. Es wäre kein Problem gewesen, den Brief zu öffnen, meine Nachricht zu lesen und ihn wieder zurückzulegen.

Ohne richtig zu wissen, was ich eigentlich wollte, durchsuchte ich vorsichtig Villebois' Taschen und gab mir dabei alle Mühe, nicht seinen Kopf anzusehen. Ein Umschlag mit meinem Drohbrief tauchte auf. Diesen Brief nahm ich an mich, egal, was sonst noch passieren könnte, auf keinen Fall war es in meinem Interesse, daß andere von ihm erfuhren. Wenn hier der Selbstmord vorlag, nach dem Villebois aussah, dann konnte mir mit einer gewissen Berechtigung vorgeworfen werden, diesen provoziert zu haben. Und wenn wirklich andere Håkon Villebois aus seinen Schwierigkeiten herausgeholfen hatten, dann konnte ich mir noch größeren Ärger einhandeln.

Er hatte in der Jackentasche ein Schlüsselbund, einer der Schlüssel war mit »Arbeitszimmer« gekennzeichnet. Ich konnte der Versuchung nicht widerstehen und löste den Schlüssel vom Bund. Ich befestigte ihn an meinem eigenen Schlüsselring, ohne mir dabei wie ein Leichenfledderer vorzukommen. Mir fiel auf, daß Villebois Handschuhe anhatte. Bei unserem Gespräch hatte er keine getragen, aber sie konnten natürlich im Wagen gelegen haben. Der Pulverschlamm der Pistole würde sich am Handschuh nachweisen lassen, aber nicht an der Hand, die abgedrückt hatte, wenn das ganze arrangiert war und nicht Villebois den Schuß abgegeben hatte.

Håkon Villebois' Ende kam auffallend gelegen. Und es konnte auch auffällig wirken, daß ich mich in der Nähe jeder einzelnen Leiche aufhielt, die in diesem Fall auftauchte.

Sicherheitshalber wischte ich alles, was ich angefaßt hatte, mit einem Taschentuch ab, ging vorsichtig zum Jaguar zurück und verließ leise und ohne Licht das Hafengelände. Noch immer war es still, keine Sirenen, kein blinkendes Blaulicht. Er würde sicher im Laufe der Nacht gefunden werden. Für Håkon Villebois war nichts mehr eilig. Die Familie Villebois war inzwischen ernsthaft reduziert worden.

Nachdenklich stellte ich den Jaguar in der Garage ab und schlich mich vorsichtig ins Haus. Ich hoffte, daß niemand mich gesehen hatte. Aber ich verließ mich nun inzwischen auf nichts mehr. Ich ließ mich in einen Sessel sinken, schenkte mir einen kräftigen Cognac aus den Vorräten von Bache Gabrielsen ein und überdachte die Lage. Håkon Villebois hatte sich davongemacht. Aber hatte er das eigenhändig unternommen? Ich hatte ihn unter Druck gesetzt, der Gedanke, öffentlich bloßgestellt zu werden, hatte die Pistole vielleicht als den leichtesten Ausweg erscheinen lassen. Ich wußte nicht so recht, was ich von diesem Selbstmord halten sollte.

Die Pistole paßte nur schlecht zu meinem Bild eines selbstsicheren, aber feigen Mannes unter starkem Druck. Selber Gewalt anzuwenden war eigentlich nicht sein Stil gewesen. Was aber führt einen Menschen in solche dramatischen Ereignisse? Wann war Håkon Villebois entgleist und zum Verbrecher geworden, war er irgendwann aus Zufall über die Kante gestolpert, die Recht und Unrecht trennt? Ich würde wohl niemals eine Antwort erhalten. Immer, wenn ich mich einer Lösung näherte, passierte irgend etwas Dramatisches. Ich hielt das nicht für einen Zufall. Für Håkon Villebois war jetzt der Zug abgefahren. Vielleicht hatte er es auch nicht besser verdient.

Ich beschloß, mich nicht an die Polizei zu wenden. Die Ermittlungen würden erweisen, ob er wirklich ermordet worden war oder ob er den Job selber erledigt hatte. Villebois hatte seine Gründe zur Depression gehabt, für die Polizei wäre das vielleicht ein ausreichendes Motiv. Vielleicht war Håkon Villebois zum Sicherheitsrisiko geworden. Und hatte ich vorhin Wilhelm Mørks Wagen gesehen? Den Wagen eines Mannes, der Zugang zum polizeilichen Machtapparat hatte. Es war kein erhebender Gedanke.

Nach einer Nacht voller unbehaglicher Träume von blutigen Pistolen wurde ich in aller Frühe von einem nervigen Telefon geweckt. Die Lokalzeitung war an der Strippe, jemand hatte sie wohl auf mein Interesse an der Familie Villebois hingewiesen. Ich hoffte, daß dieser Jemand nicht die Polizei war.

»Håkon Villebois hat Selbstmord begangen. Haben Sie dazu einen Kommentar, Foyn?«

Es gelang mir, den Überraschten zu spielen. »Was ist passiert?«

Håkon Villebois war gegen zwei Uhr nachts von einem Taxifahrer gefunden worden. Die Polizei schien die Selbstmordtheorie zu akzeptieren, Zeugen hatten sich nicht gemeldet. Was die Pistole anging, so bestand Unklarheit. Eine Kriegswaffe, nicht registriert, und vermutlich würde es unmöglich sein, ihre Herkunft zu ermitteln.

»Sie wissen, was vor zwei Wochen mit seiner Tochter passiert ist, d-d-das hat ihn wohl fertig gemacht«, schlug ich vorsichtig vor. »Sie wissen vielleicht, daß ich sie zufällig gefunden habe?«

Das kaufte er mir ohne weiteres ab. »War Villebois außer in Politik und Geschäfte noch in andere Dinge verwickelt? Es sind gewisse Gerüchte im Umlauf . . .« Der Journalist fischte nach Informationen und wußte, daß ich über welche verfügte. Der Knabe war nicht von gestern, auch wenn sein Blatt nicht gerade für kritischen Journalismus bekannt war. Die Stützen der Gesellschaft hatten wenig zu fürchten, wenn sie ihre Interessen auf Geld, Grundbesitz und Politik richteten. Als einmal die Zeitschrift *Kapital* sich alle Mühe gegeben hatte, einen der großen Söhne der Stadt zu verunglimpfen, hatte ich den Artikel mit weiteren Informationen an die Zeitung geschickt, in der frommen Hoffnung, daß sie der Sache nachgehen würden. Ihr Schweigen war überwältigend gewesen.

Ich bat ihn, an Frau Villebois zu denken, die trotz allem Anspruch auf Diskretion hatte. Hoffentlich war ich damit vom Haken gerutscht. Erfahrenere Journalisten oder die Polizei würden es mir nicht so leicht machen. Håkon Villebois hatte seine Strafe weg, aber er war nicht der einzige Schuldige. Ich glaubte nicht, daß er hinter dem Tod seiner Tochter steckte, obwohl er natürlich indirekt ebensoviel Verantwortung trug wie andere.

Da ich nun ohnehin schon zu einem unmenschlichen Zeitpunkt aus dem Bett gelockt worden war, konnte ich auch gleich in die Kanzlei gehen. Vom Fenster aus konnte ich zusehen, wie in den Straßen die Weihnachtsdekorationen angebracht wurden, während ich versuchte, einen Plan auszuhekken, um Wilhelm Mørk zu Leibe zu rücken. Ich bildete mir wirklich nicht ein, daß das leicht sein würde.

Das Telefon holte mich in den Alltag zurück. Rotschopf meldete sich. »Du hast sicher gehört, was passiert ist. Ich weiß es von den Nachbarn. Hast du dem Alten ein bißchen nachgeholfen?« Sie schien das nicht weiter zu bedauern. Du hast ja keine Ahnung, wie nah du der Wahrheit kommst, dachte ich, sagte aber nichts.

»Ehrlich, Svend, nun sag schon, was du weißt!«

»Ich hab' nicht den Überblick«, antwortete ich beruhigend. »A-a-aber offenbar ist Håkon Villebois alles über den Kopf gewachsen. Vielleicht hatte er ein sch-schlechtes Gewissen, oder vielleicht wußte er auch zuviel.« Wer stottert, lügt, sagte meine Mutter immer. Meistens hatte sie damit recht.

»Angeblich hat er sich erschossen, stimmt das?« Ihre Stimme klang ängstlich und gar nicht so frech wie sonst.

»Es sieht so aus, aber sicher weiß ich es auch nicht, Gro. Dieser Fall ist noch längst nicht abgeschlossen, und es ist gefährlich, in diesem Dreck herumzuwühlen, l-l-laß also die Finger davon.«

»Vergiß nicht, daß du bei einem Einbruch mitgemacht hast, Svend. Das kann ich gegen dich verwenden. Sag Bescheid, wenn du Hilfe brauchst.«

Ehe sie noch mehr solcher gefährlichen Ideen anbringen konnte, fragte ich: »Weißt du, ob Villebois Waffen im Haus hatte?«

»Ich weiß, daß er zweimal pro Jahr zur Jagd gefahren ist, und im Haus hängen ein paar alte Gewehre an der Wand. Aber du denkst sicher nicht an diese Art von Waffen.«

Villebois kannte sich mit Waffen also aus, und das ließ es wahrscheinlicher erscheinen, daß er auch selber eine Pistole gehabt hatte. Das verstärkte die Selbstmordtheorie, aber ich war noch nicht überzeugt. Vielleicht wäre es klüger, Mørk erst einmal in Ruhe zu lassen und meine Aufmerksamkeit auf andere, schwächere Größen zu richten. Steinar Teisen vom Jugendamt war ein verlockendes Objekt. Und außerdem machte er mir keine angst.

Ich wußte, daß Teisen viele Jahre lang in Oslo beim Jugendamt tätig gewesen war, ungefähr gleichzeitig mit meiner Phase bei der Polizei. Ich hatte ihn damals aber nicht gekannt. Er war seit vier oder fünf Jahren hier in der Kleinstadt, seit er eine leitende Stellung im Jugendamt bekommen hatte, angemessen weit von der Front entfernt. Ich wollte ihm da nicht direkt Vorwürfe machen. Nach zehn Jahren als Streetworker hat man genug gesehen und gehört, um zynisch, gefühlskalt oder einfach leer zu werden – oder alles auf einmal.

Für meine Begriffe hatte er einfach zuviel Geld. Und das machte mich skeptisch. Woher kam sein Wohlstand? Als erstes verschaffte ich mir deshalb einen Überblick über Teisens finanzielle Verhältnisse. Nach einigen Anrufen bei verschiedenen Behörden wußte ich, daß er um die 250.000 brutto pro Jahr verdiente, daß er ein minimales steuerpflichtiges Einkommen und keinerlei Vermögen hatte, daß er ein Mietshaus in der Stadt, eine teure Villa auf der Insel Nøtterøy, einen neuen BMW, ein Segelboot zu mindestens einer Million und ein Wochenendhaus in den Bergen besaß. Wie konnte diese Rechnung aufgehen?

Und diesen Überblick hatte ich mir aufgrund von mehr oder weniger öffentlich zugänglichen Informationen besorgt. Wieviel gab es wohl noch, was ich nicht wußte? Was er für seine beiden Kinder bezahlte, die bei ihrer Mutter in Sandefjord wohnten, stand in normalem Verhältnis zu seinem offiziellen Einkommen. Ich wollte vorläufig noch keinen Kontakt zu seiner Exfrau aufnehmen, zuerst mußte ich mir ein Bild von ihrer Beziehung zueinander machen. Ich an ihrer Stelle hätte ihm liebendgern die Hölle heißgemacht. Aber Frauen sehen das vielleicht anders - allerdings sagte mir meine Intuition, daß er schlechte Karten hatte. Wenn Teisens Rechnung ohne heimliche Einnahmen aufging, dann sollte ich ihn sofort anheuern, damit er auch meine Finanzen in Ordnung brachte.

Willy Andersen in Oslo war mein Mann. Ein Anruf sagte mir, was ich wissen mußte. Willy kannte Teisen von früher her und konnte noch weitere Informationen besorgen. Ich mußte schon wieder nach Oslo.

13

Ich zog das Foto von Cecilie hervor, das ich immer noch in meiner Jackentasche aufbewahrte. Ich hatte schon seit längerer Zeit eine Assoziation, die mich einfach nicht losließ. Das Bild mußte vor mindestens zwei, drei Jahren gemacht worden sein. In dem Alter verändern wir uns rasch. Auf dem Weg nach Oslo rief ich Gro an:

»Gibt's was Neues?« Sie war gespannt.

»Immer mit der Ruhe, alles ist in Ordnung. Ich wollte nur kurz fragen, wann Cecilie Geburtstag hatte.«

Gro brauchte nicht lange nachzudenken. »Das weiß ich, das war am Johannisabend.«

»Und sie war Jahrgang '73, nicht wahr?«

»Stimmt. Warum interessierst du dich für ihren Geburtstag?«

»V-v-vergiß es«, sagte ich. »Eine Spur im N-n-nebel. Bis bald.«

Im Jaguar konnte ich gut nachdenken. Neun Monate nach dem 25. September 1972, was ergab das? Cecilies Geburtstag. Sie wurde fast auf den Tag genau neun Monate nach dem Fest bei Petter Svendsen in Sankt Hanshaugen geboren, nach dem Abend, an dem der große Sieg gefeiert worden war. Und über den niemand sprechen wollte. Die, die etwas wußten, verstummten jedenfalls auf auffällige Weise, wenn ich mein Glück versuchte.

Noch ein Teil vom Puzzlespiel fand seinen Platz. Håkon Villebois war nicht Cecilies Vater. Aber es bestand eine gewisse Ähnlichkeit zwischen Cecilie und einem der anderen Betroffenen, nicht groß genug, um aufzufallen, aber sie brachte mich doch jetzt, wo ich mehr wußte, auf den Zusammenhang.

Kriminalkommissar Wilhelm Mørk. Das konnte sein seltsames Verhalten angesichts von Cecilies plötzlichem Tod erklären. Hatte ich im Rattennest von Jens Yankee Mørks eigene Tochter gefunden? Wenn meine Annahme korrekt war, dann hatte er das allerbeste Motiv, um Villebois zu eliminieren. Dieser Mann hatte als Cecilies Vater fungiert und die Kleine auf den Weg geschickt, der in einem Drogenloch geendet hatte. Mich schauderte in meinem warmen Jaguar.

Ich parkte im Hinterhof auf Vålerenga, setzte den mitgebrachten Baltus als Wohnungshüter ein und wanderte zum Bogstadvei. Ich hatte unterwegs immer wieder nachgesehen, ob ich verfolgt wurde, hatte mehrere Runden um Tønsberg gedreht, ehe ich die E 18 angesteuert hatte, war in einer Raststätte eingekehrt und danach fast sicher gewesen, daß ich meine Ruhe hatte. Hier, in Oslos belebten Weihnachtsstraßen, war ich nicht mehr so überzeugt.

Bier, gutes Essen und Kneipenstimmung hielten die Angst in Schach, aber das Bild von Håkon Villebois' Kopf, verteilt über das elegante Interieur seines Mercedes, bedeutete doch einen Dämpfer für meine gute Laune. Ich erzählte Willy fast die ganze Geschichte, ich wußte, daß ich ihm vertrauen konnte. Willy war nicht schockiert, er nahm alles einfach nur zur Kenntnis, zusammen mit allem anderen Dreck, mit dem er jeden Tag konfrontiert wurde.

»Du weißt doch, Svend, es gibt kein einziges verdammtes Problem, mit dem die heutige Jugend nicht zu tun gehabt hat. Eltern, die sie vernachlässigen, Mißhandlung, Inzest, die ganze Skala. Sie halten sich an Alkohol und Drogen und überhaupt allen Scheiß, den sie in sich reinstopfen können, sie stehlen und lügen und gehen auf den Strich. Und wir, auf der anderen Seite vom Zaun, sind ihnen einfach scheißegal. Wenn wir bei ihnen genauer nachsehen, dann stellt sich heraus, daß die Spuren rückwärts weisen. Ich habe vor zwanzig Jahren mit vielen von ihren Eltern zu tun gehabt. So gut wie alle Mädels, mit denen wir Kontakt haben, sind sexuellen Übergriffen ausgesetzt gewesen, das finden wir überall, verdammte Pest!«

Er blickte sich um. »Auch hier im Lokal, wirklich überall, wo es Menschen gibt, frag mich nicht nach Erklärungen. Ich weiß alle Standardantworten, und ich kapiere rein gar nichts.«

Er hatte lange genug an der Frontlinie des Sozialbudgets gekämpft. Auf die Dauer wirkt der Dreck ansteckend. Wer auf einer Müllkippe arbeitet, kann sich jeden Tag nach Feierabend sauber schrubben. Der Dreck hier ist von anderer Art, er setzt sich unter der Haut fest, und seine Halbwertzeit ist länger als die von Strontium 90.

»Du wolltest mehr über Steinar Teisen wissen«, sagte Willy nach einer Bierpause. »Ich habe mit ihm zusammen studiert. Aktiver Typ, Vorsitzender unserer Studentenvereinigung, hat sich überall bemerkbar gemacht. Hat alle Runden hier beim Jugendamt in Oslo gedreht, tüchtiger Organisator, hat sich wohl endgültig von den Klienten wegorganisiert, nehme ich an.«

Ich unterbrach seinen Redestrom. »Kannst du auch etwas weniger Positives erzählen, der Typ hört sich ja an wie der reine Heilige!«

»Er hatte schon damals in den siebziger Jahren verdammt viel Kohle. Uns anderen fiel natürlich auf, daß er eine Riesenwohnung und einen neuen Wagen hatte. Angeblich hatte er geerbt. Aber ich habe mich erkundigt, seine Eltern sind bei bester Gesundheit, ganz normale Leute, die absolut nicht im Geld schwimmen. Ich habe auch gehört, daß er bei Immobilienspekulation und Aktienhandel dick abgesahnt hat, aber das war später, in den Achtzigern, glaube ich. Zusammen mit ein paar anderen cleveren Heinis hat er Mietskasernen aufgekauft, daraus Eigentumswohnungen gemacht und sich eine goldene Nase verdient. Aber er muß ja irgendein Startkapital gehabt haben.«

Wieder legte er eine Bierpause ein, und ich betrachtete ihn

verstohlen. Willy war normalerweise nüchtern, jetzt war er erschöpft. »Es hat uns überrascht, daß Teisen dann in die Provinz gezogen ist«, sagte er. »Wir dachten, er würde in Oslo immer weiter nach oben steigen. Das hätte doch voll ins Schwarze getroffen, in seinen Mußestunden hätte er die Gemeinde ausplündern können. Aber seine Frau ist ja wohl aus Vestfold.«

»Aus Sandefjord«, sagte ich. »Nichts von dem, was du erzählt hast, läßt ihn anders dastehen als andere Streber, das einzig Ungewöhnliche an dem Typen ist das Jugendamt.«

Willy lächelte düster. Genau wie ich war er schon lange geschieden, sicherheitshalber sogar zweimal. Danach waren dann die Mitbewohnerinnen gefolgt, eine nach der anderen. Solange eine Beziehung vorhielt, war er monogam, die Soziologen reden in solchen Fällen von »serieller Monogamie«. Manche sind eben unverbesserliche Optimisten.

Wir kippten noch zwei Bier, schwelgten in Erinnerungen und fühlten uns verwandt mit dem Mann aus La Mancha und seinem Kampf gegen die Windmühlen. Vor fünfzehn Jahren hatten wir zusammen auf den linken Barrikaden gegen Monopolkapitalismus, Sozialabbau und anderen Teufelskram gestanden. Die Zeit war uns davongelaufen. Irgendwann, um die Mitte der siebziger Jahre, nehme ich an, hatte die norwegische Gesellschaft ihre Unschuld verloren. Und die wächst nicht mehr nach.

Willy wollte nach Hause zu seiner Mitbewohnerin. Ich wünschte ihm alles Gute und versuchte, den Weg zurück nach Vålerenga zu finden. Das Dasein in der kleinen Wohnung hatte auf einmal sehr viel an Attraktivität eingebüßt, ich spürte, wie jetzt die Reaktionen auf die Erlebnisse des Vortages einsetzten. Die schrecklichen Bilder brachen mit voller Wucht über mich herein. Ich mußte mit jemandem reden, und ich wußte, wohin ich gehen konnte. Meine Füße steuerten eine bekannte Adresse in Grünerløkka an. Es war halb drei

Uhr nachts, es war ein schnöder Mittwoch, und es gab sowieso jede Menge guter Gründe, warum ich jetzt keine gefährlich attraktiven Frauen aufsuchen dürfte.

Ich mußte lange schellen. Ein Fenster wurde geöffnet, ich blickte hoch und bekam ein Schlüsselbund auf den Kopf. Eine verschlafene Stimme forderte mich zu meiner Überraschung auf, ins Haus zu kommen.

»Håkon Villebois ist tot, Line. So tot wie seine T-t-tochter.« Ich sah das Blut vor mir, das aus seinem Hinterkopf sprudelte, und ich versuchte, meine Übelkeit zu unterdrücken, während ich auf einem weichen Sofa in mich zusammenkroch. Line hatte im Kamin Feuer gemacht, aber dessen Wärme half mir nicht sehr. Die Kälte, gegen die ich kämpfte, kam von innen. Ich bekam glühendheißen Tee mit Rum und redete mich leer. Zu meiner Überraschung entpuppte Line sich als gute Zuhörerin.

Ich wurde im Gästezimmer untergebracht, das Bett fuhr Slalom, während ich eifrig versuchte, allerlei Hindernissen auszuweichen, und dann schlief ich endlich ein. Irgendwann gegen Morgen wurde ich von etwas Warmem geweckt, das unter die Decke schlüpfte und meine schmerzenden Muskeln streichelte. Es fühlte sich eindeutig an wie eine Frau.

Ich erwachte allein, zu geschäftigen Vormittagsgeräuschen und mit dem Gefühl, etwas Schönes geträumt zu haben. Vom Küchenfenster aus konnte ich fleißige Lieferwagen beobachten, die blühenden Tante-Emma-Läden ohne jede Überlebenschance neue Vorräte brachten. Diese Läden hätten eigentlich schon längst modernen Verkaufsmaschinen weichen müssen. Auf dem Küchentisch fand ich eine volle Kaffeekanne, auf die mit feuerrotem Lippenstift ein Herz gemalt war. Ich saugte den Duft in mich auf und ließ mir Zeit, um in Gang zu kommen. Ein O-beiniger alter Kanadier ergoß bittersüße Poesie über Grünerløkkas Morgenstimmung:

If you want a lover
I'll do anything you ask me to
And if you want another kind of love
I'll wear a mask for you
If you want a partner
Take my hand
Or if you want to strike me down in anger
Here I stand
I'm your man

Ich dachte lange nach. Ich watete in unbeantworteten Fragen, und ich war mir verdammt sicher, daß einige der Antworten in der verschlafenen Stadt in Vestfold zu finden waren.

Schließlich konnte ich mich losreißen. Ich warf einen sehnsüchtigen Blick auf das Wasserbett des Gästezimmers und hielt meine Nase in Oslos Auspuffluft. Nachdem ich Auto und Hund eingesammelt hatte, machte ich nach der Einfallsmethode weiter. Ich hatte mir Petter Svendsens Adresse in Bærum notiert, ein passender Abstecher auf der Fahrt nach Vestfold.

Hosle in Bærum, eine gepflegte, friedliche Gegend, teure Villen, erfolgreiche rechtsstehende Menschen, durch und durch solides Bürgertum. Svendsens Haus bildete keine Ausnahme. Ich hielt in sicherer Entfernung und führte Baltus Gassi. Familie Svendsen wohnte gut, nicht nur teuer, sondern geschmackvoll. Es war richtig idyllisch, ein braunes Haus mit Grassodendach. Büroflügel am Haupthaus, der Knabe arbeitete sicher zu Hause. Ich hätte gern gewußt, was sich dort versteckte. Ich registrierte, daß die eine der drei Garagen zum Stall umgebaut worden war. Pferdeverrückte Tochter also. Ich wußte, daß er eine Tochter von dreizehn und einen Sohn von zehn Jahren hatte, sicher ganz normale Oberklassegören. Der Vater Mitglied im Sportverein und bei Rotary, die Mutter aktiv in Elternrat und Förderverein der Schule, gute Arbeit für die allernächste Umwelt. Vollkommene Familienidylle.

Der Dezemberabend senkte sich schon herab, als Slottsfjellturm und die Stadt unter dem Berg am Horizont über Semslina auftauchten. Der Turm steht dort als Symbol für etwas Festes und Ewiges, das noch weitere tausend Jahre überleben wird. Meine Enttäuschung war groß, als ich in der Schule erfuhr, daß der Turm eine öde, im Jahre 1870 erbaute Kopie war. Wenn der Frühling kommt, ziehen die Junkies mit Flaschen und Spritzen auf das Wikingergelände. Dort, wo die Kronprätendenten sich vor tausend Jahren Gottesurteilen unterwerfen mußten, um ihr königliches Blut unter Beweis zu stellen, müssen wir gewöhnlichen Sterblichen durch die Überreste des gestrigen Flaschenwerfens wandeln. Die Dealer verschaffen sich die dringend nötige Bewegung und sind an der frischen Luft, und im Sommer sehen sie dann fast gesund aus, wenn sie sich unter die anderen schwarzen Schafe auf der Alm mischen.

Meine Wohnung war Gott sei Dank unberührt. Ich lieferte einer äußerst skeptischen Exfrau meinen Bericht ab und bat um Aufschub für meine Vaterpflichten. Ich wollte es nicht riskieren, Mari in meiner Wohnung zu haben, jederzeit konnten ungebetene Gäste aufkreuzen, und ich hatte keinen Grund zu der Annahme, daß sie inzwischen umgänglicher geworden sein könnten. Mein Anrufbeantworter hatte keine lokalen Kontaktwünsche registriert. Und so sollte es auch bleiben, wenn es nach mir ging.

Die Lokalzeitung berichtete in ausgewählten und vorsichtigen Worten über Håkon Villebois' Dahinscheiden. *Bekannter Politiker in seinem Auto tot aufgefunden.* Von Selbstmord war nicht direkt die Rede, es war jedoch zwischen den Zeilen zu lesen. Die Polizei war eingeschaltet worden, aber *vorläufig besteht kein Grund, ein Verbrechen anzunehmen.* Die Zeitung brachte einen tränentriefenden Nekrolog, der Villebois in schwülstigem Stil als wirtschaftliche Gründerfigur und politischen Brückenbauer bezeichnete. *Sein viel zu früher Tod wird bei vielen eine große Lücke hinterlassen.* Ein gewisser Kriminalpolizist gehörte vermutlich nicht zu diesen vielen.

Ich schlug im Telefonbuch Teisens Adresse nach. Angenehme Lage am Meer, auf Nøtterøy, ein schöner Abendausflug für mich und meinen reservierten Freund Baltus. Wir fuhren die sieben, acht Kilometer nach Nesbrygga, ließen den Jaguar in sicherer Entfernung stehen und drehten eine Aufklärungsrunde durch die Nachbarschaft. Kein Schwein unterwegs, die Dezemberdunkelheit war schwarz, und der Regen fiel horizontal. Auf eine plötzliche Eingebung hin rief ich von einer Telefonzelle aus bei Teisen an. Leider war er zu Hause.

Wie Villebois und Svendsen hatte er keinen Grund, sich über seinen Wohnstandard zu beklagen. Großes, geschütztes Grundstück, Zugang zum Strand, eigener Anleger, elegante Villa. Vorsichtig passierte ich ein großes schmiedeeisernes Tor und schlich mich in sicherer Entfernung vom Haus in den Garten. Der gutdressierte Baltus blieb vor dem Zaun liegen. Ich konnte in die hellerleuchteten Zimmer schauen, während mich die Dunkelheit versteckte. Teisen telefonierte, und seinem Gesichtsausdruck zufolge wurden ihm nicht gerade lustige Neuigkeiten erzählt. Der Typ schien schlechter Laune zu sein. Aber das war ja nicht unbedingt kriminell.

Ich wußte nicht, wonach ich Ausschau halten sollte, und deshalb drehte ich eine vorsichtige Runde, auf der mir bei jedem Schritt sein Wohlstand bestätigt wurde. Ein neuer roter BMW stand vor der Einfahrt. Der BMW war netterweise nicht abgeschlossen, keine Alarmanlage blinkte, und deshalb stieg ich ein. Es goß wie aus Eimern und der Wind heulte, im Auto war es warm und trocken. Hier wollte ich anfangen. Die Durchsicht des Handschuhfaches ergab einen Stapel benutzter Flugtickets für die Strecke Oslo–Kopenhagen. Teisen hielt sich überraschend oft in Kopenhagen auf, wo er den Hotelrechnungen zufolge im Hotel Admiral in Nyhavn logierte. Ob ihn das Jugendamt in diese königliche Stadt schickte?

Meine Erfahrung mit Reisen in amtlichem Auftrag besagten jedoch, daß benutzte Tickets nicht irgendwo herumliegen, sondern sofort zusammen mit unverständlichen Reisekostenabrechnungen zu einer peinlich genauen Kontrolle abgeliefert werden sollten, wenn man überhaupt irgendeine Aussicht auf Erstattung der Ausgaben haben wollte. Das hier waren keine Dienstreisen, das konnte ich beschwören. Zuletzt war er vor zwei Wochen geflogen, zur Zeit von Cecilie Villebois' allzu frühem Abgang aus dieser Welt. Ich prägte mir den Namen des Reisebüros ein.

Teisens Garage paßte zum restlichen Grundstück, und ich versuchte, sie durch die Seitentür zu betreten. In dem Moment, als ich auf die Klinke drückte, wurde ein Alarmsystem aktiviert. Eine Sirene heulte los wie eine kleine Hölle, und überall am Haus schalteten sich grelle Lampen ein. Ich hatte es sehr eilig. Mit einem verwirrten Baltus im Schlepp lief ich die Straße entlang, in der ich den Jaguar stehen hatte. Hinter einem Fenster konnte ich Teisens Gesicht ausmachen. Ob er mich erkannt hatte? Das bezweifelte ich. Möglicherweise konnte ich aber durch den Hund identifiziert werden, der meiner Hulda ja zum Verwechseln ähnlich sah.

Zu Hause spülte ich mir den kalten Regen mit einem glühendheißen Bad und einem Cognac vom Leib, dann setzte ich mich in den Sessel und dachte nach. Ich hörte die Nachtigall trapsen, aber was ich gegen Teisen vorzuliegen hatte, war wirklich noch nicht der Rede wert. Er konnte sich seinen Reichtum ja durch akzeptable Spekulationen erworben haben. Ein Ausflug nach Kopenhagen war genau das, was ich in diesen Adventszeiten brauchen konnte.

Am Donnerstag rief ich in Teisens Reisebüro an, und nachdem ich mich als sein Kollege ausgegeben hatte, erfuhr ich das Abreisedatum seiner nächsten Kopenhagentour. Und die sollte schon morgen stattfinden. Ich ließ es darauf ankommen, bat um Reservierung für einen Platz in einer früheren Maschine und sicherte mir ein Zimmer im Hotel Admiral. Aber ich hatte ein Problem. Nämlich das Risiko, erkannt zu werden.

Die Lösung lag zum Stolpern nahe. Das Nützliche mit dem Angenehmen kombinieren. Ich buchte einen Flug in Teisens Maschine, und mit einem weiteren Hotelzimmer waren meine Vorbereitungen dann komplett. Später an diesem Nachmittag rief ich Gro an.

»Du hättest mich um ein Haar verpaßt, Svend. Ich war gerade auf dem Sprung, will einen Abstecher nach Oslo machen. Ich nehme mir morgen frei, ich muß mal andere Gesichter sehen.«

»Du k-k-kannst noch viel mehr andere Gesichter sehen, wenn du morgen mit mir nach Kopenhagen kommst«, schlug ich vorsichtig vor, während mein Puls sich beschleunigte. Diese Frau hatte etwas. Ich erzählte von meinen Plänen. »Ich brauche Hilfe, von einer Person, die Teisen nicht kennt, vielleicht müssen wir den Typen ja verfolgen. Ich weiß nicht genau, was da abläuft, wir müssen es also darauf ankommen lassen. Schlimmstenfalls wird es eine Vergnügungsreise.«

Rotschopf war von meinem Vorschlag sofort begeistert. »Kopenhagen um diese Zeit ist doch Spitze!«

Mir gefiel ihr Lachen, auch wenn dessen Urheberin gefährlich jung war.

»Mit dir zu verreisen ist doch ungefährlich, bei deinem guten Schlaf. Aber was ist mit der Kohle, ich bin pleite, mein Alter glaubt, die Lebenshaltungskosten in der Kleinstadt stünden auf Entwicklungslandniveau.«

»Keine Panik, Dienst ist Dienst, die Firma spendiert. Und ich habe ein eigenes Zimmer für dich bestellt.« Die Firma war Elschen.

Wir verabredeten uns auf dem Flugplatz für kurz vor meinem Abflug. Gro sollte aufpassen, daß Teisen uns nicht unterwegs verloren ging, und ich würde sie auf dem Flughafen von Kopenhagen erwarten.

»Du mußt dich tarnen, für den Fall, daß er dich erkennt. Vielleicht erinnert er sich ja von dem Fest neulich noch an dich.«

»Ich kann versuchen, wie ein Punk auf Wochenendkurs bei den Hausbesetzern in Kopenhagen auszusehen«, lachte sie. »Du brauchst dir keine Sorgen zu machen, du bist hier derjenige, der Probleme kriegen wird. Könntest du dich nicht als Rechtsanwalt verkleiden?«

Sehr komisch. Ich pries die gute Finanzlage meiner Wohltäterin und beschloß, sofort für Else Krogh einen Bericht zu verfassen. Sie betrauerte das plötzliche Dahinscheiden ihres Schwagers sicher nicht sehr tief.

Die Polizei hatte offenbar die Selbstmordtheorie akzeptiert. Bisher hatte niemand mich mit Villebois in Verbindung gebracht, und der geheimnisvolle dritte Mann war nur von mir gesehen worden. Wenn er überhaupt existierte.

Das Telefon riß mich aus meinen Spekulationen. Meine Kollegen hatten die Kanzlei schon längst verlassen, sie führten ein normales Leben. »Spreche ich mit Foyn?« Die Stimme war monoton, tief und mir nicht unbekannt. »Hier ist Isaksen, Karins Pflegevater. Ich habe etwas gefunden, das dich vielleicht interessiert. Einen Briefumschlag, der Cecilie Villebois gehört hat, er lag in einem alten Schrank in einem Schuppen. Karin hat ihn dort sicher vergessen.« Das war ein langer Monolog für einen Mann wie Isaksen. »Wir glauben nicht, daß Karin sich umgebracht hat, wir wissen, daß jemand hiergewesen ist, aber die Polizei will nicht auf uns hören. Vielleicht kann das hier eine Spur für dich sein?« Seine Stimme klang optimistischer. »Wenn du Hilfe brauchst, oder Geld«, er zögerte kurz, »dann ...«

Ich unterbrach ihn. »Geld brauche ich im Moment nicht, ich habe schon eine Mandantin. Ich k-k-komme den Umschlag so bald wie möglich holen. Versteck ihn l-l-lieber solange.«

Ich lief nach Hause, sprang ins Auto und bretterte über die

Landstraßen nach Ramnes, während der dunkle Nachmittag die friedliche Landschaft in bedrohliche Kulissen verwandelte. Ich überprüfte genau, ob ich verfolgt wurde, blieb zweimal stehen, um ein anderes Auto vorbeizulassen, und spürte ein beginnendes Magengeschwür murren, als mir ein Mercedes entgegenkam. Zum Glück verschwand der in entgegengesetzter Richtung. Schließlich konnte ja jemand mein Telefon angezapft haben.

Ich beruhigte mich, als ich auf den Hof fuhr. Niemand war zu sehen, das alte Haupthaus strahlte ländlichen Frieden aus. Isaksen hatte mich vom Küchenfenster aus gesehen. Er kam auf die Treppe, grüßte mich eifrig und ging vor mir her in den leeren Stall. Aus einem alten Eckschrank nahm er einen schmutzigen gelben Briefumschlag. Mit roten, kindlichen Buchstaben war CECILIE daraufgeschrieben. »Ich habe ihn nicht angerührt, ich habe ihn genau so gefunden.«

Ich nahm den Umschlag, er schien ein Buch zu enthalten. »Ich nehme ihn mit. Vorläufig ist es besser, wenn ihr nicht mehr wißt. Aber ich werde euch auf dem laufenden halten.«

Ich fuhr vorsichtig nach Hause, stellte den Jaguar in der Garage ab und verschanzte mich hinter verschlossenen Türen. Nicht einmal mit Baltus als Wachhund fühlte ich mich sicher. Der Briefumschlag brannte in meiner Tasche.

Und er enthielt wirklich das letzte Tagebuch, das von Ostern bis zu zwei Wochen vor Cecilies Tod reichte. Es war eine bittere Geschichte, ohne Moral und lichte Momente. Cecilie war nach der Vergewaltigung mit ihrem Leben einfach nicht mehr fertig geworden. Die Drogen waren die Antwort auf ihre psychischen Traumata gewesen. Sie hatte die Schule mehr oder weniger aufgegeben und ihre Zeit ganz anderen Aktivitäten gewidmet. Geld hatte sie sich verschafft, indem sie zu Hause eingesackt hatte, was sie gerade finden konnte; sie hatte alte Sparbücher geplündert und in Läden geklaut.

Es war eine totale Veränderung. Zweimal im Sommer hatte

sie versucht, wieder festen Boden unter den Füßen zu bekommen, sie hatte das Ferienhaus der Familie an der Südküste besucht, sich aber bald hoffnungslos mit ihren Eltern überworfen, die nicht begriffen, wie schlecht es um sie stand. Im August, unmittelbar vor Schulbeginn, war etwas passiert. Cecilie hatte daraufhin beschlossen, auszuziehen und sich eine therapeutische Wohngemeinschaft zu suchen. Sie hatte völlig unrealistische Vorstellungen von ihren Chancen gehabt.

Eines Nachts war sie überraschend in der Villa ihrer Eltern aufgetaucht, um sich ein wenig guten Wein zu besorgen. Der Vater hatte mit Gästen in einem Kellerzimmer gesessen, gleich neben dem Weinkeller. Sie hatten eine Besprechung und stritten sich lauthals. Petter Svendsen war zusammen mit Teisen, Uthus und den anderen ausgestiegenen Achtundsechzigern dabei. Cecilie war argwöhnisch geworden, hatte an der Tür gehorcht und mehr begriffen, als gut für sie war. Ihr Vater hatte ehrbare Leute zu Besuch, sie sprachen über Geschäfte, den Markt, über Verdienste. Eine Riesenpartie war für den Vestfoldmarkt bestimmt. Finansimport stand vor dem Ruin, die Gläubiger drängten und drohten mit Konkurs. Ihnen war ein Angebot gemacht worden, bei dem sie nicht nein sagen konnten. Geringes Risiko und hoher Profit.

Das war für Cecilie der Tropfen, der das Faß zum Überlaufen brachte. Sie beschloß, die ganze Firma auffliegen zu lassen. Es mußte um ein sehr wichtiges Geschäft gehen, denn sonst hätten sie diese Besprechung nicht bei Villebois privat abgehalten. Aber wenn der Konkurs an die Tür klopft, wird man leicht unvorsichtig. Irgendein Geldbaron war offenbar auch anwesend. Cecilie kannte ihn nicht, bezeichnete ihn aber als Kapitän Feist, fett, glatzköpfig und mit riesigem Hängeschnauzer. Sie hatte eine Art Gedächtnisprotokoll geschrieben, und wieder wurde mir bestätigt, daß sich hinter dem Verfall eine ganz besonders aufgeweckte junge Person versteckt hatte. Ihren Notizen zufolge hatte Villebois sich diesem Plan gegenüber skeptisch gezeigt. Aber er hatte nachgegeben, als ihm leicht gewonnene und steuerfreie Millionen vorgegaukelt wurden. Die Alternative war zu entsetzlich.

Daß es ihrem Vater nur um seine Karriere ging und daß er seine Tochter übel im Stich gelassen hatte, war schlimm genug. Aber das hier kam noch dazu. Es war zuviel für eine Siebzehnjährige, die ohnehin schon völlig fertig war. Einige Tage später war sie wieder in die Villa gegangen und hatte dort sein Arbeitszimmer durchsucht. Bis auf eine Ausnahme hatte sie nichts gefunden. Diese Ausnahme war eine Diskette, die Namen enthielt, die Cecilie etwas Wichtiges verrieten. Aber die Namen waren nicht notiert. Ich blätterte weiter in ihrem Tagebuch. Sie hatte die Drogenfahndung in Oslo angerufen, sie traute sich nicht, sich an deren Kollegen in Tønsberg zu wenden. In Oslo war sie nicht ernst genommen worden, man hatte sie an Tønsberg zurückverwiesen. Und an dieser Stelle brachen ihre Aufzeichnungen abrupt ab. Den Rest konnte ich nur erraten. Sicher hatte sie sich jemandem anvertraut. In der Drogenszene herrscht die Paranoia, Prinzipien sind etwas, das gekauft und verkauft wird. Wer ums Überleben kämpft, greift zu allen Mitteln, selbst wenn das den Verkauf der Großmutter bedeutet, falls man so glücklich ist, eine zu haben. Dealer und Gorillas haben alle Vorteile auf ihrer Seite. Jemand hatte das richtige Stichwort geflüstert, und dann war über Cecilie der Stab gebrochen worden.

Ich saß vor ihrem Tagebuch und fühlte mich überhaupt nicht wohl in meiner Haut. Ob ich zur Polizei gehen sollte? Das Problem war nur, daß meine Beweise nicht ausreichten. Die beiden Hauptpersonen, die alles bezeugen konnten, waren tot, und was mir blieb, war nicht mehr wert als schnöder Klatsch, der vor keinem Gericht Bestand haben würde. Und ich hatte auch meine privaten Gründe, selber weiterzuschnüffeln.

Ich beschloß, das Tagebuch im Safe der Kanzlei zu deponieren. Die Stadt war kalt und bedrohlich, und es war schon nach zwölf, als ich durch dunkle Gassen zur Anwaltsresidenz eilte, wo ich das Tagebuch kopierte und das Original sicher verwahrte. Ich hatte das Gefühl, die Killer an den Fersen hängen zu haben, und ich fühlte mich erst sicher, als ich wieder in meiner Wohnung angekommen war. Nach Cecilies geheimnisvoller Liste mußte ich eben später suchen.

Zu Frau Svendsens Entsetzen war ich schon im Büro, als sie am nächsten Morgen um acht dort eintraf. Ich saß vor dem Tagebuch und versuchte festzustellen, ob es etwas darüber verriet, wo die Diskette gelandet war oder was sie enthalten hatte. Aber ich mußte aufgeben. Diskette und Liste waren verschwunden, und ich fand weder eine Spur noch eine Erklärung. Das Tagebuch hatte Cecilies Lebensversicherung sein sollen. Und es war zum Gegenteil geworden.

Ehe meine Kollegen auftauchten und mich mit unrealistischen Vorstellungen über normale Anwaltsarbeitszeit konfrontieren konnten, ließ ich mich in den Jaguar fallen und nahm abermals Kurs auf Oslo. Ich mußte einfach darauf hoffen, daß Teisen sich mit seinen Geschäftspartnern treffen und mir die Möglichkeit geben würde, ihnen auf die Spur zu kommen. Was uns bevorstand, war kein Weihnachtsurlaub, und wir durften nicht erwischt werden. Mein Freund der Oberschnüffler konnte mir dabei vielleicht helfen.

Ich kriegte ihn ans Telefon. »Ich brauche irgendwelche Wanzen. Such mir etwas so Einfaches heraus, daß ich es auch kapieren kann, und sag mir, wie ich es benutze. Ich bin in einer Stunde bei dir.« Die Aussicht auf schnelles Geld würde ihn bei der Stange halten.

Ich konnte wirklich nur kurz in seiner Werkstatt vorbeischauen, und dort erhielt ich zwei Abhorchteile, einen streichholzschachtelgroßen Empfänger und zwei winzige Walkie-Talkies. »Garantiert gute Qualität auf einige hundert Meter

Entfernung.« Er grinste. »Versuch bitte, alles heil wieder mit nach Hause zu bringen, ich schwimme nicht gerade in solchen Geräten. Und billig sind sie auch nicht.«

Er vermachte mir auch einen ausrichtbaren Empfangsverstärker, der aussah wie ein gewöhnlicher Walkman von der Sorte, den die Teenies sich um den Hals hängen, wenn sie die Welt aussperren wollen.

»Auf hundert Meter Entfernung klingt das leiseste Flüstern wie Donner. Wir haben mit diesem Gerät schon mehrere Fälle aufgeklärt.« Ich konnte mir vorstellen, was das für Fälle waren. Ein Mini-Tonbandgerät, das an den Empfänger angeschlossen werden konnte, machte die Spionageausrüstung komplett. »Das wird nicht billig für dich, Svend. Dieser Kram ist teuer, du mußt 'ne ganze Stange Kronen bei mir hinterlegen; du wirst die Teile ja garantiert allesamt versusen, wie ich dich kenne.« Ich zahlte ihm seinen Vorschuß auf die Miete.

Flughafen und Rotschopf warteten. Wir konnten noch einige Minuten miteinander sprechen, dann wurde mein Flug aufgerufen.

»Gefalle ich dir so nicht, Svend?«

Ich sah sie mir genauer an. Schwarze, zerfetzte Lederkleidung, schwarzer Lippenstift, Ketten und Ringe, grüne Strähnen in den Haaren. »Unser Mann wird dich nicht wiedererkennen«, antwortete ich trocken. »Aber vielleicht j-j-jagst du den Hotelgästen einen Höllenschrecken ein. Wir wohnen schließlich nicht in einem N-nuttenhotel in der Istedgade. Wenn du dein Aussehen ein bißchen mäßigen könntest, wär das spitze.«

Wir verabredeten einen Treffpunkt auf dem Flugplatz von Kopenhagen, ich wollte mit einem Mietwagen bereit stehen, damit wir Teisen schon vom Flugplatz an beschatten konnten.

»Wir wäre es mit einer kleinen Verkleidung, Svend, du siehst ja noch normaler aus als sonst.«

»Keine Panik, ich habe noch zwei Stunden bis zu deiner Ankunft. Du wirst mich nicht wiedererkennen.«

»Das wäre schade.« Ich sah das Funkeln in ihren Augen und konnte mit hundertprozentiger Sicherheit weitere Versuchungen voraussagen. Als ob ich nicht schon genug Probleme hätte!

14

Der Morgenflug nach Kopenhagen ist die Arena der Geschäftsleute, eines anonymen Heeres von anzugtragenden Herrn, unterwegs zu Fortschritt und goldenen Zeiten. Sie sind die wirklichen Internationalisten, auf dem Weg in die königliche Stadt, nach Europa und zu neuen Besprechungen. Für sie ist der Erdball längst zu einem einzigen Markt geworden, und die EU ist die natürlichste Sache der Welt.

Was enthielten ihre glänzenden Ledermappen mit den blankgeputzten Messingbeschlägen und geheimnisvollen Codeschlössern? Die Kriegscodes des Pentagon, die private Korrespondenz von Bill und Boris, halbgegessene Brote mit fettem Gouda, stinkende löchrige Socken, Pornos, Einkaufszettel, Ziegenkäse, Kaffee, Zahnpasta, nicht zu vergessen die Hämorrhoidensalbe? Sind sie über die Trivialitäten dieser Welt erhaben, wenn sie unbekümmert in dreißigtausend Fuß Höhe dahinschweben. Jagt ihnen jemals ein angedrohter Schwiegermutterbesuch Angst ein?

Ich unterdrückte meinen Wunsch, eine öffentliche Durchsuchung der Diplomatenkoffer zu verlangen, und umklammerte standhaft meine alte Ledertasche. Auf den Sitzen der Maschine sah ich eine endlose Reihe von Klonen, unterbrochen nur durch den einen oder anderen verirrten Wochenendtouristen. Ich bezwang mein Bedürfnis, die Internationale zu singen; mein Aufruhr beschränkte sich auf eine vorsichtige Runde Gratiscognac. In Kopenhagen mietete ich einen unauffälligen Golf und nutzte die Wartezeit, um meine Tarnkleidung zu erstehen. Dänischer Parka, dunkelblauer Militärpullover, Wollmütze, Sonnenbrille.

Rotschopf war nicht gerade unauffällig, als sie aus der Osloer Nachmittagsmaschine stolzierte, obwohl ihre Punktracht nun entschärft war. Ein eleganter schwarzer Anzug saß wie angegossen an ihrer schlanken Gestalt. Ach ja, das Leben ist kurz, und die Versuchungen sind zahlreich.

Wir setzten uns in den Golf, der vor dem Ausgang stand, und warteten auf unseren Sendboten des Jugendamtes, der überaus anonym auftrat. Er unterschied sich in nichts von all den übrigen Zinnsoldaten, nur fuhr er mit dem Flughafenbus in die Innenstadt. Wir fuhren hinterher. Waren jetzt auch in der Drogenszene schlechte Zeiten angebrochen?

Teisen stieg am Hauptbahnhof aus dem Bus, begab sich in eine Telefonzelle und führte zwei kurze Gespräche. Er schien mit dem Ergebnis zufrieden zu sein und ging zu Fuß ins Hotel. Wir stellten den Wagen ab und wanderten hinterher. Unterwegs setzte er sich in eine Kneipe und trank ein Tuborg. Er hatte Zeit. Wir warteten draußen.

»Gro, du mußt den Wagen zum Hotel fahren und einchekken«, befahl ich. »Und finde heraus, in welchem Zimmer Teisen wohnt.« Ich dachte kurz nach und gab ihr die Streichholzschachtel mit dem einen Sender. »Wenn du die auf sein Zimmer bugsieren kannst, bist du ein Genie. Aber es muß absolut sicher sein, wenn wir entdeckt werden, geht unser ganzer Plan in die Hose.«

Ich setzte mich in eine Kneipe gegenüber, hatte guten Überblick und gönnte mir zwei Bitter. Kopenhagen, in meiner Jugend die erste Station auf dem Weg in die große Welt, nur einige Fährstunden vom Heimatland entfernt, aber im Geiste eine lange Reise bis ins tiefe Europa. Diesmal kam mir die Reise besonders weit vor.

Nach einer halben Stunde tauchte Teisen auf und hielt zielbewußt auf das Hotel zu. Ich blieb in sicherer Entfernung und betrat das Hotelfoyer erst, als er im Fahrstuhl verschwunden war. Von der Rezeption aus rief ich Gro an und bat sie, mich in der günstig gelegenen Hotelbar zu treffen, von wo aus wir Eingang und Fahrstühle im Blick hatten. Sie schmiegte sich an mich. »Auftrag ausgeführt, wir haben alles unter Kontrolle. Die Überwachung läuft wie erste Sahne, ich habe den Empfänger getestet.«

»Wie hast du den auf sein Zimmer schmuggeln können?«

»Ich habe einen Obstkorb gekauft und ein paar Weinflaschen dazugepackt«, sie zeigte auf den Laden an der Ecke, »und dann habe ich die Leute vom Hotel gebeten, den ganzen Kram vor seinem Eintreffen auf Teisens Zimmer zu bringen. Unter dem Obst liegt der Sender. Ich habe gesagt, es sollte eine anonyme Überraschung sein.« Sie grinste zufrieden.

Teisens Zimmer lag im selben Stock wie unsere, wir hatten also alles im Griff. Wir verabredeten, abwechselnd in der Bar Wache zu halten, und rüsteten uns mit den Walkie-Talkies aus. Ich ging auf mein Zimmer, wo der Empfänger stand, und konnte feststellen, daß der Sender funktionierte. Unser Mann duschte und machte dann ein Nickerchen, hoffentlich, um Kraft für interessantere Aktivitäten zu sammeln. Ich döste im Bett vor mich hin, der Empfänger rauschte, ich war zu Kaffee übergegangen, das Leben als Detektiv kam mir ausnahmsweise ziemlich nett vor.

Das Telefon riß mich aus meinen Träumereien. Ich tastete nach dem Hörer, aber es war Teisens Telefon. Er antwortete äußerst einsilbig. »Ja, ja, nein, nicht, gut, klar.« Seinen Gesprächspartner konnte ich nicht hören. Ich spitzte die Ohren. Das Gespräch wurde mit einer Verabredung beendet. »Um neun also, beim Italiener, bestell du einen Tisch. Wie war noch die Adresse?« Er wiederholte sie. »Beim Kultorv, ja.«

Ich schaute in einem Kopenhagenführer nach. Wie ich schon erwartet hatte, wollten sie sich im *Papas* treffen. Einem der ältesten Restaurants der Stadt, viele kleine Nischen, mehrere Etagen, erstklassiges Essen. Ich rief meine Partnerin an. »Komm mal rüber, wir haben noch ein bißchen Zeit.«

Höflich ließ ich mich im einzigen Sessel des Zimmers nieder, in Reichweite des Cognacglases, während Gro sich auf dem Bett ausstreckte. Sie habe keine Lust auf Drogen, neckte sie mich mit einem Seitenblick auf mein Glas.

Ich steckte mir ein Zigarillo an und versuchte, mich auf etwas anderes zu konzentrieren als auf ihre schwarze Strumpfhose. »Ich schlage vor, daß wir schon einige Zeit vor Teisen und seinem Partner im *Papas* sind und uns einen Tisch in ihrer Nähe sichern. Und dann können wir ja sehen, wie die Dinge sich entwickeln. Ich hoffe, er hat nicht einfach ein schnödes Rendezvous mit einer dänischen Liebsten.« Ich dachte laut. »Der Typ hat guten Geschmack.«

»Dann machen wir eben eine Runde durch die Stadt. Wir treffen uns in einer halben Stunde im Foyer.« Sie rauschte aus dem Zimmer.

Ich versuchte Pläne zu schmieden, gab es aber auf. Ich hatte keinen Schimmer, was uns bevorstand. Ich mußte mich um mein Aussehen kümmern und blieb weiter beim rustikalen dänischen Stil. Das müßte gehen. Teisen hatte mich, soviel ich wußte, einmal in Anzug und Robe vor Gericht gesehen und ansonsten bei Festen, vom letzten Mal wußte ich nicht mehr sehr viel. Aber bei ihm war das vielleicht anders. Sicherheitshalber schmierte ich mir einen soliden Klecks Gel in die Haare und verpaßte mir eine glatte Frisur mit Scheitel. Im Nachbarzimmer war nichts Ungewöhnliches, der Bursche war aufgewacht, im Hintergrund lief der Fernseher.

Eine ganz neue Gro, mit langen, dunklen Haaren, erschien in der Bar. Ich stieß einen beeindruckten Pfiff aus. »Was hast du mit deinen Haaren angestellt?«

»Perücke. Ich habe mir ein paar Exemplare von einer Freundin geliehen. Geht das so?«

»Der wird noch sein Glück bei dir versuchen«.

Wir gingen zum Auto und schlichen dann durch Kopenhagens Weihnachtsverkehr. Um acht Uhr standen wir im *Papas*. Der Oberkellner hoffte, wir hätten reserviert, es war nämlich bereits brechend voll. Das hatte ich total vergessen. Ich überließ Gro die Verhandlungen. Sie zog den Oberkellner in eine Ecke, und seine Miene verriet mir, daß sie ihm offenbar eine dramatische Geschichte erzählte. Der Mann taute auf, wurde zum Wohlwollen in Person und führte uns mit einer Verbeugung zu einem gemütlichen Tisch im ersten Stock, von dem aus wir das ganze Lokal überblicken konnten.

Ich war skeptisch. »Du hast doch hoffentlich nichts verraten? Hier ist es g-g-gefährlich, die Klappe zu weit aufzureißen. Es reicht, daß irgendeine Größe mit den Fingern schnippt, und schon liegen wir mit Betonschuhen im K-k-kattegat.«

»Spinnst du, Svend!« Ihre grünen Augen blitzten. »Ich hab' ihm erzählt, daß du ein Freund bist und daß wir meinen Mann beobachten wollen, weil wir den Verdacht haben, daß er hier heimlich ein Rendezvous hat. Er hat die Vorbestellungsliste für mich durchgesehen, hat aber keinen Steinar Teisen gefunden, sondern einen anderen Norweger. Kannst du raten, wen?«

Ich konnte nicht.

»Terje Uthus, den Entwicklungshilfeexperten, den Kollegen meines Vaters. An den kannst du dich doch sicher erinnern?«

Das wurde ja wirklich interessant. Ich hatte mich schon erkundigt, wo in aller Welt er gerade tätig war. Eigentlich sollte er jetzt auf Heimaturlaub sein, ansonsten arbeitete er in einem UN-Projekt in Südamerika.

»Der Oberkellner hat gesagt, Uthus hätte einen Vierpersonentisch bestellt, die erwarten also noch weitere Gäste.«

»Und was hast du ihm sonst noch erzählt?«

»Daß ich glaube, daß mein Mann zu den Schwulen übergelaufen ist und daß ich mir das nicht bieten lassen will. Und dafür hatte er Verständnis.«

In diesem Punkt waren wir völlig einer Meinung, der Oberkellner und ich.

Uthus' Tisch war perfekt weit entfernt, er stand unter uns unmittelbar vor dem Foyer. Ich ging auf dem Weg zur Toilette dort vorbei und ließ die Streichholzschachtel mit dem Sender hinter die Blumen auf der Fensterbank fallen. Es war keine geniale Lösung, aber immerhin sicher. Wir mußten uns eventuell auf diese Abhörgeräte verlassen. Ich hatte den Empfänger in der Schultertasche und einen Kopfhörer eingeschaltet. Wenn etwas mit der Automatik schieflief, würden wir mit manuellen Mitteln improvisieren müssen.

Im Restaurant war wirklich der Bär los. Kopenhagen aß und trank sich in einen erstklassigen finanziellen Ruin hinein, und das ist eine Kunst, in der die Dänen die souveränen Weltmeister und wir Norweger hoffnungslose Esel sind.

Ich hoffte, daß wir unter den anderen Gästen nicht auffielen, als wir so gemütlich an unserem intimen Tisch saßen. Kerzen, guter Rotwein, angenehmes italienisches Essen. Auf die Dauer wurde ich ungeduldig, ich drehte eine Runde, um mir die Örtlichkeiten anzusehen, und unterwegs wäre ich fast mit Teisen zusammengestoßen. Ich konnte ihm in letzter Sekunde ausweichen und versteckte mich hinter einer Weihnachtsgesellschaft von gutgelaunten Däninnen, die mich sofort in ihre Feier einbezogen. Die Damen waren eine passendere Gesellschaft für mich als frühreife Gymnasiastinnen.

Teisen hatte mich nicht erkannt, aber es hätte nicht viel daran gefehlt. Er war zusammen mit einem braungebrannten Uthus und einem weiteren Mann gekommen. Ich musterte den Dritten voller Interesse, ein eleganter Typ in den Fünfzigern mit dickem Bauch, kahlem Schädel und traurigem Hängeschnauz. Ich hatte ihn schon einmal gesehen, auf dem Titelbild der Zeitschrift *Kapital* nämlich. Er gehörte zu den Bankdirektoren, die vom Sog erfaßt worden waren, als nach den Festmählern der Yuppiezeit die Rechnung präsentiert wurde. Jetzt operierte er als hochdotierter Berater für Leute, die schnell Geld brauchten und deshalb bereit waren, üppige Zinsen zu bezahlen. »Finanzmakler« nannte er sich.

Gro winkte hektisch, und nachdem die drei Gäste sich gesetzt hatten, wagte ich es, an meinen Platz zurückzukehren. Ich setzte vorsichtig die Kopfhörer auf und versuchte, etwas vom Gespräch am Tisch unter mir zu verstehen. Leicht war das nicht, es war einfach zu laut im Lokal. Sie diskutierten, was sie bestellen sollten. Gro versuchte ihr Glück mit dem Abhörgerät, und wir beschlossen, getrennt zu lauschen und am Ende unsere Ergebnisse zusammenzutragen.

Das Kleeblatt arbeitete sich durch die Speisekarte hindurch. Was wir von ihrer Konversation mitbekamen, waren die üblichen Klagen über zu hohe Steuern und den restriktiven Umgang der Behörden mit den Finanzinstitutionen. Die reinste Jahrestagung des Arbeitgeberverbandes! Ich dachte an Cecilies letztes Tagebuch zurück. An den Finanzfürsten von der Besprechung in der Villeboisschen Villa. Hatten wir hier Kapitän Feist zu Besuch?

Die Stimmung unten am Tisch wirkte gleich angespannter, als der Kellner mit einer Verbeugung den vierten Gast herbeiführte. Die anderen konnten gar nicht schnell genug aufspringen und wetteiferten um die höflichste Begrüßung. Es war mehr als deutlich zu sehen, wer hier der Chef war. Ich sah mir alles interessiert an. Ein kleiner Wuschel von Chinese, keinen Zentimeter größer als einssechzig, in dunklem Anzug, mit ausdruckslosem Steingesicht. Die Konversation wurde fortgesetzt, jetzt aber wesentlich förmlicher. Meine Wanze wollte nicht so recht, und deshalb bekam ich vom Gespräch nur Bruchstücke mit. Zu meiner Überraschung sprach der Chinese fließend Schwedisch. Es war viel die Rede von Investitionen und Lieferungen, von Darlehen und Sicherheiten. Der Chinese sagte nur wenig, aber wann immer er den Mund aufmachte, verstummten die anderen sofort.

Menschen wie dieser Chinese bewegten sich in freier Wildbahn sicher nicht ohne Schutz. Ich sah mich im Lokal um und fand das Gesuchte. Ein kleiner Zweipersonentisch auf einem Absatz gleich über uns war von zwei kühlen Asiaten besetzt, die in ihren dunklen, gestreiften Anzügen wie uniformiert wirkten. Harte Steingesichter, sie sahen aus wie Zwillingsbrüder von Bruce Lee. Außerdem interessierten sie sich auffällig für unsere Freunde unten und deren Umgebung. Ich fand, sie betrachteten mich mit etwas zu großem Interesse, und ihre ausgebeulten Jacketts gefielen mir nicht. Vielleicht hatten sie schlechte Schneider. Ich beugte mich vor, küßte Gro aufs Ohr und flüsterte dabei: »Nicht hochblicken, wir haben Zuschauer.«

Die Schläger betrachteten das Lokal mit Röntgenblicken, während Gro und ich unsere Finger ineinanderflochten und versuchten, wie ein ganz normales Liebespaar auszusehen. Bruchstücke des Gesprächs unten am Tisch landeten in meinem Kopfhörer: »*. . . alles läuft wie abgemacht, die Waren werden wie geplant in Norwegen geliefert . . .*« Ich spitzte die Ohren. Der Rest verschwand in dänischen Lobgesängen zum Preise des Schnapses. Schöner Mist, ich brauchte doch weitere Informationen.

Unsere Freunde wurden spürbar lustiger, als die Weinflaschen geleert waren und der Cognac erschien. Sie schienen irgendwo anders weiterfeiern zu wollen. Ich registrierte, daß der Chinese die Rechnung mit einem Bündel Geldscheine bezahlte, das so fett war wie die Reste der Pasta, die meine dänischen Freundinnen sich gerade einverleibt hatten. Uthus und Teisen sprangen auf und begleiteten den Wuschel mit vielen Verbeugungen zur Garderobe, der Fettsack trottete hinterher. Die beiden Handlanger hatten es plötzlich eilig. Sie versuchten, sich dicht hinter ihrem Herrn zu halten. Es wäre ausgesprochen gefährlich gewesen, hier irgendwelchen Ärger zu machen.

»Frag den Oberkellner, ob der weiß, wo die jetzt hinwollen«, bat ich Gro. Sie war sofort wieder voll da. »Der hat nichts gewußt. Sie sind mit dem eigenen Wagen hier. Alle sechs. Leicht erkennbarer Amischlitten, vermutlich ein Mietwagen. Wir müssen wohl in den Löchern nachsehen, in denen Männer mittleren Alters auf Mädchenfang gehen.« Ihr Lachen hatte die Tendenz, sich in meinem Ohr festzusetzen.

Wir sammelten unseren Sender ein und erreichten unbemerkt den Golf. Wir hätten Bilder machen sollen. Ich hatte eine Minikamera in der Tasche, hatte aber nicht gewagt, die im Restaurant zu benutzen. Dort war es zu dunkel, und das Blitzlicht hätte mir nur Ärger eingebracht.

Nachdem wir eine Weile erfolglos durch die Stadt gegurkt waren, gaben wir auf, ließen das Auto beim Hotel stehen und machten uns auf, um uns an Kopenhagens Freuden gütlich zu tun. Es war elf Uhr, es war Freitag, und wir waren zu zweit. Wir fingen im *Huset* mit dänischem Frauenrock an. Anne Linnet und Sanne Salomonsen sangen von Liebe und Krieg. Ich fühlte mich wie zu Hause, abgesehen von der traurigen Tatsache, daß das Leben im Moment zu viel Krieg und zu wenig Liebe anbot. Die Band hatte Schwung, wir tanzten mitten in einer undefinierbaren Versammlung von Menschen, die mir klarmachten, daß wir uns jetzt auf dem Kontinent befanden und nicht im exotischen Gebirgsland Norwegen. Das kalte Bier wirkte sich lindernd auf meine zerfransten Nerven aus, und ich war angenehm weit entfernt von der Unterwelt der Goldküste. Wir landeten in einer farbenfrohen Clique von Kunststudenten, und Rotschopf traf Bekannte aus Oslo. Die anderen waren alle fünfzehn Jahre jünger als ich. Ich beschloß, mich still und ruhig zurückzuziehen und lieber noch in einer Kneipe vorbeizuschauen, ehe ich mich in die Horizontale begab. Mein Verdacht hatte sich vertieft, aber Beweise hatte ich nicht. Die polizeiliche Arbeit überließ ich wohl besser den Fachleuten.

»Gro, ich hau jetzt ab, alte Leute brauchen viel Schlaf. Paß auf dich auf und mach keinen Ärger. Nimm dir ein Taxi zum Hotel und komm morgen vor dem Frühstück bei mir vorbei. Teisen steht sicher früh auf. Er ist auf den Flug um halb zwei gebucht.« Ich streichelte ihre zerzausten roten Haare, den Teil, der echt war. »Bis dann.«

Als ich durch die kalte Kopenhagener Nacht ging, machte ich aus alter Gewohnheit einen Abstecher zum Rathausplatz und zum Hauptbahnhof. Ich steuerte eine der vielen Kneipen auf dem Kiez um die Istedgade an. Unterwegs kam ich am »Kakadu« vorbei, einer früher exotischen Bar, die jetzt etwas heruntergekommen wirkte; schwarze Luxusnutten, Diplomaten und Geldsäcke mit Einkommensquellen, die das Tageslicht scheuten. Wir waren an diesem Abend hier vorbeigefahren, ohne jedoch einen Amischlitten entdecken zu können.

Jetzt stand ein riesiges, glänzendes Exemplar gleich neben dem Eingang. Ich ging langsam an diesem Wagen vorbei, er konnte schließlich unseren Freunden gehören. Ich konnte der Versuchung nicht widerstehen. Die Inneneinrichtung erinnerte mich an Mickey Rourkes Lieblingspuff in New York, im Film »Angel Heart«. Roter Plüsch, Leder und kleine Scheinwerfer, zum Schneiden dicke Luft und Reggae-Rhythmen. Die Frauen liefen alle auf Hochtouren, hier warfen zweifellos alle irgendwas ein. In Dunkelheit und Rausch waren sie verführerisch exotisch, auch wenn das AIDS-Gespenst die Geschäfte ein bißchen verschlechtert hatte.

Ich preßte mich an den Tresen und kriegte ein *Elephant*-Bier und einen Magenbitter. Es war inzwischen zwei Uhr und an der Zeit, etwas ruhiger zu werden. Ich blickte mich im halbdunklen Lokal um. Der kleine Chinese mit dem Steingesicht hing an der Bar und glotzte zwei afrikanische Bomben an, die zu hitziger Salsamusik einen Beischlaf im Stehen versuchten. Die beiden Handlanger saßen bewegungslos in einer Ecke. Die norwegischen Geschäftspartner waren nirgendwo zu sehen.

Ich drängte mich näher an den Boß heran und konnte mich

zu einem Tisch durchzwängen. Hier konnte ich unmöglich meine Abhorchgeräte benutzen, aber immerhin hatte ich meine Kamera. Ich wollte diese Jungs gern auf Zelluloid bannen. Vielleicht konnte ja irgendwer sie für mich identifizieren.

Es wurde eine lange Nacht. Der Chinese trank sehr langsam zwei Drinks. Ich hielt mich ans *Elephant.* Nach dreien von der Sorte beschloß der Chinese, seinen Abgang zu machen. Ein Gorilla folgte ihm in respektvoller Entfernung in Richtung Auto, der andere ging vor und öffnete die Tür. Ich schlich mich vorsichtig von hinten mit der Kamera in der Tasche an sie heran und ging an ihnen vorbei, als der letzte gerade in den Straßenkreuzer stieg. Ich blieb stehen, benutzte zwei leere Schaufenster als schlechtes Alibi und machte eine Serie von Bildern. Die dänischen Elefanten hatten mich mutig, aber auch träge werden lassen. Die Bruce-Lee-Klones vorne im Wagen hatten mich und meine Kamera registriert. Ich spürte ihre Blicke im Nacken, als ich versuchte, hinter der nächsten Ecke, die unglücklicherweise über hundert Meter entfernt war, zu verschwinden. Der monströse Amischlitten sprang brüllend an und verfolgte mich durch die Nacht wie ein schwarzer Teufel. Und die Gegend war plötzlich menschenleer.

In scharfem Joggingtempo überquerte ich die Straße und suchte verzweifelt nach einem Schlupfloch. Der Wagen hatte mich jetzt erreicht, und das Seitenfenster aus Rauchglas wurde lautlos heruntergelassen. In der Fensteröffnung erschien ein schwarzer Pistolenlauf. Ich lief um mein Leben und hatte mich gerade hinter einen geparkten Lastwagen werfen können, als ich einen dumpfen Knall und dann den Querschläger auf der Straße hörte. Sie benutzten einen Schalldämpfer und meinten es ernst. Ich nutzte die Gelegenheit, machte auf dem Absatz kehrt und rannte in die Richtung, aus der ich gekommen war. Der Wagen wendete auf jaulenden Reifen und kam wieder hinter mir her. Beim Missionshotel Ansgar stürzte ich durch eine halboffene Tür in den Hinterhof, dicht gefolgt von einem meiner Jäger, der aus dem Auto gesprungen war. Der Hof endete an einem hohen Lattenzaun, den ich ohne kleinliche Rücksichten auf Dreck oder Stacheldraht hinter mich brachte. Ziemlich ramponiert lief ich dann in die nächste Seitenstraße und hinkte in den Hauptbahnhof, ohne noch mehr von meinen Quälgeistern zu sehen.

Noch einmal war ich im letzten Moment entkommen. Meine Hände waren mit Schrammen bedeckt, meine neuen dänischen Kleider verdreckt von den Essensresten der Missionare, und mein Kopf schmerzte nach einer unsanften Begegnung mit dänischem Asphalt. Nicht alles in Dänemark war so weich wie ihre Konsonanten, und ich wußte jetzt, daß Missionsabfall auch nicht besser riecht als anderer Müll.

Seltsamerweise war ich klar genug gewesen, um Schultertasche und Abhörgeräte mitzunehmen. Ich atmete erleichtert auf. Wenn die anderen meine Tasche mit meinem Namen und meiner Adresse gefunden hätten, dann hätte ich wirklich in der Klemme gesteckt. O verdammt, ich sah vielleicht aus! In diesem Zustand konnte ich mich nicht im Hotelfoyer sehen lassen. Ich beschloß, in irgendeiner Kneipe noch schnell ein Bier zu trinken, irgendwo, wo ich aufs Klo gehen und mir den ärgsten Dreck abwaschen konnte, irgendwo, wo niemand mich zweimal ansehen würde.

Ich landete in Nyhavn und hatte die kluge Idee, zuerst unten auf der Treppe hinunter zum wenig einladenden Kanal die Füße ins Wasser zu halten, um mir den Dreck von den Stiefeln zu spülen. Als ich mich über das niedrige Geländer beugte, hörte ich hinter mir leise Schritte, aber ich war eine winzige Sekunde zu langsam. Einer der Gorillas aus dem *Kakadu* erschien in meinem Blickfeld, als ich instinktiv herumfuhr. Ich konnte gerade noch den intensiven Geruch von teurem Rasierwasser registrieren, als sich ein Stahlarm um meinen Hals legte und gegen das kalte Eisengitter preßte, unangenehm nah am Kanal, der jetzt noch kälter wirkte. Meine Schultertasche fiel mit einem Knall auf den Boden, und ich dachte besorgt an die Kamera. Die Lichter um mich herum wurden rot und trübe, meine Lunge kämpfte gegen rostiges Eisen. Dieser Teufel hielt mich in einem Schraubstockgriff, ich hatte keine Chance.

Er mußte mir vom Hauptbahnhof her gefolgt sein, und er hatte sicher nur auf eine Möglichkeit gewartet, die ich ihm netterweise sogar gratis serviert hatte. Er zog mich vom Geländer weg, und noch immer lag sein Arm fest um meinen Hals. Dieser Typ hatte in seinen Mußestunden sicher emsig Gewichte gestemmt, auch in seiner Branche gab es wohl so etwas wie Freizeit. Ich nahm an, daß er mich am Leben lassen sollte, bis sich mich einordnen konnten. Danach würde ich wohl verloren sein. Meine einzige Chance war, ihm zuvorzukommen, ehe sein Kumpel auftauchte.

Als der Gorilla mich auf die Pflastersteine pressen wollte, war der Moment gekommen. Mit aller Kraft, die mein freier Arm aufbringen konnte, bohrte ich ihm die Finger in den Schritt und packte zu. Es war für uns beide ein ungewohntes Erlebnis, das ihm allerdings noch weniger behagte als mir. Es gelang mir, einen Fuß hinter seine Wade zu haken. Er stöhnte kurz auf, dann kippte er um, noch immer mit solidem Zugriff um meinen eingeklemmten Hals. Aber auf dem glatten Pflaster und mit Ledersohlen italienischer Herkunft hatte er keine Chance. In Polargebieten geht eben nichts über gutes Schuhwerk.

Wir gingen zwei Meter vor der Treppenkante zu Boden und landeten mit dumpfem Aufschlag unter der letzten Stufe. Ich konnte mich beim Fallen oben halten, aber wir rollten weiter und rutschten in den Kanal. Alles dauerte weniger als eine Minute, und doch kam es mir vor wie Stunden.

Ich machte instinktiv Schwimmbewegungen, um einige Meter Vorsprung zu bekommen. Als ich nach Luft schnappend den Kopf aus der Kloake hob, sah ich meinen Angreifer an mir vorbeitreiben, mit dem Gesicht nach unten und blutverschmiertem Hinterkopf. Offenbar war er beim Sturz mit dem Kopf auf die Treppe aufgeschlagen, er hatte anderes im Kopf gehabt, als sich mit den Händen abzustützen. Ich arbeitete mich zur untersten Treppenstufe vor, und erst jetzt merkte ich, daß die Kälte wie mit Messern in meinen Körper schnitt. Das Geländer war meine Rettung. Ich mobilisierte meine letzten Kräfte und konnte mich keuchend hochziehen.

Der Gorilla trieb stetig weiter. Ich griff nach dem Gürtel hinten an seinem Mantel und versuchte, seinen schweren Körper auf die unterste Treppenstufe zu ziehen, aber am Ende saß ich dann mit einem teuren Mantel in der Hand da, während dessen Besitzer im dunklen Kanalwasser verschwand. Ich war total erledigt und würde nicht einmal mehr eine Streichholzschachtel retten können. Meine Zähne klapperten, ich mußte ins Warme, und das sofort. Aber nicht hier. Es würde zu viele Fragen geben, bald würde man den Burschen finden, und ich wollte nicht, daß sich dann jemand an mich erinnerte.

Ich blickte mich um, konnte jedoch keine Zuschauer entdekken. Aber ich mußte damit rechnen, daß der zweite Gorilla in unmittelbarer Nähe war. Höchste Zeit für mich, daß ich wegkam, aber mit einer Kaltblütigkeit, die mich selbst überraschte, ging ich schnell noch seine Manteltaschen durch. In einer fetten Brieftasche voller Dollarnoten fand ich ein Fährbillett Fredrikshavn–Larvik erster Klasse, Ankunft am nächsten Montag. Niemand würde mir eine Geschichte von entspannendem Skiurlaub im norwegischen Gebirge andrehen können. Ich wischte eventuelle Fingerabdrücke ab, steckte die Brieftasche wieder in den Mantel, überlegte kurz und steckte das Dollarbündel ein. Warum sollte das hier nicht wie ein Raubüberfall aussehen? Das Blutgeld konnte ich später immer noch loswerden. Ich warf den Mantel in den Kanal, hob meine Tasche auf und versuchte, zum Hotel zu rennen, während das

Wasser hinter mir auf dem Boden eine Spur zog, die sofort zu Eis gefror.

Irgendwann mußte ich dann mein Hotelzimmer erreicht haben. Ich hatte mich vom Dreck befreit und ihn gegen *die* Erkältung des Jahres eingetauscht. Aber besser erkältet als für immer kalt. In meinem Zimmer streifte ich die nassen, stinkenden Kleider ab und ließ mich ins kochendheiße Badewasser sinken. Mein Nacken tat weh, ich hatte noch immer den unangenehmen Geruch von teurem Herrenparfüm, allerdings nicht von meinem, in der Nase. Das hier wäre fast ins Auge gegangen. Ich dachte an den Mann, der gerade zum resund unterwegs war. Nur durch einen Zufall war ich jetzt nicht an seiner Stelle.

Ich glaubte nicht, daß diese Typen wußten, wer ich war, sie tippten sicher auf alles mögliche zwischen Bulle und Konkurrenz. Ich mußte mich darauf verlassen, daß sie ihre Lieferpläne nicht wegen einer kleinen Ausdünnung der Mannschaft änderten. Ich hoffte, daß sie nicht erfahren würden, was wirklich mit ihrem Kollegen passiert war. Ein vorweihnachtlicher Raubüberfall im Kopenhagener Nachtleben das kam ja schließlich ab und zu vor. Nur ich wußte es besser. Aber sie würden mich wohl kaum unterbringen können, und bei der Polizei würden sie auf keinen Fall Trost suchen. Jetzt mußte ich mich einfach bedeckt halten und Konfrontationen aus dem Weg gehen. Ich hätte Gro aufsuchen und sie warnen müssen, aber ich war einfach zu erschöpft.

Ehe ich Feierabend machte, schaltete ich die Wanze im Nachbarzimmer ein. Und das gab mir den Rest. Dieses Schwein Teisen hatte sich eine Frau aufgerissen, sicher war auch er im *Kakadu* gewesen. Der kurzen Unterhaltung nach handelte es sich um eine Ami-Schnepfe mit gut entwickeltem Vokabular und passenden Fähigkeiten auf anderem Gebiet. Sie näherten sich gerade dem Finale. Und das tat mir nicht gut. Ich drehte das Foltergerät wieder aus, verpaßte mir eine Überdosis Hennessy Very Special und war sofort weg, während Kopenhagen sich träge schüttelte und ein neuer Tag mit neuen Möglichkeiten anbrach.

Hämmernde Schläge an der Tür holten mich langsam ins Bewußtsein zurück. »Svend, bist du wach!« Ich kam mühsam auf die Beine und hatte das Gefühl, höchstens fünf Minuten geschlafen zu haben. Die Welt drehte sich einige Male, dann konnte ich sie stabilisieren und die Tür öffnen. Eine aufreizend morgenmuntere Gro kam hereingeschlendert und ließ sich auf der Bettkante nieder.

»Meine Fresse, stinkt es hier, du hast ja vielleicht eine Fahne!« Sie rümpfte mißtrauisch die Nase und betrachtete resigniert blutige Hände, Schrammen auf der Stirn und nasse Kleider, die überall im Zimmer herumlagen. »Was ist denn mit dir passiert, kannst du nicht mal zehn Minuten allein sein, ohne dir gleich Ärger an den Hals zu holen?«

»Du hast recht«, sagte ich. »Bestell uns doch Frühstück aufs Zimmer, ich dusche nur eben, und dann erzähle ich dir alles.« Mich schauderte unter dem heißen Wasser, als mir wieder die Ereignisse der vergangenen Nacht einfielen.

Ich lieferte Gro eine bereinigte Kurzfassung, bei der die dramatischsten Teile fehlten; ich sah keinen Grund, sie mehr als unbedingt nötig in die Sache hineinzuziehen. Wir waren jetzt in größere Geschichten verwickelt, als ich im Griff behalten konnte. Internationaler Drogenhandel, gefährlicher konnte es gar nicht sein. Auf dieser Ballettbühne waren sogar unsere heimatlichen Größen nur simple Hupfdohlen unter Primaballerinen.

»Findest du es blöd, daß ich gestern mit den anderen gegangen bin und dich alleingelassen habe?« Gro betastete zärtlich meine Schrammen. »Allein kommst du ja offenbar nicht zurecht.«

»Ach, das war schon in Ordnung«, sagte ich beim Frühstückskaffee, »aber als ich heute nacht hier ankam und das Vergnügen hatte, zu allem anderen Ärger auch noch den Übungen dieses Sexakrobaten zuhören zu müssen, hat es wirklich gereicht.« Und wir kicherten beide.

»Ich weiß jetzt, daß am Montag in Norwegen eine Lieferung eintrifft, vermutlich mit der Fähre Fredrikshavn-Larvik.« Ich hatte Gro ein Märchen aufgetischt und erzählt, ich hätte im *Kakadu* zufällig ein Gespräch mitgehört.

»Da haben wir voll ins Schwarze getroffen. Aber ich habe keine Ahnung, wie wir den Transport überwachen sollen. Wir müßten wissen, wie der Stoff auf die Reise geht. Wir haben Tickets für den Flug um halb drei. Und noch was, du mußt das Mikrofon aus Teisens Zimmer holen, ehe wir abhauen.«

»Alles klar, Chef. Sonst noch was?«

Die Fernsehnachrichten meldeten keine Toten in Nyhavns Kanälen. Mir war das recht. In meiner Nähe waren in letzter Zeit zu viele Leute eines plötzlichen Todes gestorben, ich hoffte, daß es jetzt reichte.

Wir machten auf dem *Strøget* Weihnachtseinkäufe. Gro konnte zu meiner Bewunderung den Obstkorb aus Teisens Zimmer luchsen, indem sie einen netten Zimmerkellner becircte. Die Heilsarmee durfte sich über eine anonyme Dollarspende freuen. Die Geldscheine stanken zwar, aber sie würden sich trotzdem nützlich machen können. Ich hätte gern Augen im Hinterkopf gehabt und hielt pausenlos Ausschau nach schwarzen amerikanischen Gangsterkutschen, während wir uns unter den Touristenstrom mischten. Heimat, süße Heimat. Ich hoffte, daß ich dort sicherer sein würde als hier.

15

Am Samstagvormittag trafen wir anonym und separat in Oslo ein. Auf dem Flugplatz konnte ich nichts Ungewöhnliches bemerken, aber ich atmete doch erleichtert auf, als ich den Jaguar aufschließen und still in Richtung E 18 davongleiten konnte. Rotschopf hatte beschlossen, das restliche Wochenende in Oslo zu verbringen, ich selber fuhr gen Norden, zu einer vernachlässigten Tochter und einem beleidigten Hund. Am Fuße des Slottsfjellturms stand niemand zu meinem Empfang bereit, die Wohnung war noch immer unberührt, jedenfalls soweit ich sehen konnte. Aber sicher war ich mir überhaupt nicht mehr.

Ich hätte gerne die Listen an mich gerissen, die Cecilie bei ihrem Vater entdeckt hatte. Wo hatte sie die wohl versteckt? Ich sollte mir besser mal wieder die Wohnung von Jens Yankee vorknöpfen. Dort konnte Cecilie doch etwas hinterlassen haben, wonach niemand Ausschau gehalten hatte. Die Polizei hatte sich dort zwar umgesehen, aber ohne eine Spur zu haben und mit null Motivation. Stensen & Co hatten sicher auch vorbeigeschaut, aber ich wußte jetzt, wonach ich suchen mußte.

Es war schon zehn, als ich mich in die Stadt aufmachte. Der kalte Wind heulte um die Hausecken, es waren fünf Grad minus. Vorsichtig näherte ich mich dem alten Schulhaus. Ich hatte jetzt gelernt, erst die Lage zu peilen, ehe ich eine allzu große Dummheit beging. Das Fenster in der Wohnung von Jens Yankee leuchtete einladend. Das Klirren der Flaschen vermischte sich mit Lauten, die jemand beim Gitarreüben zustande brachte. Ich konnte hören, daß dort das Weihnachtsfest eingetrunken wurde. Das musikalische Repertoire deutete an, daß es sich hier um den Fanclub des Countrysängers Sputnik handelte. Ich hörte eine Weile zu, dann ging ich nach Hause und holte eine Plastiktüte voller Weihnachtsbier, das ich in Erwartung überraschender Weihnachtseinladungen gekauft hatte, die bisher ausgeblieben waren. Das hier war sicher eine passende Gelegenheit.

Heute war Yankees Tür geschlossen. Ich nahm keine kleinlichen Rücksichten, sondern wanderte unangemeldet in die Wohnung und verschaffte mir einen Überblick über die Anwesenden. Jens Yankee, von Kopf bis Fuß neu eingekleidet in Klamotten von *Dressman*. Eine komplette Garderobe für 995 Kronen. Die Weihnachtsstimmung hatte sich auch hinter die Schalter des Sozialamts geschlichen.

Er lag lässig in einem sommerlichen Gartensessel, der zweifellos aus einem der Cafés der Stadt stammte. Yankee hatte noch nie so recht zwischen mein und dein unterscheiden können. Stina mit den Zähnen hatte es sich auf dem abgenutzten Sofa des Hauses bequem gemacht und sich zu diesem Anlaß in ein neues Schottenplaid bester Qualität gewickelt. Ich fragte mich, wie sie das wohl aus dem Laden geschmuggelt hatten, zwei zwanzigjährige Wracks mittleren Alters beim Shopping in den stinkfeinen Nobelboutiquen der Stadt.

Der Couchtisch floß nur so über von fast leeren Kartoffelchipstüten und leeren Bierflaschen. In einer Ecke der Resopalabteilung entdeckte ich zwei ausgebrannte Sniffer von undefinierbarem Geschlecht. Die machten wenig von sich her, reagierten aber blitzschnell auf den Anblick meiner Plastiktüte und entkräfteten damit den Mythos der total abgestumpften Sniffer.

Yankee war in guter Vorweihnachtsstimmung. »Ja, meine Fresse, du bis' das, Foyn, dachte, du wärst schon längst in'n Himmel gehüpft. Hätt' mir aber auch nix ausgemacht«, fügte er beruhigend hinzu.

Ich hatte nicht damit gerechnet, mit offenen Armen empfangen zu werden, und deshalb hob ich meine Plastiktüte. Das

Klirren, das daraus ertönte, ließ die Stimmung im Saal um mehrere Stufen steigen. Der Widerwille gegen meine Person nahm spürbar ab. Ich reichte die Tüte weiter. »Na los, greift zu. Ich kam gerade vorbei und hab das Gitarrengeklimper gehört.«

Ich blickte Yankee aufmunternd an, ich wußte, daß seine Gitarre da hinten in der Ecke lag. In einigen Sommernächten hatte er sich dadurch beliebt gemacht, daß er unter dem Slottsfjellturm sentimentale Küchenlieder vorgetragen hatte. Er hatte die damit verbundenen Erwartungen nie erfüllen können, genoß aber noch immer einen gewissen Ruf als Gitarrenvirtuose. Und das half ihm, wenn das Leben zu hart wurde.

Die beiden Sniffer hatten das Bier an sich gerissen. Ich konfiszierte eine Flasche und ließ mich im Resopalsalon nieder. »Seid ihr zum Weihnachtsbüffett der Gemeinde eingeladen?« Beeindruckt musterte ich Jens Yankees neue Garderobe. Die Gemeinde veranstaltete an diesem Abend ein Weihnachtsbüfett für alle Angestellten. Und diese Typen hier mußten doch fast als Gemeindeangestellte durchgehen.

»Nööö, keine Ahnung«, er dehnte seine Antwort lange aus. »Du weißt ja, wie das is', komms' ja doch nirgendwo rein. Hams im Pub versucht, aber die ham uns rausgeschmissen, als wir grade erst ein Bier bestellt hatten. Aber das Geld wolltense haben!« Das glaubte ich ihm sofort.

»Du hast nicht zufällig irgendwas von Cecilies Sachen hier gefunden?« fragte ich beiläufig in einer Pause zwischen blutrünstigen CNN-Reportagen und Filmmusik, die aus einem Spitzenmodell von Fernseher dröhnte. Vor ganz kurzer Zeit erst war im Rundfunkgeschäft gegenüber eingebrochen worden. Stina fuhr Senderslalom, und die Sniffer waren jenseits von Gut und Böse. »Vielleicht hat sie irgendwas vergessen, was du übersehen hast«, fügte ich optimistisch hinzu. »Irgendwas.«

Yankee schüttelte düster den Kopf. »Versau mir jetzt bloß nich' die Laune, Foyn, du weißt doch, daß das 'ne gefährliche

Kiste is'. Das einzige, was die Kleine hinterlassen hat, is' so 'ne Romantikzeitschrift, die hab ich aufm Klo gefunden. Den Scheiß les' ich nich', den kannste ruhig mitnehmen. Dann kannste auch 'n bißchen Schwung in die Liebe bringen.«

Er warf mir eine zerfetzte Illustrierte hin. Die Seiten klebten zusammen. Ich rollte die Zeitschrift auf, um sie mir später genauer anzusehen. Aber dann sah ich etwas, was in fetter Schrift aufs Titelbild geschmiert war, offenbar mit Lippenstift. Einen fast unleserlichen Namen, den ich als »Frank« deutete, und eine Telefonnummer. Beides sagte mir nichts, abgesehen davon, daß es eine Tønsberger Nummer war.

»Von wem ist denn diese Telefonnummer, Jens?« Ich hielt die Zeitschrift hoch.

Yankee betrachtete sie aus schielenden, zusammengekniffenen Augen und versuchte, sich zu konzentrieren. »Keinen Schimmer. Zement mal«, er sah sich den Namen genauer an. »Was willste denn überhaupt damit?«

Ich wurde ernsthaft neugierig. »Kann d-d-dir d-doch egal sein, mir ist das ein paar Kronen wert. Was meinst du?« Ich griff zu meiner Brieftasche.

»Wenn du diese Nummer anrufst, kannste auch gleich deine Weihnachtsgeschenke bestellen, egal, was. Der kauft und verkauft alles.«

Mir ging ein Licht auf. Ich überlegte. »Und was hat Cecilie verkauft?«

Yankee musterte mich vom Sofa her leicht verzweifelt. »Du hast wirklich keinen Durchblick, Foyn. Frag mich lieber, was die Kleine nich' verkauft hat!«

Ich ließ nicht locker. »Hatte sie irgendwas Größeres am laufen, du weißt doch bestimmt irgendwas.«

»Keine Ahnung, ach doch, sie hat da kurz vorm Tod noch 'nen Computer abgesetzt. Aber der is' jetzt sicher schon über alle Berge.«

Mir war eine Idee gekommen. Ich steckte das Schmuddelmagazin vorsichtig in die Tasche, ich wollte jetzt unbedingt nach Hause, das Weihnachtsbier war ausgetrunken, und die Stimmung ließ zusehends zu wünschen übrig. Ich warf Jens Yankee eine Packung Zigarillos zu und stieg über die beiden Sniffer hinweg. »Du hast das Aufhören sicher noch nicht geschafft, warte bis nach Weihnachten, dann kannst du es dir fürs neue Jahr vornehmen.«

Am Montagabend wollte ich in Larvik zur Stelle sein. Rasch ging ich durch dunkle, bedrohliche Straßen nach Hause. Ob die Kopenhagener Gangster ihre norwegischen Geschäftspartner schon informiert hatten? Wenn ja, dann würden sie mich leicht aufspüren können, obwohl ich klug genug gewesen war, unter falschem Namen zu reisen. Zu Hause angekommen, schielte ich zu den Schachfiguren in der Ecke hinüber und stellte weitere Überlegungen an.

Frankieboy! Das hätte ich gleich wissen müssen. Der fand einfach keine Ruhe. Geschäftsmann mit vielen Eisen im Feuer, nach einem Konkurs vor einigen Jahren ganz unten gelandet. Nach einem halbherzigen Versuch, mit legalen Mitteln wieder auf die Beine zu kommen, hatte er lieber gleich aufgegeben und war in die Hehlereibranche übergewechselt, wo es viele Möglichkeiten und sehr viel bessere Aufstiegschancen gab. Er konnte für Leute, die nicht neugierig waren und niedrige Preise hinnahmen, einfach alles besorgen. Sein Umsatz stieg gleichmäßig an, bald würde er da angekommen sein, wo er beim letzten Mal aufgehört hatte. Er hatte eine gewisse Ähnlichkeit mit einem anderen und bekannteren singenden Gangster von sizilianischer Herkunft. Daher sein Spitzname.

Ich schwor mir feierlich, daß er diesmal zu Kreuze kriechen und mir Cecilies PC besorgen würde, egal, wie das seinem Ruf in der Branche auch schaden mochte. Dort war Schweigen Gold und Reden die pure Pest.

Mit einem scharfen Messer konnte ich die verklebten Seiten der Illustrierten aufschneiden, um nachzusehen, ob sie noch weitere interessante Informationen enthielten. Medien dieser Sorte waren zusehends handfester geworden, wenn es um Sex ging, seit ich mich zuletzt mit ihnen befaßt hatte. Aber trotzdem bestand kein Grund zu der Annahme, der Inhalt habe die Leser in Jens Yankees kleiner Höhle schockieren können. Das einzige, was denen angst machen konnte, war die Drohung, keinen Stoff mehr zu liefern, und das war aus einleuchtenden Gründen in diesem Zeitalter der Marktwirtschaft unvorstellbar.

Andere von Cecilie hinterlassene Spuren fand ich nicht. Ich goß mir neuen Cognac ein und segnete die zollfreien Quoten und die Prinzipien des Freihandels, denen gegenüber ich ansonsten ziemliche Skepsis hege. Ich wählte die Nummer der Spinne. Ich wollte mich vergewissern, daß er zugänglich war, ehe ich mich wieder in die Kälte hinauswagte.

Eine heisere Stimme verriet, daß Frankie zu Hause war, noch immer achtzig pro Tag rauchte und keinerlei Chancen hatte, seinen Namensvetter in punkto Stimmpracht ausstechen zu können. Ich legte vorsichtig wieder auf, ohne mich zu erkennen zu geben. Er hatte sich eine zentral gelegene Wohnung mit reichlich Lagerraum zugelegt, die Entfernung zum Farmandstorv durfte nicht allzu groß sein. Die Clique, die dort herumhing, war nicht für übermäßige Wanderlust berühmt.

Ich kannte Frankies schwachen Punkt, er hatte eine Scheißangst vor Hunden, die in der Drogenclique wußten genau, daß sie ihre Köter irgendwo parken mußten, ehe sie sich bei ihm meldeten. Ich hatte nicht vor, soviel Rücksicht walten zu lassen. Ich ging davon aus, daß Baltus Frankie in eine umgänglichere Stimmung versetzen würde, als er mir andernfalls vielleicht entgegengebracht hätte.

Die Wohnung war so gut gesichert wie Fort Knox. Ich mußte unten im Hinterhof eine Telefonkontrolle über mich ergehen lassen, ehe ich ins Allerheiligste vorgelassen wurde.

Ich versuchte, meine Stimme äußerst energisch klingen zu lassen, aber das verdammte Stottern fuhr mir in die Parade. »Hier ist Svend F-f-f-foyn, ich muß m-m-mit dir reden. Sofort!«

Frankie war nicht von einnehmendem Wesen. Was mich nicht überraschte. »Scher dich zur Hölle und schick mir von da eine Postkarte, wenn du mir etwas zu sagen hast.«

»Du hast was Heißes unter deinem Hintern, Frankie. Und die Wärme wird sich bald von deinem fetten Hintern nach oben in die Reste deiner Eingeweide verbreiten. Wenn d-d-d-du dich nicht sofort herabläßt, mir zuzuhören, dann sorge ich dafür, daß du wieder unter den B-b-brücken pennst, ehe du kapierst, was überhaupt abläuft. Aber ich würde mit dir ein Geschäft machen. Also laß mich rein.«

Er dachte lange nach, und ich hatte die Hoffnung fast schon aufgegeben, als das Türschloß klickte. Ich schlich mich vor Baltus her ins Haus. Alles lief wie geplant. Frankie wurde butterweich, als mein vierbeiniger Freund die Zähne bleckte. Und verhandlungsbereit war er nun auch.

»Du hast vor ein paar Wochen der Kleinen von Håkon Villebois einen Computer abgekauft. Rück den raus, dann vergesse ich, daß ich dich gesehen habe.«

Frankie schien erleichtert zu sein. »Das Teil war nicht weiter heiß, der gehörte ihr doch selber, echt. Und Geschäfte wird man in diesem Scheißland ja wohl noch machen dürfen. Aber das wird sicher noch soweit kommen, wenn Leute wie du was zu sagen haben. Gott sei Dank ist das ja nicht sehr wahrscheinlich.«

In diesem Punkt waren wir sogar einer Meinung, Frankie und ich. »Gib mir den Computer und verschone mich mit deiner Philosophie.« Ich war ungeduldig.

»Das geht nicht, den habe ich schon längst verkauft. Ganz offen, das kannst du nicht gegen mich verwenden.« Er ließ sich in seinen Chefsessel zurücksinken und musterte mich herablassend, während er an seiner Rolex herumfingerte. Ich war sauer und gab Baltus diskret ein Zeichen. Der knurrte unheilverkündend, bleckte wieder die Zähne und visierte drohend Frankies untere Körperteile an. Dieses fette Schwein sollte kriegen, worum es gebeten hatte.

»Schon gut, schon gut. Ich sag dir, wer das Teil gekauft hat. Aber um Himmelswillen, halt mich aus der Sache raus.« Er fischte einen Zettel aus seinem überdimensionalen Mahagonischreibtisch. So einen Schreibtisch hatte ich mir auch immer schon gewünscht. »Hier, ich glaube, der wollte das Ding für seinen Sohn haben.«

Ich war zufrieden. Name und Adresse sagten mir nichts, ich würde mich morgen damit befassen. Ich ließ Frankie für dieses Mal vom Haken. Ich ging davon aus, daß ihm mindestens so sehr daran gelegen war, unser kleines Treffen geheim zu halten, wir mir.

Auch am nächsten Tag, einem düsteren, unfreundlichen Sonntag, blieb die Weihnachtsstimmung aus. Ich kam mir wie eine Figur in einem Spiel vor, dessen Spielregeln ich nicht kannte. Ich hatte den nächsten Zug, aber ich hatte nur eine vage Vorstellung davon, was ich zu tun hatte. Guter Rat war teuer, und ich hatte niemanden zur Zusammenarbeit aufgefordert. Weil ich keinen besseren Zeitvertreib fand, beschloß ich, mich auf die Suche nach Cecilies Computer zu machen. Ich sah mir die Adresse an, die Frankie mir aufgeschrieben hatte, eine nette Villengegend im Inneren der Insel Nøtterøy.

Die Familie wollte so kurz vor der Kirchgangszeit nicht gestört werden. Was mir aber ehrlich gesagt schnurz war. Sie stiegen gerade in einen blankpolierten Volvo vom neuesten und teuersten Modell, als ich unangemeldet aufkreuzte, Vater, Mutter und ein verfressener Sohn, der seinem Vater wie aus dem Gesicht geschnitten war. Ich gab es gern zu, ich hatte meine Vorurteile. Aber welchen Grund konnte Frankie haben, wenn er seine Waren zu einem Bruchteil des Marktpreises verkaufte?

»Der Computer«, knurrte ich. »Der von Cecilie Villebois. Den du so billig von d-d-d-diesem barmherzigen Samariter bekommen hast!« Ich wandte mich an den Hausvater und ignorierte die beiden anderen.

Er wollte mich sofort beiseite schieben, und auch er hatte Sprachprobleme, als er ängstlich flüsterte: »Ich h-h-hatte doch keine Ahnung, d-d-daß da w-w-was nicht stimmt, i-i-ich . . .« Sein schlechtes Gewissen brachte Licht in die Dezemberlandschaft. Ich hatte nicht gewußt, daß Stottern ansteckend ist.

»Vergiß es«, sagte ich, ich hatte alle Entschuldigungen satt. »Gibt mir das Teil, die ganze Anlage, und sei froh, daß ich hier aufgekreuzt bin und nicht die Polizei.« Der Mann war die Fügsamkeit in Person und konnte die Sache nicht schnell genug in Ordnung bringen. Er hatte sicher Angst, zu spät zum Gottesdienst zu erscheinen.

Zu Hause in meinem Arbeitszimmer baute ich den PC auf und sah die Festplatte durch; ich hegte die winzige Hoffnung, daß dort etwas aus Cecilies Zeit überlebt haben könnte. Der neue Besitzer hatte mir noch versichert, daß der Apparat so gut wie nicht benutzt worden war. Ich ging davon aus, daß noch Reste übrig sein könnten, egal was, ich wußte ja nicht, wonach ich suchte.

Ein Schuß in den Ofen. Die Festplatte enthielt nur uninteressante Programmsoftware. Die Kleine hatte wirklich gut aufgeräumt.

Ich starrte das Ungeheuer düster an. Vor einigen Monaten hatte ich einer Diskette all ihre Informationen entlocken können. Das kleine Ding hatte die Arbeit von Wochen enthalten. Damals hatte mich ein ehemaliger Computerfachmann und jetziger Mandant gerettet, der gegenwärtig mit geregelten Arbeitsverhältnissen im Kreisgefängnis von Sem einsaß. Damals hatte ich gelernt, daß es möglich ist, irgendwann gespeichertes Material hervorzuholen, selbst wenn es gelöscht worden ist, solange nichts Neues darüber gespeichert worden ist. So sah jedenfalls mein schlichtes Bild dieser Problematik aus. Ich hatte dazu beigetragen, daß der Computerschwindler beim Anzapfen der Versicherungsgesellschaft, für die er gearbeitet hatte, billig weggekommen war, und, besser noch: Bald würde er nach einem friedlichen Jahr auf Staatskosten nach Jersey fahren und seine zwei Millionen holen können.

Ich schaute auf die Uhr. Er schuldete mir noch immer einen Gefallen. Der Vorteil bei Leuten im Knast ist, daß wir wissen, wo wir sie antreffen können. Ich packte den Computer mit allem Zubehör zusammen und fuhr durch die sonntägliche Stille zum Kreisgefängnis. Die Besuchszeiten waren längst vorbei, aber das Dasein als Anwalt hat auch seine guten Seiten, zum Beispiel, daß es einem jederzeit die Gefängnistore öffnet.

Die Computerfreaks haben ihre eigene Sprache, einige haben sogar ihre eigenen Normen. Billy war es wirklich schnurz, wem die Kronen gehörten, die er auf den verschlungenen Pfaden des Finanzwesens zwischen den Konten hin und her schob. Ihm ging es um den Sport, die Gewißheit, daß er das System austricksen konnte. Er hatte als sechzehnjähriger Hacker angefangen und war während der Yuppiezeit zum ausgekochten Gauner avanciert. Als das Ganze aufflog, wurde er mit meiner Hilfe vom Gong gerettet. Da so viele andere aus den Vorstandsetagen sich ebenfalls auf Kosten der Kreditnehmer bereichert hatten, war es ein leichtes gewesen, einen Kuhhandel abzuschließen. Er bekam ein Jahr in aller Stille, und damit hatte es sich. Gutes, steuerfreies Honorar, bezahlt in gängiger ausländischer Währung. Niemand stellte Anspruch auf den tatsächlichen Betrag, den er sich erschlichen hatte. Er schuldete mir wirklich einen Gefallen.

»Hast du diesmal die ganze Festplatte verschusselt?« Billy hatte kein großes Vertrauen zu meinen Fähigkeiten im Umgang mit Computern.

»Nix.« Ich erklärte die Situation, jedenfalls so weit, wie ich das wagte. »Ich brauche alles, was du da finden kannst, egal was das ist.« Ich blickte mich in der winzigen Zelle um und freute mich, weil ich mich noch immer auf freiem Fuß befand. »Ich hoffe, du hast heute noch nicht allzuviel vor? Ich schaue heute abend noch mal rein, die Sache eilt.«

Um diese Jahreszeit setzt die Dunkelheit schon mitten am Tag ein. Und für den Erkundungsgang, den ich jetzt zu Fuß unternehmen wollte, paßte das nur zu gut. Ich wollte Kriminalkommissar Wilhelm Mørk zuvorkommen, ehe der auf mich losging. Ich hatte schon festgestellt, daß er den ganzen Abend mit Sicherheit auf der Wache festsitzen würde.

Mørk wohnte im Erdgeschoß einer riesigen alten Villa mitten auf Nøtterøy, gleich am Ortsrand. Der erste Stock sah dunkel aus, das ganze Haus deutete auf Verfall hin, von den Fenstern war die Farbe abgeblättert, und alles sah schief und morsch aus. Ich schlich in den Obstgarten, ohne zu wissen, wonach ich Ausschau halten sollte. Die Vorhänge hinderten mich nur teilweise am Einblick in die Junggesellenwohnung, in der kein besonderer Wert auf Gemütlichkeit gelegt wurde. Fehlte nur noch ein Bewohner, der kalte Rentierfrikadellen gleich aus der Dose aß. Schon auf den ersten Blick war klar, daß hier jemand wohnte, der seine Wohnung nur als Schlafplatz betrachtete. Keine Blumen, zufällig zusammengeraffte Möbel, schmutziges Geschirr, das sich in der ganzen Küche stapelte.

Die Flurtüren zu beiden Etagen waren unverschlossen, und deshalb ging ich vorsichtig ins Haus und klingelte bei Mørk. Wie erwartet war niemand zu Hause. Die Wohnung hatte eine schlichte alte Eingangstür mit einem primitiven Schloß. Mørk wähnte sich vor den lokalen Einbrechern in Sicherheit. Ich fühlte mich stark versucht, diese Sicherheit zu torpedieren. Aber ein Schlüssel war doch die bessere Lösung. Ich brauchte nicht viel Phantasie, um das Versteck des Schlüssels zu erraten. Ich fand ihn auf einem kleinen Vorsprung über der Tür. Ich mußte ihn einfach ins Schloß stecken. Er paßte.

Ich wartete ganz leise einige Minuten auf dem Flur und zählte an den Knöpfen ab. War ich wirklich verrückt genug, um dieses Projekt in die Tat umzusetzen? Nachdem ich mich mehrmals überall umgesehen hatte und wußte, daß ich alle, die sich per Auto dem Haus näherten, rechtzeitig hören konnte, zog ich meine Handschuhe an, öffnete die Tür und schlich mich vorsichtig in die Wohnung. Es mußte schnell gehen. Ich ging sofort zu einem großen Schreibtisch, der mitten im Zimmer stand, und suchte die darauf aufgehäuften Papierstapel durch. Nichts von Interesse. Die Wohnung enthielt nur wenige persönliche Dinge. In einer Schublade im Schreibtisch fand ich einige alte Familienbilder. Wilhelm Mørk und seine Frau, ein kleines Kind, vermutlich die gemeinsame Tochter. Ich sah mir das Bild genau an. Die Kleine hatte Ähnlichkeit mit Cecilie.

In einer Plastikmappe in der Schreibtischschublade entdeckte ich etliche Zeitungsartikel, die aus den letzten Jahren stammten und aus unterschiedlichen Zeitungen ausgeschnitten waren. Reportagen über Gewalt und Elend, über Auseinandersetzungen und Strafaktionen in der Drogenszene, über Kriminalität und Tragödien, die sich als Folge jugendlicher Flirts mit der Drogenszene einstellten. Eine Reportage aus Asker und Bærum zeigte eine Gruppe Eltern, die ihre eigene Anti-Drogenaktion gestartet hatten.

Eilig suchte ich diese Mappe durch, ohne jedoch besondere Spuren zu finden. Solche Ausschnittmappen konnten ein ganz natürlicher Bestandteil der polizeilichen Arbeit sein, auch wenn es auffällig war, daß die Zeitungsausschnitte hier waren und nicht in Mørks Büro.

Verdammt! Ich fuhr zusammen. Vor dem Haus hielt ein Auto. Ich stürzte so schnell aus der Wohnung, daß ich fast vergessen hätte, hinter mir die Tür zuzumachen, lief durch den Flur und aus der Hintertür, die ich mir schon vorher als Fluchtweg ausgesucht hatte. Mein Puls beruhigte sich wieder, als ich im Dunkeln auf der Straße stand und erkannte, daß mit dem Auto ein anderer Hausbewohner gekommen war.

Ich hätte wirklich Bobby Fischers analytische Fähigkeiten brauchen können, um Mørks Rolle in diesem Spiel zu begreifen. Von außen gesehen war es unmöglich, bei ihm irgendeine Spur von luxuriöser Lebensführung zu entdecken, obwohl auch Schnaps und Essen teuer kommen, wenn sie regelmäßig in Restaurants konsumiert und von einem elenden Kriminalbeamtengehalt finanziert werden müssen. Außerdem konnte er ja noch andere und teurere Angewohnheiten haben, von denen ich nichts wußte.

Diese Zeitungsausschnitte waren seltsam, auffällig, aber ich wußte nicht so recht, warum. Ich hatte zuwenig Zeit gehabt, und so gestreßt, wie ich in Mørks Wohnung gewesen war, hatte ich auch nicht klar denken können.

Ich machte mich auf den Heimweg und stieg in den Jaguar. Das Kreisgefängnis von Sem war mein nächstes Ziel. Auf dem Weg zur Stadt begegnete mir ein beunruhigend unauffälliger Volvo, der verdächtig langsam fuhr. War das wohl wieder Mørks Dienstwagen gewesen?

Im Knast konnte Billy mich dann beruhigen. »Kinderspiel, ich habe das aktiviert, was noch vorhanden war, sieh es dir selber an. Ich habe alles ausgedruckt, aber ich weiß nicht, ob irgendwas davon für dich von Interesse ist.« Er reichte mir einen Stapel Computerausdrucke.

Ich sah mir erst ausgiebig die Umgebung an, dann fuhr ich nach Hause, verriegelte die Türen und machte mich über die Ausdrucke her. Das meiste konnte ich sofort aussortieren. Programmsoftware, belanglose Notizen, Spiele, alles und nichts. Mitten im ganzen Chaos tauchte ein Blatt mit Rechenkästchen auf, eine Übersicht, die mit etwas Phantasie als Rechnung durchgehen konnte. Sechs Kolonnen ohne Titel und allerlei weitere Posten. Verständlich war nur die erste Kolonne, die Daten enthielt. In der zweiten Kolonne tauchten die Buchstaben A, B, C und D auf, in der dritten Ziffern zwischen 1 und 9. Die vierte Kolonne enthielt gängige weibliche Vornamen, insgesamt sechs. In Kolonne Nummer fünf erschienen acht verschiedene Männernamen. Die letzte Kolonne bestand aus Zahlen zwischen 10 und 800. Wenn diese zum Beispiel tausend Kronen darstellten, dann kam ich rasch auf einen Umsatz von gut und gern zehn Millionen. Aber das war ja alles nur pure Spekulation.

Ich sah mir die Aufstellung genauer an. Bestimmt war dazu irgendein Code verwendet worden, und deshalb blieb sie für Außenstehende undurchschaubar. Cecilie hatte sie vermutlich im PC ihres Vaters oder auf einer Diskette entdeckt. Aber hatte sie auch den Codeschlüssel gehabt? Ich ging davon aus, daß Schlüssel und Rechnung niemals zusammen gespeichert worden wären, wenn es sich wirklich um eine Lieferabrechnung handelte. Cecilie mußte begriffen haben, daß diese Liste der pure Sprengstoff war, als sie sie kopiert hatte. Ich stieß einen leisen Pfiff aus. Diese Liste konnte dazu beitragen, jemanden auf Dauer aus dem Verkehr zu ziehen. Aber ohne Schlüssel war sie wertlos. Solche Codes, bei denen Ziffern und Namen konkrete Informationen ersetzten, waren oft unmöglich zu knacken.

Villebois war ein großes Risiko eingegangen, als er diese Daten in seinem eigenen PC gespeichert hatte, auch wenn das vielleicht nur vorübergehend gewesen war und der Code anderswo aufbewahrt wurde. Aber Geschäfte dieser Größenordnung erforderten System und Überblick, und Villebois als Stütze der Gesellschaft hatte sich wohl sicher gefühlt. Das Problem war nur, daß seine Tochter nicht zufrieden mit ihrem lieben Vater gewesen war, als sie nach der berüchtigten Besprechung in seinem Keller sein Arbeitszimmer durchwühlt hatte.

Ich ging in die Kanzlei, machte einige Kopien und legte die Originale in den Safe. Ich mußte das alles überschlafen. Eine Runde billiger Weinbrand verhalf mir zu einem unruhigen Schlaf voller leichenblasser junger Mädchen mit kalten Gesichtern. Ich erwachte gegen sechs mit dröhnenden Kopfschmerzen und verfluchte die Preispolitik der Schnapsläden und meine eigene Blödheit. Ich hatte am Vorabend einfach zuviel billigen Fusel gekippt. Die Reste der Leckereien von der Fahrt nach Kopenhagen hatte ich für Weihnachten eingelagert.

Ehe ich an diesem Abend in Larvik antanzte, mußte ich noch herausfinden, inwieweit die Polizei auf dem Laufenden war. Ich dachte dabei nicht an Wilhelm Mørk, der ja offenbar seinen eigenen Kurs segelte. Ich mußte das bißchen Wohlwollen ausnutzen, das ich auf der Wache genoß. Ich mußte mich an den Polizeiadjutanten Carl Stene wenden. Wenn ich der Drogenfahndung einen Tip über die kommende Lieferung gab, dann würde ich damit aller Wahrscheinlichkeit nach meine Chancen ruinieren, die Hintermänner festzunageln. Die Polizei würde einige anonyme Kuriere hoppsnehmen und dafür sorgen, daß die während der nächsten zehn Jahre von meinen Steuern ernährt wurden, während ihre Nachfolger im Geschäft bereits bereitstanden. Ich hatte ein persönliches Interesse daran, mehr als nur das zu erreichen.

Stene setzte sein Steingesicht auf, als ich versuchte, ihm irgendwelche Auskünfte zu entlocken. Mir war allergnädigst eine kurze Audienz gestattet worden.

»Ich bin zufällig an Informationen gelangt, die darauf hinweisen, daß Vestfold als Einfallstor für große Drogenmengen benutzt wird, möglicherweise von einer internationalen Organisation. Sagt dir das was?« fragte ich vorsichtig.

Er musterte mich, als suchte er nach verborgenen Lastern und Motiven, und schien das Gesuchte auch zu finden. »Gerüchte gibt es immer. Hast du sonst nichts zu bieten?« Er wollte mir nichts schenken. »Aus Rücksicht auf etwaige Ermittlungen kann ich nicht mehr verraten. Aber es stimmt schon, daß uns einzelne Gerüchte bekannt sind.«

»Habt ihr irgend jemand besonderen im Visier?« fragte ich wie nebenbei.

Er sah mich abweisend an. »Wir haben jemanden im Visier, ja. Mehr kann ich dir nicht verraten.«

»Was sagst du zu der Idee, daß diese Kiste von respektablen Geschäftsleuten gelenkt wird, von Leuten hier aus der Gegend?« fragte ich.

»Wie kommst du denn auf die Idee?« Stene musterte mich streng, schien aber keine Hoffnung auf Antwort zu hegen. Aber ich war sicher, daß ich richtig getroffen hatte. Er ahnte etwas, die Frage war nur, wieviel.

»Ich verdanke diese Inf-f-formation einem Mandanten, und ich habe Grund zu der Annahme, daß sie auch zutrifft. Mehr weiß ich nicht.« Das stimmte zwar nicht so ganz, aber meine Ehrlichkeit mußte schließlich ihre Grenzen haben. »Du kannst dich ja bei deinen Spitzeln erkundigen«, schlug ich vor, »vielleicht erfährst du da ja mehr. Ich bin für Tips dankbar, w-w-wenn du etwas findest.«

Stene setzte sich, und sofort wirkte er gewichtiger. »Wir wünschen keine Einmischung von Amateurdetektiven, Foyn. Das könnte unsere Ermittlungen ruinieren, und das würde uns gar nicht gefallen. Außerdem können solche Einmischungen gesundheitsgefährlich sein.« Seine Stimme klang scharf, als er mir die Tür wies. »Sag uns Bescheid, wenn du etwas Neues erfährst, wir stehen doch auf derselben Seite, nicht wahr?« Er lächelte vielsagend.

Aus alter Gewohnheit schaute ich in der Kanzlei vorbei, aber da wurden mir nur schlechte Nachrichten mitgeteilt. Wütende Rechnungen mit rotem Rand, Beschwerden von unzufriedenen Mandanten, die ihre Prozesse verloren hatten, aber die sich für kleine unschuldige Kinder hielten. Sarkastische Mitteilungen einer Exfrau, deren Geduldsvorrat zur Neige gegangen war.

Für Håkon Villebois war es ein besonderer Montag. Er hatte eine Verabredung mit dem Krematorium, die letzte aller Verabredungen. Die Beisetzung sollte im engsten Familienkreis stattfinden, und ich wollte sie in aller Stille ihren Lauf nehmen lassen. Ich glaubte sowieso nicht, daß irgendwer von meinen Leuten sich dort einfinden würde. Aber sicherheitshalber fuhr ich doch zur Kapelle, um mir die Trauergäste anzusehen.

Ich fand eine kleine Gruppe von Menschen, die sicher zur Familie gehörten, und Helle Villebois. Sie stieg, gestützt von ihrer Schwester, wie eine Schlafwandlerin aus einem Taxi. Die Tragödie hatte sich vervollständigt, und mir tat sie leid. Es war noch ein weiterer Wiedergänger vorhanden, Kriminalkommissar Wilhelm Mørk, er saß treu und in angemessener Entfernung hinter dem Lenkrad seines unauffälligen Volvo. Was zum Henker hatte er wohl hier herumzuschnüffeln? Bei genauerem Nachdenken ging mir auf, daß mir dieselbe Frage gestellt werden konnte. Wir beiden begegneten einander zu oft. Die Frage war nur, wer von uns in schlechte Gesellschaft geraten war.

16

Die Fähre wurde in Larvik für neun Uhr abends erwartet, und ich war rechtzeitig zur Stelle. Diesmal hatte ich vorher den unauffälligen Volvo einer skeptischen Anne ausgeliehen, die dafür widerwillig meinen Jaguar eingetauscht hatte. Ich erklärte, daß geheime Missionen, zu denen ich in meinem leicht identifizierbaren Wagen anreiste, meine reduzierten Zahlungsfähigkeiten noch weiter verringern könnten. Und auch das gefiel ihr nicht. Hulda und Mari konnten sich noch an mich erinnern, auf mehr durfte ich nicht hoffen. Ich hatte Gro angerufen und ihr erklärt, daß ich allein fahren wollte und daß ich ganz passiv bleiben und nur zusehen wollte, was passieren würde. Gro hatte das zögernd hingenommen. »Du fährst gern deine Solotouren, Svend!« Und damit hatte sie recht. Ich operierte am liebsten auf eigene Faust, und genau das hatte ich auch für diesen Abend vor.

Ich hielt einige Zeit vor Einlaufen der Fähre im Hafen von Larvik, an einer Stelle, wo ich alle Autos, die an Land fuhren, gut im Blick hatte. Meine Pentax, geladen mit einem hochempfindlichen Film, lag neben meinem Fernglas auf dem Sitz. Ich untersuchte den Parkplatz gründlich, ohne aber Bekannte zu entdecken, dann setzte ich mich zum Warten wieder ins Auto. Ich war mir ziemlich sicher, daß die Ware mit dem Wagen an Land gebracht werden würde. Es ist riskanter, etwas zu tragen, auch wenn die Gefahr, vom Zoll angehalten zu werden, im Grunde minimal ist. Die Möglichkeit von einundzwanzig Jahren Knast erzeugt allerlei kreative Methoden, um nicht selber hinter Gitter zu wandern, sondern das irgendeinem zufälligen Gastarbeiter zu überlassen. Irgendeine Wirkung muß schließlich auch die norwegische Drogengesetzgebung haben. Die Präventivmaßnahmen beschränken sich auf den Ausbau von Gefängnissen. Was schließlich neue Arbeitsplätze schafft.

Irgendein Anzeichen dafür, daß sich hier etwas zusammenbraute, mußte ich aber trotz allem finden können. Ich nutzte die Wartezeit, um mir über die Zeitungsausschnitte, die ich in Wilhelm Mørks Schreibtisch gefunden hatte, den Kopf zu zerbrechen. Jetzt wußte ich, was das Auffällige an dieser Sammlung gewesen war. Alle Artikel handelten von Gewalttätigkeiten, von Strafaktionen und Überfällen, von Leuten aus der Szene, die plötzlich spurlos verschwunden waren oder die Selbstmord begangen oder sich gegenseitig umgebracht hatten.

Die Uhr ging auf neun zu, und die *Peter Wessel* näherte sich dem Anleger. Die Fähre war größer, als ich mir das vorgestellt hatte. Ein riesiges Haus unter Flutlicht kam im Dezemberdunkel auf eine abendlich verschlafene Stadt in Vestfold zu. Die Rentner wimmelten über die Landungsbrücke, es waren offenbar ganze Heerscharen von ihnen an Bord gewesen. Sie schleppten ihre Plastiktüten mit dänischem Speck, Truthähnen, Champignons in Dosen und Gott weiß was.

Die ersten LKW fuhren im Schrittempo von Bord, ich konnte nichts Ungewöhnliches feststellen. Ich sah mir noch einmal die wartenden Autos an und erwachte zu neuem Leben. Der Mercedes! Der Wagen von Stensen & Opstad hatte sich in die Schlange der wartenden Zuschauer geschlichen. Ich glaubte nicht, daß die beiden eine alte Tante abholen wollten. Ich konnte mir kaum vorstellen, daß sie eine hatten.

Stensen stand unten bei der Ausfahrt. Er hielt nach irgendwem Ausschau, während Opstad die Karre anwärmte. Ein eleganter Citroën XM mit dänischem Kennzeichen erweckte ihr besonderes Interesse. Ich stellte mein treues Zeiss-Objektiv ein und konnte kurz den Mann im Citroën sehen. Zuletzt hatte ich ihn in Kopenhagen auf dem Vordersitz eines Straßenkreuzers gesehen, mit einer Schalldämpferpistole in der

Faust. Jetzt war er auf Norwegentournee, sicher um seine Skier zu testen, ehe er in sein streßreiches Dasein in der Welt der Triaden zurückkehrte. Schade, daß die Schneeverhältnisse so mies waren. Nummer 2 fehlte, und das würde auch so bleiben. Mir reichte das jetzt. Die Kamera arbeitete wie besessen. Ich fragte mich, wo sie die Ware hatten.

Die Antwort würde ich bald erfahren. Der Citroën hielt neben dem Mercedes, und die Insassen sahen sich die letzten an Land fahrenden Wagen an. Wie auf Kommando fuhren sie dann los und folgten einem angejahrten Toyota, in dem ein ebenso angejahrtes Paar saß. Der Toyota war im Bezirk Larvik registriert. Sie verließen Larvik, fuhren auf der E 18 in Richtung Norden und bogen dann im Lågendal in Richtung Lardal ab. Das Fahrer fuhr langsam und vorsichtig nach Greisenart. Er kam mir ausgesprochen unschuldig vor. Hinter ihm folgten wir in der Dunkelheit in Reih und Glied, zuerst der Mercedes, dann der Citroën, dann, in passendem Sicherheitsabstand, schließlich ich. Wie hatten sie sich bloß mit diesem friedlichen Paar auf Einkaufstour alliieren können?

Nach und nach ging mir die Erklärung auf. Sie hatten sie auf der Überfahrt als zufälliges Opfer ausgeguckt. Den Weihnachtseinkäufen war noch ein Paket beigefügt worden, richtig schöne Weihnachtsleckerbissen, etwas ganz anderes als die Weihnachtseinkäufe dieser Alten. Der Toyota war mit Leckereien beladen, die zwar gut versteckt waren, aber die ein kluger Mensch während der Nacht doch leicht finden konnte. Einige bescheidene Kilos nahmen nicht viel Platz weg. Vermutlich hatten sie auch dem Benzintank etwas verpaßt, das die Geschwindigkeit dämpfte, denn der Wagen zockelte dahin wie ein Traktor.

Es war zusehends weniger Verkehr, die beiden Verfolger hängten sich abwechselnd an ihre nichtsahnenden Kuriere an, und die hatten mehr als genug damit zu tun, weiter in Richtung Heim zu kriechen. Im Inneren Vestfold war es kalt, der

Niederschlag hatte feste Formen angenommen, und die Straßen waren spiegelglatt.

In Lardal bog der Toyota in ein Neubaugebiet ab und hielt mit einem letzten Rucken vor einer Garage. Ich blieb in sicherer Entfernung bei einer Bushaltestelle stehen und konnte durch mein Fernglas die Ereignisse beim Haus verfolgen. Die Alten wollten jetzt so eilig ins Haus, daß sie sich nicht die Zeit ließen, ihren Wagen in die Garage zu fahren. Ihren Verfolgern würde es also leichtfallen, sich ihren Stoff zu holen.

Nach kurzer Beratung mit seinen norwegischen Kollegen machte der Bursche im Citroën kehrt und fuhr in hohem Tempo zurück in Richtung E 18. Ich sank in meinem Wagen in mich zusammen, als seine Scheinwerfer mich in Licht badeten, aber ich glaubte nicht, daß er mich gesehen hatte.

Die Arbeit war getan, jetzt mußte der lokale Verteilungsapparat den Rest übernehmen. Gleich darauf fuhr auch der Mercedes los, er hielt in mäßiger Geschwindigkeit weiter auf das innerste Vestfold zu, und ich folgte vorsichtig in gehöriger Entfernung.

Ich ging davon aus, daß später irgendwer die Ware abholen würde. Es bestand jeglicher Grund zu der Annahme, daß Stensen & Co sich nicht die Finger mit Rauschgift schmutzig machten. Ich nahm an, daß irgendeine lokale Größe das Paket holen und den weiteren Transport übernehmen würde. Alle achteten darauf, sich aus der Sache herauszuhalten, und schlimmstenfalls würde irgendein unwissender Transporteur hochgehen und für eine Reihe von Jahren in den Bau wandern. Weder Gorillas noch Hintermänner konnten mit dem Stoff in Verbindung gebracht werden, solange niemand den Mund aufmachte. Eine Zusammenarbeit mit der Polizei kommt in solchen Fällen einer sträflichen Gefährdung der eigenen Gesundheit gleich. Die Aussicht auf viele Jahre Knast mit bezahlten Schlägern als Zellengenossen wirkt nicht verlockend. Da hält man besser die Klappe, saugt sich eine Räuberpistole aus den Fingern, nimmt sich einen guten Anwalt und wird wegen vorbildlicher Führung bald entlassen. Gute Organisation ist die halbe Arbeit.

Wir fuhren an einem großen See entlang in Richtung Andebu, als ich den Mercedes aus den Augen verlor. Ich war ohne Licht gefahren, und ich glaubte nicht, daß die beiden mich entdeckt haben konnten. Waren sie in eine Nebenstraße abgebogen? Vielleicht hatten sie hier in diesem öden Teil Vestfolds ein Versteck. Ich wußte, daß am See einige vereinzelte Ferienhäuser lagen.

Ich hielt an, setzte einige hundert Meter zurück und fuhr in die nächste Seitenstraße. Sie war düster und unbehaglich, und ich konnte keinen Mercedes entdecken. Ich mußte die Scheinwerfer einschalten, um mich zu orientieren, und ich entdeckte auf der Straße frische Reifenspuren. Nach einigen hundert Metern sah ich den Mercedes auf einem Weg, der zu einem Wochenendhaus am Waldrand hochführte; ich konnte zwischen den Bäumen einen schwachen Lichtschimmer ausmachen.

Ich hielt vorsichtig am Wegesrand, befahl Baltus, ruhig neben dem Auto liegen zu bleiben, und schlich mich zum Mercedes. Die Stille war körperlich greifbar. Als ich mich bückte, um ins Auto hineinzuschauen, explodierte mein Kopf, und ich fiel auf die Motorhaube. Etwas Warmes, Klebriges rann mir übers Gesicht, und Übelkeit stieg mir in die Kehle. Ein harter, scharfer Gegenstand bohrte sich in meinen Rücken, während ich halb ohnmächtig aus nächster Nähe den Mercedesstern betrachtete. Er hatte wirklich ein schönes Design.

»Stillhalten, du Idiot!« Eine eiskalte Stimme vermittelte mir das klare Gefühl, in Schwierigkeiten zu stecken, in ernsthaften Schwierigkeiten. Diese Titulierung gefiel mir überhaupt nicht, auch wenn sie berechtigt war. Ich versuchte, mich zum Besitzer der Stimme umzusehen. Die Antwort war ein brutaler Stoß in den Rücken. Hinter mir fand eine Diskussion statt, die vermutlich mit mir zu tun hatte. Es ging um die Wahl der Tötungsmethode. Herkömmliche Varianten wie Zement und Maschendraht wurden erwähnt, aber verworfen, zuviel Mühe und zu gefährlich. Vielleicht würde mich ja sogar irgendwer vermissen, wie einer von den beiden ironisch bemerkte.

Ich versuchte mich mit einem Beitrag, aber meine Stimme wollte mir kaum gehorchen. »Es g-g-gibt Leute, die w-w-wissen, wo ich bin, es b-b-bringt nichts, wenn ihr mich verschwinden laßt. Das einzige, was ihr euch erhoffen könnt, sind Verhandlungen über eure J-j-j-jahre im Knast, also denkt nach, dann lege ich ein gutes Wort für euch ein.«

Höhnisches Gelächter war die Antwort. Ich merkte, daß Baltus sich jetzt bewegte, wo er meine Stimme gehört hatte, ein tiefes Knurren verriet, daß er angriffsbereit war. Der Druck in meinem Rücken verschwand für einen Moment, und es kam, wie ich befürchtet hatte. Baltus raste auf die beiden Gauner zu, ich hörte zweimal ein gedämpftes Knallen und ein Aufjaulen. Ich sah mich voller Mühe um und sah, wie der arme Baltus sich vor Stensens Füßen auf dem Boden wand. Einige Sekunden später wäre dieser Typ erledigt gewesen.

»Scheißtöle!« brüllte hinter mir eine Stimme. Mir stieg die Wut zu Kopfe, ich nahm meine restlichen Kräfte zusammen und richtete einen kräftigen Tritt nach hinten, dorthin, wo sich der Besitzer der Stimme befand, wie ich annahm. Meine festen Stiefel gruben sich in etwas Weiches hinein, ich hoffte, es handelte sich um seine gerade zu Hackfleisch werdenden Eier. Die Reaktion erfolgte in Form eines weiteren Schlages gegen den Hinterkopf, und ich verlor die Besinnung.

Diesmal hatte es mich wirklich erwischt, ich glaube, ich war eine ganze Weile weg. Als ich wieder Licht sah, lag ich mit Klebeband zum Bündel verschnürt auf dem Rücksitz von Annes Wagen, den Stensen vorsichtig in Richtung Hauptstraße und See manövrierte. Als treusorgender Ehegatte dachte ich als erstes an die Mühe, die es mir machen würde, Anne zu erklären, woher die Flecken auf dem Rücksitz stammten.

Nach einigem Nachdenken kam ich zu dem Schluß, daß das ein kleines Problem war im Vergleich zu allem, was mir jetzt bevorstand. Die Straße beschrieb unten am See an einem steilen Hang eine Kurve, und ich ahnte schon, welche Nummer mit mir in der Hauptrolle hier ablaufen sollte. Ich freute mich nicht darauf.

Der Wagen hielt, und ich wurde auf den Fahrersitz gezerrt. Hinter uns fuhr Opstad im Mercedes. Die beiden rissen brutal das Klebeband von meinen Händen, ich versuchte noch einmal, etwas zu sagen, kam jedoch nicht zu Wort. Statt dessen mußte ich noch einen Schlag einstecken, diesmal gegen die Schläfe. »Ja keine Spuren hinterlassen«, hörte ich Opstad sagen. »Er darf nicht bewußtlos sein, wenn er ins Wasser fährt.«

Nette Typen, für die war das nur ein Job. Meine einzige Chance war, so weit zu Kräften zu kommen, daß ich es aus dem Auto schaffte, sobald es im See gelandet war, und dann durch den Eismatsch loszuschwimmen.

Ich markierte den total Weggetretenen und versuchte Kräfte zu sammeln. Im Hintergrund hörte ich leise Instruktionen. »Setz ihn hinters Lenkrad, schalt in den zweiten Gang und drück die Kupplung durch. Dann läßt du sie los und versetzt dem Gaspedal einen kleinen Tritt, ehe du dich rausfallen läßt. Und wisch das Blut vom Rücksitz, wir wollen keine Flekken im Wagen. Ich nehme Kamera und Tasche, wir müssen nachsehen, ob er da irgendwas hat, was sich mit uns in Verbindung bringen läßt.«

Wieder übernahm Opstad die Organisation. Stensen grunzte als Antwort. Ich hoffte, er würde auf Dauer Probleme mit der Zeugungsfähigkeit haben. Wir brauchten nicht noch mehr von seiner Sorte, die Welt ist ohnehin schon überfüllt von destruktiven Irren. In diesem Moment waren genau zwei von denen zuviel hier. Sie wendeten den Wagen und machten alles bereit für meine letzte Autofahrt, während ich verzweifelt versuchte, mich zu sammeln. Ich blieb ganz ruhig und spielte bewußtlos, in der Hoffnung, daß mir das weitere Schläge ersparen würde. Über dem Lenkrad zusammengesunken harrte ich der Dinge, die da kommen sollten. Aus einem Augenwinkel sah ich, daß Stensen sich über mich beugte, während Opstad alles mit der Pistole in der Hand überwachte. Die Straße war dunkel, nirgendwo war ein Lebenszeichen zu entdecken. Sie hatten sich wirklich die passende Stelle ausgesucht. Das innere Vestfold kann die reinste Wildnis sein. Mir wäre ein wildes Menschengewimmel lieber gewesen. Oslos Hauptstraße am Nationalfeiertag zum Beispiel. Alles andere als dieser gottverlassene Busch von Vestfold.

Halb im Tran registrierte ich, daß etwas passierte. Aus der Dunkelheit tauchte eine hohe Gestalt auf, die Opstad unerwartet rasch mit einem einzigen Karateschlag gegen den Hals zu Fall brachte. Er ging auf die Knie wie ein Stier, und ehe Stensen sich vom Auto aufrichten und auch nur »Was zum Teufel« stammeln konnte, sackte auch er nach einem Volltreffer aufs Kinn zu Boden. Das Monster packte mich und zerrte mich aus dem Wagen. Das Licht einer Taschenlampe blendete mich.

»Du siehst ja grauenhaft aus. Aber das geschieht dir recht! Hab' ich dir nicht gesagt, du sollst die Finger aus meinen Angelegenheiten lassen?« Diese Stimme! Ich hätte nie gedacht, daß Wilhelm Mørks heisere Raucherstimme mir jemals liebreizend vorkommen würde, aber da hatte ich mich wirklich verrechnet.

Der Kriminalkommissar versetzte den beiden Typen, die neben dem Auto lagen, einen verächtlichen Tritt. »Ich bin im letzten Moment gekommen, wie ich sehe.« Er musterte sie im Licht seiner Taschenlampe. »Stensen und Opstad, sieh an. Reizende junge Leute, und diese beiden Knaben erledigen nicht zum ersten Mal einen Auftrag.«

Er packte mich an den Straßenrand. Ich konnte nicht mehr und knackte wieder weg. Als ich wieder zu mir kam, war mein Gesicht voller Schnee. Mørk schüttelte mich vorsichtig und betrachtete mich mit besorgtem Gesicht. »Kannst du fahren? Wir müssen machen, daß wir hier wegkommen.«

Ich versuchte vorsichtig zu nicken und spürte, daß mein Kopf keine plötzlichen Bewegungen mochte. Hinter uns hörten wir den Mercedes mit einem Brüllen anspringen. Einer der Schläger hatte sich aufgerappelt und seinen Kumpel in den Wagen gezerrt, und nun hielt der Wagen auf die Hauptstraße zu. Ich hatte keine Kraft mehr, um irgend etwas zu unternehmen. Mørk schaute lange hinter dem Mercedes her und steckte sich eine Zigarette an. Er schien das alles mit stoischer Ruhe hinzunehmen. Wollte er denn nicht versuchen, die beiden festzunehmen? Was zum Teufel machte er überhaupt hier?

In der Kurve am Hang geriet der Mercedes auf der schmalen, glatten Straße heftig ins Schlingern und jagte auf die Randsteine zu. Der Fahrer war offenbar nicht gerade in Hochform. Ich beobachtete wie in Zeitlupe vom Straßengraben aus, wie der große Wagen in der Kurve nach vorn ausbrach, sich um sich selbst drehte und über die Böschung kippte, mit direktem Kurs auf den vierzig, fünfzig Meter tiefer gelegenen See. Ich stützte mich auf die Ellbogen und konnte gerade noch sehen, wie das Auto platschend im schwarzen Wasser zwischen den Eisschollen landete. Mørk stand bewegungslos da und verzog keine Miene. Mir ging auf, daß er keinen Finger rühren würde, und ich war einfach nicht in Form für irgendeinen Rettungseinsatz.

Es dauerte vielleicht zwei Minuten, bis der Mercedes verschwunden war, und ich konnte nur zusehen. In der jetzt herrschenden Stille hörte ich vom Mercedes her klopfende Geräusche, jemand versuchte, das Seitenfenster einzuschlagen. Es blieb bei diesem Versuch. Dann war es wieder unheilverkündend still. Kleine Blasen stiegen im Wasser auf, während sich die Eisschollen über dem Loch schlossen. Ich fror, und ich fühlte mich krank.

Wilhelm Mørk stand noch eine Weile da und sah sich die Gegend an, dann wandte er sich mir zu. Wortlos verfrachtete er mich in seinen eigenen abgenutzten Dienstwagen und fuhr die Nebenstraße hoch, auf der ich vor wenigen Minuten noch um mein Leben gekämpft hatte. Er wirkte vollständig unberührt. Er hielt an, zog ein schmutziges Taschentuch hervor und füllte es draußen mit Schnee. »Wasch dich ein bißchen, ehe wir fahren. Es ist nicht gesund, wenn wir noch länger hierbleiben.«

Als ich mir das Gesicht mit Schnee abgerieben und meinen Kreislauf wieder in Gang gebracht hatte, fand ich meine Fassung wieder. Abgesehen von zwei soliden Beulen am Hinterkopf und einem Kratzer an der Schläfe war ich physisch in überraschend guter Form. Mit meiner Psyche sah es schon schlechter aus. »Verdammt, du hast sie ja einfach ertrinken lassen, Mørk! Und damit bist du nicht besser als sie. Hier mach' ich nicht mit, das war doch der pure Mord!« Meine eigenen Erlebnisse in Kopenhagen hatte ich verdrängt.

Er blaffte mich an: »Meinst du vielleicht, ich weiß nicht, wer in Tønsberg die Todesspritzen verteilt? Und jetzt sind wir diese Schweine endgültig los!«

Ich gab weitere Argumentationsversuche auf. Wilhelm Mørk jagte mir eine Heidenangst ein. Er suchte die Umgebung nach Spuren ab und war zufrieden mit dem, was er nicht fand. »Das mit deinem Hund tut mir leid, aber ich konnte es nicht verhindern. Sie haben ihn in einen Plastiksack gesteckt. Ich schaffe morgen Viech und Pistole beiseite. Kannst du überhaupt noch fahren?«

»Ich werd's schon schaffen. Ich weiß, daß ich die Klappe halten sollte, du hast mich zweifellos vor einem kalten Bad gerettet. Aber was du sonst noch gemacht hast, kann ich nicht hinnehmen.«

»Spar dir deine Moralpredigten! Es wird wirklich Zeit, daß wir uns mal ernsthaft unterhalten. Fahr hinter mir her, wir fahren zu mir. Den Weg kennst du ja«, fügte er ironisch hinzu.

Ich wäre unter meinen Schrammen beinahe rot angelaufen. Wir stiegen in unsere Wagen, glitten still durch die Dezembernacht und begegneten auf der Fahrt nach Tønsberg so gut wie keinem Menschen. Ich fuhr im Schneckentempo durch die Stadt, über die Kanalbrücke und zu den Villenstraßen von Teie. Jetzt hatte sich das Wetter auch im Tiefland geändert, der Regen war in Schnee übergegangen und fiel in dicken Flocken. Die Spuren des Dramas von Andebu wurden bald weggewischt sein, und vielleicht würde der Mercedes noch lange nicht gefunden werden. Ich hielt vor Mørks Haus, schwankte in ein warmes Wohnzimmer und sank erschöpft auf dem Sofa in mich zusammen. Für diesen Abend hatte ich genug.

Mørk servierte einen mordsstarken Kaffee, schaufelte in einem Sessel Platz für seinen athletischen Körper frei und musterte mich zufrieden. »Und jetzt erzähl, von Anfang an. Ich weiß vermutlich das meiste, aber ich will deine Version hören.«

»Ich gehe davon aus, daß du hier nicht als Polizist sprichst!«

Er schnaubte. »Polizist! Ich bin jetzt seit über zwanzig Jahre in dieser Branche, und deshalb spreche ich immer als Polizist. Aber ich bin jetzt nicht im Dienst, falls du das gemeint haben solltest.«

Das war mir auch schon klar. Aber was hatte er eigentlich vor? Ich lieferte ihm eine leicht bearbeitete Fassung der Ereignisse. Einiges von meinem Verdacht wollte ich für mich behalten, es war mir zu riskant, gleich alle Indizien auf den Tisch zu legen, die gegen seine alten Waffengefährten sprachen. Wie eng befreundet sie wohl noch sein mochten?

Wilhelm Mørk war ein geübter Zuhörer. »Ach, Chinesen«,

er nickte nachdenklich. »Finansimport hat jetzt wirklich einen großen Schritt gemacht. Idioten! Sie können unmöglich wissen, mit wem sie da im Bett liegen!«

Er erwies sich als beängstigend gut informiert über meine Aktivitäten. Ich hätte mich mehr auf meine Intuition verlassen sollen.

»Wir haben einiges an Beweismaterial«, sagte er. »Deine Fotos können uns vielleicht gute Dienste leisten. Und die Lieferrechnungen werden wir uns auch vornehmen. Es gibt Leute, die sich mit solchen Codes auskennen. Aber ich fürchte, wir haben nicht genug, um die Hintermänner hochzunehmen.«

Jetzt war ich an der Reihe. »Es gibt noch immer vieles, was mir schleierhaft ist. Wer ist *wir?*«

Er winkte ab. »Vergiß es. Berufsgeheimnis. Du brauchst nicht zu wissen, wie wir bei meiner Truppe arbeiten. Was zählt, sind die Ergebnisse.«

Ich war mir da nicht so sicher, aber ich ließ die Sache auf sich beruhen. An der ganzen Kiste stank etwas. »Erzähl mir von eurer Clique vom Sankt Hanshaugen, von den alten Radikalen aus der Bürgerinitiative. Was hast du heute noch mit denen zu tun?«

Er blickte mich kalt an und blockte ab. »Je weniger du weißt, desto besser. Laß diese alten Geschichten in Frieden ruhen. Verlaß dich lieber auf mich. Das ist kein Fall für Amateure.«

»War Cecilie deine Tochter?«

Er musterte mich aggressiv, und ich spürte seine Stärke. Es empfahl sich durchaus nicht, sich mit Wilhelm Mørk anzulegen.

»Das hast du also kapiert. Du kannst es auch gleich wieder vergessen. Ich habe es erst erfahren, als Cecilie schon groß war . . .« Er unterbrach sich. »Sagen wir es so, wir hatten gemeinsame Interessen, Håkon Villebois und ich.«

Ich wußte nicht so recht, wie ich das verstehen sollte. An einer privaten Vendetta wollte ich mich nicht beteiligen. Was zuviel ist, ist zuviel. Ich wollte nicht aufgeben, aber im Moment war meine Verhandlungsposition nicht gerade die beste. Ich würde dieser Geschichte aber auf den Grund gehen, egal, was Wilhelm Mørk dazu sagte.

»Wie hast du uns heute abend gefunden?«

Er grinste zynisch. »Ich habe dich im Blick, seit du in diesen Fall gepurzelt bist, und ich bin nicht der einzige, der ein Auge auf dich hat. Du bist in den letzten Wochen richtig prominent geworden. Ich bin dir nach Larvik gefolgt, und ich hatte schon damit gerechnet, daß du denen ins Messer laufen würdest. Die anderen haben genau gewußt, daß du ihnen auf der Spur warst, sie hatten dich die ganze Zeit unter Kontrolle und waren bereit, die Falle zuschnappen zu lassen. Der einzige Grund, warum sie dich so lange am Leben gelassen haben, war, daß sie nicht wußten, wieviel du weißt.«

Ich kaute auf dieser Information herum. »Und was ist mit Villebois, hast du ihn abgemurkst? Bei deiner Rachekiste mache ich nicht mit. Ich weiß, daß du mich vorhin gerettet hast, aber das bedeutet nicht, daß ich alles von dir akzeptiere.« Mein Kopf hämmerte wie besessen. Ich hätte vor Erschöpfung in Ohnmacht fallen können.

»Ich habe nicht versucht, ihn aufzuhalten. Mehr brauchst du nicht zu wissen.« Er grinste schief, und ich wußte nicht, wie ich Grinsen oder Aussage deuten sollte. Mørk sagte: »Ich war in der Nähe, ja, und als Villebois zum Auto zurückging, habe ich ihm glasklar mitgeteilt, daß er fertig war. Ich wußte nicht, was ihr abgemacht hattet.«

»Du Mistkerl, das war so gut wie ein Mord, auch wenn du vielleicht nicht abgedrückt hast. Du hast ihm keine Wahl gelassen. Woher hatte er die Pistole?«

Mørk zuckte mit den Schultern. »Sagen wir, er hat sich diese Lösung selber ausgesucht. Das war sicher das beste, meinst du nicht?« Er wechselte das Thema. »Es gibt da noch etwas, worum wir uns sofort kümmern müssen. Der Stoff muß geholt werden, und zwar ganz schnell. Bestimmt wollen die ihn schon morgen einsammeln lassen. Sogar Leute wie das Gangsterpaar, mit dem du vorhin dein Rendezvous hattest, scheuen vor direkter Berührung zurück, und die Hintermänner halten sichere Distanz. Deshalb kriegen wir sie auch nie.«

Er hatte im Laufe der Jahre seine Erfahrungen gemacht. »Sie werden es nicht riskieren, ihren Stoff länger als unbedingt notwendig in einem fremden Auto liegenzulassen«, erklärte er. »Der Typ wartet nur auf die Nachricht, daß die Bahn frei ist. Und auf diese Nachricht kann er lange warten.«

Er schaute auf die Uhr, es war halb zwei. »Ich weiß die Adresse nicht so genau, ich durfte ja nicht zu dicht an euch ranfahren. Aber du weißt, wo der Wagen steht, nicht wahr?«

Ich winkte ab. »Mit mir kannst du nicht rechnen.«

Mørk sprang überraschend schnell auf, sah mich lange düster an und sagte ruhig: »Es ist schon zu spät, du steckst bis zum Hals drin. Diese Leute, mit denen du dich angelegt hast, werden dich nur laufenlassen, wenn sie kriegen, was sie wollen. Das sind keine lokalen Kleingangster. Und die Polizei kann und will dich nicht beschützen.« Er sah sich um. Wenn ich Wilhelm Mørk nicht gekannt hätte, dann hätte ich gedacht, er habe Angst.

»Hast du von den Triaden gehört, der chinesischen Mafia? Sie haben ein absolut undurchschaubares Netzwerk, und sie breiten sich jetzt auch in Norwegen aus. Und sie haben eine Justiz, die sogar die der sizilianischen Mafia übertrifft. Du hast es ja schon geschafft, sie zu provozieren. Bilde dir bloß nicht ein, sie würden das vergessen.«

Er ließ mich diese Information verdauen, steckte sich eine Zigarette an und redete weiter. »Du hast ein niedliches Töchterchen, nicht wahr? Hast du dir schon mal überlegt, was ihr passieren kann? Ein Wagen, bei dem die Bremsen versagen, eine Schwimmtour in tiefem Wasser, ein Schubs oben am Abgrund. Du kannst dich einfach nicht gegen sie schützen. Du bist wehrlos. Sie haben alles, was sie brauchen. Das einzige, was du tun kannst, ist, auf unserer Seite zu spielen.«

Ich spürte, daß seine Worte sich wie ein steinharter Klumpen in meinem Magen zusammenballten. Unsere Seite, wer war das? Die Angst hatte mich in ihren Klauen. Er hatte recht.

»Na gut, solange ich dir folgen kann. Aber ich mache nicht alles mit.« Ich dachte nach und fügte hinzu: »Der Wagen steht heute nacht draußen, das macht die Sache einfach.«

Im Moment wäre ich gern in bleiernem Schlaf in einem warmen, sicheren Bett versunken. Aber das tat ich dann lieber in Mørks Wagen auf dem Weg durch Lardal. Auf dunklen und autoleeren Winterstraßen brauchten wir nur eine gute halbe Stunde, bis wir die Garage erreicht hatten. Der Toyota stand noch da, wo seine Besitzer ihn nichtsahnend für diesen Abend abgestellt hatten; es hatte stark geschneit, und beim Auto waren keine Fußspuren zu sehen. Wir untersuchten die Türen, alle waren abgeschlossen. Aber zehn Jahre alte Toyotaschlösser waren ein Kinderspiel für einen Mann wie Wilhelm Mørk.

Innen war der Wagen sauber. Mørk schnappte sich Taschenlampe und Schraubenschlüssel und kroch unter das Auto. Ich hörte ihn unten herumrumoren und klopfen, aber das brachte nichts. »Hier ist nichts.«

»Versuch's mit dem Motor«, sagte ich. Wir öffneten die Motorhaube und schauten hinein. Nichts Ungewöhnliches zu sehen. Der Motorraum war schwarz und unübersichtlich. Aber der Luftfilter war verdächtig sauber und ordentlich. Und war er nicht um einiges größer als normalerweise?

»Gib mir mal den Sch-sch-schraubenzieher, da ist was!« Ich wurde ganz aufgeregt, drehte vorsichtig an den Schlauchklemmen und schüttelte das ganze Teil frei. Der Einsatz war etwas ganz anderes als ein Filter. Drei Aluminiumzylinder, gut versiegelt mit Klebeband. Ich zog sie heraus und reichte sie Mørk, der sie nachdenklich in seinen Pranken wiegte. Er öffnete einen der Behälter mit dem Schraubenzieher, steckte einen Finger in das weiße Pulver, das unter der Plastikverpakkung zum Vorschein kam, leckte an seinem Finger und schmatzte zufrieden. »Kokain. Mindestens drei oder vier Kilo.«

Der alte Toyota wurde zusammengeflickt, diesmal ohne Luftfilterinnereien. Wir verwischten unsere Spuren im Schnee und verschwanden so leise, wie wir gekommen waren.

»Da haben wir den Alten Probleme erspart.« Ich sah das alte Ehepaar mit seinen dänischen Würsten vor mir.

»Sei dir da nicht so sicher«, sagte Mørk realistischer. »Was glaubst du wohl, was passiert, wenn der Kurier den Stoff holen kommt und nichts findet?«

Er hatte recht. Und wir mußten etwas unternehmen. Die Alten brauchten einen Urlaub an einem unbekannten Ort. Der Chinese im Citroën hatte gesehen, wo die Ware plaziert worden war, und er wußte, wo der Wagen stand. Aller Wahrscheinlichkeit nach war er jetzt auf dem Weg zu seinen Auftraggebern, nachdem er den Transport überwacht hatte. Und er würde Bericht erstatten, während sie vergeblich auf eine Nachricht von Stensen und Opstad warteten.

»Meinst du, der Mercedes wird bald gefunden werden?« fragte ich.

»Schwer zu sagen, das kann morgen passieren oder in einem Jahr, vielleicht auch nie. Das Wasser ist ziemlich tief an der Stelle. Wenn niemand direkt über den Wagen stolpert, kann er durchaus für immer da liegenbleiben. Niemand wird nach ihm suchen, zumindest nicht offiziell.«

»In der Nähe war eine Hütte, ich habe Licht gesehen. Vielleicht ist das eins von den Verstecks der Bande.«

»Ich glaube nicht, daß wir in der Hütte etwas Interessantes finden werden. Die werden Stensen und Opstad über ganz besondere Kanäle suchen. Und die sind mindestens so effektiv wie die der Polizei.« Er gestattete sich ein kleines Lächeln und klopfte auf die Aluminiumbehälter. »Wenn sowas verschwindet, dann gerät immer jemand in Hektik. Diese kleinen Dinger werden so viel Unruhe stiften, wie das bei der NATO eine auf Abwege geratene Atombombe täte.«

Vorsichtig fuhren wir nach Tønsberg zurück. Die Müdigkeit überwältigte mich, und mein Kopf dröhnte wieder los. Ich brauchte Schlaf. Mørk schaufelte mich bei Annes Wagen aus dem Auto.

»Mach jetzt, daß du nach Hause kommst, wir können morgen weiterreden. Und laß die Finger von deinem Telefon, wenn du was von mir willst. Außerdem hältst du die Klappe, kein Wort an irgendwen, klar? An niemanden. Nicht an deine Freundinnen, nicht an deine Kollegen, an niemanden.« Er hob die Zylinder. »Ich kümmere ich um diese hier. Hast du sicherheitshalber ein Versteck für dein Auto?

Ich nickte apathisch, ich hatte den Schlüssel zu einer der Nachbargaragen.

Einige Minuten später stellte ich den Volvo dort ab, ich war total erschöpft und froh, diesen Tag hinter mir zu haben. Endlich konnte ich ins Wasserbett fallen und in bewußtlosem Schlaf versinken.

Irgendwann am Vormittag weckte mich wütendes Telefongeklingel, ich war schweißgebadet und fühlte mich wie ein Wrack. Ich hatte in dieser Nacht allerlei Schwimmtouren zwischen Eisschollen und Gangstern hinter mich bringen müssen. Mein Kopf teilte mir unmißverständlich mit, daß ich jetzt ruhige Tage brauchte, als ich mich zu plötzlich über das Telefon beugte. Eine unklare Stimme meldete sich. Wilhelm Mørk, er schien aus einer Telefonzelle anzurufen. Er war kurz und bündig. »Wir müssen uns treffen. Ich komme in der Mittagspause bei dir vorbei, sagen wir um zwölf?«

Ich schaute auf die Uhr, und die ließ mir gerade noch genug Zeit, um wieder zum Menschen zu werden. Mein Gesicht im Spiegel bot ein deprimierendes Bild. Die Schrammen leuchteten rot auf und konkurrierten mit einem vollaufgeblühten Veilchen. Ich gönnte mir eine halbe Stunde unter der Dusche, und danach flickte ich mich nach besten Kräften zusammen. An diversen Beulen an meinem Kopf konnte ich nichts ändern. Ich tröstete mich damit, daß andere die nicht sehen konnten.

Ich mußte mich auf mein Treffen mit Mørk vorbereiten. Daß er die beiden Gangster kaltblütig hatte ertrinken lassen, hatte mich zutiefst erschüttert. Dieser Mann war im Dienste der guten Sache zu allem fähig. Ich mußte zugeben, daß ich mich diesem Niveau auf gefährliche Weise näherte. Ich hatte allerlei gegen die Zusammenarbeit einzuwenden, in der ich unfreiwillig gelandet war. Aber hatte ich eine Wahl? Wilhelm Mørk hatte mich an meinem wundesten Punkt getroffen. Und das Schlimmste war, daß seine pessimistischen Beurteilungen meiner Zukunftsaussichten aller Wahrscheinlichkeit nach zutrafen.

Ich beschloß, noch für eine Weile mitzumachen, bei Mørk aber so bald wie möglich auszusteigen und meinen eigenen Kurs zu segeln. Nach all diesen Todesfällen war wirklich die Grenze erreicht. Zu viele hatten in den letzten drei Wochen in meiner unmittelbaren Nähe ein jähes Ende gefunden. Bei denen, die so plötzlich die Reihen der Lebenden verlassen hatten, dachte ich im Moment vor allem an den alten Baltus. Als allerletztes hatte er versucht, mich zu retten, und es hatten nur wenige Sekunden gefehlt, und es wäre ihm gelungen. Auf diese Weise konnte ich die letzte Tour der Mercedesritter leichter hinnehmen. Was sollte ich auch sonst tun? Zur Polizei konnte ich nicht mehr gehen, ich hatte schon gegen zu viele Gesetze verstoßen.

Mørk kam kurz vor zwölf angeschlichen, er machte sich nicht einmal die Mühe anzuklopfen. Er sah sich rasch in der Wohnung um, ehe wir uns an den Küchentisch setzten, hielt Ausschau nach Mikrofonen oder Wanzen, fand aber nichts.

Trotzdem drehte er alle Wasserhähne auf und ließ das Wasser strömen, ehe er etwas sagte. Meine Alarmsysteme und Doppelschlösser beeindruckten ihn nicht weiter.

»Du hast es nett hier, aber es ist viel zu gefährlich. Du kannst hier nicht bleiben, hier können sie rein, wann immer sie wollen. Das ist überhaupt kein Problem. Und dann siehst du alt aus.«

Diese Einschätzung klang allzu nüchtern, um ihr nicht zuzustimmen. Ich war auch schon auf diesen Gedanken gekommen. Irgendwer würde mich unbedingt finden wollen. Und dann wäre ich besser weit weg. Die Leute, die jetzt ihren Schnee vermißten, würden jeden verdammten Stein in Vestfold umdrehen, um ihn zurückzubekommen. »Hast du den Stoff untersucht?« fragte ich.

Er nickte zufrieden. »Über vier Kilo reines Kokain, mindestens zwanzig Millionen wert. Das wird hier irgendwen in Panik stürzen.« Er schien diesen Jemand nicht weiter zu bedauern. Er sagte: »Hast du dir schon überlegt, was sie anstellen werden, wenn sie sehen, daß der Toyota clean ist und daß du und die Mercedesknaben verschwunden seid?«

Ich konnte es mir vorstellen, ja.

»Sie werden alles an Gorillas mobilisieren, was sie überhaupt nur zusammenscharren können, um den Stoff und die Leute zu finden, die ihn an sich gerissen haben. Die Szene wird beben, und du wirst ziemlich bald ganz oben auf der Liste stehen. Die Chinesen wissen vermutlich, daß du in Kopenhagen und in Larvik warst, sie wußten ja auch von deinem Abstecher nach Lardal.«

Er verstreute Zigarettenasche auf meinem Küchentisch. »Hast du irgendein sicheres Versteck, wo ich dich erreichen kann?« Wilhelm Mørk zeigte eine ungewöhnliche Besorgnis um meine Person. Bestimmt hatte er einen Hintergedanken.

»Ja, vielleicht«, antwortete ich ruhig. »Du brauchst nicht zu wissen, wo, es ist so nah, daß ich in zwei Stunden bei dir aufkreuzen kann.« Ich widmete meinem Freund, dem Weltumsegler, einen innigen Gedanken.

»Kennt irgendwer dieses Versteck, was ist mit deiner Bekannten in Oslo?« Damit war offenbar Line gemeint.

»Ja, sie war einmal da.« Ich dachte nach. »Verdammt, und vielleicht weiß die Liga auch, wer sie ist. Ich muß sie dazu überreden, ein paar Tage zu verreisen.« Ihr Typ in London mußte ja wohl einspringen können, ich mußte heute noch mit Line reden.

»Gut, klär das im Laufe des Tages. Heute abend, wenn sie den Stoff holen wollen, werden sie einiges in Gang setzen. Wenn sie das nicht schon gemacht haben. Aber das wäre uns sicher aufgefallen. Diese andere Kleine, die Freundin von Cecilie, die mit dir in Kopenhagen war – es kann sein, daß sie auch wissen, wer sie ist. Du mußt deinen Harem von kleinen Mädchen loswerden.«

Seine Anspielungen gefielen mir nicht, aber ich kam auf keine ausreichend tödliche Antwort. »Ich werde mit ihr sprechen und versuchen, sie zu exportieren. O verflixt, ich muß wohl die ganze Stadt wegschicken. Und was machen wir mit den Alten, denen der Toyota gehört? Die werden sie doch als erste verdächtigen, wir müssen sie warnen.« Ich stellte mir die beiden nichtsahnenden Siebzigjährigen aus dem tiefsten Vestfold in den Klauen der Gorillas vor.

»Ich habe mir das schon überlegt«, sagte Wilhelm Mørk nüchtern. »Ich nehme an, das schaffen wir nur, wenn ich ihnen soviel erzähle, wie sie wissen müssen. Höchste Zeit, daß sie von der Bildfläche verschwinden. Ihren Wagen müssen sie stehen lassen. Und die ganze Aktion muß streng geheim bleiben.«

Ich betrachtete ihn mit frischem Interesse. »Jetzt riskierst du einiges. Wenn das rauskommt, dann bist du fertig.«

»Das überlaß mir!« Er wehrte schroff ab. »Schaff du lieber deine Mädels aus dem Weg. Und wo wir schon davon reden«, fügte er im selben belehrenden Tonfall hinzu, »ich weiß, daß du deine Tochter zusammen mit einem Wachhund bei deiner Exfrau untergebracht hast. Du hast mit eigenen Augen gesehen, daß das nicht reicht, du mußt sie wegschaffen. Wenn sie dich nicht finden, werden sie es zuerst bei deiner Kleinen versuchen. Vergiß nicht, hier ist die Rede von Millionen, von vielen Millionen, Grund genug, um sonstwen beiseite zu schaffen. Ich hoffe, du bist realistisch und hegst nicht die Illusion, das könnte im friedlichen Tønsberg nicht passieren.«

Ich verlor die letzten Hemmungen, mich an Wilhelm Mørks Plänen zu beteiligen. Mari mußte in Sicherheit gebracht werden. »Was machen wir jetzt, warten wir einfach ihren nächsten Zug ab?«

»Genau. Ich werde mich heimlich ein bißchen umsehen. Ich fürchte, in der nächsten Zeit wird bei Einbrüchen in Villen nur schleppend ermittelt werden.« Er grinste. »Wir fühlen dem Drogenmarkt den Puls und warten ab, was passiert. Niemand kann es sich leisten, zwanzig Millionen zu verlieren, nicht einmal in dieser Branche. Bis auf weiteres warten wir einfach ab. Und vergiß nicht, wir haben etwas, das ihnen fehlt. Vier Kilo Kokain.«

»Wir müssen versuchen, den Code der Lieferabrechnung zu knacken«, sagte ich. »Dann kriegen wir sie zu fassen.« Weit hinten im Hinterkopf hatte ich auch schon eine Idee. Die Arbeitsbedingungen in meinem privaten Rechenzentrum waren im Moment ungeheuer mies, aber ich arbeitete daran. »Wo hast du den Stoff versteckt?«

»An einem sicheren Ort, mehr brauchst du nicht zu wissen.« Er hatte nicht allzuviel Vertrauen zu mir. Und das war richtig so. »Du mußt spätestens heute abend von hier verschwunden sein. Komm heute nachmittag bei mir vorbei, dann sprechen wir die Sache noch einmal durch. Und bring die Fotos mit, die aus Kopenhagen und die aus Oslo. Und hast du das Band mit den Aufnahmen aus der Sorgenfrigate noch?«

Das hatte ich. Mørk verschwand, und ich saß da mit lauter Fragen im Kopf und tausend Dingen, die ich erledigen mußte. Ich beschloß, nicht in die Kanzlei zu gehen, dort war es weder gemütlich noch sicher. Ich sammelte Kraft für mein Telefongespräch mit Frau Svendsen. »Svend, hier liegt ein halber Meter Nachrichten für dich, was soll ich den Leuten sagen, wenn sie wieder anrufen?« Sie war wirklich sauer.

»Sag ihnen, daß ich einen Fall in Bergen habe, wenn diese W-w-woche erst vorbei ist, wird alles besser.« Sie gab auf, und bei meinen Kollegen würde das auch bald der Fall sein. Wenn diese Entwicklung so weiterlief, dann würde mein Engagement bei Fredriksen und Frydenberg wohl nicht von Dauer sein.

17

Und nun blieb mir nichts anderes übrig, als mein Reisebüro zu eröffnen. Ich mußte mit lebensgefährlichen Ereignissen drohen, um mich mit Line zu einigen. »Die Hölle ist los. Ich k-k-kann am Telefon nicht ins Detail gehen, aber ich habe Angst um deine Sicherheit. Irgendwer weiß, daß du zusammen mit mir geschnüffelt hast. Und diese Leute sind verzweifelt und würden dich vielleicht benutzen, um mich unter Druck zu setzen. Sie glauben, ich habe etwas, d-d-das sie haben wollen. Du m-m-mußt für ein paar Tage verreisen. Kannst du zu deinem Freund nach London fahren?«

»Was soll ich sagen, ich kann doch nicht einfach da aufkreuzen, und was ist mit der Schule, ich muß doch zur Arbeit und kann nicht sang- und klanglos verschwinden, Svend.« Sie war sauer.

»Erzähl so w-w-wenig wie möglich, sag, du hättest Sehnsucht nach ihm gehabt, saug dir irgendwas aus den Fingern, das schaffst du schon.« Ich würde meine große Klappe wohl nie in den Griff kriegen.

»Bist du sicher, daß du jetzt nicht übertreibst, Svend?«

Langsam packte mich die Verzweiflung. »Du mußt dich für ein paar Tage krankschreiben lassen. Und verrate bloß nicht, wohin du fährst. Du mußt spätestens morgen früh weg sein, heute abend wäre noch besser.« Das war eine verdammt miese Mitteilung. »Ich komme gegen sechs bei dir vorbei, dann mußt du alles arrangiert haben.« Ich ließ ihr keine Wahl. Etwas in meiner Stimme mußte ihr klargemacht haben, daß die Sache ernst war, sie widersprach nicht weiter.

Ich mußte allerdings noch weitere Damen aus dem Weg schaffen. Wilhelm Mørk hatte recht, in meiner Umgebung gab es zu viele kleine Mädels. Ich warf meine Lederjacke über und sattelte den Jaguar, die ganze Zeit mit dem unangenehmen Gefühl, beobachtet zu werden. Die Geschäfte liefen auf Hochtouren, die Kleinstadt quoll über von zielbewußten Weihnachtseinkäufern. An der Oberfläche wirkte alles ganz normal. Ich fuhr zum Gymnasium, wo ich mit Hilfe meines Anwaltstitels eine verdutzte Gro aus der letzten Norwegischstunde holen konnte. Als ich sie hier sah, wußte ich, daß sie zu den anderen Neunzehnjährigen gehörte und nicht zu einem alternden Zyniker mit verbrannten Fingern und beginnendem Magengeschwür. Ich lieferte ihr eine Kurzfassung der Ereignisse der letzten Tage. »Du mußt für ein paar Tage in Deckung gehen und da bleiben, bis die Bahn wieder frei ist. Kannst du irgendwohin?«

Sie zögerte. »Ich kenne einen Typen in Oslo, bei dem ich mich vielleicht einquartieren kann. Eigentlich ist Schluß zwischen uns, aber ich kann sicher ein Weilchen bei ihm bleiben. Muß das wirklich sein?«

Ich packte ihren Arm. »Darauf kannst du Gift nehmen. Die Lage ist lebensgefährlich. Du mußt sofort abhauen. Und erzähl niemandem, wohin du gehst, absolut niemandem. Verstehst du? Sei vorsichtig und geh sowenig wie möglich aus dem Haus. Du kannst doch ein paar Schulbücher mitnehmen.«

Sie lächelte resigniert. »Alles klar. Wo kann ich dich erreichen, falls das nötig sein sollte?« Ich gab ihr meine Telefonnummern und bekam ihre Osloer Adresse. »Ist auf deinen Kumpel Verlaß?«

»Der ist noch spießiger als du.«

Das Schlimmste stand mir noch bevor. Es gibt nichts Schwierigeres als den Umgang mit einer Exgattin. Ich wappnete mich und wanderte in Annes Büro, wo ich mich bei den wartenden Mandanten vordrängte und eine Audienz verlangte. Das war kein günstiger Anfang. Sie wollte durchaus keine Erklärungen hören, und die Vorstellung einer mehrtägigen Unterbrechung der Weihnachtsvorbereitungen stieß nicht auf Gegenliebe.

»Wir kommen sehr gut ohne deine guten Ratschläge zurecht, Svend.«

Ich kannte ihren eisernen Willen, gab aber nicht auf. »Anne, die Sache ist ernst. Eine Drogenliga will Mari vielleicht benutzen, um mich zu treffen, ihr müßt weg, vergiß dieses eine Mal, w-w-wessen Schuld das ist. Jetzt arbeite ich mit der Polizei zusammen.« Das stimmte ja fast. »Schutz ist nicht genug«, versuchte ich, sie zu überzeugen, »ich habe einen Vorschlag, ich nehme Hulda mit, und ihr fahrt zu deiner Freundin in Bergen. Du hast sicher noch ein paar Urlaubstage gut. Mari muß eben solange aus der Schule wegbleiben. Und du darfst mit niemandem darüber reden.«

Endlich gab sie nach, aber ich sah in ihren Augen, daß ich mir für die nächsten Jahre alle Forderungen an sie abschminken konnte.

Mir fiel auf, daß keine von denen, die ich aus der Stadt gejagt hatte, mein mitgenommenes Aussehen kommentiert hatte. Ich deutete das dahingehend, daß sie so daran gewöhnt waren, mich mit Wunden, Schrammen und Veilchen zu sehen, daß es ihnen schon als Normalzustand erschien.

Ich mußte mit Wilhelm Mørk sprechen, ehe ich von der Bildfläche verschwand. Ich rief ihn aus einer Telefonzelle an und verabredete mich mit ihm auf neutralem Boden, auf dem Slottsfjell. Als Alibi nahm ich Hulda mit.

»Hast du alles erledigt? Ich hoffe, alle Damen haben die Stadt verlassen.« Mørk tauchte plötzlich hinter dem Museum vor mir auf. »Ich fahre heute Abend und bleibe bis auf weiteres weg. Hast du etwas Interessantes aufspüren können?«

»Die Zeiten sind unruhig.« Er lachte leise. »Irgendwer macht Streß im System, das kannst du spüren. Aber es gibt noch nichts Konkretes. Der Mercedes ist nicht gefunden worden. Im inneren Vestfold hat es wie blöd geschneit, mindestens einen halben Meter, und der See ist sicher zugefroren. Es kann noch lange dauern, bis die Karre wieder auftaucht.« Er war mit dieser Entwicklung zufrieden.

»Was hast du mit den Alten aus Lardal gemacht?«

»Die sind bei Verwandten an der Südküste gut aufgehoben, und ich habe sie mit strengem Schweigegebot in den Zug gesetzt. Die plappern nicht, sie haben eine Sterbensangst davor, irgendwo hineingezogen zu werden. Der Toyota steht noch da, und sicher wird er in kleinste Teilchen zerlegt werden. Aber das ist dann ein Fall für die Versicherung.« Er beugte sich zu mir vor. »Hast du die Bilder und das Band?«

»Ich habe alles für dich kopiert. Das Material an sich reicht nicht aus für eine Anklage, aber zusammen mit dem, was die Polizei schon hat und sich noch zusammenreimt, kann es vielleicht eine Ermittlung rechtfertigen, nehme ich an.« Ich war mir da durchaus nicht sicher. »Was hast du damit vor?«

»Wir werden diese Bande hoppsnehmen, kümmer dich nicht um die Details, habe ich gesagt.« Er zeigte mir eine Reiseschreibmaschine, die er in einer Umhängetasche mit sich herumtrug. »Als erstes wirst du heute abend deine gesamten Beobachtungen zu Papier bringen. Dein Bericht soll aussehen, als habe ein rachsüchtiger Konkurrent ihn produziert, einer, der aus dem ganzen Dreck aussteigen will und gern anonyme Informationen weiterreicht. Wenn du fertig bist, zerlegst du diese Maschine in kleine Stücke und wirfst die Tasten in verschiedene Mülltonnen. Die Schrift darf nicht zurückverfolgt werden können. Schick mir deinen Text dann per Einschreiben an meine Privatadresse, dann sorge ich dafür, daß er in die richtigen Hände kommt. Benutz deine Phantasie, dann schaffst du das schon. Und keine Fingerabdrücke!«

Ich begriff, was er vorhatte. Mein Bericht konnte der Drogenfahndung zugespielt werden, um die Ermittlungen in Schwung zu bringen. Mir schwante, daß sie schon etwas über unsere Jungs vorliegen hatten, ich war nicht der erste, der den

Durchblick der Polizei unterschätzte. Ihr Problem war, daß sie Rücksicht auf Beweisführung und ähnliche Details nehmen mußten, ehe sie loslegen konnten, auch wenn das bei Drogenfällen wohl leichter ging. Die Polizei würde ihre Quellen nicht kennen, aber das spielte keine Rolle, sie würden den Tips auf jeden Fall nachgehen. Wo Rauch ist, ist auch Feuer. Aber ich glaubte nicht, daß das allein schon eine Verhaftung ermöglichen würde.

»Wir gehen davon aus, daß Uthus seine internationalen Kontakte spielen läßt. Er hat viele Jahre im Ausland verbracht und zeitweise diplomatische Immunität genossen. Teisen hat durch seinen Job Kontakte in den verschiedenen Jugendszenen. Er kennt alle möglichen Leute. Zweifelhafte Bekanntschaften und hoher Konsum sind eine schlechte Kombination.«

Der Kommissar blickte sich um und zündete sich noch eine Zigarette an. Wir saßen auf einer friedlichen Bank mit prächtigem Blick auf Stadt und Fjord. Ich merkte, daß er konsequent ihre Nachnamen benutzte. Aber das waren doch Leute, die er gut kannte!

»Thorsen verfügt in Oslo über ein umfassendes Kontaktnetz, zuerst als Kulturredakteur, später als Politiker. Er verkehrt mit allem, was zählt, vor allem aus der Künstlerszene.« Die Vorlesung ging weiter. »Zusammen mit dem Kapital von Finansimport und mit Svendsen als Organisator hatten sie eine effektive Organisation. Zu irgendeinem Zeitpunkt müssen sie die Versuchung verspürt haben, den großen Sprung zu tun. Unsere Informationen deuten an, daß Finansimport erst seit diesem Jahr direkt in den Drogenhandel verwickelt ist, früher hatten sie nur mit der Finanzierung zu tun.«

Ich hörte aufmerksam zu. Vielleicht stimmte das, was Villebois versucht hatte, mir zu erzählen: Sie waren noch nicht lange in der Drogenbranche tätig. Oder vielleicht hatte er den vollen Durchblick erst gehabt, als es schon zu spät war. Hinter den Kulissen konnten größere Nummern als Håkon Villebois am Werk sein.

Mørk redete weiter. »Villebois hatte seit Mitte der siebziger Jahre eine Importfirma für Waren aus der Dritten Welt, die kann als Tarnung gedient haben. Finansimport hat an der Peripherie dieses Systems gearbeitet, um das Drogengeld zu waschen, vielleicht nicht einmal auf direkt ungesetzliche Weise. Das Kapital kennt keine Grenzen, wie du weißt.«

Er lächelte ironisch, und für einen Moment konnte ich ihn im Jahre '72 vor mir sehen.

»Sie haben die richtigen Beziehungen gehabt. Niemand hat Übersicht über den Strom von grauem und schwarzem Geld, der mit Zwischenstation in den Steueroasen über die Landesgrenzen schwappt.«

Woher Wilhelm Mørk sich in diesem Bereich wohl so gut auskannte, der doch schließlich meilenweit von seinen Aufgaben bei der Kriminalpolizei entfernt war! Ich verstand das alles nicht mehr.

Wir gingen weiter. Hulda wuselte um unsere Füße herum. Zwei Männer mittleren Alters führten den Hund Gassi.

»Das Kapital versteckt sich in Finansimport, einer Firma, die seit Ende der siebziger Jahre groß, aber total anonym war. Diese Firma hat durch andere Firmen große Investitionen auf dem Immobilienmarkt getätigt, und sie wird von Svendsen und Thorsen kontrolliert. Villebois war Kiebitz und politischer Türöffner.«

Er schien vergessen zu haben, daß er über seine alten Freunde sprach. Ich glaubte nicht, daß er auf eigene Faust operierte. Und ich traute Wilhelm Mørk nicht. Im Moment blieb mir jedoch keine andere Wahl, als die Zusammenarbeit mit ihm fortzusetzen. Ich hörte weiter zu.

»Ich habe mich bei den Kollegen von der Wirtschaftskripo erkundigt, und die erzählen von Turbulenzen unter den Investoren. Alle wollten aus den Projekten aussteigen, die Aktienwerte der Firmen, die von Finansimport kontrolliert werden, befinden sich im freien Fall, die Banken drängen. Finansimport hat akute finanzielle Probleme.«

»Sie brauchen also Bargeld«, stellte ich fest. »Zwanzig Millionen würden sich gut machen. Irgendwem wird der Schweiß ausbrechen, wenn bekannt wird, daß der Stoff auf Abwege geraten ist. Glaubst du, sie haben die Ware auf Kredit bekommen?«

»Üblich ist das nicht, aber es ist schon vorgekommen.« Mørk schien diese Vorstellung zu mögen. »Und dann haben sie allen Grund zur Verzweiflung. Die Vertreter der Lieferanten, mit denen du dich in Kopenhagen so nett amüsiert hast, verschenken jedenfalls nichts.«

»Was für ein reizender Ausgangspunkt für uns«, ich dachte laut. »Sie verfallen jetzt vielleicht auf allerhand Aktionen, von denen sie sonst die Finger gelassen hätten.«

»Du lernst schnell. Und gerade diese Verzweiflung wollen wir ausnützen. Wir lassen sie zuerst ein bißchen schwitzen. Solange sie nicht wissen, wo der Stoff steckt, und solange sie dich nicht zu fassen kriegen, haben wir sie in der Falle. Du bist plötzlich sehr gefragt.« Er grinste sarkastisch und schien unseren Ausgangspunkt entzückend zu finden. Ich hatte da eher gemischte Gefühle.

Wir trennten uns auf dem Parkplatz, nachdem wir tägliche Anrufe verabredet hatten. »Und reiß die Klappe nicht zu weit auf, denk daran, daß Telefone sich abhorchen lassen. Und ruf nur aus Telefonzellen an.«

Es war inzwischen zwei Uhr, und ich mußte vor dem Abtauchen noch etwas Dringendes erledigen, eine Aufgabe, die mir gar nicht lieb war. Aber nun hatte ich alle Brücken zu einem normalen Leben abgebrochen. Ich suchte in meiner Jakkentasche nach dem Schlüssel zu Håkon Villebois' Büro. Ich hatte mich lange geweigert, aber jetzt waren meine Einwände wie weggeblasen. Ich schaute auf die Uhr. Ob ich bei hellichtem Tag einen Einbruch wagen konnte? Ich kannte die Antwort ja. Die allermeisten Einbrüche wurden um diese Tageszeit begangen.

Das Telefon signalisierte ein leeres Haus, als ich sicherheitshalber in der Villa Villebois anrief. Ich nahm an, daß Helle Villebois nach allem, was passiert war, dort nicht allein wohnen wollte, und ich ging davon aus, daß sie bei Freunden oder Verwandten Zuflucht gesucht hatte. Falls sie überhaupt noch welche hatte.

Vorsichtig drehte ich zwei Runden durch die Nachbarschaft, ohne in der Villa Villebois ein Lebenszeichen entdekken zu können. Ich ließ den Jaguar, den ich wieder eingetauscht hatte, in einer Seitenstraße stehen, stieg schnell hinten im Garten über den Zaun und ging zu dem Apfelbaum mit Cecilies Schlüssel. Ich schloß die Kellertür auf und ließ die Tür offen stehen, für den Fall, daß ein schneller Rückzug nötig sein würde. Ich mochte weder das Haus noch die Situation. Eine Taschenlampe half mir im dunklen Keller. Ich hatte keine Lust, irgendwen von diesem Besuch zu informieren. Helle Villebois betrachtete ich nicht als Gegnerin. Aber Villebois' alte Kumpel, die internationalen Kontakte, die Polizei, Wilhelm Mørk und seine Mitverschworenen, sie alle waren Diebe auf demselben Markt. Und im Moment richtete sich ihr gemeinsames Interesse auf mich.

Ich kannte mich hier von meinem letzten Besuch her aus. Eine massive Mahagonitür verriet den Eingang zum Büro. Der Schlüssel ließ sich problemlos im Schloß umdrehen. Ich wartete gespannt und fluchtbereit auf einen Alarm. Die Stille wurde nicht gestört. Nach einigen Sekunden des Wartens öffnete ich vorsichtig die Tür und ließ meinen Lichtstrahl durch das Zimmer gleiten. Das hier war kein normaler Kellerraum. Gediegene Büromöbel, ein überdimensionaler Schreibtisch, tiefgrüne Samtvorhänge, düstere Gemälde an den Wänden mit ihrer Täfelung aus dunklem Edelholz. Ein exklusiver Teppichboden dämpfte meine Schritte, als ich zum Fenster ging und den Vorhang ein wenig öffnete, um Ausblick auf Allee und Eingangstor zu haben.

Ich hatte nicht viel Zeit und konzentrierte mich auf den Schreibtisch. Ich rechnete nicht mit direkt kompromittierenden Funden, aber mit etwas Glück konnte ich ja etwas finden, das meinen Durchblick vergrößerte. Um diese Geschichte in den Griff zu bekommen, mußte ich in der Zeit zurückgehen.

Die Schubladen lieferten nichts Unerwartetes. Ich hatte das ekelhafte Gefühl, daß mir hier jemand zuvorgekommen war. Das ließ sich wohl kaum direkt beweisen, aber das Zimmer wies unmerkliche Anzeichen von Durchsuchung auf. Verschobene Möbel, ungeordnete Papiere, die einen Gegensatz zur allgemeinen Systematik der Einrichtung bildeten, halboffene Schubladen, Abdrücke im Teppichboden, die anzeigten, daß hier nicht alles an seinem angestammten Platz stand.

Ich ging rasch alles durch, was ich finden konnte, und versuchte, mich auf alles Alte zu konzentrieren. Zeitungsausschnitte, Bilder, alte Rechnungen. Alles, was irgendwie auf die Zeit um 1972 hinwies, etwas, das wichtig genug gewesen war, um aufbewahrt zu werden.

Das Zimmer war sauber. Ich fand nichts von Interesse. Während ich einen vergilbten Briefumschlag mit alten Bildern durchsah, hörte ich vor dem Tor ein Auto halten. Eine Frau stieg aus, um die Post zu holen, und sie ließ mir genau die Zeit, die ich brauchte, um mich unbemerkt aus dem Büro zu schleichen, die Tür abzuschließen und aus dem Keller zu laufen. Ich nahm mir die Zeit, auch die Kellertür abzuschließen, während die Frau ihr Auto in die Garage vor dem Haus fuhr. Helle Villebois war zurückgekehrt. Es war nicht nötig, sie auf mein Interesse für das Büro im Keller aufmerksam zu machen.

Ich entfernte mich auf dem Weg, auf dem ich gekommen war, und kletterte im schützenden Dämmerlicht des trüben Dezembernachmittags über den Lattenzaun. Den Umschlag mit den Bildern stopfte ich in meine Jackentasche. Der Gedanke, mich länger als unbedingt nötig in dieser Gegend aufzuhalten, gefiel mir überhaupt nicht. Ich ließ den Jaguar an und fuhr schneller als sonst durch die Innenstadt.

Auf einem anonymen Parkplatz bei der Eisenbahn hielt ich an und sah den Umschlag mit den Bildern durch. Es handelte sich dabei vor allem um alte Familienfotos. Stattliche und feierlich dreinblickende Eltern im Feststaat der arbeitenden Bevölkerung, ein ärmliches Haus irgendwo an der Küste, ein Boot. Håkon und sein Vater beim Fischen. Håkon mit schwarzer Studentenmütze. Er war der Stolz der Familie gewesen, das verrieten mir diese Bilder. Der Fischersohn aus Helligvær, der 1962 sein Abitur gemacht hatte. Er hatte nichts umsonst bekommen. Der Weg war lang gewesen für Håkon Villebois alias Karlsen. Er gehörte zur ersten Generation von Kindern der Arbeiterklasse, denen dank Onkel Einars vielgeschmähter Sozialdemokratie der Aufstieg geglückt war. Wann war er bei diesem Aufstieg ausgerutscht und in die falsche Richtung weitergewandert?

Die Bilder aus den sechziger Jahren versetzten mich in der Zeit zurück. Schlaghosen, schüchterne Beatlesfrisuren. Helle Villebois tauchte auf, eine tolle Frau in Hippietracht.

Ich fuhr zusammen. Eine Clique in einem Park, stammte dieses Bild nicht vom Sankt Hanshaugen? Das Bild stammte aus der Rotwein- und Käseperiode, Picknick im Grünen, nach Monet. Weiße Tischdecke, Weingläser, Besteck, Kerzen und Gitarre.

Ich sah mir das vergilbte Foto genauer an. Da saß die ganze Bande aus der damaligen BI gegen die EWG. Kampfgenossen gegen Monopolkapitalismus, Zentralisierung und den US-Imperialismus. Ein ungleicher Kampf. Das Bild mußte Anfang der siebziger Jahre aufgenommen worden sein. Dazu paßten Kleider, Frisuren und der Wein. Egri Bikavér, ungarisches Stierblut, voller Möglichkeiten, ausgesprochen katerträchtig.

Ein zerknüllter Ausriß aus einer Zeitungsseite lag zusammengefaltet unten im Umschlag. Er war fast unleserlich, ich konnte nur mit Mühe die verblaßte Schlagzeile entziffern, als ich das Papier vorsichtig auseinanderfaltete:

Riesenmenge Hasch in Oslo beschlagnahmt
Skandal für die Polizei: Drogenhändler entwischt

Aus dem Artikel ging hervor, daß die Polizei in Oslo einen dikken Fang gemacht hatte, als sie einem Hinweis auf eine Ladung von über zehn Kilo Hasch nachgegangen war, die sich in einem Schließfach am Ostbahnhof befand. Tagelang hatte die Polizei das Schließfach in der Hoffnung überwacht, den Drogenbesitzer zu erwischen, doch der hatte die Frechheit besessen, mitten in der Nacht aufzutauchen, als die Bewacher gerade eine Kaffeepause einlegten. Und das war's. Der Stoff war und blieb verschwunden, zur Freude der Osloer Hippies. Der Polizeichef freute sich nicht. Einiges wurde über die Kompetenz der Polizei gesagt. Der Wert der Partie wurde auf über eine Million geschätzt.

Ich nahm an, daß der Artikel aus Aftenposten herausgerissen worden war. Ganz oben fand ich das Datum, 26. September 1972. Der Tag nach der Abstimmung. Das Hasch war spät in der Nacht abgeholt worden. Also zu dem Zeitpunkt des großen Siegesfestes.

Warum hatte Villebois diesen alten Ausschnitt aufbewahrt?

Ich sah mir noch einmal das Foto vom Picknick im Park an. Waren sie damals nicht radikale Umstürzler gewesen, Idealisten mit der Vision einer besseren Gesellschaft? Ich konnte mir auf das alles keinen Reim machen.

Schließlich resignierte ich, fuhr nach Hause, packte eine Reisetasche, schaltete den Anrufbeantworter ein und nahm Kurs auf Oslo. Es war wirklich Zeit, sich zu verdrücken. Es war jetzt fünf Uhr, und es war schon dunkel. Die Vorstellung, daß gewisse Personen jetzt noch größere Sorgen hatten als ich, verbesserte meine Laune. Wenn es nach mir ging, dann sollten ihre Sorgen auch noch eine Weile vorhalten. So zehn, fünfzehn Jahre mit stabiler Umgebung in einem Gefängnisbunker wären doch das richtige.

Ich rief unterwegs bei Line an. »Bist du soweit? N-n-nicht, daß ich dich loswerden möchte. Aber du mußt in Deckung gehen.«

»Ist schon gut, Svend«, sagte sie resigniert. »Ich fahre zu Harald, er muß noch die ganze nächste Woche in London bleiben. Ich fliege heute abend um Viertel nach acht. Ich kann aber nur übers Wochenende wegbleiben. Wir haben in den nächsten Tagen Prüfungen, ich mußte alle möglichen Stunden tauschen. Und nächste Woche muß ich wieder zur Stelle sein.« Ihre Stimme klang dünn.

»Nimm ein Taxi«, sagte ich. »Und wegen nächster Woche brauchst du dir keine Sorgen zu machen, wenn die Polizei sich diese Gangster erst mal gek-k-krallt hat, dann kann dir nichts passieren, und das dauert nicht mehr lange. Wir treffen uns um sieben auf dem Flugplatz.«

Bei einem Kaffee in der Cafeteria in der Ankunftshalle konnte ich zusammenfassen, was ich Line sagen zu müssen glaubte. »Im Moment ist es besser, wenn du nicht zuviel weißt, Line. Die Polizei ist eingeschaltet, bald ist die Gefahr vorbei.«

Ich war eben immer schon ein Optimist. Line fiel immerhin mein Veilchen auf. Eine warme Hand betastete vorsichtig Schrammen und Kratzer. »Wie du aussiehst, Svend! Halt dich jetzt aber aus neuen Schwierigkeiten raus!« Sie hatte vergessen, wer mich in dieses ganze Elend hineingeschickt hatte.

»Ganz ruhig, das findet sich alles.« Fast hätte ich es selber geglaubt. »Gib mir deine Telefonnummer in London, ich rufe

dich an, sobald ich mehr weiß. In ein paar Tagen ist die Luft sicher wieder rein. Nimm das doch solange als Kurzurlaub.«
Ich sollte wirklich ein Reisebüro aufmachen.

18

Ich suchte mir im Parkhaus in Vika eine versteckte Ecke und fuhr dann mit Hulda per Bus zur Wohnung in Vålerenga. Ehe ich den Schlüssel in das Türschloß schob, sah ich die Umgebung genau durch, ohne etwas Verdächtiges zu finden. Falls mich bei meinem letzten Besuch nicht irgendwer beschattet hatte, müßte ich hier in Sicherheit sein. Solange ich den Verstand hatte, in meinen vier Wänden zu bleiben. Im Moment hatte ich das Gefühl, daß alles gutgehen würde.

Ich machte mich gerade für meinen Abendspaziergang mit Hulda bereit, als mein Mobiltelefon klingelte. Wenn ich abnahm und es die richtigen Leute waren, dann würden sie wissen, daß ich lebte und mich in Telefonnähe aufhielt. Ich entschied mich für eine Zwischenlösung mit einem um den Hörer gewickelten Taschentuch und einer Stimme mit Akzent.

Zum Glück war es nur Wilhelm Mørk. »Alles unter Kontrolle, nehme ich an. Alle sind weg, und du bist gut untergebracht.« Er fragte nicht, er stellte einfach fest. »Ruf mich von der nächsten Telefonzelle aus an.« Er gab mir die Nummer einer Zelle in Tønsberg.

Dort meldete er sich sofort. »Unter den Dealern hier ist die Hölle los. Kein Stoff und das totale Chaos. Der Toyota ist in seine Bestandteile zerlegt worden. Irgendwer hat zwei und zwei zusammengezählt und fünf erhalten. Und das wollen wir uns zunutze machen.«

»Was hast du vor, wir können doch nicht einfach die Hände in den Schoß legen!« Ich baute mir langsam einen Plan zusammen, aber ich hatte nicht vor, Wilhelm Mørk einzuweihen, solange das nicht unbedingt nötig war. »Ich werde heute abend meinen Bericht schreiben, wie du gewünscht hast. Vielleicht sollten wir der Drogenfahndung gleich alles geben, den

Rest schaffen die dann doch allein?« Ich war unsicher. Sie würden die Sache so schnell durchschauen wie wir. Aber es gab nicht genug Beweise, um Finansimport und Drogenhandel zusammenzubringen. Und eine Aktion jetzt konnte uns alle Möglichkeiten verderben, die Hintermänner festzunageln.

Wilhelm Mørk war da ganz meiner Meinung. »Ich übernehm' das. Wir wollen doch die, die wirklich die Verantwortung tragen, nicht so einfach davonkommen lassen, oder was?«

Ich mochte mich Wilhelm Mørk nicht anvertrauen, aber er hatte recht.

»Ich halte dich auf dem laufenden, und du versuchst ausnahmsweise mal, zwei Tage ruhig zu bleiben«, sagte er dann beruhigend. »Wenn sie merken, daß du weg bist, wirst du bald ganz oben auf der Liste der beliebten Persönlichkeiten stehen. Ich rufe dich morgen wieder an, ich lasse es fünfmal klingeln, dann warte ich eine Minute und rufe dann noch einmal an. Ansonsten gehst du nicht ans Telefon. Und halt dich bedeckt!« Er legte auf.

Seine Warnung war nicht übertrieben. Von jetzt an mußte ich vollständig untergetaucht bleiben. Schlimmeres, als mich in Stücke zu reißen, war schon für weniger als zwanzig Millionen gemacht worden.

Hulda mußte sich mit einer verkürzten Abendtour zufriedengeben. In der Wohnung war es gewissermaßen gemütlicher. Immerhin hatte ich Zeit zum Nachdenken. Ich mußte den alten Spuren aus den siebziger Jahren nachgehen. Und diesmal wollte ich das allein machen, statt auf unzuverlässige Gewährsleute zu bauen, die immer schweigsamer wurden und sich alle Mühe gaben, mich loszuwerden.

Ich setzte mich ans Telefon. Ein alter Kommilitone, der bei Aftenposten arbeitete, hatte mir auch früher schon geholfen.

Da er ein Computerfreak und scharf auf alte Geschichten war, mußte er das ausgezeichnete Computerarchiv der Zeitung betreuen, und ich wußte, daß er außerdem sein ganz privates Archiv angelegt hatte.

»Svend Foyn? Nett zu hören, daß die Drogenirren dich noch nicht abserviert haben«, sagte er erstaunt, als ich ihn spätabends endlich an der Strippe hatte. Er bezog sich auf einen meiner eher rabiaten Mandanten und ahnte gar nicht, wie nah er dabei der Wahrheit kam. »Erzähl mir lieber gleich, was du willst, sonst rufst du ja doch nie an. Vielleicht können wir einen Tauschhandel abschließen.«

»Ich komme morgen früh zu dir in die Redaktion, ich brauche die Hilfe von jemandem, der sich für alte Verbrechen interessiert und der ein gutes Gedächtnis und Gespür für Mysterien hat. Also von dir!« Ich wußte, daß er der Versuchung, eine gute Geschichte aufzutun, nicht widerstehen konnte, und ich brauchte nun einmal Hilfe.

Erst spät in der Nacht konnte ich einschlafen. Das enge Zimmer in Vålerenga kam mir immer mehr wie eine Gefängniszelle vor, und ich war meilenweit von meiner Spitzenform entfernt. Der Tag fing zu früh an. Aber ich hatte wenig Zeit und viel zu erledigen. Sogar mit der hinter mir herwuselnden Hulda fühlte ich mich unter freiem Himmel nicht sicher.

Zum Glück stand in den Zeitungen, die ich in aller Eile überflog, nichts über in öden Vestfolder Seen versenkte Mercedesse. Und von mir aus konnte das so bleiben. Mit meinem dänischen Parka getarnt, wanderte ich durch Oslos vergiftete Adventsluft. Ich mußte die Offensive ergreifen. Schlimm genug, daß die Gorillas hinter mir her waren. Dazu kam dann noch der Zyniker Wilhelm Mørk, der seine Privataktion durchzog und dem alles zuzutrauen war. Und ich war sicher, daß er nicht allein war.

Bei Aftenposten kämpfte ich mich durch summende Computer und gestreßte Journalisten zum Archiv durch. Kjell wußte, was er machte, als er sich in dieser Abteilung häuslich niedergelassen hatte. Er war zu einem Teil des Inventars geworden und hatte hier seine Ruhe, er hatte nach und nach die blaßgrüne Färbung seines Büros angenommen und verschwamm mit seiner Umgebung. Irgendwann in grauer Vorzeit hatte er sicher geplant, seine Spitzennote beim Geschichtsexamen zu einem anderen Zweck zu nutzen.

»Man sollte nicht glauben, daß ihr ein Computersystem habt, wenn man dein Chaos sieht«, sagte ich und schaufelte kiloweise alte Zeitungausschnitte vom Schreibtisch.

Ich musterte meinen alten Freund und überlegte, wieviel ich ihm erzählen konnte. Es ging nicht gerade aufwarts mit ihm. Seit seiner Scheidung und Einquartierung in einem winzigen Kabuff von Wohnung hatte er an jedem zweiten Wochenende treu und brav alle möglichen Schwimmbäder und Kinderveranstaltungen besucht, bis seine Kinder das Chlorwasser so satt hatten, daß sie nicht mehr mitmachen wollten. Ich konnte riechen, daß er anderswo Trost suchte. Ich wollte ihm nicht mehr anvertrauen als unbedingt nötig. Behutsam zog ich den zerknitterten Zeitungsausschnitt aus Villebois' altem Briefumschlag. »Sagt dir das irgendwas?«

Kjell betrachtete den Artikel im Licht einer eingestaubten Schreibtischlampe und überflog seinen Inhalt. »Der ist von uns, ja, das war vielleicht eine Geschichte! Es war das erste Mal, daß die Polizei auf diese Weise ausgetrickst wurde, aber es war nicht das letzte.«

»Kannst du dich an den Fall erinnern?« fragte ich gespannt. »Das ist doch an die achtzehn Jahre her.«

»Mal sehen, das war vor meiner Zeit hier im Haus.« Er nahm einen Ordner mit der Aufschrift KRIM. aus seinem Privatarchiv. »Wenn ich nicht völlig schiefliege, dann ist diese Sache nie aufgeklärt worden.« Er blätterte, daß der Staub nur so flog, und die entsprechende Zeitungsseite und spätere Artikel zum Thema tauchten auf. Der Gaunerstreich war wirklich in der Nacht des großen Sieges durchgeführt worden, als in Petter Svendsens Wohnung gefeiert wurde. Das Fest, an dem die ganze Blase teilgenommen hatte, alle, die mir in den letzten Wochen über den Weg gelaufen waren.

Wir sahen uns Kjells Artikelarchiv genauer an. Er hatte recht, es waren keine Spuren gefunden worden. Das Hasch war und blieb verschwunden, niemand war festgenommen oder verdächtigt worden. Die ganze Sache war ausgesprochen peinlich für die Polizei gewesen. Es war über Verbindungen zu gewissen anarchistischen Studentengruppen spekuliert worden, in denen damals viel Hasch im Umlauf gewesen war, aber nichts Konkretes hatte sich ergeben. Alle Bekannten aus der Haschraucherszene waren zur Wache geschleift worden, aber auch das hatte nichts gebracht. Und am Ende waren die Ermittlungen still und friedlich eingeschlafen.

Kjell paßte es nicht, daß ich ohne Gegenleistung wieder verschwand, aber ich konnte es einfach nicht riskieren, ihm von meinen Ahnungen zu erzählen, die jetzt langsam konkret wurden. Ich hatte schon genug Leichen hinter mir verstreut.

Mein nächstes Ziel war die Polizei. Auch dort hatte ich Bekannte, Kommilitonen, die dort als Baustein ihrer Karrieren Posten gesucht hatten. Manchen gefiel es dann so gut, daß sie blieben. Mir war aufgefallen, daß sich die Pfadfinder-Anführer meiner Kindheit und die angehenden Offiziere der Militärzeit hier am wohlsten fühlten. Ausnahmsweise überwand ich meine Vorurteile. Ein hübscher Vorwand verschaffte mir Zugang zu alten Protokollen. Ich hatte inzwischen meine Phantasie weit entwickelt, wenn es darum ging, glaubwürdige Märchen zu konstruieren.

Ein netter Archivar lotste mich durch das Elend von Jahrzehnten. Ich suchte eine Haschsache aus dem Jahre 1972. Der entsprechende Ordner war dick wie die Bibel.

Bei einer Kanne Hebammenkaffee aus der Kantine vertiefte ich mich in die Unterlagen. Damals war gründlich ermittelt worden, daran bestand kein Zweifel. Aber seltsamerweise endeten alle Spuren abrupt bei dem Schließfach. Das Hasch war und blieb spurlos verschwunden. Der ganze Drogenmarkt, der damals übersichtlicher gewesen war, wurde monatelang durchgekämmt, aber nicht ein einziger Joint aus dieser Riesenpartie hatte sich auftreiben lassen. Die Fahnder hatten die Szene durchwühlt, hatten Zinker hochgejagt und mit Belohnungen gelockt. Alles war auffällig still geblieben. Der Name des Chefermittlers sagte mir nichts, Svein Winther, Hauptkommissar. Ich rief meinen wohlwollenden Lotsen, den Archivar. Ich zeigte auf den Namen Winther. »Kennst du diesen Mann, weißt du, ob er noch im Haus ist?«

»Winther ist längst in Pension. Mal sehen, der muß hoch in den Siebzigern sein, er hat vor ungefähr fünfzehn Jahren Schluß gemacht. Aber es geht ihm noch gut, er ermittelt privat noch immer ein bißchen, habe ich gehört.«

Ich stürzte mich auf das Telefonbuch. »Hauptkommissar Svein Winther?« Ich stellte mich vor und erzählte ihm, was er meiner Meinung nach unbedingt wissen mußte. »Könnte ich k-k-kurz mit Ihnen sprechen? Ich k-k-komme sofort, wenn Ihnen das recht ist.«

Er hatte eine klare Stimme und ging sofort auf meine Bitte ein. »Das mit dem Hauptkommissar können Sie vergessen, jetzt bin ich Rentner. Ich setze schon mal Kaffeewasser auf.« Er erklärte mir den Weg von der U-Bahn Lambertseter bis zu seinem Haus.

In der U-Bahn herrschte vormittägliche Stille. Hausfrauen auf Einkaufstour, eine Bande von Jugendlichen mit asiatischen Vorfahren, zwei junge gutangezogene Männer. Was zum Henker hatten die um diese Tageszeit in der U-Bahn zu suchen? Diese Frage konnte mit gewisser Berechtigung aber auch mir gestellt werden. Die Antwort gefiel mir nicht, und ich atmete erleichtert auf, als ich in Lambertseter als einziger ausstieg. Meine Nerven waren einfach nicht gut genug.

Einige Minuten später regte ich mich in Gesellschaft eines ungewöhnlich jugendlichen Rentners in einer gemütlichen Blockwohnung wieder ab. Er hatte mich auf dem Parkplatz erwartet, und mir fiel auf, daß er die Umgebung musterte, ehe wir ins Haus gingen. Ich sagte nichts dagegen. Der Mann war dünn wie ein Strich, hatte scharfe Züge und einen Adlerblick. Er sah aus wie ein Polizist der alten Schule. Jetzt fiel mir ein, wo ich seinen Namen schon einmal gesehen hatte. Winther war Marathonläufer. In seinem Alter kommt man dann oft in die Zeitung, wenn man überhaupt das Ziel erreicht, und er schaffte das sehr gut. Ich kannte mich gut aus mit den Ergebnissen in der Seniorenklasse des Oslo-Marathons.

»Woher dieses Interesse an altem Hasch?«

Er hatte noch immer eine gute Nase, und ich versuchte es gar nicht erst mit Ausreden. »Ich glaube, ich habe mit jemandem zu tun, der damals in die Sache verwickelt war und der hinter einer feinen Fassade noch viel schlimmere Dinge getrieben hat.«

Er nickte nachdenklich. »Wir sind damals zum selben Schluß gekommen. Es muß sich um Leute mit blütenweißer Vergangenheit gehandelt haben, sonst hätten wir sie erwischt. Wir haben angenommen, daß jemand das Hasch geholt und dann über einen langen Zeitraum hinweg vorsichtig den Markt damit bedient hat. Wenn der ganze Stoff rasch in Umlauf gekommen wäre, hätten wir das registriert. Jemand muß damals auf lange Sicht geplant haben.«

»Es gab Gerüchte, es sei eine interne Sache gewesen, nicht wahr?« fragte ich vorsichtig. »Sie sind in dieser Verbindung nicht zufällig auf einen Polizisten namens Wilhelm Mørk gestoßen? Er war in den siebziger Jahren bei der Drogenfahndung.«

»Diese Theorie haben wir fallenlassen. Aber es stimmt, es war sehr unangenehm, und für diesen Patzer mußten wir ganz schön Buße tun. Wir haben jeden Stein umgedreht, haben aber nichts gefunden, rein gar nichts. Und Mørk hatte soviel ich weiß nie mit dieser Sache zu tun. Ich kannte ihn nur vom Namen her.«

»Um welche Uhrzeit ist das Schließfach geleert worden?« Das hatte ich in der Zeitung gelesen, aber ich wollte eine Bestätigung.

»Irgendwann zwischen ein und vier Uhr nachts. Irgendwer muß sich im Bahnhof versteckt und zugeschlagen haben, als die Eingänge abgeschlossen waren. Danach hat er sich offenbar mit der ganzen Ladung aus einer Hintertür hinausgeschlichen. Wir hatten unsere Leute postiert, aber die haben ungewöhnlich schlechte Arbeit geleistet.« Er schnaubte verächtlich. »Es gab auch eine Erklärung, wir waren mit einem Bankraub beschäftigt und hatten nicht genug Leute. Deshalb waren zuwenig Posten unten beim Bahnhof.«

Ich dachte nach. Irgendein Teilnehmer der Siegesfeier konnte den Kram geholt haben. Sie konnten das nach ein Uhr nachts gemacht haben. Aber dieser Coup mußte von Leuten durchgezogen worden sein, die zur Haschszene gehörten oder sich dort gut auskannten, und das war bei meinen Leuten nicht der Fall. Ich war so klug wie vorher. Ich war davon überzeugt, daß die Lösung dicht vor meiner Nase hing, aber ich konnte sie nicht erkennen.

Wir tranken noch mehr starken Kaffee und tauschten Marathonerfahrungen aus, dann kehrte ich später am Nachmittag in meine Wohnung zurück. Jetzt hatte ich einen Plan. In meiner Brieftasche steckte der Zettel meines rettenden Taxiengels, und der Engel konnte mir jetzt einen dringenden Gefallen tun. Ich fand meine Idee gut und hatte bald Ali in seinem Taxi an der Strippe. »Hier ist Svend Foyn. Du hast mich letzte Woche vor z-z-zwei Gangstern gerettet, weißt du noch?«

»So trübe in der Birne bin ich nicht, daß ich das vergessen könnte. Geht's dir gut?«

»Ich lebe noch. Du kannst mir vielleicht bei einer Sache helfen, hast du später heute abend ein bißchen Zeit?«

»Alles klar, ich kann in einer Stunde Feierabend machen. Wo treffen wir uns?«

»Halt' im *Beckers* nach mir Ausschau. Leute aus der Drogenszene machen offenbar Jagd auf die Typen, die mich umbringen wollten, Stensen und Opstad. Kannst du irgendwie herausfinden, ob es entsprechende Gerüchte gibt?« Aus einer alten Hehlereisache wußte ich, daß die Taxiszene in Oslo ganz eigene Möglichkeiten hat, um heiße Neuigkeiten aufzuschnappen, auch solche von der nicht ganz legalen Sorte.

Wir trafen uns um acht zu einem kleinen Imbiß. Ich hatte mich wieder verkleidet, fühlte mich einigermaßen sicher und wollte ihn unbedingt einladen. Es kam mir beruhigend vor, mit einem normalen Menschen zu sprechen.

Ali hatte Neuigkeiten. »Die beiden, die du erwähnt hast, sind wirklich heiße Ware, alle sind auf der Suche nach ihnen. Niemand weiß, was passiert ist, aber angeblich haben sie Stoff, der anderswo hingehört. Wer den richtigen Tip hat, kann viel Kohle aus dieser Sache rausholen.« Er blickte mich mit einem Funkeln in den Augen an. »Das gilt allerdings auch für einen gewissen Svend Foyn. Der ist offenbar in denselben Kreisen erwünscht, so erwünscht, daß ein Kopfpreis auf ihn ausgesetzt worden ist.«

Ich starre ihn ungläubig an.

Ali wurde ernst. »Das ist kein Witz.«

»Wer organisiert sowas, Ali, ihr w-w-wißt doch sicher etwas darüber? Woher kommen diese Nachrichten? Verdammt, wir sind doch nicht in Chicago, wir sind in Oslo im k-k-kleinen Norwegen!«

Ali sah mich lange an. »Es gibt eine andere Welt, auch hier in Oslo. Ihr Norweger seid so naiv, ihr bildet euch ein, das könnte nur in fremden Ländern passieren, weit weg von Kardemomme und den ewig singenden Wäldern.«

Er hatte seine Lektion gelernt, der Taxifahrer aus Dacca, mit dem Master of Arts der Literaturwissenschaften und dem gemieteten Zimmer in der Altstadt. »Es ist nicht schwer, jemanden endgültig verschwinden zu lassen, wenn du fünfundzwanzigtausend Eier hast und dieser Jemand nicht übermäßig bekannt und beliebt ist. Auch dann läßt sich das arrangieren, aber dann kostet es mehr. Man importiert einen Killer aus den Niederlanden, wo solche Leistungen billig zu haben sind. Niemand weiß so recht, woher diese Nachrichten stammen. Es spielt auch keine Rolle, die Information verbreitet sich trotzdem. Die, für die sie bestimmt ist, wissen, worum es geht. Die anderen«, er breitete die Arme aus, »die können weiter in ihrer Idylle leben und an den Weihnachtsmann glauben.« Seine dunklen Augen musterten mich freundlich. »Du hast damit aufgehört, hoffe ich?«

Wir parkten das Taxi in der Sorgenfrigate in sicherer Entfernung von Nummer 7. »Was machen wir jetzt?« fragte Ali.

»Kannst du zu diesem Haus gehen, da, zum Eingang von Finansimport? Sieh mal nach, ob irgendwer da ist, das Büro liegt im Erdgeschoß. Aber sei vorsichtig. Ich kann mich nicht sehen lassen, hier kennen mich zu viele.«

Ali stieg schnell aus dem Wagen, er trug noch immer seine Taxifahrerjacke. »Ich frage, ob sie den Wagen bestellt haben.«

»Gute Idee, sag, daß ein gewissen Svendsen dich bestellt hat, dann sehen wir ja, ob er da ist.«

Ich sah ihm aus der Entfernung zu. Er schellte, nach einigen Minuten erschien ein Mann, sie palaverten ein Weilchen, dann zuckte Ali mit den Schultern und kam zum Wagen zurück. »Da waren mehrere Typen, ich konnte nicht alle sehen. Aber dieser Svendsen war dabei, ich habe gehört, daß sie ihn gerufen haben.«

Langsam fuhren wir an den Autos vorbei, die vor dem Haus abgestellt waren, und mein Verdacht bestätigte sich. Uthus' Jaguar und eine Karre, die ich für Teisens BMW hielt, standen in der Nachbarschaft. Alles wies darauf hin, daß bei der Firma eine kleine Besprechung stattfand, eine Krisensitzung, bei der ein paar Metallzylinder ganz oben auf der Tagesordnung standen. Ich trat sicher auch in der Themenliste auf. Vielleicht in der Rubrik: »Wie werden wir nervige Kleinstadtanwälte los?« Solche Geschäfte wurden immer in persönlicher Anwesenheit erledigt. Das Telefon konnte jetzt nicht mehr benutzt werden, da die Befugnisse der Drogenfahndung erweitert worden waren. Das System paßte sich nur einer neuen Wirklichkeit an.

Ali setzte mich in Grünerløkka ab. »Sag Bescheid, wenn du wieder Hilfe brauchst.«

Und das würde sicher der Fall sein. Ich hoffte, daß der Plan, den ich jetzt ausgeheckt hatte, schlau genug wäre. Auf jeden Fall war er so gefährlich, daß ich keine Außenstehenden hineinziehen durfte. Diesmal mußte ich die Rechnung selber bezahlen. Und das bedeutete den endgültigen Abschied von Frau Justitias altmodischen Prinzipien von Recht und Gesetz. Bis auf weiteres konnte ich diesen Konflikt in der Reihe meiner Probleme nach hinten schieben.

Ich wählte in einer Telefonzelle Wilhelm Mørks Nummer und sprach ein Stoßgebet, er möge zu Hause sein. Ich wurde erhört. »Ruf mich unter dieser Nummer von der nächsten T-t-telefonzelle aus an, von der auf dem Teletorg.« Ich hatte mir die Nummer notiert und wußte, daß dieses Telefon funktionierte.

Nach einigen Minuten hatte ich Mørk an der Strippe. Ich konzentrierte mich mit aller Kraft. »Ich k-k-komme gerade von einer kleinen Schnüffelei bei den Büros von Finansimport. Dort f-f-findet gerade eine hektische Sitzung statt. Deine alten Freunde sind auch dabei.«

Er fiel mir ins Wort. »Weißt du überhaupt, wie beliebt du plötzlich bist? Auf dich ist ein Kopfpreis ausgesetzt worden. Ich an deiner Stelle würde zu Hause vor dem Fernseher sitzen. Alle suchen nach dir, sogar die Polizei. Die Drogenknaben haben heute nach dir Ausschau gehalten, auch sie haben gehört, daß Ware auf Abwege geraten sein soll. Sowas verbreitet sich rasch.«

»Das weiß ich alles. Du h-h-hast den Kram doch noch?«

»Darauf kannst du Gift nehmen.«

»Uthus und Teisen stecken bis zum Kinn im Dreck, da bin ich mir jetzt sicher.« Ich sagte ihm nicht, warum. Etwas von meinen Erkenntnissen über diesen Fall wollte ich für mich behalten. »Das Problem ist, es ist so g-g-gut wie unmöglich, sie mit dem Stoff in Verbindung zu bringen«, sagte ich dann. »Dazu sind sie zu c-c-clever, nicht wahr?«

»Das hast du also auch schon gemerkt.«

»Können wir diese Verbindung denn nicht herstellen? Beide sind heute abend in Oslo und werden frühestens spät in der Nacht nach Hause kommen. B-b-bring bei ihnen doch passende Mengen unter. Nicht zuv-v-viel, nur so viel, daß es aussieht wie großzügig bemessener Eigenbedarf.« Ich hatte jetzt wirklich meine Siebenmeilenstiefel angezogen. Und entfernte mich von Gesetz und Ethik. Bald würde ich Wilhelm Mørks Niveau erreicht haben.

Er stieß einen Pfiff aus. »Das wird sich wohl arrangieren lassen. Hast du auch einen Vorschlag, was wir mit den beiden anderen anfangen sollen? Es wird nicht leicht, Svendsen und Thorsen dingfest zu machen. Und kleine Mengen reichen nicht, um sie wegen Drogenhandels hochzunehmen. Außerdem kann es herauskommen, wenn wir ihnen was unterschieben.«

Ich hatte noch weitere Vorschläge, aber ich mußte erst noch daran herumfeilen, ehe ich es riskierte, Mørk ins Vertrauen zu ziehen. »Tu einfach, was ich dir gesagt habe. Ich rufe dich morgen an, kannst du um P-p-punkt elf in dieser Zelle sein?«

Für den restlichen Abend pflegte ich Leib und Seele mit guter Musik und Cognactropfen. Die Restaurants verlockten mich nicht. Später setzte ich mich an Mørks alte Schreibmaschine und verfaßte einen kurzen und nüchternen Überblick über mögliche Indizien. Ich achtete sorgsam auf Formulierungen und Bewertungen, um zu verhindern, daß mein Text zu uns zurückverfolgt werden könnte, und ich hielt mich an eine Sprache, die meiner Ansicht nach die Profis benutzten, auch, wenn ich davon ausging, daß kein Profi so einen Bericht schreiben würde. Das wußte die Polizei natürlich auch, aber ich wollte die Quellen so verwirrend aussehen lassen wie nur möglich. Auf einem nächtlichen Spaziergang mit Hulda warf ich die Reste der Schreibmaschine in zwei Container.

19

Am nächsten Tag hatte ich ein umfassendes Programm. Ein Anruf an Steinar Teisens Arbeitsplatz in Tønsberg ergab, daß er im Dienst war. Ich könne ihn später am Tag erreichen, wurde mir gesagt, der Abteilungsleiter sei bei einer wichtigen Besprechung. Sie achteten auf ihre Fassaden. Es war clever, ein alltägliches Leben zu führen, aber nicht clever genug.

Die nächste Aufgabe war schon schwieriger. Ich nahm das Osloer Branchenfernsprechbuch zu Hilfe und rief die Gebrauchtwagenhändler der Stadt an. Als Konkursvollstrecker hatte ich allerlei über Marktübersättigung gehört, aber diese Branche schlug doch alle Rekorde. Nach rund fünfzehn Telefonaten hatte ich Erfolg. Doch, sie hatten einen Mercedes 280 SE, fünfundsiebziger Modell, schwarz und schön, fast schon ein Oldtimer. Ich erklärte, daß ich ihn zwei Tage probefahren wollte. »Meine Frau, Sie wissen schon«, säuselte ich augenzwinkernd in die Sprechmuschel. Die Skepsis des Händlers verringerte sich, als ich den Jaguar als Pfand anbot.

Wir verabredeten, daß ich den Mercedes gegen fünf Uhr an diesem Nachmittag in Ensjø abholen sollte. Er war nicht registriert, deshalb mußte ich mit roten Probeschildern fahren. Ich ahnte schon, woher ich normale Nummernschilder nehmen sollte.

Nun war Wilhelm Mørk an der Reihe. Ich hoffte, daß er seine Abmachungen noch immer einhielt. Ich ging davon aus, daß wir bis auf weiteres noch gemeinsame Interessen hatten. Und ich wollte ihm ein Angebot machen, das er nicht ablehnen konnte.

Er meldete sich sofort, als ich zum vereinbarten Zeitpunkt die Telefonzelle anrief. »Gibt's was Neues?« Er hörte sich unbekümmert an.

»Kannst du dich für zwei Stunden verdrücken? Ich muß mit dir sprechen, und für das, was ich zu sagen habe, ist das Telefon nicht geeignet. Wir treffen uns in einer Stunde in der Raststätte an der Mautschranke bei Lier, das kannst du gerade schaffen.« Ich wollte keine Einwände gelten lassen, und seltsamerweise kamen auch keine Proteste. Mein neuer Plan war so ausgefallen und gefährlich, daß ich ihn mündlich erklären mußte. Den Jaguar zu nehmen war zu riskant, und deshalb fuhr ich mit einem Taxi zur nächsten Mietwagenfirma. Dort erhielt ich einen wunderbar neutralen Fiesta, der mich still und ruhig nach Drammen brachte. Jetzt, mitten am Tag, war nicht viel Verkehr, ich ließ mir Zeit, ließ alle überholen und war sicher, daß ich nicht verfolgt wurde, als ich mich meinem Ziel näherte.

In der Raststätte besetzte ich einen friedlichen Tisch in einer Ecke und tarnte mich mit einer Zeitung und einer Tasse Kaffee, während ich gespannt wartete.

Mørk tauchte so plötzlich vor mir auf, daß mir die Kaffeetasse zu Boden ging. Niemand achtete auf das Klirren. Mørk ließ sich am Nachbartisch nieder und zog eine Zeitung hervor, ohne mich eines Blickes zu würdigen. Dieser riesige Mann bewegte sich mit der Geschmeidigkeit einer Katze.

»Hast du den Kram untergebracht?« fragte ich vorsichtig die Zeitung.

»Alles längst durchgezogen. Es wird ihnen bestimmt nicht schwerfallen, die Überraschten zu spielen, wenn die Leckereien gefunden werden. Ich hoffe, du hast einen guten Grund dafür, mich hierher zu schleifen.« Er sprach leise, aber deutlich, und ich wußte, daß er meinen Vorschlag mit der Goldwaage abwägen würde.

»Ja, hör zu. Es macht uns Probleme, sie mit dem Stoff in Verbindung zu bringen, nicht wahr?«

Mørk nickte unmerklich.

»Gleichzeitig würden sie nichts lieber tun, als diese kleinen

Kilos an sich zu reißen. Sie sind so verzweifelt, daß sie auch Risiken eingehen würden, ungewöhnliche Risiken.«

Er war dabei, sein Interesse steigerte sich.

»Weiter.«

»Sie haben den Verdacht, daß Opstad und Stensen mich eliminiert und sich dann mit dem Stoff abgesetzt haben. Oder sie glauben, ich hätte mich mit denen zusammengetan. Die halten doch alle für käuflich.«

»Sie haben recht, es ist nur eine Frage des Preises.«

»Stellen wir uns, rein hypothetisch, vor, daß Opstad und Stensen sich melden und die Möglichkeit eines Deals andeuten«, sagte ich nun. »Würden sie anbeißen?«

»Vielleicht, aber sie wären sehr mißtrauisch und würden Beweise verlangen.«

»Ich kann dir etwas anvertrauen«, sagte ich ruhig. »Ich bin ein guter Imitator. Du weißt vielleicht nicht, daß ich eine Vergangenheit als Laienschauspieler habe. Wer, glaubst du, hat '78 die Hauptrolle in der Unirevue gespielt? Kenneth Stensen hatte eine sehr charakteristische Stimme, er lispelte und sprach ein schnarrendes R.«

»Hast du dich schon mal am Telefon gehört?« Seine Ironie gefiel mir nicht.

»Es gibt vieles, was du nicht über mich weißt. Wenn ich Theater spiele, ist mein Stottern wie weggeblasen. Und verschone mich mit billigen psychologischen Analysen.« Kalt fügte ich hinzu: »Ich rufe einen Knaben aus der Bande an, einen, der nicht allzu clever ist. Sie haben Stensen sicher nicht persönlich gekannt. Ich mache ihm ein Angebot, das sie nicht ablehnen können. Wir machen ein Treffen aus und geben dann der Drogenfahndung einen Tip. Und damit sitzen sie in der Falle.«

Ich wartete auf Mørks Einwände. »Das ist ein interessanter Plan, aber er hat zwei schwache Punkte. Zum einen werden sie Beweise fordern. Es gibt zu viele, die wissen, daß eine Menge

Ware auf Abwege geraten ist und die gern was vom Kuchen abhaben würden. Und zum anderen werden sie nie im Leben den Kram selber abholen, bei denen läuft alles über Strohmänner.« Er hatte jetzt seine Zeitung sinken lassen. Ich hielt das für ein Anzeichen seriösen Interesses.

»Das zweite Problem solltest du lösen, finde ich«, erwiderte ich kühl. Das hier war der kritische Punkt. »Heute nachmittag, vor vier Uhr, mußt du die Behälter mit dem Schnee in Teisens Auto unterbringen.« Ich sah auf die Uhr. »Du hast noch zwei Stunden. Sein Wagen steht in der Garage der Bezirksverwaltung. Dort ist es tagsüber still und ruhig. Um den Rest kümmere ich mich.«

Ich blickte mich in der Raststätte um. Der eine oder andere Handelsvertreter, der viel Zeit hatte, Rentner, die Ausflüge machten, normale Leute mit normalen Beschäftigungen.

»Wir treffen uns morgen abend um zehn im *Schous*«, sagte ich. »Wenn es Probleme gibt, kannst du mich per Europieper erwischen. Ich habe das Mobiltelefon ausgeschaltet.«

Ich mußte mich darauf verlassen, daß Wilhelm Mørk motiviert genug war, um diesen Plan durchzuführen. Ich wußte, daß er keine Skrupel hatte, er war genau der Typ, zu dem ich auch gerade wurde. »Noch zwei Dinge, wir brauchen falsche Nummernschilder für den Mercedes, mit der Originalnummer. Das kannst du doch sicher in die Wege leiten?«

Ich legte eine Pause ein, holte neuen Kaffee und ließ ihn den Plan verdauen.

»Und zum Schluß noch etwas Wichtiges. Du mußt zwei Dealer hochjagen, keine allzu großen und cleveren, aber auch keine von den kleinen Knaben. Treffpunkt ist der Parkplatz vor dem Technischen Museum in Kjelsås, morgen abend Punkt Mitternacht. Unsere Leute müssen mit den Dealern in Verbindung gebracht werden, ohne selber davon zu wissen. Sonst rutschen sie vielleicht vom Haken, wenn sie behaupten, der Stoff sei ihnen untergeschoben worden. Ein tüchtiger Anwalt könnte da einiges draus machen.« Ich mußte das ja schließlich wissen. »Die Dealer halten auf dem Parkplatz und bleiben in ihrer Karre sitzen, bis vier Mann in einem roten BMW auftauchen. Danach könnten sie Kontakt aufnehmen, sie bekommen jede Menge Ware, und dafür müssen sie das Bargeld parat haben.« Ich holte Luft. »Ich rufe Teisen an und mache alles mit ihm klar.«

Ich blickte Mørk gespannt an, und er quittierte meinen Blick mit einem steinernen Gesicht. »Und wie stellst du dir meine Rolle in diesem Stück vor?«

»Du kannst ganz passiv bleiben, Hauptsache, du plazierst den Schnee. Später, wenn die Polizei ins Bild kommt, kennen wir uns nicht.«

Mein Plan hatte seine schwachen Punkte, aber er war der einzige, den ich hatte. Und das Risiko ging dabei vor allem ich ein. Mørk setzte seine Haut nicht aufs Spiel. Ich ging davon aus, daß die Möglichkeiten ihm verlockend erschienen. Aber ich war alles andere als sicher, was ich von Wilhelm Mørk zu halten hatte. Ich mußte die ganze Zeit damit rechnen, daß er mich für seine eigenen Interessen ausnutzen würde, und über diese Interessen wußte ich eindeutig zuwenig. Das machte mir Sorgen.

Nach einigen Minuten erhob er sich ruhig, nickte ein zustimmendes »Okay« und verschwand dann so unbemerkt, wie er gekommen war. Ich nahm das als Zusage.

Ich hatte wenig Zeit und bretterte über den Drammensvei zurück nach Oslo. Alte Revuekünste mußten auf die Probe gestellt werden, ich versuchte, mich daran zu erinnern, was ich von Kenneth Stensens Wortschatz gehört hatte. Es müßte möglich sein. Das Lispeln war eine dankbare Aufgabe. Der arme Kenneth war geboren worden, ehe der pädagogisch-psychologische Beratungsdienst das Licht der Welt erblickt hatte. Er mußte ohne logopädische Hilfe sein Leben meistern. Ich hatte allerdings meine Zweifel, ob diese Dienste ihm geholfen hätten. Jetzt war es sowieso zu spät. Um das, was von ihm und seinem Kompagnon noch übrig war, würden sich die Hechte kümmern, nicht die Pädagogen.

Ich faßte Mut, zog eine Serie meiner alten Atemübungen durch und rief von einer ruhigen Telefonzelle aus Teisens Büro an. Ich hatte auch die Nummer einer Telefonzelle in Tønsberg gefunden, um meine Kontaktbedürfnisse gründlich zu decken.

»Steinar Teisen? Hier ist Kenneth Stensen.« Das Lispeln machte keine Probleme. »Hör genau zu und mach, was ich dir sage. In genau zehn Minuten stehst du in der Telefonzelle am Bahnhof, links vom Fahrkartenschalter. Da rufe ich an. Wenn es eine Minute lang geklingelt hat, nimmst du ab und fragst nach Kenneth. Wenn ihr das verschwundene Päckchen wiederhaben wollt, dann tu, was ich dir sage. Versuch nicht, inzwischen noch andere zu informieren, du schaffst es gerade, in normalem Tempo allein zur Telefonzelle zu gehen. Mach jetzt keinen Scheiß, du wirst überwacht, und wenn was schiefgeht, dann ist für euch die Hölle los.«

Es war eine leere Drohung, aber das konnte er ja nicht wissen. Ich knallte den Hörer auf die Gabel und war mit der Entwicklung zufrieden. Ich wartete genau zehn Minuten, dann wählte ich die Nummer. Gott sei Dank! Ich kam sofort durch. Nach einer Minute wurde abgenommen, und ein vorsichtiger Teisen sagte: »Kenneth?«

»Hör jetzt gut zu. Wir haben den Kram, vier Kilo vom besten Schnee, den du je probiert hast, eingepackt in drei runde Aluminiumbehälter. Sie waren vorher im Luftfilter eines alten Toyota untergebracht. Wir wollen unseren Teil vom Kuchen, zehn Prozent sind nicht zuviel. Das ergibt dann zwei Millionen. Und zwar in bar, gebrauchte Scheine in gängiger ausländischer Währung.«

Lange war es still in der Leitung, dann antwortete er zögernd. Ich konnte förmlich hören, wie er nachdachte und abwägte. Er versuchte vorsichtig, die anderen ins Spiel zu bringen, sie mußten die Sache erst diskutieren, aber davon wollte ich nichts hören. »Ihr macht, was ich sage, sonst gibt es keinen Deal. Morgen abend fährst du nach Oslo, und zwar mit deinem eigenen Wagen, den kennen wir. Nimm Uthus mit. In Oslo liest du Svendsen und Thorsen auf. Ihr vier und sonst niemand fahrt mit deinem Auto nach Grefsenkollen, wir wollen sehen, mit wem wir Geschäfte machen, und du wirst den Fahrer abgeben!« Das war ein kritischer Punkt, aber ich glaubte nicht, daß sie eine Wahl hatten. »Bieg nach links in den Lachmannsvei ab und halte nach fünfzig Metern an. Da ist eine Bushaltestelle mit einer Straßenlaterne. Bleibt im Wagen sitzen und schaltet die Deckenlampe ein, damit ich euch sehen kann, wenn ich um Punkt zwölf in meinem Mercedes komme. Und dann fährst du in einer Entfernung von genau hundert Metern hinter mir her. Wenn ich dreimal auf die Bremse trete, fährst du an den Straßenrand und wartest auf weitere Instruktionen. Es wird sich jemand bei euch melden. Und, vergiß nicht, ihr kommt ganz allein, keine weiteren Wagen. Wir wollen das Bargeld sehen. Und versucht ja nicht, uns zu leimen«, fügte ich drohend hinzu.

»Ein direktes Geschäft zwischen uns ist einfach nicht möglich, das mußt du doch einsehen.« Er hatte ein wenig von seiner alten Überlegenheit zurückgewonnen. Und mir würde es ein Vergnügen sein, ihm die wieder abzuzupfen.

»Ich weiß auch nicht, ob wir so schnell soviel Bargeld aufbringen können«, sagte er nun. »Wir brauchen mehr Zeit.« Ich wußte genau, wonach Teisen fischte, hatte aber nicht vor, ihm das zu geben.

»Diese Sache muß jetzt erledigt werden. Und wenn ihr bis morgen nicht alles zusammen habt, dann wollen wir sehen, wieviel ihr schafft. Die Ware wird später gegen die Kohle eingetauscht, die Instruktionen folgen. Wir sind schließlich nicht so blöd, solche Werte mit uns herumzuschleppen. Wir liefern

Kostproben. Die leeren Behälter sind auch ein schöner Anblick. Und vergiß nicht, wir wollen davon überzeugt werden, daß ihr die Kohle habt und nicht mit miesen Tricks arbeitet.«

Er machte noch einen Versuch. »Damit kommt ihr nie im Leben durch, du mußt ja total ausgetickt sein. Vergiß die Kiste und bring die Ware zurück, dann ziehen wir einen Strich unter die ganze Geschichte.«

Darauf würde ich nicht eingehen, und das wußte er. Das hier war der Punkt, an dem es keine Umkehr mehr gab. Die beiden hätten sehr hoch gespielt, wenn sie sich wirklich auf so ein Geschäft eingelassen hätten. Zwei Millionen wären eine absolut lächerliche Entschädigung für das Risiko, das sie eingingen, wenn sie sich auf diese Weise mit den großen Jungs anlegten. Manche Regeln werden niemals ohne tödliche Konsequenzen gebrochen.

Ich konnte nur hoffen, daß sie Stensen und Opstad für dumm genug hielten, die Gefahren zu unterschätzen und ein solches Risiko einzugehen. Sie wären nicht die ersten, die die Aussicht auf schnelle und steuerfreie Millionen in Versuchung führte. Meiner Ansicht nach hatte die Viererbande vorerst keine andere Möglichkeit, als diesen Forderungen nachzukommen. Sie würden sicher irgendwelche Tricks versuchen. Aber ich nahm an, daß sie damit warten würden, bis sie den Stoff lokalisiert hatten. Wenn sie jetzt versuchten, den vermeintlichen Kenneth umzulegen, dann würden sie dabei riskieren, vollständig die Kontrolle zu verlieren. Sie mußten den Schnee einfach an sich bringen.

»Diesmal bestimmen wir! Ihr macht genau das, was ich euch sage, und dann läuft alles glatt. Meinst du, ich wüßte nicht, wieviel Geld in dieser Partie steckt?« lispelte ich. »Das ist genug für alle.« Ich beendete das Gespräch. Im Laufe des Abends würden zwischen Oslo und Tønsberg einige heiße Telefonate geführt werden. Sie mußten sich treffen, um irgendeine Teufelei auszuhecken.

Petter Svendsen war derjenige, der mir wirklich Sorgen machte. Er war der Clevere, und ich war mir durchaus nicht sicher, daß er von meiner Geschichte überzeugt sein würde. Aber welche Wahl hatten sie schon? Sie mußten den Schnee an sich bringen, und sie glaubten jetzt zu wissen, wer ihn hatte. Solange sie davon ausgingen, daß sie selber clean waren, würde es ihnen nicht allzu riskant erscheinen, zu unserer Verabredung zu erscheinen.

Wilhelm Mørks Rolle war mir weiterhin ein Rätsel. Ich wurde nicht klug aus ihm, aber einige fast unsichtbare Spuren zeichneten sich inzwischen ab, und die gefielen mir überhaupt nicht.

Sicherheitshalber rief ich im Büro an. Frau Svendsen war jetzt nicht mehr besorgt, sondern abweisend. Sie hatte mich aufgegeben. »Ein gewisser Stene von der Polizei will dich sprechen. Ich habe versucht, ihm zu erklären, daß du in Bergen bist, aber ich weiß ja nicht, wo du steckst oder was du treibst.« Sie nahm ihre Mutterrolle ganz ernst. »Er hat auch dein Mobiltelefon versucht, aber da ist er auch nicht durchgekommen.«

Ich mußte diese Information erst verdauen. Daß Stene mit mir sprechen wollte, konnte alles mögliche bedeuten. Es stand nicht fest, daß er etwas wußte. Vermutlich nahm er nur an, daß ich mehr wußte, als ich zugeben mochte. Und da lag er ja gar nicht so falsch.

Ich rief an, um die Entwicklung weiterer Verdächtigungen zu stoppen, und meine Vermutungen wurden bestätigt. Es waren Gerüchte über auf Abwege geratene Menschen und Waren im Umlauf, und mein Name war dabei erwähnt worden. »Es liegt in deinem eigenen Interesse, daß du uns alles sagst, was du weißt, Foyn. Es ist gefährlich, sich mit Drogenbanden anzulegen, und strafbar ist es außerdem.«

Mit dem alten Spruch konnte er mir keine Angst machen. »Ich weiß nicht m-m-mehr als du«, log ich glatt. »Im Moment arbeite ich an einem Fall in Bergen, und ich b-b-bleibe noch ein paar Tage hier.« Ich gab ihm die Telefonnummer eines Freundes, der mir Rückendeckung geben würde, falls ich das brauchte.

Stene war alles andere als zufrieden mit dieser Erklärung. Ich mußte versprechen, »in zwei Tagen auf einen Schwatz vorbeizuschauen«, wie er sich eine Spur bedrohlich ausdrückte. Er wußte etwas, aber nicht genug.

Ich entschied mich für einen ruhigen Abend. Aber Hulda brauchte ihre Tour, und als sich die Uhr für die meisten schon der Schlafenszeit näherte, wanderten wir durch die Straßen in Richtung Innenstadt. Es hatte geschneit, und der frische Schnee bedeckte als weißer, unschuldiger Teppich die Stadt, bis Umweltschmutz und anderer Teufelskram daraus wieder die übliche schmutziggraue Ausgabe machen konnte. Die Weihnachtsfeiersaison ging ihrem Höhepunkt entgegen, und das ließ sich auch vom Lärmpegel der Stadt sagen: Norweger in Festkleidung pendelten zwischen Restaurants und Warteschlangen an Taxihalteplätzen, auf der Jagd nach dem großen Weihnachtserlebnis, leiblichem und moralischem Kater, einer geplatzten Lippe, einer leeren Brieftasche, egal was, wenn es nur die Geburt des Jesuskindes markieren konnte.

Ich kam erst sehr spät ins Bett. Ich hatte Alpträume, in denen ich für zehn Jahre in den Knast einfuhr, mit Stensen und Opstad als Zellengenossen und Petter Svendsen als Gefängnisdirektor, und ich erwachte später am Vormittag mit dem Gefühl, während der Nacht langsam in Fetzen gerissen worden zu sein. Ich versuchte, die miesen Prognosen zu verdrängen, und fuhr den Jaguar holen. Die alte Dame sollte gegen den Mercedes getauscht werden. Ich hoffte auf Vergebung. Hulda ließ sich knurrend in der Wohnung einsperren, sie war noch leichter zu erkennen als ihr Besitzer. Gemeinsam waren wir ein etwas zu auffälliges Paar.

Wobei mir ein weiteres Detail einfiel. Kenneth und ich waren ungefähr gleich groß und breit, aber bei mir wuchsen Bart und Haare um einiges üppiger. Auf dem Weg nach Vika schaute ich bei einem Friseur vorbei und ließ ihm freie Hand. Der Zweck heiligt die Mittel. Ich hatte gelernt, die Jesuiten ernst zu nehmen. Mit Sonnenbrille und Lederjacke müßte ich im Dunkeln als Stensen durchgehen können, vor allem in einem Auto, das seinem Mercedes zum Verwechseln ähnlich sah.

Ich hatte den Jaguar hinten in einer Ecke des Parkhauses abgestellt, um sowenig Aufmerksamkeit wie möglich zu erwekken, aber es war doch noch zuviel, wie sich herausstellen sollte. Auf dem Weg zum Auto wurde mir eine Warnung zuteil. Wer zum Kuckuck sitzt schließlich mitten am hellichten Tag in einem riesigen Amischlitten in einem Parkhaus und liest mit dunkler Sonnenbrille Zeitung? Der Typ langweilte sich schon zu lange und verpaßte seine Chance, sicher war er zu scharf auf die Comics.

Blitzschnell ließ ich mich hinter den nächststehenden Wagen fallen und sah mir die Szenerie an. Der Typ ähnelte Opstad und Stensen wie ein Ei dem anderen. Das gleiche harte Gesicht, modisch und gutgekleidet, ein moderner Geschäftsmann. Ein neuer Gorilla, wurden die in der Sorgenfrigate geklont? Wenn es nach mir ging, dann konnte er in Ruhe und Frieden da sitzen, bis ihm der Arsch Falten schlug, und im Moment ging es nach mir. Also bis auf weiteres lebewohl, alte Dame, ruhe hier in Frieden. Der einzige Vorteil der Sache war, daß ich jetzt sicher sein konnte, daß kein Autodieb meinen Jaguar knacken würde. Jetzt wußte ich mit Sicherheit, daß irgendwer seine Netze nach mir ausgeworfen hatte.

Ich verließ meine alte Freundin, konnte mich unentdeckt davonschleichen und begab mich dann zum Autohändler in Ensjø. Dort war man meinem Wunsch nach einer Probefahrt eher skeptisch gegenüber eingestellt, da ich keinen Jaguar als Pfand hinterlassen konnte. Zum Glück hatte ich die Wagenpapiere in der Brieftasche und konnte ihn beruhigen. Es half auch, mit meinem Anwaltstitel zu protzen, die Angst vor Schadenersatzklagen ist in der norwegischen Volksseele tief verwurzelt.

Der Mercedes war schwarz und glänzte, und er trug mich mit leuchtendroten Probeschildern nach Vålerenga. Ich stellte die Karre in den Hinterhof, wo er zwischen Müll und Schrott ungemein putzte.

Ich mußte jetzt noch eins erledigen. Ich rief Willy an. »Ich brauche Hilfe, Willy. Kannst du mir irgendeinen Fahnder von der Polizei in Oslo empfehlen, der so hoch oben sitzt, daß er selbständige Entscheidungen treffen kann, und der außerdem über genügend Grips verfügt, falls eine solche Kombination überhaupt möglich ist? Wenn er Ahnung von Drogen hat, ist es auch nicht schlecht.«

Willy konnte. »Es ist eine Sie. Lise Bendiksen ist dein Typ, ich habe schon viel mit ihr zu tun gehabt. Du kannst dich auf diese Dame verlassen, sie schießt nicht mit Kanonen auf Spatzen, aber sie ist knallhart und clever.«

»Klingt wie eine unmögliche Kombination, aber wenn du es sagst, dann wird es ja wohl stimmen.« Ich hatte großes Vertrauen zu Willys Menschenkenntnis.

Ich packte meinen sorgfältig zusammengeschusterten Bericht zusammen, wischte die Fingerabdrücke ab, stopfte alles in einen Umschlag, adressierte den an Polizeirätin Bendiksen und warf ihn in den nächsten Briefkasten. Das hier würde sicher eine erbauliche Lektüre abgeben, wenn sie am nächsten Morgen früh mit den Verhören anfing. Falls mein Plan sich durchführen ließ. Mørk würde seine Kopie erhalten, wenn er später an diesem Abend auftauchte, und er würde sie gut brauchen können, wenn alles nach Plan lief.

Aus Rücksicht auf die lokalen Ermittlungen empfahl es sich, Carl Stene ebenfalls zu informieren, und deshalb schickte ich eine weitere Kopie an die Polizei in Tønsberg. Der nächste Umschlag ging an Lines Dagbladet-Journalisten. Wenn die

Polizei den Fall verschlampte, konnten wir uns immerhin auf die Reste der vierten Macht im Staate verlassen. Es war ja immerhin denkbar, daß die Zeitung zwischen Klatsch und Sextips irgendeine Meldung quetschen konnte.

Aus der nächsten Telefonzelle rief ich Polizeirätin Lise Bendiksen an und spielte den Südnorweger, um mein Stottern in den Griff zu bekommen. »Hör gut zu, ich hab wenig Zeit, also nerv mich nicht mit Fragen. Wenn ihr euch für den Fang des Jahres interessiert, was große Nummern und Kokain angeht, dann solltet ihr heute Nacht um Punkt zwölf auf dem Parkplatz vor dem Technischen Museum sein. Nicht früher und nicht später. Seht euch nach vier Mann in einem roten BMW um. Der wird vor dem Museum halten, um ein Geschäft mit Leuten in einem anderen Wagen zu machen, und dann müßt ihr zuschlagen. Haltet euch bedeckt, niemand darf merken, daß ihr zur Stelle seid, sonst riechen sie nämlich Lunte. Also kein Überfallkommando oder so. Diskret und ruhig, zwei unsichtbare Wagen, das reicht. Das sind nämlich Profis, also seid brav und vorsichtig, dann kriegt ihr auch eure Belohnung.«

Sie machte einen halbherzigen Versuch, mir meinen Namen und weitere Informationen zu entlocken, aber ich legte leise auf und hoffte, daß solche Anrufe für sie keine Alltäglichkeit waren. Wenn sie von der richtigen Sorte war, dann würde sie sich diese Chance nicht entgehen lassen, auch wenn sie ja nicht wissen konnte, daß ich sie für meine private Vendetta benutzte. So ist das Leben, man bekommt nichts geschenkt, nicht einmal zu Weihnachten.

20

Der Nachmittag rückte so zäh vorwärts wie eine Rentnerschlange vor dem Postschalter. Ich milderte meine Spannung mit Kaffee und warf dabei in regelmäßigen Abständen sehnsüchtige Blicke zum Barschrank des Weltumseglers. Nur ein eiserner Wille hielt mich vom Verkosten zurück. Es wäre wirklich eine Ironie des Schicksals, wenn ich jetzt wegen Alkohol am Steuer hoppsgenommen würde.

Ich entschied mich für das Leben unter freiem Himmel als sicherere Alternative, und ich beschloß, dieses Leben in der Gegend von Grefsen zu führen. Ich wollte es nicht riskieren, mit der Straßenbahn zu fahren, deshalb absolvierte ich einen langen Fußmarsch. Ich mußte mir einen diskreten Parkplatz suchen, eine Stelle, wo der Gangsterwagen schnell verlassen werden konnte. Ich konnte die Karre dann ja am nächsten Tag holen. Ich mußte mir einen Fluchtweg offenhalten. Ich hegte nicht die Absicht, mich vorzustellen, weder den Repräsentanten der Obrigkeit noch denen der Unterwelt.

Je mehr ich mir das alles überlegte, um so deutlicher ging mir auf, wie gefährlich es war. Mein Plan war mir einen Tag zuvor wesentlich sicherer vorgekommen. Ich ging das Risiko ein, zusammen mit diesen Gangstern verhaftet zu werden, vor allem, wenn die Polizei nicht auf meine gutgemeinten Ratschläge einging, sondern mit voller Wucht zuschlug. Meine früheren Erfahrungen mit ebendieser Polizei gaben mir leider Grund zu der Befürchtung, daß sie meine Vorschläge ignorieren würden. In dieser Truppe gab es zu viele schußgeile Irre.

In einer Stichstraße etwa hundert Meter hinter dem Technischen Museum fand ich die perfekte Stelle. Eine alte Villa, die gerade renoviert wurde und unbewohnt aussah. Auf dem

Grundstück gab es eine unverschlossene Garage, die für meine Zwecke ideal war.

Ich ließ mich um einiges vor dem verabredeten Zeitpunkt im *Schous* nieder. Nachdem ich in dieser Perle von Grünerløkka eine Stunde lang nervös Kaffee getrunken hatte, tauchte neben mir plötzlich eine vertraute Gestalt auf. Ich fuhr zusammen. Wilhelm Mørk verfügte über eine eigene Fähigkeit, sich an Leute heranzupirschen.

»Hast du alles unter K-k-kontrolle?« fragte ich.

Er grunzte beruhigend. »Reg dich ab, alles in Ordnung, der Kram ist plaziert. Und wie stellst du dir den Verlauf dieses Abends vor?« Es überraschte mich, daß er mir die Initiative überließ. Ich mußte damit rechnen, daß er seine eigenen Pläne mit mir hatte, und ich wußte nicht, wie ich mich in dieser Hinsicht verhalten sollte.

Ich lieferte ihm einen raschen Überblick. »Du wartest in den Kulissen. Das einzige, was ich von dir brauche, ist der Transport weg von Kjelsås, ich lasse den Mercedes dort stehen, bis die Lage sich wieder beruhigt hat. Du mußt mit deinem Wagen bereit stehen.«

Er schien nicht überzeugt zu sein. »Theoretisch klingt das ja gut. Aber was machst du, wenn sie irgendwelche Tricks versuchen? Die werden sich irgendeine Teufelei ausdenken, das kannst du mir glauben. Sie wollen ein Lied über Schnee und Verstecke hören. Und wenn ihre Fachleute dich in die Mangel nehmen, wirst du zwitschern wie Sissel Kyrkjebø. Es gibt so raffinierte Methoden, daß deine Phantasie nicht ausreicht, um sie dir vorzustellen. Aber es ist ja deine Beerdigung.« Ahnte ich da einen Hauch von Mitgefühl?

Mein Ischiasnerv muckte auf, und ich wechselte das Thema. »Die Nummernschilder für den Mercedes, hast du die besorgen können?«

Wilhelm Mørk zog eine Tüte aus seiner Umhängetasche. »Hier. Jetzt müssen wir uns die Umgebung ansehen, ehe es zu spät wird. Wir sind vielleicht nicht die einzigen, die heute abend einen Lokaltermin veranstalten. Und noch eins«, er durchbohrte mich mit Blicken, »wenn etwas schiefgeht, dann kannst du mit keinerlei Hilfe rechnen. Wir beide kennen uns nicht.« Ich faßte das als Drohung auf. Ich operierte mit brüchigen Allianzen.

Wir fuhren in Mørks neutralem Volvo nach Grefsenkollen und sondierten das Terrain. Nirgendwo waren verdächtige Touristen zu sehen. Ich merkte, wie mein Mut wieder wuchs. Mørk akzeptierte meinen Plan unter Vorbehalten, er würde in seinem Auto vor dem leeren Haus auf mich und den Mercedes warten. »Du kannst dich auf Ärger gefaßt machen, behaupte nicht, ich hätte dich nicht gewarnt.« Sein Pessimismus gefiel mir nicht.

Der Dezemberabend war dunkel genug, um mir das Gefühl zu geben, beschützt zu sein, als ich einige Stunden später abermals die steilen Straßen nach Grefsenkollen hochfuhr. Ich hatte mich gründlich vorbereitet, hatte die Nummernschilder des Mercedes ausgetauscht und ohne großen Erfolg versucht, mich psychisch stark zu machen. Mein Fuß zuckte auf dem Gaspedal, aber ich zwang mich, übertrieben ruhig zu bleiben. Der Treffpunkt war sorgfältig ausgewählt, die Straße war verlassen, und um diese Tageszeit würden wir aller Wahrscheinlichkeit nach nicht gestört werden. Die Lichter der Villen auf dem Grefsen-Plateau erinnerten mich daran, daß es dort unten eine ganz andere Welt gab.

Ich konzentrierte mich streng aufs Fahren. Riesige Schneeflocken schwebten herab, die Fahrbahn war spiegelglatt. Der Mercedes fand keinen Halt, und ich verfluchte diesen Gauner von Gebrauchtwagenhändler, der dem Wagen alte, unbrauchbare Reifen verpaßt hatte. Es machte mir gewaltige Mühe, den Wagen auf der Straße zu halten, und der rote BMW tauchte plötzlich vor mir auf, obwohl er genau nach meinen Anweisungen gehalten hatte. Ich näherte mich ihm vorsichtig von hinten und sah mir die Umgebung an.

Plötzlich mußte ich auf die Bremse treten. Ein Mann mit zwei riesigen Schäferhunden ging am BMW vorbei und kam genau auf mich zu. Er sah aus wie der typische Polizist. Ich fluchte und machte mich zu einem raschen Rückzug im Rückwärtsgang bereit, aber er überquerte die Straße und bog auf den Weg ein, der zu den einige hundert Meter weiter unten am Hang gelegenen Häusern führte. Ein Hundebesitzer beim Gassiführen, genau das, was ich jetzt brauchte.

Ich ließ meinem Herzen Zeit, sich in meinem Brustkasten wieder zu beruhigen, dann machte ich einen neuen Versuch. Als ich vorsichtig neben den BMW glitt, konnte ich zu meiner Zufriedenheit feststellen, daß drinnen Licht brannte und daß er wie abgemacht mit vier Personen besetzt war. Teisen saß stocksteif hinter dem Steuerrad. Auf dem Rücksitz konnte ich zwei Personen erkennen, die immerhin Ähnlichkeit mit Uthus und Thorsen hatten, ganz sicher war ich mir nicht. Der Typ vorne neben Teisen machte mir Sorgen, dort hätte Petter Svendsen sitzen sollen, aber ich hätte nicht meinen Kopf darauf verwettet, daß er es wirklich war. Mir kam er kräftiger und jünger vor, eher wie einer der Klone aus der Sorgenfrigate. Alle vier saßen bewegungslos da und betrachteten mich mit kalten Gesichtern. Ich hielt es für unnötig, sie zu grüßen.

Hundert Meter weiter bremste ich kurz und konnte feststellen, daß sie mir wie abgemacht folgten. Im Spiegel versuchte ich, ihre Bewegungen im Auge zu behalten, aber die Scheinwerfer des BMW, die mich anstrahlten wie eine Zielscheibe, blendeten mich. Ich saß wie auf Nadeln und erwartete jeden Moment eine Kugel, die das Heckfenster durchschlug. Ob sich der Mercedes auch im Liegen lenken ließ? Ich überlegte, ob ich wohl etwas hören würde, ehe mir dieselbe Behandlung zuteil wurde wie Villebois, aber ich kam zu dem Schluß, daß eine Kugel schneller war als der Schall.

Der Anblick von Håkon Villebois' Schädelinhalt klebte mir im Gedächtnis, und ich hätte liebendgern das Gaspedal durchgetreten, um mich von diesem verdammten Wrack von Mercedes aus diesem Wahnwitz wegbringen zu lassen, nach Hause, in meine Wohnung, die vor langer Zeit einmal ein friedlicher Ort gewesen war, egal wohin, wenn es nur normal und ungefährlich war. Meine Gedanken überstürzten sich, ich war jetzt sicher, daß auf dem Beifahrersitz nicht Svendsen saß. Und ich glaubte nicht, daß sie einen Tramper aufgelesen hatten.

Die Minuten auf der Straße zum Museum ließen mich um Jahre altern. Die Gegend war unheilverkündend ruhig. Nichts Unerwartetes passierte, der rote BMW blieb im Schneetreiben in der abgemachten Entfernung. Wir näherten uns dem Parkplatz. Schon aus der Ferne bemerkte ich einen riesigen Chevrolet Suburban mit getönten Fensterscheiben, er stand in leisem, brummendem Leerlauf am Straßenrand. Die Auspuffgase legten sich wie eine schwarze Decke über den weißen Neuschnee. Sonst war niemand zu sehen, der Parkplatz war öde und menschenleer. Ich erlebte einen Moment der Panik. Wo zum Teufel steckte die Bullerei, hatten sie ihr Überstundenkonto voll und pfiffen auf den heißesten Tip des Jahres?

Als der BMW den Parkplatz erreicht hatte, trat ich dreimal rasch aufs Bremspedal, und zu meiner Befriedigung konnte ich im Rückspiegel sehen, daß meine Verfolger anhielten. Ich ließ den Mercedes langsam im Leerlauf weitergleiten und behielt dabei die Kulissen hinter mir im Auge, es war noch immer ruhig, zu ruhig für meinen Geschmack.

Und dann brach die Hölle los, und alles passierte gleichzeitig. Der Chevrolet fuhr mit einem Brüllen an und hinterließ einige Kilo Gummi, als er auf dem Parkplatz eine scharfe Wende hinlegte. Der Wagen war dabei, in der Gegenrichtung über den Kjelsåsvei zu verschwinden, als zwei neutrale Volvos mit heulenden Sirenen auf den Parkplatz jagten, jeder auf seine Beute zu. Sie hatten offenbar hinter dem Museum gewartet. Der eine blockierte den BMW, der andere traf den Dealerwagen in die Seite, daß die Kotflügel nur so schepperten. Der Typ vorne im BMW machte einen Fluchtversuch, und sofort hing ihm ein wachsamer Polizeihund am Hintern.

Ich hatte genug gesehen. Die Dealer rochen Bullen normalerweise auf zehn Kilometer Entfernung, aber diesmal hatte ihr Radar ein Momentchen zu spät angeschlagen. Jetzt lagen sie mit der Nase im Schnee, spreizten die Beine, und über ihnen sprangen zwei Schäferhunde mit gebleckten Zähnen umher. Schade für sie, gut für uns andere. Es war eben eine riskante Branche.

Ich beschleunigte den Mercedes noch mehr, ich mußte weg und hatte nur wenig Zeit. Den Jungs von der Drogenfahndung war mein Auto sicher aufgefallen. Hoffentlich hatten die beiden, die jetzt in einem See im Vestfold als Hechtmahlzeit dienten, keine Uhren mit Datumsanzeige, die beim Beginn ihrer Badetour stehengeblieben war. Denn dann würde schwerlich irgendwer glauben mögen, daß sie mehrere Tage nach ihrem ersten und letzten Eisbad die Gegend von Grefsen besucht hatten.

Als ich um die nächste Ecke jagte, erlitt ich einen weiteren Schock. Ein blauschwarzes Ungetüm von Porsche mit getönten Fensterscheiben hing plötzlich einen halben Meter neben mir. Der Turbo heulte auf, der Mercedes hatte keine Chance, ihn abzuhängen.

Sie operierten also mit Netz und doppeltem Boden, das hätte ich mir ja denken können. Vermutlich hatten sie in sicherer Entfernung gestanden und waren per Funk auf dem laufenden gehalten worden, und sie hatten nur auf den richtigen Moment gewartet, um mich dingfest zu machen. Seite an Seite rutschten wir die Straße hinunter, in einer für die Wetterverhältnisse affenartigen Geschwindigkeit. Leise glitt das Seitenfenster des Porsche herab, und etwas Unangenehmes tauchte auf, ein Pistolenlauf, diesmal ohne Schalldämpfer. Ich machte mich klein auf dem geräumigen Vordersitz des Mercedes, wenn auch nicht klein genug. Es knallte einmal, und danach zierten Glasrosen mein Seitenfenster. Ich spürte, wie die Kugel meine Haare streifte.

Weiter unten blockierte ein Streifenwagen die Straße. Die Bullen hatten meinen Tip also so ernst genommen, daß sie um die ganze Gegend ihre Netze ausgeworfen hatten, und ich widmete der Umsicht der norwegischen Polizei einen freundlichen Gedanken. In diesem Moment gab der Porschebeifahrer noch einen Schuß ab, dann verschwand der Wagen wie ein geölter Blitz in der nächsten Seitenstraße. Diesmal hatte er besser gezielt, ein Vorschlaghammer traf meine Schulter. Instinktiv trat ich auf die Bremse und klammerte mich mit dem unverletzten rechten Arm am Lenkrad fest, während ich überlegte, wie ich meine vorbereitete Fluchtroute erreichen konnte.

Keine Erklärung auf der ganzen Welt würde irgendeinen Polizisten davon überzeugen, daß ich aus purem Zufall in einem gemieteten Mercedes mit falschen Nummernschildern auf einem abendlichen Ausflug am Technischen Museum vorbeigekommen war. Im Gegenteil, ich würde mit Pauken und Trompeten in die Sache hineingezogen werden. Es gab sicher Leute, die mich gern zum Zellengenossen gehabt hätten. Ich hatte andere Zukunftspläne. Und wenn ich die in die Tat umsetzen wollte, dann mußte ich rasch handeln. Ich mußte meinem Freund und Helfer durch die Lappen gehen.

Bei der Straßensperre waren sie sich offenbar nicht einig, auf wen sie sich konzentrieren sollten, auf mich oder den Porsche. Ich hätte ja gern letzteres vorgeschlagen. Ich zog die Handbremse und wendete den schweren Mercedes. Ehe die Polizisten in ihr Auto gesprungen waren, jagte ich schon in die Gegenrichtung. Ich bog in die verabredete Seitenstraße ein, bekam gewaltig Schlagseite, konnte die Karre aber wieder aufrichten. Ich zählte die vorüberfegenden Stichstraßen, während ich in der Ferne Sirenen hörte. Das Tempo war zu hoch für den alternden Mercedes, aber ich wußte nicht, ob ich je die Gelegenheit haben würde, diesen Mangel zu reklamieren.

Plötzlich tauchte die Einfahrt zu meinem Versteck vor mir auf, ich rutschte seitwärts auf die Auffahrt, bretterte in die Garage und knallte gegen die Wand. Halb bewußtlos schleppte ich mich aus dem Auto und knallte die Garagentür zu. Erst jetzt spürte ich Schmerzen und das klebrige, heiße Blut unter meinem Hemd.

Wilhelm Mørks alter Volvo tuckerte treu und brav hinter dem Haus vor sich hin. Ich wartete nicht auf eine Einladung, sondern stieg gleich vorne ein. »Fahr, wir m-m-müssen weg hier, zum Teufel.« Ich war verzweifelt und begriff nicht, wie der kalte Satan so ruhig bleiben konnte.

»Kriech lieber nach hinten«, sagte er unbeeindruckt und warf mir eine Decke zu. »Leg dich auf den Boden und halt die Fresse! Sie haben dich erwischt, wie ich sehe. Halt noch ein bißchen durch und überlaß jetzt alles mir.«

Das würde mir nicht schwerfallen. Ich sank auf dem Rücksitz in mich zusammen und merkte, daß ich schon fast nicht mehr da war. Erst jetzt hatte ich Zeit zum Denken. Ich war getroffen worden, mein ganzer Arm war gelähmt, ich mußte in ein Krankenhaus, meine Finger waren schon fast taub.

Mørk fuhr ruhig los und steuerte die Richtung der heulenden Sirenen an. Nach einigen hundert Metern ruhiger Fahrt trafen wir auf die Straßensperre. Das Blaulicht warf einen düsteren Schein über den Rücksitz, wo ich unter der Decke lag und Wilhelm Mørk, alte Flammen und meine unbezwingbare Neugier verfluchte.

Ein uniformierter Polizist schaute ins Auto und sagte etwas zu Mørk, der daraufhin ungewöhnlich hastig ausstieg. Sie unterhielten sich eine Weile per Mobiltelefon mit irgendwem, dann nickte der Polizist und winkte uns durch. Hatte er mich wirklich nicht gesehen?

»Keine Panik, wir schaffen dich schon ins Krankenhaus«, sagte Mørk ruhig und gab Gas.

Ich hatte kaum noch Kräfte. »Der Mercedes«, flüsterte ich, »du mußt den morgen abliefern, die Schlüssel stecken im Schloß, die Adresse des Händlers steht auf dem Schlüsselanhänger. Du mußt ein Fenster erneuern und die Tür reparieren.« Unwesentliche Details können in kritischen Situationen seltsam wichtig werden. Ich konnte jetzt nur noch daran denken, wie die Einschußlöcher in dieser verdammten Karre ausgebessert werden sollten.

Auf dem Ringvei fuhr ich abermals zusammen. Volle Polizeikontrolle. Es war schon fast halb eins, es war die Zeit der Weihnachtsfeiern, der glatten Straßen und des Alkohols am Steuer, es konnte also ein Zufall sein. Wir näherten uns der Sperre im Schneckentempo, und ich betete still um Weihnachtsfrieden und Ruhe, jetzt konnte ich einfach nicht mehr. Wilhelm Mørks Dienstausweis hatte offenbar größere Wirkung als meine Gebete und lotste uns rasch an der Warteschlange vorbei. Und genau in dem Moment verlor ich das Bewußtsein.

Alles war weiß, als ich die Augen aufschlug. Ich hatte mein Zeitgefühl verloren. Weiße Wände, weiße Schränke, weißes Bettzeug, weiße Vorhänge. Ich wollte lieber nicht darauf wetten, daß ich mich im Himmel befand, aber wo war ich dann?

Langsam kehrte meine Erinnerung zurück, und ich fuhr im Bett hoch. Das hätte ich lieber lassen sollen. Die Schmerzen jagten durch meinen linken Arm, der zu meiner Überraschung vollkommen in weißes Verbandszeug gehüllt und in einer Schlinge an meinen Körper geklebt war. Ich wußte plötzlich wieder mehr, als mir gut tat, die Depressionen standen Schlange. Ich tippte auf das Gefängniskrankenhaus, aber der Standard war überraschend hoch. Na ja, in der Zelle würde das sicher anders sein. Hulda wird das nicht gefallen, überlegte ich pessimistisch. Jemand mußte sich um dieses arme Tier kümmern, das in Vålerenga in einer verlassenen Wohnung eingesperrt war.

Vorsichtig stand ich auf und konnte feststellen, daß meine Form besser war, als ich befürchtet hatte. Etwas, das aussah wie meine eigenen Kleider, war sorgfältig auf einem Stuhl aufgestapelt, irgendwer mußte sie in die Waschmaschine gesteckt haben. Ich konnte keine Blutflecken sehen. Die Lederjacke hatte im linken Ärmel ein neues Loch. Noch immer war es um mich herum auffallend still.

Nachdem ich mich mühsam angezogen hatte, stakste ich steif zur Tür, machte sie vorsichtig auf und schaute hinaus. Keine uniformierten Wärter zu sehen, nur ein langer Krankenhausflur. Ein Schild an der Wand teilte mir mit, daß ich mich ganz einfach nur im Ullevål-Krankenhaus befand. Vorsichtig ließ ich mich in den einzigen Sessel des Zimmers sinken und versuchte, diese Information zu verdauen. Eine Krankenschwester erschien in der Tür und musterte mich mit ernster Miene. »Sie sollten eigentlich noch zwei Tage im Bett bleiben.« Sie konnte ihren strengen Ton nicht beibehalten und fügte hinzu: »Wie geht es Ihnen denn?«

Ich machte einen mißlungenen Versuch, ihr Lächeln zu erwidern. »Wie lange bin ich schon hier, und was ist hiermit?« Ich zeigte auf meinen Arm.

»Sie haben Glück gehabt, das ist nur eine Fleischwunde, wir mußten nicht amputieren. Aber Sie haben viel Blut verloren. Sie waren so gegen ein Uhr letzte Nacht hier, und wir haben Ihnen ein Schlafmittel gegeben, nachdem wir Sie zusammengeflickt hatten.« Sie lächelte. Sie durfte gerne noch mehr an mir herumflicken, aber dabei wollte ich wach sein.

Ich schaute auf die Uhr. Zwei, draußen war es hell, ich war also über zwölf Stunden lang weggewesen. Ich mußte hier raus. Was war mit der Polizei, und was mit Wilhelm Mørk? Ich hatte alles aus dem Griff verloren.

»Moment noch, jemand will mit Ihnen reden, ich sage eben Bescheid.« Florence verschwand.

Das konnte ich mir vorstellen. Ich nahm ein Zigarillo, ignorierte das »Rauchen verboten«-Schild und konnte mir mit viel Mühe Feuer geben. Zeit, um meine Verteidigung vorzubereiten.

Sie standen plötzlich im Zimmer. Wilhelm Mørk spielte nicht mehr die erste Geige. Sie standen lange wortlos vor mir, Mørk ausnahmsweise zwei Schritt weiter hinten. Sollten sie sich aufspielen, ich ließ sie, das kam mir ganz natürlich vor.

Der Unbekannte war groß, größer als ich, und er dominierte das Zimmer durch seine bloße Anwesenheit. Er war in den Vierzigern, elegant und diskret in einen dunklen, zweireihigen Wintermantel gekleidet, nur der exklusive Seidenschlips signalisierte Modemut. Sein Gesicht war jung, aber scharf gezeichnet. Er sah aus, als komme er eben erst aus einer wichtigen Aufsichtsratssitzung. Ein Mann mit Macht und dem Willen, diese Macht zu benutzen. Ich hätte ihn nicht gern zum Feind gehabt. War er mein Feind? Er konnte ein führender Wirtschaftsmann oder ein Politiker sein. Ich wußte, daß ich sein Gesicht schon einmal gesehen hatte.

Keiner setzte sich. »Zuerst müssen Sie sich über eins im klaren sein«, die Stimme war beherrscht und wohlmoduliert. »Dieses Gespräch hat nicht stattgefunden, Sie sind mir nie begegnet, wir haben nichts verabredet.« Dann sprach er weiter, in einem belehrenden Ton, der mir augenblicklich mißfiel. »Wir kennen Ihre Rolle in diesem Fall, und Sie wissen so gut wie wir, was passieren kann, wenn Ihr Verhalten Gegenstand polizeilicher Ermittlungen werden sollte.«

Er unterbrach sich, um meine Reaktion abzuwarten. Ich beschloß, die Entwicklung der Dinge abzuwarten und nickte nur neutral. »Reden S-s-sie weiter.« Ich fand es schrecklich, ihm diesen Triumph zu lassen.

»Die Aktion gestern war ein Erfolg. Leider waren Svendsen,

Thorsen und Uthus umsichtig genug, um sich Stellvertreter zu beschaffen. Trotzdem wurden alle drei festgenommen, da bei zwei von ihnen Drogen gefunden werden konnte.«

Ich blickte Wilhelm Mørk an, der unangefochten zurückstarrte. In was für einer Verschwörung war ich denn hier gelandet?

Der andere redete im selben neutralen Tonfall weiter. »Teisen wurde auf frischer Tat ertappt, und das gilt auch für die anderen Betroffenen. Es gibt größere Probleme mit Svendsen, aber die werden sich noch lösen lassen. Die beiden im Porsche konnten leider entkommen. Aber sie sind bekannt, und wir werden sie kriegen. Unter den Abnehmern in Vestfold finden jetzt Festnahmen und Verhöre statt. Irgendwer wird zweifellos zusammenbrechen. Ihre Rolle läßt sich auf die eines zufälligen Passanten reduzieren, der unvermittelt in diesen Schußwechsel geraten ist. Ihr Name wird in keinem Protokoll auftauchen. Ihren Bekannten können Sie erzählen, daß Sie sich verletzt haben, als sie auf Glatteis ausgerutscht sind.« Er fragte nicht, ob mir das recht sei, er zählte einfach die nackten Tatsachen auf. »Machen Sie ausgiebig Urlaub, Sie sind für einen Monat krankgeschrieben.« Er reichte mir meine Krankschreibung.

Sein Stil gefiel mir nicht. Aber die Medikamente, mit denen ich vollgestopft worden war, waren noch immer von stark beruhigender Wirkung. Es gelang mir, die Klappe zu halten. Ich paffte nur an meinem Zigarillo.

Der Mann redete weiter und blickte dabei durch mich hindurch: »Sie müssen sich das ganz klar vor Augen halten, Foyn. Man erwartet jetzt, daß Sie unsere Ratschläge befolgen und in diesem Fall ganz und gar passiv und stumm bleiben. Und glauben Sie ja nicht, Sie könnten uns hintergehen. Im Notfall gibt es noch allerlei Mittel. Vergessen Sie ganz einfach alles, was Sie über diese betrübliche Geschichte wissen.« Das alles sagte er ganz leidenschaftslos, aber ich bezweifelte nicht, daß es ihm ernst war. Er hatte Macht und war bereit, sie zu benutzen. Ich hätte gern gewußt, wer »man« war.

Das Gespräch war beendet. Wilhelm Mørk zwinkerte mir versöhnlich zu, als sie das Zimmer so unbemerkt verließen, wie sie gekommen waren. »Das mit dem Mercedes ist in Ordnung, also sei jetzt vernünftig und gönn dir einen Urlaub.«

Das wollten wir doch noch sehen! Zuerst mußte ich weg hier. Nach einer Stunde Streiterei mit dem Stationsdrachen erhielt ich schließlich eine Dose Pillen und den strengen Befehl, mich einige Tage ganz ruhig zu verhalten und nächste Woche zur Kontrolle zu kommen. Und das war's. Ich fuhr mit einem Taxi nach Vålerenga und wurde von einer frustrierten Hulda abgeleckt.

»Ganz ruhig, es hätte viel schlimmer sein können«, tröstete ich das Tier. Ich hatte gerade erst das Mobiltelefon eingeschaltet, als es auch schon wütend lospiepste. Dagbladet. Bei der Polizei und in den Zeitungsredaktionen war die Hektik ausgebrochen, und Dagbladet stand in der Warteschlange ganz vorn, was sie mir zu verdanken hatten.

»Wir wissen, daß heute nacht unter dramatischen Umständen sechs Männer festgenommen worden sind, denen Drogenhandel vorgeworfen wird. Außerdem wurden heute früh angeblich noch zwei Personen verhaftet. Und es sind große Mengen Kokain beschlagnahmt worden. Ich versuche schon den ganzen Vormittag, dich zu erreichen. Kannst du uns noch mehr erzählen?«

Das konnte ich. Traurig war nur, daß ich die großen Neuigkeiten für mich behalten mußte.

»Wir haben eine Prämie für solche Tips, du kannst mit einer kleinen Aufmerksamkeit rechnen. Die Polizei konnte übrigens nicht begreifen, wieso wir so gut informiert waren, sie verdächtigen uns offenbar, die ganze Vorstellung inszeniert zu haben.« Er kicherte ins Telefon und schien nichts gegen diese Unterstellung einzuwenden zu haben.

»Ich hoffe, ihr haltet so zuverlässig die Klappe über eure Quellen wie ihr eure Prämien ausbezahlt«, sagte ich sarkastisch. »Es k-k-kommt mir wie gerufen, daß die euch unter die Lupe nehmen und nicht mich.«

»Du kannst dich ganz sicher fühlen, wir verraten nichts.«

»Sicher« war nun weiß Gott nicht so, wie ich mich fühlte, aber ich hatte nicht vor, das dem *Dagbladet* auf die Nase zu binden. Ich hatte ihnen auch nichts von den eher zweifelhaften Seiten unseres Unternehmens erzählt. Die Zeitungsversion war genauso überarbeitet worden wie die Wirklichkeit, die Dagbladet selber dem Publikum zu servieren pflegte.

Ein ausgiebiges Frühstück ließ mich langsam wieder zum Menschen werden. Ich fischte in der Wohnung meine Sachen zusammen. Voller Skepsis dachte ich an das Wiedersehen mit meiner alten Dame, einsam und verlassen im tieftraurigen Parkhaus in Vika. Ob die Buschtrommel die Bannbulle wohl aufgehoben hatte, oder mußte ich immer noch mit Handgreiflichkeiten rechnen, wenn ich meinen eigenen Wagen an mich bringen wollte? Das Pochen in meinem Arm sagte mir, daß ich wirklich nicht noch mehr einstecken konnte. Aber neben Hulda fühlte ich mich trotz allem mutig genug. Ich hatte es satt, auf mir herumtrampeln zu lassen.

Das Abholen des Autos verlief ohne Probleme. Die Überwachungsaktion war abgeblasen, auf Dauer, wie ich mir zu hoffen gestattete. Die Bahn war frei für eine friedliche Rückkehr in die Kleinstadtidylle. Die automatische Schaltung des Jaguar half mir beim Fahren. Mein Arm tat weh, und meine Form wurde wieder schlechter.

Ich befand mich in Gesellschaft von – wie mir schien – hunderttausend weiteren Autofahrern, die an diesem Wochenende Oslo verlassen wollten, und bis auf weiteres fühlte ich mich sicher im Schutz der Menge. Aber ich wußte nicht, wie ich mit dem Einblick umgehen sollte, den ich in einen unbekannten Machtapparat genommen hatte.

Per Mobiltelefon teilte ich Anne mit, daß die Lage sich geklärt hatte und daß jetzt normale Zeiten heraufzogen. Sie glaubte mir kein Wort.

Ich machte nur einen halbherzigen Versuch, vor Feierabend noch in der Kanzlei einzutreffen. Meine hart arbeitenden Kollegen hatten sich schon verdrückt, als ich spätnachmittags die Nase hereinsteckte. Das taten sie freitags immer, um ihre Kleinfamilien zu pflegen, denen sie für den Rest der Woche nach besten Kräften aus dem Weg gingen, unter dem guten Vorwand, ihr Konsumniveau noch höher schrauben zu wollen. Frau Svendsen dagegen nahm mich mit offenen Armen auf, ich schien also nicht mehr so ganz in Ungnade zu sein. Mein Arm weckte ihre mütterlichen Instinkte.

Die Mitteilungen stapelten sich. Vor allem interessierte mich die letzte. Polizeiadjutant Carl Stene hatte erst vor einer Stunde angerufen. Ich mußte den Kopf in den Rachen des Löwen stecken und die Sache hinter mich bringen. »Ich höre, du bist auf der Suche nach mir? Es ist d-d-doch hoffentlich nichts Ernstes? Ich hatte einen kleinen Unfall und bin nicht so besonders gut in Form.«

Er war mißtrauisch, aber ich merkte bald, daß er nicht viel gegen mich vorzuliegen hatte. »Wir möchten mit dir über einen aktuellen Drogenfall sprechen, du weißt sicher, wovon ich hier rede.« Wilhelm Mørks Auftraggeber hatten es offenbar geschafft, dem offiziellen Teil der Polizei meine Schußverletzung vorzuenthalten. Kein Wunder, daß es in der Truppe Probleme mit der Zusammenarbeit gab. Jemand von ganz oben mußte in die Sache verwickelt sein.

»Du mußt schon g-g-genauer werden«, sagte ich unschuldig. Er reagierte nicht darauf. Aber ich glaubte nicht, daß er genug wußte, um mich festzunehmen. Außerdem stand ich ja eindeutig unter Schutz.

Wir verabredeten, daß ich am Montag vorbeikommen

würde, zu einem ausführlicheren Gespräch, wie er das nannte. Ich war beruhigt. Wenn sie wirklich geglaubt hätten, daß genug gegen mich vorläge, dann wäre ich nicht so billig davongekommen.

In den Kulissen sah es jetzt sicher gewaltig chaotisch aus, sowohl beim offiziellen Teil der Polizei als auch bei Finansimport. Leider bestand die Gefahr, daß Petter Svendsen noch vom Haken rutschen würde. Er hatte Lunte gerochen, war clever genug gewesen, nicht zu unserem Treffen zu erscheinen, und bei ihm gab es keine Drogen. Den anderen mußte die Zukunft eher düster erscheinen, obwohl Thorsen vielleicht ungeschoren davonkam. Es würde der Polizei schwerfallen, bei ihm etwas zu finden, falls Wilhelm nicht auch dort ein paar Gramm hinterlegt hatte, was ich nicht mehr für unwahrscheinlich hielt. Die drei Schauspieler von Grefsenkollen waren sicher lokale Gorillas, die jetzt schlechte Karten hatten.

Ich war zu einer vorsichtigen Feier aufgelegt. Aber zuerst mußte ich eine Runde telefonieren. Ich hinterließ eine Meldung auf dem Anrufbeantworter von Gros Freund: Gefahr gebannt, freie Fahrt, weitere Informationen folgen.

London war schon schwieriger. »Line, hier i-i-ist Svend! Die Luft ist jetzt rein. Du kannst nach Hause kommen.«

Sie las in mir wie in einem offenen Buch. »Ich bleibe übers Wochenende, wo ich nun schon mal hier bin, wir sind mit Haralds Kollegen verabredet . . .«

Ich versuchte mich mit der Tatsache abzufinden, daß ich schließlich auf dieser Reise nach London und zu diesem Haraldheini bestanden hatte. Aber dazu gehörte mehr schwarzer Humor, als ich im Moment mobilisieren konnte.

Die Zeit zum Nachdenken war gekommen. Im letzten Moment konnte ich mir im Schnapsladen eine Flasche erstklassige Ware sichern, Rémy Martin, V. S. O. P., Cognac der besten Sorte. Ein Geschenk für die Menschheit. Verätzt die Brieftasche, brennt in der Leber und glüht im Herzen.

Mit dem Arm in der Schlinge und vorsichtigen Schrittes wanderte ich durch vorweihnachtlich geschäftige Straßen, Weihnachtsmänner und Kleinstadtidylle nach Hause. Ich hatte überlebt und befand mich auf freiem Fuß, aber ich fühlte mich nicht als Sieger. Hulda wuselte freudestrahlend um meine Beine, als ob nichts passiert wäre. Ich war müde, mein Arm tat weh, und ich konnte Geschichten ohne Abschluß nicht leiden. Ich war als Figur in einem Spiel benutzt worden, über das ich keinen Überblick hatte. Und auch das gefiel mir nicht.

Zu Hause in der Wohnung haute ich mir ein Schnitzel in die Pfanne, auf dem ich dann ohne Appetit herumkaute, drehte die Anlage hoch und ließ Lou Reed das Zimmer mit düsteren Prophezeiungen verdunkeln.

Train entering the city
I lost myself and never came back
Took a trip around the world and never came back
Black silhouettes, crisscrossed tracks never came back
Forever changed, forever changed.

Es gab viel, was ich gern vergessen hätte. Ein leichenblasses Mädchen an einer todtraurigen Endstation, eine ausgebrannte Nutte von fünfundzwanzig, Blasen, die in einem schwarzen See im inneren Vestfold aufstiegen, eine schöne Frau mit Sommersprossen, einem Funkeln in den Augen und einem Blick, der mich voll durchschaute. Je mehr ich trank, um so klarer wurden diese Bilder.

21

Ich überlebte meine Weihnachtsfeier mit Müh und Not. Mein Arm würde nie mehr der alte sein, aber da befand er sich in guter Gesellschaft. Meine Anwaltspraxis torkelte weiter, und Mari hatte ihren Vater nicht vergessen. Und ich bezahlte teuer für alles, was ich Anne versprochen hatte.

In der ersten Zeit fuhr ich schon beim bloßen Anblick eines unbekannten Gesichtes zusammen. Aber schließlich nahm ich die Tatsache hin, daß das Leben kurz und unvorhersagbar ist. Wenn mich wirklich irgendwer aus dem Umlauf ziehen wollte, dann konnte ich das sowieso nicht verhindern. Solange der Stoff sich in der unzugänglichen Obhut der Polizei befand und ich die Klappe halten konnte, würde sich das Interesse an meiner Person wohl legen.

Die Medien kochten in den ersten Wochen. Die Bande wurde als Vestfoldliga bezeichnet, wilde Gerüchte waren im Umlauf. Petter Svendsen stritt alles ab. Wie ich befürchtet hatte, hatte er vorgesorgt. Die Polizei fand drogenmäßig absolut nichts, mit dem sie ihn in Verbindung bringen konnten. Nach wenigen Wochen Untersuchungshaft wurde er wieder auf freien Fuß gesetzt. Die Verteidiger bestanden hartnäckig darauf, daß der Schnee im Auto und zu Hause bei den Busenfreunden Teisen und Uthus untergeschoben worden war. Ich hatte ein gewisses Verständnis für diese Überzeugung. Auch Thorsen kam ungeschoren davon, er war scheinbar clean. Ich wußte es besser. Aber mit diesem Wissen konnte ich nicht viel anfangen. Was ich für eine Lieferabrechnung gehalten hatte, war von den Fachleuten der Polizei auseinandergenommen worden, aber sie hatten nichts gefunden. Ohne einen Codeschlüssel war das Ganze nur eine sinnlose Sammlung von Zahlen und Buchstaben. Die Anwälte schrieben das alles als

Phantasie und Konspiration ab und setzten sich mit dieser Lesart durch.

Die internen Beziehungen in der Bürgerinitiative gegen die EWG aus dem Jahre '72 wurden im Staub der Vergangenheit begraben. Niemand interessierte sich für so alte Geschichten. Die Gorillas im BMW bekamen den Mund absolut nicht auf, aber einige lokale Abnehmer sangen wie Möwen zur Brutzeit. Die einzigen Kontakte, die sie bieten konnten, waren jedoch meine alten Freunde Stensen und Opstad, die übrigens auftauchten, als im März der Schnee schmolz. Die Polizei nahm an, daß sie nach dem Drama in Kjelsås zu ihrer Hütte in Vestfold fahren wollten und auf ihrer Flucht den sicheren Boden unter den Rädern verloren hatten. Mit der Trauer um sie konnten alle leben.

Der Gebrauchtwagenhändler in Ensjø hatte seinen blankpolierten Mercedes ohne sichtbare Schäden zurückerhalten und konnte nun neue Kunden leimen. Else Krogh erhielt ihren Bericht, der allerdings ein wenig frisiert worden war. Aber so ist die Wirklichkeit. Der Prozeß sollte im Spätsommer eröffnet werden, und ich war nicht dazu eingeladen, auch wenn ich noch einige Runden mit der Polizei überstehen mußte. Die hinkte hinterher und kam nicht weiter. Als ich das letzte Mal bei Polizeiadjutant Stene zu einem unserer »Gespräche« erschien, glaubte ich hinter seinen Brillengläsern eine höchst aggressive Verwunderung wahrzunehmen, als er mich vom Haken ließ.

»Wir behalten dich im Auge, Foyn. Du hast einflußreiche Freunde. Diesmal bist du davongekommen, aber mach ja nicht noch einen Versuch.« Mehr brauchte er nicht zu sagen. Manche Konflikte verdienen einen stillen Tod.

Mein wetterwendischer Vorgänger, Christian Salvesen, Verteidiger beim Obersten Gericht, bekam mich zu fassen, als ich mich an einem warmen Frühlingstag im Hafen an zwei kalten Pils labte. »Vergiß nicht, was ich gesagt habe, Foyn. Er war eine schlechte Karte, dieser Villebois. Aber er hat seine wohlverdiente Strafe bekommen, das wird ihnen allen passieren.«

Mein Frust über den fehlenden Zusammenhang zwischen Verbrechen und Strafe stand in voller Blüte, aber ich konnte die Klappe halten. Ich hatte außerdem das unbehagliche Gefühl, daß der abgedankte Herr vom Obersten Gericht mir um einige Schritte voraus war, was den Durchblick in diesem Fall anging.

An einem späten Maiabend rief Lines Journalist an. »Foyn? Ich habe Neuigkeiten über die Vestfoldliga, falls dich das noch interessiert.« Darauf konnte er Gift nehmen! »Eine interne Quelle hat angedeutet, daß Teisen kurz vor dem Zusammenbruch ist. Er möchte sich mit dem Staatsanwalt einigen.«

Sofort sah die Zukunft wesentlich trüber aus. Wer wußte schließlich, worauf Teisen verfallen mochte, vielleicht ging es ihm so dreckig, daß er sogar mit der Wahrheit herausrückte. Das war nicht gerade Musik in meinen Ohren.

Am nächsten Tag stattete ich Wilhelm Mørk in seinem Büro einen anonymen Besuch ab und erzählte ihm von diesem Tip. Ich hatte in den letzten Monaten einen großen Bogen um ihn gemacht. Mørk blieb dermaßen ungerührt, daß ich sofort mißtrauisch wurde. »Sag mir lieber etwas Neues! Vergiß den ganzen Kram. Egal, was auch passiert, du hast über diese Sache die Klappe zu halten. Mach ja nichts auf eigene Faust, sondern verhalte dich ganz einfach ruhig.« Eindringlich fügte er hinzu: »Und besuch mich nicht mehr im Büro, wenn dir deine Sicherheit lieb ist.«

Unsere Gespräche wurden immer kürzer. Er war erschrekkend gut orientiert.

Wilhelm Mørk und seine Verbündeten, die, die seine unkonventionellen Methoden akzeptierten und ihre Hände in Unschuld wuschen, wenn er nur Ergebnisse servieren konnte, würden die für eine verzerrte Gerechtigkeit sorgen, wenn Frau Justitias Methoden nicht ausreichten oder wenn die Entwicklung für sie selber bedrohlich wurde?

Von solchen Überlegungen konnte man wirklich deprimiert werden. Und gesundheitsgefährdend waren sie auch noch. In diesem Punkt neigte ich dazu, Wilhelm Mørk recht zu geben. Was trieb sie denn nur an? Es mußte einen Grund geben, da war ich mir sicher. In mir keimte schon lange ein Verdacht, einer von der Sorte, die im Unterbewußtsein arbeitet. Es gab viele kleine Hinweise, ein Muster, das ich erahnen konnte, wenn ich genauer nachdachte. Stimmt die Behauptung, daß die Neugier des Menschen uns weiterbringt? Für manche macht die Neugier auf jeden Fall die Welt zu einem gefährlicheren Aufenthaltsort. Ich mußte Gewißheit haben, ehe ich wirklich mit dem Vergessen anfangen konnte.

An diesem Abend ging ich in die Kanzlei und sah alte Zeitungsausschnitte und Unterlagen durch, während ich im Halbdunkel dasaß und über eine frühlingsschlaffe und verschlafene Kleinstadt blickte, die sich auf eine neue Glanzperiode vorbereitete. Der Marktplatz lag tot und ausgestorben vor mir.

Ich fand das Gesuchte, meine Informationen über Wilhelm Mørk. Seine Exfrau, Inger Fredriksen, wohnte zusammen mit der Tochter in Bodø. Diese Auskünfte waren zwei Jahre alt. Nachdenklich überflog ich die Notizen. Wilhelm Mørk hatte in Nordnorwegen eine 1974 geborene Tochter. Er war seinen beiden Töchtern kein guter Vater gewesen. Für die eine kam jetzt alles zu spät, aber was war mit der anderen, spielte auch Lisa Fredriksen eine Rolle in diesem Drama?

Ich rief bei der Auskunft an und konnte Adresse und Telefonnummer der Mutter in Erfahrung bringen. Ich legte mehrere Male den Hörer wieder auf, dann überlegte ich mir die Sache anders. So ging es nicht, es war spätabends, und wonach zum Henker wollte ich sie überhaupt fragen? Das, was meine

Intuition mir zu erzählen versuchte, konnte ich bei einem fernen und unpersönlichen Telefonat nicht ansprechen.

Ich informierte mich über den Flugplan, rief bei der SAS an und buchte die Morgenmaschine nach Bodø, ehe mir rationelle Gegenargumente oder der Minusstand auf meinem Konto einfallen konnten. Ich fuhr nach Hause, wartete ungeduldig auf den nächsten Tag und quälte mich durch eine Nacht mit zu wenig Schlaf.

Am nächsten Vormittag stand ich vor einer Wohnmaschine in Bodø, und mein Taxi verschwand in Richtung Innenstadt. Ein anonymes Telefongespräch hatte mir am frühen Morgen vor dem Aufbruch verraten, daß Frau Fredriksen zu Hause war und dort auch für den Rest des Tages bleiben wollte. Ich hatte mich als Homeparty-Vertreter ausgegeben, mit einem Angebot, zu dem keine Frau nein sagen konnte.

Jede einzelne Treppenstufe in diesem Block zeugte von Verfall. Die Inschrift *Gow hom Pakkis* an der Wand sagte das ihrige über die Ansichten der Bewohner, was fremde Kulturen anging, und über die fehlende altmodische Bildung der heranwachsenden Rassistengeneration.

Die Erscheinung der Frau, die mir die Tür öffnete, schokkierte mich. Sie war zwar in Wilhelm Mørks Alter, hätte aber auch für zehn Jahre älter durchgehen können. Diese Frau hatte aufgegeben. Das verrieten ihre Haltung, ihre Kleider, ihre Wohnung, die vielen kleinen Anzeichen von Verfall.

Sie ließ mich eintreten, als ich meine Tarngeschichte aufgab und mit offenen Karten spielte. Mit fast offenen Karten. »Erzählen Sie mir von Wilhelm, sie sind eine der wenigen, die ihn kennen.« Ich musterte sie neugierig, während sie vergeblich versuchte, sich zu konzentrieren. Sie saß in sich zusammengesunken auf einem Ledersofa, das noch bessere Zeiten gekannt hatte. Ich hatte mich unaufgefordert auf einem Holzstuhl niedergelassen.

»Was möchten Sie wissen?« fragte sie tonlos. »Als wir uns kennengelernt haben, war er ein lieber, fürsorglicher Mann, mit wildem Interesse an Politik. Aber daß er bei der Polizei seine Meinungen verschweigen mußte, das hat ihn kaputtgemacht. Er hatte nie Zeit für uns, immer gab es einen wichtigen Fall, auf den er sich konzentrieren mußte.« Sie blickte mich resigniert an. »Viel hat ihm das nicht gebracht, oder? Er hat gelernt, daß die Kleinen immer gehenkt werden, während man die Großen laufen läßt. Das ist doch das Richtige für einen Sozialisten.« Noch immer hatte sie ein wenig Ironie auf Lager. »Man kann auch von weniger schon zynisch werden. Vor allem, wenn Sie ehrlich sind. Er mußte es an irgendwem auslassen, und ich war am leichtesten zu erreichen.«

Sie steckte sich an der alten Kippe eine neue Zigarette an. »Wilhelm hatte ein schlechtes Gewissen, damals vor vielen Jahren ist etwas mit ihm passiert, und es hatte mit seiner Arbeit zu tun. Aber er hat mir nie etwas erzählt.« Sie starrte ins Leere.

Ich folgte ihrem Blick und entdeckte ein Bild an der Wand, ein hübsches junges Mädchen mit einem vieldeutigen Lächeln. Lisa hatte Ähnlichkeit mit ihrer Halbschwester, das stand fest. »Ist das Ihre Tochter?« fragte ich vorsichtig. »Könnte ich mit ihr sprechen?«

Nun brach Frau Fredriksen endgültig zusammen. Sie schlug die Hände vors Gesicht. Sie bebte am ganzen Körper, aber es war kein Laut zu hören. Ich kannte die Antwort lange, ehe ich sie hörte. Ich hatte es geahnt. »Sie ist vor fast zwei Jahren gestorben«, sagte sie mit tonloser Stimme. »Sie war erst vierzehn.« Unaufgefordert fügte sie hinzu: »Lisa hatte es nicht so leicht ...«

»Was ist passiert?«

»Sie war in schlechte Gesellschaft geraten, das wußte ich, aber ich hatte ja keine Ahnung ... Und ich war gerade erst wieder allein, ich mußte jeden zweiten Abend arbeiten, damit ich die Wohnung behalten konnte.« Sie verstummte.

Schließlich konnte ich die Geschichte aus ihr herausholen, nach und nach. Lisa hatte sich an einem Kioskeinbruch mit einem gestohlenen Wagen beteiligt, der Fahrer war zugekifft gewesen, das Auto voll von Rauschgift. Ein Streifenwagen, dessen Besatzung zuviel Miami Vice gesehen hatte, entdeckte sie. Die anschließende wilde Verfolgungsjagd war von einem Transformatorenhäuschen jählings beendet worden. Wie auch das Leben von Lisa Fredriksen, das noch nicht einmal richtig angefangen hatte. Ich konnte keinen Trost bieten.

»Wie hat Wilhelm reagiert? Er hatte doch in den letzten Jahren keinen Kontakt mit Lisa, wenn ich das richtig verstanden habe?« Ich versuchte, sie wieder zum Reden zu bringen.

Inger Fredriksen war jetzt ruhiger. »Er ist zur Beerdigung gekommen, das war seit Jahren unser einziges Wiedersehen. Er hat mich nur angesehen, wollte nicht sprechen, wollte keine Erklärungen hören.« Sie sprach monoton wie ein Roboter, stand auf und nahm aus dem Bücherregal vergilbte Zeitungsausschnitte:

Drogentragödie in Bodø
Achtzehnjähriger tot aufgefunden

Aus dem Artikel ging hervor, daß ein Achtzehnjähriger, den die Polizei aus der Drogenszene kannte und der als Fahrer jenes Unglückswagens angeklagt war, der Lisa Fredriksen das Leben gekostet hatte, auf ungewöhnlich schmerzhafte Weise aus den Reihen der Lebenden geschieden war. Sein Lösungsmittel hatte sich entzündet und ihn gründlich gebraten. Irgendwer hatte auf die Tatsache hingewiesen, daß der Arme schon längst den Snifflappen an den Nagel gehängt hatte und auf edlere Stoffe umgestiegen war. Jaja, dann hatte er eben einen Rückfall erlitten, so sah es jedenfalls die Polizei. Ein willkommener Unfall. Ich konnte dieselbe Erklärung, die ich mir dazu machte, in Frau Fredriksens Augen lesen. Ich hatte in

Bodø nichts mehr verloren. Ich versuchte, vor dem Gehen irgend etwas Aufmunterndes zu sagen, aber mir fiel nichts ein. Für manche Leute hatte das Leben wirklich nur Scheiße übrig.

Vom Flughafen in Oslo aus wandte ich mich an meinen Freund bei Aftenposten, ich hatte noch ein Stück aus dem Puzzlespiel, das einen Platz suchte. »Bleib heute nachmittag in der Redaktion. Ich komme vorbei und brauche dein Personenarchiv und deine Hilfe, vor allem, was die Wirtschaft angeht.« Ich wußte, daß ich mich auf ihn verlassen konnte, obwohl er noch sauer war, weil er in der Zeitung über Vestfolds Viererbande gelesen hatte, statt selber die Sensation des Jahres bringen zu können.

Er wartete schon, als ich gegen fünf in der Redaktion eintraf. »Ich hoffe, diesmal hast du auch was für mich?«

Wieder mußte ich verneinen. »Das hier ist lebensgefährlich, und du kannst nur eins machen: Die Finger davon lassen! Wenn dabei je eine Geschichte herauskommt, die das Tageslicht ertragen kann, dann kriegst du sie. Mehr kann ich dir nicht versprechen.«

Wir brauchten weniger als eine halbe Stunde, um unseren Fisch zu erwischen. Ich hatte mich nicht geirrt. Jetzt wußte ich, wo ich das Machtgesicht schon einmal gesehen hatte. In einer Reportage in Wilhelm Mørks Zeitungsarchiv. Es war der Mann aus dem feinen Osloer Vorort, der handlungsunfähige Behörden mit seiner Aggression konfrontiert hatte, der nicht hinnehmen wollte, daß die Besserwisser die Drogenszene freundlich unterm Kinn kitzelten. Sverre Helmersen, geschäftsführender Direktor, ein großer Name in Sachen Reedereien, Ölindustrie, Fähren, Kreuzfahrten, allem, was Geld bringt. Ein erfolgreicher Mann. Sein Zeitungsbild leuchtete mir entgegen und erweckte Erinnerungen, die ich vergeblich zu verdrängen versucht hatte. Jetzt erinnerte ich mich an seinen Namen aus dem Wirtschaftsteil, von damals, als er ein junger, vielversprechender Jurist und Betriebswirt im Ölministerium gewesen war. Ein strahlender Stern am norwegischen Wirtschaftshimmel, hieß es damals.

Ob sein Familienleben ebenso erfolgreich verlaufen war? Das Archiv lieferte die ganze Geschichte. Glücklich verheiratet, schöne, nicht berufstätige Frau. Zwei Kinder, Jungen, geboren 1970 und 1972. Ich notierte mir die Namen und empfahl mich, ehe Kjell allzu neugierig wurde. Ich mußte noch ein paar Telefonate führen.

Willy sagten die Namen auf Anhieb nichts. »Aber gib mir eine halbe Stunde«, sagte er, »danach weiß ich vielleicht mehr.« Ich hatte soviel erzählt, wie ich es überhaupt nur wagen konnte. Wenn hier einer auf dem laufenden gehalten werden mußte, dann Willy. Aber einiges behielt ich weiterhin für mich. Ich wußte noch nicht so recht, was ich eigentlich mit dieser Information anfangen wollte.

Ich brauchte nicht lange zu warten. »Stein Helmersen, zwanzig, verdammt miese Prognose. Hat alles durchprobiert, ist im Moment hier aus dem System gefallen, wir nehmen an, daß er sich in Kopenhagen aufhält. Seit vierzehn an der Nadel. Die Familie hat alles versucht, absolut alles, jetzt haben sie aufgegeben. Er hat einen total braven Bruder. Reicht das?« Willy war nüchtern wie ein Lexikon.

»Vergiß diese Anfrage, Willy!« Etwas in meiner Stimme mußte ihm das verraten haben, was ich nicht sagen konnte. Er akzeptierte meine Forderung ohne Widerworte.

Ich fuhr nach Hause. Ich war nur einen Tag unterwegs gewesen, aber eine lange Reise bedeutete das trotzdem. Jetzt hatte ich eine Erklärung. Gerechte und strenge Väter, die nicht mit Verlierern umgehen konnten, die nicht hinnahmen, daß die Junkies auf ihnen herumtrampelten, die sich mit allen Mitteln wehrten und nicht glaubten, daß sie diese Aufgabe Frau Justitia überlassen konnten. Mächtige Väter, die Niederlagen einfach nicht gewohnt waren und die schnelle Ergebnisse sehen wollten. Sie waren gefährlich, wenn sie bedroht wurden. Es war kein Zufall, daß es sich um Väter handelte und nicht um Mütter. Ironischerweise ging mir auf, daß ich genauso gedacht hatte, als ich damals, vor einem halben Jahr, in der engen Wohnung in Vålerenga meine tollkühnen Pläne schmiedete.

Sverre Helmersen war einer dieser Väter. Mein unklarer Verdacht nahm Konturen an. Auf geheimnisvolle Weise verschwundene Dealer, unerklärliche Unfälle, die gern Leute aus der Drogenszene trafen. Alles im Dienste der guten Sache. Warum der Justiz die Aufräumungsarbeiten aufbürden, wenn andere den Job doch effektiver durchzogen? Ich kannte die Argumente. Und Wilhelm Mørk war durch seine Verbindungen ein ganz besonders brauchbarer Handlanger, ein Mann mit Kenntnissen, Möglichkeiten und Rachsucht. Die Vestfoldliga hätte auf keinen schlimmeren Feind stoßen können als auf diesen alten Freund aus den siebziger Jahren.

Es verwunderte mich, daß ein Mann wie Helmersen das Risiko eingegangen war, mich höchstpersönlich durch Drohungen zum Schweigen zu bringen. Er mußte doch damit rechnen, daß ich ihn durchschauen würde.

Das Gefühl der Ohnmacht, das mich überkam, als die brutale Wahrheit mir schließlich aufging, gefiel mir überhaupt nicht. Sie hatten schon beschlossen, mir auf Dauer das Maul zu stopfen, als ich die grobe Arbeit für sie erledigt hatte. Und sie hatten auch schon gewußt wie. Es war ein Schweineglück, daß mir diese Möglichkeit geboten worden war, zu gehorchen und die Klappe zu halten. Hatte Wilhelm Mørk wohl für diese Möglichkeit gesorgt? In Gedanken konnte ich mich von der ganzen Geschichte noch immer nicht losreißen. Wie viele von diesen rechtschaffenen Rächern gab es wohl, existierte vielleicht eine ganze Organisation? Nun ja, meine Neugier war so einigermaßen befriedigt. Und bald kam der Sommer, ich lebte noch und befand mich auf freiem Fuß. Angesichts meines Ausgangspunktes konnte ich nicht mehr verlangen.

Einige Tage später sprangen mir *Dagbladets* dicke Schlagzeilen ins Auge, als ich auf Aker Brygge im Sonnenschein ein Pils zu mir nahm. Ich hatte gerade einen Mandanten besucht, der im Osloer Kreisgefängnis in sicherem Gewahrsam saß, ein Schicksal, für das er mir die Schuld zuzuschreiben wünschte. Und damit hatte er nicht ganz unrecht. Während des letzten halben Jahres hatte ich als Anwalt nicht gerade Glanzleistungen geliefert. Manche behaupteten auch, daß diese Periode schon um einiges länger anhielt.

Vestfoldliga: Mysteriöser Todesfall

Einer der im Zusammenhang mit dem Vestfolder Drogenfall in Untersuchungshaft befindlichen Männer wurde gestern im Gefängnis tot aufgefunden. Die Polizei gibt vorläufig keine Kommentare ab, aber wohlinformierten Kreisen zufolge soll der Tote, ein ehemaliger Sozialarbeiter, großes Interesse an einer Zusammenarbeit mit den Anklagebehörden gezeigt haben, was zur Aufklärung eines außerordentlich umfassenden Drogenfalls hätte führen können. Über die Todesursache werden derzeit Ermittlungen angestellt. Der Todesfall hat die Arbeit der Polizei ins Stocken gebracht. Bisher konnte keiner der Hintermänner gefaßt werden.

Ich las den Artikel mit schneller werdendem Pulsschlag. Steinar Teisen hatte sich Håkon Villebois auf einer Reise angeschlossen, die in einer Septembernacht vor fast zwanzig Jahren aus unbekannten Gründen ihren Anfang genommen hatte.

Die Nemesis ging um. Sie ließ sich dabei eben Zeit. Ich bezweifelte keinen Moment, daß die internationalen Drogenkartelle auch im Knast über ihre Mittel und Methoden verfügten. Die Mitgliedschaft des Jugendamtsleiters in dieser Gesellschaft war auf Dauer gekündigt worden. Und wer würde wohl der nächste sein? Teisens plötzliches Dahinscheiden war nicht direkt von Nachteil, weder für Wilhelm Mørk noch für mich, das mußte ich zugeben.

Die norwegische Ausgabe der Bürgerwehren, die im Dienst der guten Sache das Gesetz in die eigenen Hände nehmen, im Schutz des Systems. Meine Phantasie überschlug sich. Ich fröstelte in der Frühsommerwärme und blickte mich ängstlich um. Ich mußte etwas unternehmen, aber ich war wie gelähmt und versuchte meine Nerven mit Aftenposten zu beruhigen. Mein Blick fiel auf eine Notiz im Wirtschaftsteil:

Bekannter norwegischer Finanzmann läßt sich in London nieder

Aus dem Artikel ging hervor, daß die Firma Finansimport ihre ökonomische Krise hinter sich hatte, daß ausländische Investoren Anteile zeichneten und daß in London eine neue Hauptniederlassung eingerichtet wurde. Der Firmengründer Petter Svendsen war nach allerlei Problemen zu Hause, auf die nicht näher eingegangen wurde, nun mit dem United Kingdom als Ausgangspunkt wieder voll am Werk.

Das brachte das Faß zum Überlaufen. Ich konnte nur raten, welche Quellen ihn finanzierten, und ich hatte inzwischen eine ziemlich dreckige Phantasie. Hulda zog an meinem Bein und wollte nach Hause in die Kleinstadt, zu zerzausten Hinterhofkatzen und spontanen Bootstouren. Ich riß mich los von den Versuchungen des frühsommerlichen Oslo und löste den Jaguar im vertrauten Parkhaus in Vika aus. Diesmal ohne andere Probleme als das, die Ausfahrt zu finden.

Bei Sandvika überlegte ich mir die Sache anders und zwang die alte Dame aufwärts in Richtung Hosle. Bald erreichte ich vertrautes Terrain. Petter Svendsens Villa, geschmackvoll ins Gelände eingepaßt, von der Straße angemessen weit entfernt, von einem Architekten mit dem richtigen Griff entworfen.

Ich hielt hundert Meter entfernt und lud Hulda zu einem planlosen Spaziergang ein. Ich wollte einen letzten Blick auf diesen Ort werfen. Vor dem Tor mühte sich eine langbeinige Frau in Jeans und T-Shirt damit ab, ein Messingschild abzuschrauben, das wohl schon lange dort angebracht gewesen war. Sie fluchte laut, als der Schraubenzieher abrutschte und vor meinen Füßen auf den Boden fiel. Ich bückte mich automatisch danach, und unsere Blicke begegneten sich. Ich schaute in ein klares, freundliches Frauengesicht. Die Frau, die wohl Mitte dreißig war, hatte bei der Verteilung des guten Aussehens nicht hinten in der Schlange gestanden. Aller Wahrscheinlichkeit stand ich hier Petter Svendsens knackiger Gattin von Angesicht zu Angesicht gegenüber. Er hatte guten Geschmack.

»Z-z-ziehen Sie um?« Ich konnte meine Neugier nicht zügeln. »Nach London, vielleicht?« Ich sah, daß sie ein kleineres Schild zum Anbringen bereitliegen hatte, auf dem ein Name fehlte, der von Petter Svendsen.

Sie musterte mich, nicht unfreundlich, wie mir schien. Ich mochte sie sofort leiden. »Mein Exmann zieht um, ja, aber wir drei nicht.« Sie zeigte auf das neue Schild. »Wenn wir das Haus finanzieren können, dann bleiben wir hier. Kennen wir uns?« Die Art, wie sie das fragte, war völlig in Ordnung.

Ich zögerte. »Ich habe mit . . .«, es fiel mir schwer, das zu sagen, »mit Ihrem früheren Mann zu tun gehabt. Mehr als genug, würde ich sagen.« Meine Stimme und mein Tonfall verrieten meine Empfindungen für diesen Burschen. Und mir ging auf, daß ich nie ein Wort mit ihm gewechselt hatte. Aber trotzdem wußte ich genug über ihn. »Ich heiße Foyn, Svend F-f-foyn, Rechtsanwalt.«

Sie blickte mich nachdenklich und mit neuem Interesse an. »Ich habe von Ihnen gehört, ja.« Sie überließ Schild und Werkzeug ihrem Schicksal. »Ich lade Sie zu einer Tasse Tee ein, wenn Ihnen das recht ist, ja?« Sie sah mich fragend an.

Ich zuckte mit den Schultern, es konnte interessant und vielleicht auch gefährlich sein. »Wir haben v-v-vielleicht etwas zu besprechen.« Seltsamerweise fühlte ich mich total entspannt.

Wir tranken mehrere Tassen Tee, während wir mitten im windigen Bærum an einem warmen, sonnigen Freitag im Mai vor der Sonnenwand saßen und ich die ganze Geschichte in Elin Svendsens Fassung hörte. Genauer gesagt hatte sie nach sechzehn Jahren wieder ihren eigenen Namen angenommen, den Namen aus der Zeit, ehe der dynamische Geschäftsmann Petter Svendsen, Gründer und modisch korrekter Exradikaler mit Ideen, Projekten und Kontakten, sie mit seinem Charme umgeworfen hatte. *Wer mit zwanzig nicht radikal ist, hat kein Herz, wer mit vierzig noch radikal ist, hat keinen Verstand* ist eine Aussage, die für Menschen mit dem dringenden Bedürfnis, ihren neuen Lebensstil zu rechtfertigen, wie gerufen kommt. Mir fehlte es an Lebensstil, und die Aussichten auf einen plötzlichen Aufstieg waren eher gering.

Petter Svendsen hatte offenbar ein Doppelleben geführt. Aber er selber hatte das vielleicht nicht so empfunden. Wohlwollender, charmanter Familienvater, hoch geachtet in der Nachbarschaft, mit versnobtem Freundeskreis, Mitglied in den richtigen Vereinen, immer auf Reisen, von einem Projekt zum anderen.

Das Ehepaar Svendsen war schon lange getrennte Wege gegangen und nur wegen der Kinder zusammen geblieben. Ich kannte die Argumente. Die Verhaftung war wie ein Schock gewesen. Abgesehen davon, was die Polizei ihr mitzuteilen wußte, hatten die cleveren Anwälte unfreiwillig einige Zusammenhänge verraten, die ihr die Augen für eine andere Wirklichkeit geöffnet hatten. In diesem Zusammenhang war mein Name gefallen. Der Abstieg war lang und schwer gewesen. Sie hatte beschlossen, wegen der Kinder alles durchzuhalten.

Ich glaubte ihr die Geschichte. Ich glaubte die Wahrheit zu lesen in diesen blauen Augen, die mir sagten, daß es möglich war, so lange zu leben und nicht mehr zu wissen.

Wir brachten unsere Teetassen in die Küche, und ich konnte einen Blick auf den Büroteil des Hauses werfen, wo ich vor einem halben Jahr einen Einbruch hätte unternehmen sollen. Vielleicht würde der Kerl dann heute ganz woanders sitzen als in der Londoner City. Ich fuhr zusammen. Der Computer! Ich erkannte den PC auf dem Schreibtisch, es war eine seltene Marke, die gleiche wie Cecilies. »Wem gehört d-d-der Computer?« fragte ich. Die Assoziationen tanzten wild durcheinander.

Sie blickte mich überrascht an. »Petter hat ihn da stehen lassen, als er ausgezogen ist. Für die Kinder, hat er gesagt. Er hat sicher schon für besseren Ersatz gesorgt.« Ihre Stimme klang bitter.

»Hat die Polizei den Computer denn nicht mitgenommen, als sie Petter verhaftet haben?« Ich verfluchte die Blindfische, die das Teil übersehen hatten.

»Der stand damals im Kinderzimmer«, antwortete sie. »Sie wußten wohl nicht, wonach sie Ausschau halten sollten. Aber sie haben einen tragbaren PC aus dem Büro mitgenommen. Und jede Menge Papiere, ich hatte keine Ahnung, was los war. Wir haben später alles zurückbekommen.«

Ich setzte mich und schaltete den Computer ein. »Wissen Sie, ob er nach dem Verschwinden Ihres M-m-mannes noch benutzt worden ist?«

»Ich glaube nicht. Der steht einfach nur so hier rum.« Sie blickte mich verwirrt an.

Ich starrte in ihre blauen, offenen Augen. Ich mußte mich jetzt in acht nehmen, um nicht noch tiefer in die Sache zu rutschen, als gut für mich war. »Wenn ich hier etwas finde, werde ich es g-g-gegen ihn verwenden. Hätten Sie etw-w-was dagegen?«

Sie schüttelte gleichgültig den Kopf. »Tun Sie, was Sie wollen, wir sind wirklich miteinander fertig. Aber Sie werden nichts finden, alles ist gelöscht worden. Ich fürchte, Sie vergeuden Ihre Zeit.«

»Sagen Sie das nicht«, murmelte ich leise und ging die Festplatte durch. Ich hatte beim letzten Mal, als ich nach alten, versteckten Geheimnissen gesucht hatte, etwas gelernt. Der Apparat war genau der gleiche Typ wie der von Cecilie.

In der alten Ledertasche, die ich immer mit mir herumschleppe, habe ich ein ambulantes Büro. Briefe, Rechnungen, Notizen, alles, von dem ich nicht weiß, wo ich es ablegen soll, alte Disketten. Mein Freund der Computerschnüffler hatte mir mehrere Programme vermacht, als er Cecilies PC restauriert hatte. Ich fischte die Disketten zwischen Zigarren und Fusseln hervor und legte sie ein, während ich versuchte, mich an Billys Instruktionen zu erinnern.

Meine Motivation war groß, und nach einer halben Stunde konzentrierter Arbeit hatte ich es geschafft. Der Codeschlüssel erschien auf dem Bildschirm. Verdammt, endlich hatte ich etwas! Die verschlüsselte Rechnung hatte ich mir im letzten halben Jahr immer wieder angesehen, in der Hoffnung, den Code im Schlaf zu knacken. Jetzt machte meine Sammelmanie sich bezahlt. Ich gab die codierte Übersicht ein und koppelte sie mit dem Schlüssel. Plötzlich kam Ordnung in die Sache, eine neue, verständliche Rechnung erschien auf dem Schirm.

Die Lieferdaten standen in der ersten Spalte. Die zweite enthielt, wie ich angenommen hatte, die Warenbezeichnungen. Sie hatten mit Amphetaminen, Hasch, Heroin und am Ende auch mit Kokain gehandelt. Spalte drei war die interessanteste, die Kundschaft. Es war eine lange Liste, die mehrere bekannte Namen enthielt. Ein Spitzensportler aus Vestfold, eine hochgeachtete Tønsberger Lebensmittelfirma, lokale Verteiler, die ich schon vom Hörensagen kannte, und, das war das Interessanteste, einen von Vestfolds Modekönigen. Ich wußte gut, wer er war. Der Kerl hatte zu Sandefjords Modemenagerie gehört, protzte jetzt mit dem ehemaligen Porsche des Königs und mit dem ganzen Strauß von Schönheitsköniginnen. Dieser Liste zufolge war er ein Großabnehmer.

In der nächsten Spalte fand ich Einfuhrorte und Kaufpreise, sie hatten abwechselnd die verschiedenen Fährhäfen in Ost- und Südnorwegen benutzt. Die ersten Lieferungen hatten Anfang letzten Jahres stattgefunden. Ein rascher Überschlag erbrachte an die zehn Millionen Umsatz. Und das hier war nur die Verteilerkette, der Straßenwert mußte um vieles höher liegen. Der letzte große Handel, der Coup, der alle ihre finanziellen Probleme hatte lösen sollen, war nie in irgendeiner Abrechnung aufgetaucht.

Ich mußte mir alles genau überlegen. Was sollte ich mit dieser Information anfangen? Wenn ich sie Wilhelm Mørk zukommen ließ, wußte ich nicht, was passieren würde. Es wäre besser, es bei der Polizei zu versuchen. Ich hoffte, es würde nicht möglich sein, alles bis zu Elin Svendsen zurückzuverfolgen. Ich machte mir keine Illusionen, daß alle Beteiligten verhaftet werden würden. Irgendwer würde auf jeden Fall ungeschoren davonkommen, und das System hatte ein gutes Gedächtnis.

»Darüber müssen Sie unbedingt den Mund halten«, mahnte ich eindringlich. »Niemand, absolut niemand darf erfahren, daß ich hier war. Lassen Sie den Apparat einfach stehen und vergessen Sie, daß Sie mich gesehen haben.«

Ich druckte zwei Exemplare der fertigen Abrechnung und des Codeschlüssels aus, dann löschte ich alles, diesmal endgültig, wie ich hoffte. Danach beschlagnahmte ich den Drucker, um ihn auf der Heimfahrt ins Meer zu werfen. Elin Svendsen hatte offenbar den Ernst in meinen Augen gelesen und protestierte mit keiner Silbe dagegen.

Es war schon später Nachmittag, als ich nachdenklich Bærums Erfolgsviertel verließ. Vielleicht würde ich wieder herkommen. Die Welt war noch immer unvorhersagbar.

Ich wußte jetzt, daß Cecilie irgendwann die Abrechnungen gefunden hatte und daß ihr Vater unvorsichtigerweise den Schlüssel hatte herumliegen lassen. Damals hatte sie geglaubt, die Liga fertigmachen zu können. Wer siebzehn ist und gründlich mit Füßen getreten wurde, kann sich sehr leicht irren.

In Sandvika schickte ich die uncodierte Liste in einem neutralen Briefumschlag an Polizeiadjutant Carl Stene in Tønsberg. Ich ging davon aus, daß er sich sofort über diese Sache hermachen würde. Er konnte da bestimmt noch mehr herausholen, einige von den Verteilern würden unter Druck sicher umkippen. Und wer weiß, vielleicht konnte einer von ihnen sogar den Faden bis zu Petter Svendsen & Co. aufrollen.

Ich mischte mich in den dichten Freitagsverkehr, der aus der Hauptstadt hinaus wollte. Im Hintergrund rauschte der Dudelfunk. Ich hatte einfach zu viele Gedanken im Kopf. Entweder mußte ich meine Gehirnkapazität steigern oder in meinen Gedanken ausmisten. Ich entschied mich für letzteres.

Die Nachrichten rissen mich jählings hoch. Es wurde berichtet, daß einzelne norwegische Wirtschaftsbetriebe den absoluten Boom erlebten, und der Sprecher wollte jetzt die Bedeutung der guten Betriebsleiter für diese Entwicklung herausstreichen. Er stellte sie in seiner Sendung vor. Das Lederpolster des Jaguar wurde eiskalt, als mir langsam aufging, wo ich diese überlegene Stimme schon einmal gehört hatte.

Der geschäftsführende Direktor Sverre Helmersen aus dem Vorzeigeunternehmen Norwegian Offshore glaubte an die Zukunft, man mußte nur offensiv denken, wie er das ausdrückte, und planmäßig vorgehen, dann würden sich die Ergebnisse auch einstellen.

Ich befand mich wieder in einem kreideweißen Krankenhausbett, und es gefiel mir gar nicht, daß diese Erinnerungen so unerwartet aufgefrischt wurden. Noch weniger gefiel mir die überlegene, wohlmodulierte Stimme, die mir alles erzählte, was ich nicht zu hören brauchte. Ich schnitt ihm seinen Monolog ab und ließ meine Aggressionen von Gustav Mahlers zehnter Symphonie dämpfen.

22

Die Stadt zeigte sich von ihrer besten Sommersonnenseite, mit der sie so gerne vor neidischen Touristen prunkt. Die Erwartungen standen Schlage, die Straßencafés blühten wie Flieder im Mai, die Luft war gesättigt von Pollen und Geschlechtshormonen.

Ich schaute in der Kanzlei vorbei, um die Post durchzusehen, dann wollte ich mir freinehmen. Beim Aufräumen nahm ich mir zum Gott weiß wievielten Mal den alten Ordner mit den Unterlagen über die Vestfoldliga vor.

Ich zog den alten Zeitungsausschnitt über den Haschcoup heraus, der inzwischen noch unleserlicher und zerknitterter geworden war, und las die kurzen Zeilen unter ohnmächtigem Fluchen. Verzweifelt knüllte ich das Papier dann zu einem Ball zusammen und wollte es in den Papierkorb werfen, den ich aber grob verfehlte. Aus Rücksicht auf Frau Svendsen hob ich es wieder auf. Ich glättete es ein letztes Mal, und mir wurde heiß, als mir langsam die Wahrheit aufging. Mit dieser Spur hatte von Anfang an etwas nicht gestimmt. Die Lösung hatte die ganze Zeit dicht vor meiner Nase gelegen. Ich war nicht nur blöd, ich war auch noch blind. Jedes Papier hat eine Rückseite. Ich hatte die falsche Seite gelesen und vergessen, daß 1972 die Welt anders ausgesehen hatte. Das mit dem Hasch war eine falsche Spur gewesen, eine meinen modernen Phantasien angepaßte. Durch eine Ironie des Schicksals hatte jemand vor zwanzig Jahren den Zeitungsausschnitt so perfekt aus der Zeitung herausgerissen, daß der Haschartikel komplett erhalten geblieben war. Auf der Rückseite befand sich mit wesentlich breiterem Rand die wirklich interessante Meldung, eine kleinere Notiz, die die Zeitung in dieser Nummer in letzter Sekunde noch untergebracht hatte:

Oslo: Banküberfall letzte Nacht
Zwei Tote

Der kurze Artikel teilte mit, daß zwei Männer von etwa Mitte zwanzig umgekommen waren, als ihr Wagen gegen vier Uhr in der Nacht nach der großen Volksabstimmung an einer Kreuzung in Majorstua umgekippt war. Sie waren auf der Flucht vor der Polizei gewesen, die sie mit einem Banküberfall im Bogstadvei in Verbindung gebracht hatte. Die Bankräuber waren durch die Decke eines leerstehenden Büros im Obergeschoß in die Bank eingedrungen. Sie mußten mehrere Tage gebraucht haben, um ein Loch durch die Decke zu bohren. Als sie ihre Werkzeuge aus der Bank gebracht hatten, waren sie von einem Zeugen gesehen worden, der dann die Polizei alarmiert hatte. Im Wagen der beiden Verunglückten wurden Schneidbrenner und Einbruchswerkzeuge gefunden, die Beute der Bankräuber jedoch, die sich auf über eine Million in gängigen Währungen belief, blieb spurlos verschwunden.

Die Polizei nahm an, daß im Auto noch andere gesessen hatten und daß diese anderen mit dem Geld hatten fliehen können. Die beiden Toten waren der Polizei unbekannt. Niemand wußte, was während des Unfalls geschehen war, niemand hatte etwas gehört oder gesehen. Die Polizei war zehn Minuten später am Unfallort eingetroffen. Einer der mutmaßlichen Bankräuber war zu diesem Zeitpunkt bereits tot, der andere war einige Stunden später im Krankenhaus gestorben, ohne noch einmal das Bewußtsein erlangt zu haben.

Ich suchte mir die Nummer des ehemaligen Kommissars Winther heraus. »Hier ist Foyn, ich b-b-brauche noch einmal die Hilfe Ihres hervorragenden Gedächtnisses«, erklärte ich aufgeregt. »S-s-sie haben einen Banküberfall erwähnt, der Sie bei den Ermittlungen zu dem großen Haschcoup abgelenkt hat. Erzählen Sie mir bitte mehr darüber. Haben Sie das Geld gefunden?«

»Ja, darauf können Sie Gift nehmen, daß ich mich daran noch erinnere. Wir konnten nichts finden, keine Spur der Beute, keine Hinweise auf weitere Täter, keinen dritten Mann. Alles verlief bei der Kreuzung im Sande, auf der wir den Wagen gefunden hatten. Wir kamen zu dem Schluß, daß der oder die anderen, die entkommen waren, ganz saubere, normale Leute wie du und ich sein mußten. Das Seltsame war, daß wir im Bekanntenkreis der beiden Verunglückten nichts finden konnten, nirgendwo gab es zuviel Geld, absolut nichts.« Er seufzte. »Diese beiden Fälle waren fast zuviel für mich, in meiner ganzen Zeit bei der Polizei bin ich nicht damit fertig geworden.«

Ich betrachtete den vergilbten Zeitungsausschnitt, während er das alles erzählte. In der Ecke war mit fast unleserlicher Bleistiftschrift etwas notiert, die Reste von etwas, das vielleicht eine Telefonnummer gewesen war. Die drei ersten Ziffern waren unleserlich, die drei letzten lauteten 069. Darunter war irgendein Name gekritzelt, der auf -sen endete, der Anfang war dem Zahn der Zeit zum Opfer gefallen. Jensen oder Johnsen oder so. »Konnten Sie irgendwelche Zeugen finden, das ist doch mitten in der Stadt passiert, da muß irgendwer doch irgendwas gesehen haben!«

»Vergessen Sie nicht, daß es spätnachts war. Wir dachten, wir hätten Zeugen, ein älteres Ehepaar, das ganz in der Nähe wohnte. Aber die stritten alles ab, behaupteten, nichts gehört oder gesehen zu haben, obwohl sie zu Hause waren. Ich habe ihnen nicht geglaubt, sie hatten etwas zu verbergen. Der Mann litt unter Schlaflosigkeit, blieb oft die halbe Nacht wach und trank Kaffee, das haben mir die Nachbarn erzählt. Die Frau war stumm wie ein Fisch.«

Er dachte nach. »Bei unserem ersten Besuch fiel mir ihr prachtvolles blaues Auge auf. Sie war gegen den Türrahmen gelaufen, das behauptete ihr Mann.« Er schnaubte verächtlich. »Ich könnte ein ganzes Buch über die blödsinnigen Erklärungen schreiben, die mir in dieser Hinsicht serviert worden sind.

Nein, er hatte sie geschlagen. Und das kann ja seinen Grund gehabt haben. Aber den konnten wir nie aus ihnen herauslocken. Schließlich haben wir aufgegeben. Und jetzt ist dieser Zug schon lange abgefahren.«

»Seien Sie sich da nicht zu sicher«, sagte ich und versuchte, ruhig zu bleiben. »Können Sie sich an ihren Namen erinnern? Ich nehme an, er endete auf -sen!«

»Ich glaube wirklich, Sie haben recht«, sagte er erstaunt. »Woher wissen Sie das? Wenn ich mich nicht irre, dann war es irgendwas in Richtung Hansen.« Er verstummte kurz. »Ich habe noch immer mein Privatarchiv, in den letzten Jahren habe ich einige Aufträge von Versicherungen bekommen, bald sind wir ja die einzigen, die normale Verbrechen verfolgen.«

Ich hörte, wie er in Papieren blätterte. »Hier, Alfild und Arne Johansen, Industrigate 10. Das Haus ist vor einigen Jahren saniert worden, die Frage ist, ob sie dort noch wohnen. Wenn sie überhaupt noch leben, müssen sie hoch in den Achtzigern sein, da gibt es also sicher nicht viel zu holen.« Sein eigenes Alter hatte er offenbar vergessen. »Wenn Sie sie überhaupt noch finden können. Soll ich mitkommen?« Der alte Fuchs hatte Witterung genommen. Aber ich fand seinen Vorschlag nicht so klug, als alter Polizist war er vorbelastet.

Er erzählte mir noch einige Einzelheiten über den Unfall, offenbar hatte er die Unterlagen darüber vor sich liegen. Er hatte den Fall nie ganz aufgegeben, und das würde sich jetzt vielleicht bezahlt machen. Aber wenn es nach mir ging, würde die Polizei davon nie erfahren. »Ich melde mich bei Ihnen, wenn ich etwas finde, aber jetzt muß ich auflegen. Übrigens, haben sie noch die alte Telefonnummer der Johansens?«

Er schien überrascht. »Was wollen Sie denn mit der Nummer, die hat sich doch bestimmt schon längst geändert?« Er blätterte in seinem Ordner, und ich wartete ungeduldig. Alles stimmte, die drei letzten Ziffern waren dieselben wie auf Villebois' altem Zeitungsausschnitt. 069.

Jetzt hatte ich es eilig. »Vielen Dank, Sie haben mir mehr geholfen, als Sie ahnen.« Ich warf den Hörer auf die Gabel, ehe er mich überreden konnte, ihm mehr zu erzählen. Jetzt hatte ich endlich, was ich brauchte. Noch durfte sich der Wochenendfrieden nicht über mein Dasein senken. Ich zerrte Hulda zum Jaguar und bretterte zurück nach Oslo.

Eine gute Stunde später stand ich an der Kreuzung von Industrigate und Bogstadvei in Majorstua und sah mir die Umgebung an. Hier war es also passiert. Ich erkannte die Stelle sofort von der Beschreibung her. Straßen und Häuser sahen aus wie vor zwanzig Jahren, nur war eben alles saniert worden. Die achtziger Jahre hatten sich der vorigen Generation gewissenhaft entledigt.

Die alte Wohnung des Ehepaars Johansen bot hervorragende Aussicht auf die Kreuzung. Ich konnte Winthers Argwohn verstehen; wenn jemand etwas gesehen haben mußte, dann die beiden. Die Wohnung schien jetzt von ganz anderen Typen als von zwei abgehakten Alten bewohnt zu sein. Ich klingelte. Null Reaktion. Im Haus gab es acht Wohnungen, pro Stock zwei. Ich wußte, wonach ich suchte. Schließlich fand ich es, ein altmodisches Türschild, das zeigte, daß die Bewohnerin schon lange hier hauste, ein einsamer, gewöhnlicher Name, ein Fossil aus anderen Zeiten. Vorsichtig klingelte ich. Die Dame, die endlich vorsichtig einen Spaltbreit die Tür öffnete, hätte auch meine Frau Johansen sein können. Sie war eine der Überlebenden aus der Vergangenheit, die die Immobilienspekulanten noch immer nicht losgeworden waren.

»Frau Johansen wohnt nicht mehr hier.« Das erklärte sie mit trockener, brüchiger Stimme. Sie sah mir meine Enttäuschung offenbar an. »Wir sind gleichzeitig hier eingezogen«, fügte sie wie zum Trost hinzu. »1926. Und bald werde ich auch an die Reihe kommen.« Sie machte keinerlei Anstalten, die Tür doch noch zu öffnen.

»Wissen Sie, wo sie jetzt wohnt?« Ich rechnete damit, daß

es sich bei der neuen Adresse um den Friedhof Vestre Aker handelte.

»Im Uranienborgheim, da ist sie im Frühling hingebracht worden. Die haben auch ihre Möbel abgeholt.«

»Und was ist mit ihrem Mann, mit Arne?«

Die alte Dame starrte mich über die Sicherheitskette hinweg mißtrauisch an. »Wer sind Sie eigentlich, Sie haben doch behauptet, sie zu kennen, wieso wissen Sie dann nicht, daß Arne letztes Jahr gestorben ist? Na ja, er hatte nichts anderes verdient. Die arme Alfild, die hatte wirklich ihr Päckchen zu tragen.« Sie seufzte in ihrem Türspalt. Ich versuchte, alles zu erklären, aber sie hörte nicht zu. Ich gab auf und wanderte weiter. Das Uranienborgheim lag nur wenige Minuten entfernt.

Alfild Johansen gehörte nicht zu denen, bei denen sich die Besucher die Klinke in die Hand gaben, wie sie da so eingemummelt in eine karierte Decke im einzigen brauchbaren Sessel auf dem Gang saß. Die Decke sah der, die Jens Yankee und seine Kumpels geklaut hatten, zum Verwechseln ähnlich. Alfild und Jens hatten auch noch eine andere Gemeinsamkeit. Sie waren beide überflüssig.

Ein höflicher Kurde zeigte mir den Weg und stellte mich vor. »Sie oft unklar, heute aber guter Tag.« Der Kurde schien wirklich Anteil zu nehmen. Ich spürte seinen Blick im Rücken, als ich zu Alfild ging und ihr vorsichtig die Hand auf die Schulter legte. Sie fuhr zusammen, ihre magere Gestalt war uralt und hinfällig, ihre Augen aber waren klar. Ihre Vogelhand faßte meine mit überraschend festem Griff. Ich stellte mich als Anwalt vor, erzählte von Cecilie und kam dann gleich zur Sache. Ich ging davon aus, daß sie diese Möglichkeit, ihr Gewissen zu erleichtern, nutzen würde. Eine zweite würde sie nicht bekommen.

»Erzählen Sie mir, was in dieser Nacht vor zwanzig Jahren passiert ist, nach dem Banküberfall«, sagte ich und beugte mich vertraulich zu ihr vor. »Ich weiß, daß Sie etwas gesehen haben. Sie brauchen keine Angst zu haben, daß irgendwer davon erfährt. Ich kann Geheimnisse für mich behalten.«

Sie musterte mich lange und wirkte erleichtert. »Ich habe gewußt, daß es eines Tages herauskommen würde, ich war mir diese ganzen Jahre hindurch sicher, aber jetzt ist alles so lange her. Wir . . .« Sie unterbrach sich, und ich hatte Angst, sie könnte ihr klares Bewußtsein einbüßen.

»Erzählen Sie mir doch die ganze Geschichte, ich habe Zeit genug.« Ich wußte, daß ich mit alten Damen gut umgehen konnte. Mein Problem waren die Beziehungen zu den jüngeren Ausgaben.

Sie riß sich zusammen und sprach mit klarer Stimme weiter. »Arne war nachts oft auf, seine Nerven waren ruiniert, wissen Sie, er war Kriegsmatrose, er war fünf Jahre auf See und wurde mehrmals torpediert.«

Das hatte ich nicht gewußt.

»Er schlief tagsüber, traute sich nicht zu schlafen, wenn es dunkel war. Er war verbittert, und seine Bitterkeit richtete sich vor allem gegen ihn selber. Er trank, wissen Sie.« Sie war in eine andere Zeit zurückversetzt worden, und ich ließ sie gewähren. »Und er bekam auch keine Rente, und das ließ er an mir aus. Damit konnte er einfach nicht leben.« Sie seufzte in der Tiefe ihres Sessels. »Ich weiß alles noch so genau, als ob es gestern gewesen wäre. Ich wurde von einem entsetzlichen Knall geweckt und rannte ins Wohnzimmer. Da stand Arne mit seinem Fernglas am Fenster. Ich fragte, was los wäre, aber er sagte nur pssst. Ich sah auf dem Bürgersteig das umgekippte Auto, und ich hörte jemanden stöhnen. Ich sah alles ganz deutlich, es passierte genau unter der Straßenlaterne an der Ecke, nur einige Meter von uns entfernt.« Wieder unterbrach sie sich. »Es war scheußlich, soviel Blut, ich wußte nicht, was wir machen sollten. Ich wollte die Polizei anrufen, aber Arne hinderte mich daran. Bestimmt haben das schon andere gemacht, sagte er. Arne hatte immer Angst davor, in irgendwas hineingezogen zu werden.«

»Haben Sie noch andere Menschen gesehen?«

»Es standen vier oder fünf Leute um das Auto herum. Sie standen nur da und sahen zu, niemand versuchte, dem Stöhnenden zu helfen. Eine war ein ganz junges Mädchen, höchstens fünfzehn, sechzehn Jahre. Sie fing an zu heulen, da hat einer von den Männern sie so lange geschüttelt, bis sie wieder stumm war und nur noch stocksteif dastand.«

»Gab es auch noch ein anderes Auto?«

»Auf dem Bürgersteig gegenüber stand quer ein anderer Wagen, sie schienen nur haarscharf einem Zusammenstoß entgangen zu sein. Die Türen im umgekippten Auto standen offen, und auf der Straße lag alles mögliche herum.«

»Haben Sie auch Geld gesehen?«

»Gleich unter unserem Fenster lag ein Koffer mit offenem Deckel, er war aus dem Auto gefallen und lag unter der Laterne, und er war bis zum Rand voll mit Geldscheinen. Ich habe alles gesehen.« Sie machte eine Pause und mußte sich ausruhen.

Ich hatte es eilig und konnte nicht warten. »Ja, und dann? Was ist dann passiert?«

»Einer ging zum Koffer und starrte das Geld an, ich konnte ihn im Laternenlicht deutlich sehen. Und dann hörten wir das Martinshorn. Der Mann klappte den Koffer zu, nahm ihn unter den Arm und rannte damit zu dem anderen Auto. Ehe wir richtig begriffen hatten, was hier passierte, jagten sie davon. Gleich danach kamen Polizei und Krankenwagen. Aber es war schon zu spät. Ich wollte erzählen, was wir gesehen hatten, aber Arne erlaubte das nicht. Später war mehrmals ein Polizist bei uns, und ich mußte lügen und sagen, ich hätte nichts gesehen. Ich habe alles in der Zeitung gelesen, und ich wußte nicht, was ich machen sollte.«

Noch immer war da etwas, das ich nicht begriff. »Warum

wollte Ihr Mann der Polizei nichts sagen?« Und im gleichen Moment ging mir der Zusammenhang auf. »Arne hat diese Leute erpreßt, nicht wahr? Wie hat er das geschafft, hatte er sich ihre Autonummer notiert?«

Alfild Johansen schlug die Augen nieder, konnte sie noch immer erröten? »Er hatte einen von ihnen schon häufiger gesehen, einen Studenten, der gleich um die Ecke wohnte, den, der sich den Koffer geschnappt hatte, er kaufte im selben Laden ein wie wir. Svendsen hieß er, das weiß ich noch.«

Ich stieß einen leisen Pfiff aus. Petter Svendsen, ein vertrauter Name.

»Arne hat ihn am nächsten Tag angerufen, und sie haben irgendwas abgemacht. Ich habe nie erfahren, was genau. Aber Arne bekam Geld, Blutgeld. Und das war für uns ein Unglück. Er hat alles vertrunken, und seine Nerven wurden noch schlechter.« Sie weinte lautlos, ihre winzige Gestalt verschwand fast unter der Decke. »Ich weiß, wir hätten es sagen müssen.« Sie blickte mich an, und ich glaubte jedes verdammte Wort, das sie sagte.

»Wieviel hat er bekommen, wissen Sie das?«

»Er wollte mir nichts verraten, aber ich habe einmal im Schrank nachgesehen, als er nicht im Haus war. Über fünfundzwanzigtausend jedenfalls. Ich hätte lieber einen gesunden Mann gehabt, so, wie er vor dem Krieg war. Das Geld hat Arne total kaputtgemacht, er wollte nicht darüber reden, aber ich weiß, daß er ein schlechtes Gewissen hatte. Er war ein ehrlicher Arbeitsmann, hatte in seinem ganzen Leben noch keine fünf Øre gestohlen. Aber der Krieg hat seine Nerven ruiniert. Er hat nur im Schlaf darüber gesprochen, wenn er seine Alpträume hatte.«

»Sind Sie sicher, daß außer der Kleinen keine anderen Frauen dabei waren? War einer von den Männern groß und kräftig, mindestens ein Meter neunzig?«

»Da war nur die arme Kleine, und die anderen waren nicht

besonders groß.« Die alte Frau Johansen hatte alles gesehen, und sie hatte nichts vergessen. Sie blickte mich an, weil sie Trost brauchte, und ich gab ihr den, den ich hatte. Aber das reichte nicht.

Als ich eine Stunde später ging, war sie ruhiger geworden. Es hatte ihr wohl geholfen, daß sie ihr Herz ausschütten konnte. Aber sie würde sich von diesem Erlebnis nie befreien können. Sie hatte ein solches Schicksal nicht verdient. Nur war ich leider nicht derjenige, der die Karten verteilte.

»Kauf für die Station eine Sahnetorte, Frau Johansen lädt heute nachmittag zum Kaffee ein«, sagte ich und gab dem Kurden zwei Hunderter, ehe ich eine ungeduldige Hulda aus dem Garten holte, wo ich sie abgestellt hatte.

Der Kurde freute ich. »Du einziger Besuch seit sie hier. Du wiederkommen?« Er sah die Wahrheit in meinen Augen und zuckte verständnislos mit den Schultern. »Ich nicht versteh ...« Er verstummte. Ich wußte, daß er sehr wohl verstand. Nur die Höflichkeit verbot ihm, das zu sagen.

Langsam ging ich zum Jaguar zurück und fuhr zum zweiten Mal an diesem Freitag zurück nach Vestfold. Den Radikalen war ganz einfach eine schwarze Million in den Schoß gefallen. Vor achtzehn Jahren war eine Million ein Vermögen gewesen. Sie waren durch puren Zufall auf den Wagen der Bankräuber gestoßen, als sie wie wild durch die Nacht gebrettert waren, sicher im Suff, während Wilhelm Mørk sein Schäferstündchen mit der Frau seines Genossen abhielt.

Ob diese Clique heute ganz woanders wäre, wenn sie einige Sekunden früher oder später die fatale Kreuzung erreicht hätten? Ein plötzlicher Impuls, ein Pakt mit dem Teufel. An irgendeinem Zeitpunkt hatten sie dann neue Grenzen überschritten. Die Grauzone ist breit und unübersichtlich. Der Übergang ist haarfein. Wenn die Gläubiger Druck machen, verrinnt die Moral. Sie waren Leuten mit noch weniger Skrupeln in die Hände gefallen. Die junge Aktivistin Tone war in dieser Septembernacht im Jahre 1972 nur ein unschuldiger Fahrgast auf einer Autofahrt gewesen, die sie fast zerstört hätte. Und Wilhelm Mørk, hatte der seine Belohnung erhalten?

Ich war restlos erschöpft und beschloß, einen Abendausflug auf dem Fjord zu unternehmen. Ich fischte ein paar kalte Bier aus dem Kühlschrank und stopfte sie zusammen mit meinen Angelsachen in eine Plastiktüte. Mit Hulda im Schlepp wanderte ich am Gedächtnispark vorbei zum Yachthafen. Die Szene lebte und regte sich. Es gab genug Stoff auf dem Markt. Die Lage hatte sich beruhigt, neue und frische Kräfte hatten übernommen. Die Marktwirtschaft ließ ihre Muskeln spielen.

Aus dem Augenwinkel heraus sah ich den Rücken des Professors, der mit seinem neuen Plastikohr und dem Schäferhund aus dem Park huschte. Er hatte seit unserer letzten Begegnung gewissenhaft einen großen Bogen um mich gemacht. Der Yankee und Stina zogen ihre ruhelosen Kreise.

»Svend Foyn!« Jens Yankee starrte mit traurigen Röntgenaugen meine Plastiktüte an. »Haste noch was übrig?« Das hatte ich eigentlich nicht, aber ich warf ihm doch zwei Dosen zu, die er blitzschnell auffing. Er hätte zum Zirkus gehen sollen.

Auf dem Weg zum Hafen kam ich an einem der Straßencafés der Stadt vorbei. An einem Tisch entdeckte ich einen vertrauten Rücken. Zwanzig Jahre bei der Polizei hatten Wilhelm Mørk Augen im Hinterkopf wachsen lassen. Er schaute sich sofort um, als ich mich näherte.

Als ich vorbeiging, hob er sein Glas. »Hoffentlich hast du diesmal mehr Anglerglück!« Er grinste, und ich glaubte in seinem Blick einen Funken von Sympathie erkennen zu können. Das war wohl ein Spiegelbild meiner eigenen Illusionen.

Sein Ruf unter den Kriminellen der Stadt hatte unter den Ereignissen des letzten Herbstes nicht gelitten. Obwohl niemand genau Bescheid wußte, haben solche Geschichten die

Neigung, langsam durch die Spalten zu sickern, die es immer gibt. Die Geschichten waren durch diesen Prozeß nicht weniger dramatisch geworden.

Ich wanderte weiter in Richtung Yachthafen, in der Hoffnung, weiteren Prüfungen entgehen zu können, aber es war eben einer von *den* Tagen. Auf der Veteranenbank vor dem Haus des Yachtclubs saßen zwei Stadtoriginale und wärmten sich am undefinierbaren Inhalt einer Thermoskanne. Einer von ihnen war Christian Salvesen, ehemals Verteidiger beim Obersten Gericht. Er machte mir Platz auf der Bank und winkte einladend. »Ein Täßchen Kaffee vor der Bootstour?«

Ich wollte noch ablehnen, aber dann saß ich auch schon mit der Tasse in der Hand da.

»Hast du am Ende doch noch die Lösung gefunden, Foyn? Ja, wer hätte glauben mögen, daß sie einfach eine Bande von schnöden Bankräubern waren, ja, noch schlimmer. Leichenfledderer, das waren sie!« Er hörte sich an, als habe er einen Kommentar zum Wetter abgegeben, und er wechselte das Thema, ehe ich mich so weit gefaßt hatte, daß ich etwas sagen konnte.

Ich verschluckte mich am »Kaffee avec«. Wieso war dieser Schlaukopf so gut informiert? Ich hatte mir alle Mühe gegeben, die Klappe zu halten, und ich hatte den ganzen Alptraum fast verdrängen können, während Salvesen offenbar den vollen Durchblick hatte. Meine Stimmung sank auf den Nullpunkt, und ich riß mich frustriert los vom sorglosen Geplauder der Tagediebe.

Mein alter Kahn ließ mich nicht im Stich. Langsam tuckerten wir auf den Tønsbergfjord hinaus und glitten still mit Kurs aufs Meer durch den idyllischen Husøysund. Sogar Hulda ließ sich von den sanften Geräuschen des Sommerabends beruhigen. Sie rollte sich auf den abgenutzten roten Lederkissen zusammen, die der Alte, der mir mit Tränen in den Augen vor langer Zeit für billiges Geld sein Boot überließ, lange gehegt und gepflegt hatte. Das war damals gewesen, als ich mit dem Gedanken gespielt hatte, mich als Makrelenfischer niederzulassen.

Ich steckte mir die letzte Zigarre dieses Abends an und schenkte mir einen Rest Cognac ein, während ich alles noch einmal durchdachte. Und plötzlich ging mir ein Licht auf. Jetzt hatte ich die Antwort auf meine letzte Frage, und ich fühlte mich nicht besonders clever dabei. Helle Villebois hatte mir selber die Lösung verraten, ohne daß ich damals verstanden hätte, was sie meinte. »*Aber all das hat . . .*« Salvesens alter Vater war in den siebziger Jahren der Anwalt von Helles Familie gewesen. Sie hatte sich jemandem anvertraut, auf den sie sich verlassen konnte, den die Schweigepflicht band. Jetzt saß Hans im Glück auf dem Archiv seines Vaters, nur einige armselige Meter von meinem Büro entfernt. Kein Wunder, daß er mir die ganze Zeit um zwei Schritte voraus gewesen war. Er hatte alles gewußt und mich blind herumtappen lassen.

Ich versuchte mit allen Mitteln, an etwas Beruhigenderes zu denken, an das Tuckern des Sleipnermotors, an den Duft der Zigarre, an den rhythmischen Tanz des Cognacglases auf dem Mahagonideckel des Motorgehäuses.

Die Dunkelheit senkte sich langsam über den Fjord, als ich kehrtmachte und wieder auf die Lichter der Kleinstadt zuhielt.